VERLAG
WORTREICH

Gerhard J. Rekel

Der Gott des Geldes

Roman

Coverbild: Alice Haring

1. Auflage 2018

Satz: Verlag Wortreich
Umschlaggestaltung: Judith Nicolussi
Lektorat: Mag. Johann Auer
Druck und Bindung: CPI books GmbH, Leck
Printed in Germany
ISBN 978-3-903091-46-7

Informationen über das Verlagsprogramm und Veranstaltungen
www.verlag-wortreich.at
facebook.com/verlagwortreich

Mit Unterstützung des Bundeskanzleramts Österreich KUNST.

BUNDESKANZLERAMT ÖSTERREICH
KUNST

Der Gott des Geldes

Für C. B.

Kassensturz

»Der größte Trick, den der Teufel je gebracht hat,
war die Welt glauben zu lassen, es gäbe ihn nicht.«
Aus dem Film »*Die üblichen Verdächtigen*«

*

Azurblau. Ich liebe es zu fliegen. Ein Mosaik aus blühenden Wiesen und Feldern rückt näher. Der Flussverlauf des Mains. Bankentürme aus Glas und Stahl. Das plötzliche Vibrieren des Fahrwerks unter mir verdränge ich. Aus meinen Kopfhörern erklingt ein Saxofon: Gerry Rafferty beschwört in *Baker Street* die Sehnsucht nach der Großstadt. Abgestellte Flugzeuge, Hangars und ein Panzerwagen des Grenzschutzes ziehen vorbei, ein Ruck geht durch das Cockpit, die Maschine setzt auf.

Schubumkehr.

Für die Minuten des Landeanflugs habe ich es fast vergessen, nun aber spüre ich wieder das Metall auf meiner Haut. Handschellen verbinden meine rechte Hand mit der linken des bärtigen Mannes in brauner Cordhose und blauem Jackett auf dem Nebensitz. Er riecht nach billigem Tabak und kaltem Schweiß. Als junge Frau hätte ich erwartet, von einer Polizistin begleitet zu werden. Ob das Spezialeinsatzkommando des Bundeskriminalamts gerade keine weibliche Beamtin zur Verfügung hat oder ob sie es einer Frau nicht zutrauen, mich zu bewachen – ich weiß es nicht. Auf dem ganzen Flug sprach der Bärtige nur wenige Sätze, einmal, beim Einsteigen, hat er mir kurz zugelächelt. Angestrengt, höflich, professionell.

Während die Maschine die Parkposition erreicht, bemerke ich, wie ein Polizeikonvoi vor dem Flugzeug hält. Fünf Fahrzeuge mit Blaulicht, in der Mitte ein schwarzer Bus. Warum der Aufwand?

Mit der linken Hand stecke ich mir einen Kaugummi in den Mund. Salbei-Kirsch beruhigt. Am Ausstieg kann ich mein Gesicht für einige Sekunden in die warme Frühlingssonne halten. Bis schwer bewaffnete Beamte des Spezialeinsatzkommandos mich in die Mitte nehmen und in Handschellen die Gangway hinunterführen. Die muskelbepackten Männer schieben mich in den schwarzen Bus mit den abgedunkelten Fenstern. Ein paar Sekunden, nachdem der Bärtige die Wagentür mit Karacho zugezogen hat, lasse ich eine Kaugummiblase platzen. Die vor mir sitzenden SEK-Männer zucken ob des Knalls zusammen. Auch der Bärtige. Ich habe den Eindruck, die Männer sind nervöser als ich – was mich für einen Augenblick belustigt.

Nach einer halbstündigen Fahrt durch die Stadt bringt mich der Bärtige in einen fensterlosen Raum. Er nimmt mir die Handschellen ab und verabschiedet sich, indem er kurz vor dem Rausgehen knapp hinter mir laut schnalzt, mein Kaugummiplatzen imitiert. Als ich zucke und mich irritiert umdrehe, sehe ich auf seinen Lippen ein Siegerlächeln.

Die letzten Tage waren beängstigend, immer kreisten Menschen um mich. Ich habe gehofft, sobald ich allein sein würde, könnte ich mich entspannen. Doch die unerwartete Stille macht mich noch unruhiger.

In dem Raum riecht es nach Kunststoff und Metall, drei der Wände sind mit pastellblauen Schallschutzplatten verkleidet, ich starre in eine breite, verspiegelte Glasfront mir gegenüber. Ich frage mich, wer dahinter steht.

Was ich im Spiegel sehe, ist eine erschöpfte, Kaugummi kauende Frau: Blasse Wangen, blaue Augen. Orange, indische Seidenbluse. Zerknittert. Enge, schwarze Jeans. Abgetragene, braune

Cowboyboots. Schlank. Blonder Pagenschnitt. Wenn ich den Kopf ein wenig nach links drehe und die Haare mitschwingen lasse, erinnere ich mich an Harrys letztes Geburtstagsgeschenk: Vor einem Jahr, zu meinem Dreiunddreißigsten, hat mir mein lieber Mann ein dezentes Sanskrit-Tattoo spendiert. Es ziert meinen rechten Halsansatz. Ein kleines, geheimes Zeichen der Verbundenheit, nach meinem Wunsch.

Er fehlt mir.

Während des langen Fluges habe ich mir einige Verteidigungsstrategien überlegt: Entweder absolute Ehrlichkeit. Oder nur zu beantworten, wonach dezidiert gefragt wird. Oder generelles Schweigen. Zu einer endgültigen Entscheidung kann ich mich nicht durchringen.

Harry würde pragmatisch die nächsten Schritte der Gegenseite durchspielen. Daraus würde er eine Argumentationskette entwickeln. Ich mag seinen brillanten Verstand, seinen trockenen Humor, seine geradlinige Art. Noch mehr vermisse ich nur meinen zehnjährigen Sohn. Emils offenes Lachen, seine kleine Stupsnase, seine süßen *Rettungsumarmungen*, wie er sie nennt. Und seine unbändige Freude an Computerspielen, dicken Fantasy-Romanen und Schokoladenriegeln.

Es tut so weh.

Sofort verscheuche ich die Bilder von meinen Männern und versuche, mich für eine Verteidigungs-Strategie zu entscheiden. Doch bevor ich noch zu einem Entschluss komme, betritt ein großer, hagerer Mann in grauem Anzug den Raum.

»Jens Wildner, Generalbundesanwalt«, sagt er leise und schüttelt mir die Hand. Vorsichtig, ohne Druck. Angenehm warme Hände. Der Mann ist vielleicht Anfang sechzig, er rückt seine rosa Krawatte zurecht und nimmt auf dem Metallstuhl mir gegenüber Platz. Wildner hat ein feines, ebenmäßiges Gesicht, übersät mit hellbraunen Pigmentflecken. Er trägt eine dünne Titan-Brille, hinter den ovalen Gläsern verbergen sich kleine, hellblaue Augen. Seine dünnen, grauen Haare hat er akkurat nach hinten frisiert. Ein wenig ungelenk öffnet er eine braune Mappe, überfliegt ein paar Zeilen, offensichtlich nicht zum ersten Mal.

»Ich versteh´s einfach nicht«, beginnt er das Gespräch und schüttelt den Kopf, »Sie sind nicht vorbestraft ... haben sich noch nie was zuschulden kommen lassen ... nicht einmal eine Verkehrsübertretung.« Er sucht Augenkontakt, dabei wirkt er verständnisvoll, fast väterlich: »Warum also, Frau Saskia Rokovic?«

Als er meinen Namen ausspricht, schnürt es mir die Kehle zusammen. Was will er hören? Schweigend schüttle ich den Kopf.

»Wenn Sie sich jetzt kooperativ zeigen und ein umfassendes Geständnis ablegen«, meint er mit ruhiger Stimme, »dann wird das Gericht Ihre Unbescholtenheit und Ihren Kooperationswillen als strafmildernd werten.«

Umfassendes Geständnis – was soll der Frontalangriff? Ich fühle, wie mein Puls beschleunigt, in meinem Kopf blitzen Szenen aus Kinofilmen und Fernsehkrimis auf. Mahnende Richter, polternde Staatsanwälte, triste Gefängnisbilder und brutale Wärter, die einer Mutter das Kind wegnehmen. Soll ich sofort um einen Rechtsanwalt bitten, ja auf einen bestehen? Oder mich erklären? Oder kein Wort sagen?

Umso länger ich schweige, umso mehr verspannt sich Wildners Augenpartie, bis sein Ausdruck schließlich streng wirkt: »Sie müssen wissen, Frau Rokovic, auf Hochverrat steht nach § 81 eine Mindeststrafe von 20 Jahren. Falls Sie aber nicht mit uns zusammenarbeiten und voll schuldig gesprochen werden, droht Ihnen Lebenslänglich.« Einen Moment hält er inne, dann appelliert er mit einer Inbrunst, als wolle er seine eigene Tochter vor dem Schlimmsten bewahren: »Und das kann – selbst im Falle einer späteren Begnadigung – sehr, sehr lange sein.«

»Ich habe keine kriminelle Handlung begangen«, protestiere ich schnell, »ich habe niemand verletzt, bestohlen oder betrogen. Ich wollte nur helfen. Meinem Mann. Meinem Sohn. Allen!«

Auf der hellen Stirn des Generalbundesanwalts bilden sich Falten: »Alle Indizien deuten darauf hin, dass Sie mitverantwortlich sind für den größten Zusammenbruch Deutschlands seit dem Zweiten Weltkrieg!« Er sieht einen Moment in seine Unterlagen, dann beugt er sich näher: »128 Menschen sind ums Leben gekommen. 954 Bürger wurden schwer verletzt. Der wirtschaftliche Schaden beträgt über sieben Milliarden Euro, Langzeitfolgen noch nicht mit eingerechnet.«

Reflexartig verschränke ich die Arme und presse meine Lippen zusammen. Sofort registriert er meine abwehrende Reaktion, seine Stirnfalten werden tiefer. Statt weiterer Argumente gibt er ein Zeichen zur verspiegelten Glasfront. Er schlägt die braune Mappe zu und schweigt. Lange. Ich habe das Gefühl, die Stille in dem abgeschirmten Raum würde die Zeit dehnen. Dann dimmt jemand das Licht weg. Vollständig. Hat der Generalbundesanwalt ein Zeichen gegeben und wartet nun auf den Bärtigen? Oder auf andere Verhörexperten? Oder auf die muskelbepackten SEK-Männer? Über mir höre ich einen Krach, dann ein Surren, irgendetwas senkt sich von der Decke, wegen der Dunkelheit kann ich es nicht erkennen. Jäh blendet ein Lichtkegel. Das abgesenkte Ding entpuppt sich als Leinwand. Ein Film startet, schnelle Schwenks, Handkamera, verrauschte Funksprüche, woraus ich schließe, dass es sich um ein zusammengeschnittenes Polizeivideo handelt. Zu sehen ist eine aufgebrachte Menge vor dem Kanzleramt in Berlin. Männer, Frauen, Familien mit Kindern, Senioren, Anzugträger und Personen in legerer Kleidung, nahezu alle Bevölkerungsschichten, vielleicht dreißigtausend Menschen, vielleicht auch über hunderttausend. Viele schreien. Wut schlägt in Zorn um, Zorn in Gewaltbereitschaft:

»Nehmt sie, packt sie, zerreißt sie und zerhackt sie!«

Nahe am Zaun zum Kanzleramt, mitten unter den Demonstranten, sitzt ein kleines Mädchen mit Cowboyhut auf den Schultern ihres Vaters. Sie streckt die Hand hoch, ballt sie zur Faust und brüllt enthusiastisch: »Taschengeld her. Sofort!«

Einige lachen, andere schreien umso heftiger. Ein mehrmaliges, lautes Knacken aus einem Megafon lässt die Menge leiser werden. Ein Mann in einem schwarzen Anzug ist aus dem Kanzleramt gekommen. Mit einem weißen Megafon betritt er ein improvisiertes Podest und bittet um Ruhe. Bevor er einen weiteren Satz sagen kann, trifft ihn einer von mehreren Pflastersteinen am Kopf. Blutend bricht er zusammen. Die Polizei antwortet mit einem Wasserwerfer. Weitere Steine fliegen. Die Kamera wackelt. Schnitt auf einen Vermummten, der eine Dose mit brennendem Docht in einen Polizeibus wirft. Eine Explosion ist zu hören, panisch flüchten Beamte mit blutverschmierten Gesichtern und brennenden Jacken aus dem Wagen.

Eine Horde zorniger Männer in martialischen Football-Monturen und mit schwarzen Helmen stellt sich in einer Reihe vor dem Zaun zum Kanzleramt auf. Einige springen auf die Schultern der Kollegen, bilden eine menschliche Leiter, um den Zaun zu überwinden. Polizisten eilen herbei und prügeln mit Gummiknüppeln auf die Demonstranten ein. Gleichzeitig aber montieren an zwei entfernten Stellen mehrere Männer in der gleichen Football-Kleidung mit Akkuschraubern die Gatter ab, eine Akku-Trennscheibe schneidet eine Zaunhalterung durch, ein Teil des Zauns kippt um. Die Männer stürmen mit Baseball-Schlägern auf das Kanzleramt zu. Schwerbewaffnete Polizisten stellen sich entgegen, doch sie sind zu wenige. Die tobende Menge wälzt sich durch die offenen Absperrungen.

Schüsse fallen.

Plötzlich ein Aufschrei. Von einem Kind. Die Kamera irrt ruckartig in der Menge umher, folgt einem weiteren Schrei, schwenkt auf den Vater mit dem Cowboyhut-Mädchen. Ein Querschläger hat die kaum Zehnjährige im Brustbereich getroffen, Blut quillt aus ihrem Körper, die Kleine hängt wie ein Sack von Vaters Schultern. Panische Hilfeschreie des Vaters. Er versucht, seine Tochter umzudrehen, das Kind festzuhalten, das Blut zu stillen. Verzweifelt tätschelt er ihre Wange. Zoom auf das Mädchen – es wirkt leblos. Fassungslosigkeit im Gesicht des Vaters.

Außer Atem schreit ein Einsatzleiter ins Funkgerät: »Die Kanzlerin ... die Kanzlerin ist noch drin ... schnell!«

Erneut hebt Generalbundesanwalt Wildner die Hand. Das Video wird gestoppt, der Raum langsam heller, die Leinwand verschwindet surrend in der Decke.

Die Stille nach diesen Bildern ist quälend.

Mit ernstem Ausdruck fixiert mich der Generalbundesanwalt:

»Frau Rokovic ... besser, Sie erzählen jetzt, was genau passiert ist ... von Anfang an!«

Das leblose Gesicht des Mädchens mit Cowboyhut erinnert mich an Emil, plötzlich spüre ich Wut. Normalerweise habe ich mich immer unter Kontrolle. Wenn andere aggressiv reagieren, werde ich leise, verstumme, bleibe gelassen. Jetzt aber fühle ich solch heftigen Zorn wie nie zuvor. Am liebsten würde ich aufspringen und losschreien – gegen diesen Vorwurf, diese Anschuldigung, diese Ungerechtigkeit, die mir alles zu nehmen droht, was ich liebe.

Tag 1

»Der Zufall entsteht aus dem Aufeinandertreffen zweier oder mehrerer Gesetzmäßigkeiten.«
Aristoteles

*

Sieben Tage lang stand das Land am Abgrund. Begonnen hatte alles vor sechs Monaten. Im Spätherbst. Mit meinem Job als freie Restauratorin für Wand- und Deckenmalerei lief es gerade schlecht, die Stadt Köln hatte einen Haushaltsstopp verhängt. Das bedeutete: Keine öffentlichen Aufträge an Restauratoren mehr in diesem Jahr. Mein letzter – die Restaurierung einer Deckenmalerei in einem historischen Hotel – war drei Monate her, mein Konto leer. Bereits vor fünf Wochen hatte ich eine Hartz IV-Aufstockung beantragt. Wieder einmal, denn Harry saß zwar die meiste Zeit am Rechner, brachte aber mit seinen Programmieraufträgen kaum Geld nach Hause.

Emil war gerade auf das Gymnasium gekommen. Wir hatten uns zunächst gefreut, doch die erste Elternversammlung gab mir den Rest: Für eine Klassenfahrt an die Ostsee wollte die Schule 235 Euro. Für fünf Tage! Woher nehmen?

Als ich mit Emil nach Hause fuhr und noch einen letzten Fünfziger von einem Geldautomaten der *Andromeda Bank* abheben wollte, klappte das nicht. Hatte ich mein Konto zu weit überzogen? Gestern war der Monatserste gewesen, da sollten doch 320 Euro Aufstockung vom Amt überwiesen worden sein. Wir fuhren zum nächsten *Andromeda*-Bankautomaten. Vor uns eine Menschenschlange. Normalerweise wirkten die Wartenden genervt, doch jeder Zweite lächelte, andere telefonierten hektisch auf ihren Handys – irgendetwas stimmte nicht. Ich zog mir einen Salbei-Kirsch Kaugummi rein und erst als ich an die Reihe kam, verstand ich: Statt eines Fünfzigers spuckte der Automat drei aus. Verwundert überprüfte ich meinen Kontostand: Nur einer war abgebucht worden. Ich hob einen Hunderter ab und erhielt ebenso drei. Neuerlich war nur einer verbucht worden. Emil bekam es mit und kicherte: »Mama, bekomm ich jetzt endlich ein Smartphone?«

Hinter uns drängelten die Wartenden.

»Wenn wir noch so eine Maschine finden«, flüsterte ich.

Wir lachten. Dann streikte meine Vespa. Emil saß schon mit seinem Superman-Sturzhelm auf dem Rücksitz und ich probierte zum dritten Mal, das alte Vehikel zu starten, doch es sprang nicht an. Der letzte Service lag vier Jahre zurück, überall setzte das Gefährt Rost an, wer weiß, ob ich überhaupt noch eine Prüfplakette erhalten würde. Nach dem fünften Startversuch krachte und rumpelte es, ich gab Gas, der Motor jaulte auf.

Auf dem Nachhauseweg schrie Emil: »Links!« Er tippte mir aufgeregt an die Schulter. »Mama, links ... die nächste links!«

Trotz einsetzenden Regens bog ich an der nächsten Kreuzung links ab, wir rollten auf einen weiteren Geldautomaten der *Andromeda* zu. Mehrere uniformierte Sicherheitsleute lösten eine lange Warteschlange auf und sperrten das Gerät mit rot-weißen Bändern ab.

»Holla, die Waldfee«, fluchte Emil, »schade.« Dann musste er husten.

Ein kalter Wind schlug uns entgegen. Schneeregen. Emil fragte: »Mama, was wünschst du dir zu Weihnachten?«

Obwohl wir erst den zweiten November hatten, verband Emil den Schneefall mit Weihnachten; es war für ihn wichtig, für alle Familienmitglieder früh genug ein kleines Geschenk zu kaufen. Vermutlich nahm er mich als abschreckendes Beispiel, denn ich begann mit der Besorgung von Weihnachtsgeschenken erst 48 Stunden vor dem Heiligen Abend.

In der Hoffnung, es könnte gegen die nasse Kälte helfen, zog ich den Reißverschluss meiner roten Lederjacke höher und stellte den Kragen auf.

Wir fuhren an Billigläden und unrenovierten Wohnblöcken aus den 1970ern vorbei, nahmen eine Abkürzung durch einen vermüllten Park und erreichten unsere Trabantenstadt. Wenn der Liebe Gott irgendwo im Land Scheiße ausgekippt hat, dann hier. In der Grundschule erzählte mir ein Lehrer: Bereits Konrad Adenauer – damals Kölner Bürgermeister – nannte unseren Kiez die Landreserve des Nordens. Heute residierte in Chorweiler eine Menschenreserve. Arbeitslose, Rentner, ein paar Alternative und Künstler. Eine riesige Siedlung mit beschränkter Hoffnung.

Als ich in unsere Straße einbog, überholte mich eine rote Kawasaki mit einem Fahrer in Lederhose, Regencape und schwarzem Sturzhelm.

Die Maschine hielt vor dem Eingang unserer Mietskaserne, wo bereits zwei Polizeibusse mit Blaulicht und ein schwarzer Lieferwagen standen. Der Motorradfahrer stieg von seinem Vehikel, wuchtete den Koloss auf den Ständer, nahm den Helm ab und schüttelte langes, schwarzes Haar aus. Auch an den halbhohen Stiefeletten erkannte ich nun: Es handelte sich um eine Frau mittleren Alters. Sofort wieselten mehrere Polizisten in Uniform um sie herum. Mit einem Lächeln gab sie einem Polizisten ihren Helm, schüttelte ein weiteres Mal ihr Haar, schien die Blicke für einen Moment zu genießen und ließ sich von zwei Uniformierten ins Haus begleiten.

Ich würgte die Vespa ab und zog meinen Sturzhelm vom Kopf. Drei türkische Jungs unterschiedlichen Alters kamen in den rot-weißen Fußballdressen des 1. FC Köln aus dem Haus. Die Söhne der kürzlich über uns eingezogenen Familie schlenderten lässig vorbei, der Älteste blitzte mich an und deutete zwinkernd zu den Polizeibussen: »Na, Tuss, woll'n wir 'ne Blaulicht-Session rocken?«

In diesem Moment traf ihn der mahnende Blick eines Polizisten. Sofort setzte er ein höfliches Lächeln auf und riss die Hände hoch:

»Alles perfekt korrekt, Herr Kommissar!«

Während die Burschen sich aus dem Staub machten, sah Emil ihnen verwundert nach: »Tuss? ... Mama, was heißt'n das?«

»Er meint, ich würde hübsch aussehen«, antwortete ich mit ironischem Unterton, »und er hat mich gefragt, ob ich mal mit ihm ausgehe.«

Bevor Emil noch weiter fragen konnte, schob ich ihn an den Polizisten vorbei ins Haus. Im ersten Stock stellte sich uns ein kaum dreißigjähriger, vermutlich türkischstämmiger Mann in einer schwarzen Regenjacke in den Weg. Er trug eine schmale, hellblaue Seidenkrawatte, hatte braune, unruhige Augen und gegeltes Haar. Trotz seines freundlichen Lächelns ließ er weder Emil noch mich vorbei. Oh nein, dachte ich, nicht noch ein türkischer Macho.

»Frau Saskia Rokovic?«

Woher wusste er meinen Namen? Als ich irritiert nickte, stellte er sich vor: »Feridun Akyün.«

Weil ich ihn skeptisch musterte, hielt er mir einen Ausweis vor die Nase. *Bundeskriminalamt* konnte ich lesen, dann zog er seine Karte zurück und bat höflich um meine Personalien.

»Darf ich fragen, warum?«

Akyün deutete nach oben: »Das erklärt Ihnen meine Kollegin.«

Der Mann wirkte geradezu grazil. Während er meinen Ausweis las und in sein Funkgerät sprach, ließ er mich nicht aus den Augen.

Jetzt erst fiel mir auf, dass er einen Schnurrbart trug. Und plötzlich wurde mir klar, was mich an dem Polizisten irritierte: Er wirkte schwul. Obwohl ich Bullen generell nicht leiden konnte, fand ich einen schwulen, türkischen Polizisten schon wieder cool. Zumindest auf den ersten Blick.

Mit einem Lächeln gab er mir meinen Ausweis zurück. »Darf ich bitte kurz Ihr Handy haben?«

»Warum?«

»Erklärt Ihnen auch meine Kollegin.«

Sein Lächeln wurde noch charmanter, gleichzeitig baute er sich bedrohlich auf: »Es ist wirklich besser für Sie ... Sie haben ja vor der Polizei nichts zu verbergen, oder?«

Eingeschüchtert griff Emil nach meiner Hand.

»Entschuldigung« – plötzlich lenkte mich der Polizist mit einem energischen Fingerschnipp vor meinen Augen ab und griff gleichzeitig nach meinem Handy.

Bevor ich noch protestieren konnte, bedankte er sich und deutete erneut nach oben: »Sie werden erwartet!«

Verärgert ging ich mit Emil die Treppen hoch.

In unserer Wohnung roch es nicht nach Lavendelpolitur und der kunststoff-geschwängerten Luft aus Harrys Computergebläsen, sondern nach fremden Männern. Ein Blonder um die sechzig mit roter Hornbrille nickte mir ausdruckslos zu. Alles an ihm wirkte scharfkantig. Kinn, Lippen, Statur. Auch die Art, wie er »Tach« sagte und mir seine Karte zeigte. Wenigstens durfte ich diesmal den gesamten Text lesen:

BSI

Bundesamt für Sicherheit in der Informationstechnik, Bonn

Abteilungsleiter Dipl. Ing. Hannes Vorovsky

Der Diplom-Ingenieur hatte ein Notebook auf unseren Küchentisch gestellt und steckte Harrys blaue USB-Sticks an. Einen nach dem anderen. Harry hatte nur blaue, er liebte die Farbe, ein Spleen. Vorovsky verzog keine Miene, ich konnte nicht erahnen, ob er auf Harrys USBs was Interessantes gefunden hatte.

Andere Männer öffneten meine Farbtöpfe, meine Pigmentkisten und meine Skizzenmappe über Dantes Inferno. Offensichtlich hatten sie vor, unsere vollgeräumte Dreizimmerwohnung, in der ich mit Harry und Emil seit elf Jahren lebte, auf den Kopf zu stellen. Nur Harry konnte ich nirgendwo sehen, weder in der Küche, noch im Bad oder in seinem Kämmerchen.

Wir hatten im größten Zimmer eine Zwischenwand eingezogen, damit Harry ein paar Quadratmeter für sich hatte, ein weißer Raum mit seinen Computern, ein paar Büchern und DVDs, seine »Höhle«, wie er die Kammer nannte. Er mochte es, alleine zu arbeiten. Ohne mit jemand reden zu müssen. Etwas zu durchschauen, indem er durch das Fenster auf das kleine Stück Himmel zwischen den Mietshäusern starrte. Meist kam er auf diese Weise zu außergewöhnlichen Ergebnissen.

Harry hielt in seiner Höhle penibel Ordnung, er hatte seine Karteikästen nummeriert, die DVDs gestapelt, der Schreibtisch war immer aufgeräumt. Nun aber lagen die Ordner auf dem Tisch, zum Teil entleert, seine DVD-Boxen waren geöffnet, die Schubladen ausgeräumt.

»Was ist das?«, fragte Vorovsky, der mir in Harrys Höhle gefolgt war und auf die weißen Wände deutete, die mit zarten, hellblauen Kristallen verziert waren.

»Fraktale.«

»Selbst gemalt?«, fragte er ungläubig.

Ich nickte: »Jedes einzeln … jedes ein wenig anders … *Wiederkehrend. Gebrochen. Mutierend.*«

Er starrte auf das Kristallmuster an der weißen Wand. Auf den ersten Blick hatte man den Eindruck, alle Kristalle würden einander gleichen, doch jeder sah ein wenig anders aus. Vorovsky suchte nach exakten Wiederholungen, er konnte nicht aufhören: »Macht irre, das Zeug!«

»Mein Mann liebt es. Und mich beruhigt's. Wo ist er überhaupt?«

Seine rote Hornbrille zurechtrückend deutete Vorovsky nach draußen. Dort sah ich einen Igelkopf und ein weißes Hemd. Kurzärmlig. Kragenlos. Ungebügelt. Harry trug seine ausgewaschenen Jeans. Mit dem Gesicht abgewandt stand er auf unserem kleinen Balkon. Er hatte dicke, blaue Kopfhörer um den Hals, vermutlich hatte er den Trubel nicht ertragen, jetzt aber plauderte er mit Emil. Kürzlich erst hatte Harry sich seine braunen Haare schneiden lassen. Der Igel passte gut zu seiner Stupsnase und den grünen Augen, doch wirkte er damit noch bubenhafter, obwohl er ohnehin schon zwei Jahre jünger war als ich. Er hustete, kämpfte gegen sein Asthma und hielt sich den Inhalator an die Lippen.

Als ich auf Harry zuging, kam mir Emil entgegen, er wollte in seinem Zimmer fernsehen, eine Zeichentrickserie.

»Ausnahmsweise«, nickte ich und hoffte, dass er auf diese Weise von der Hausdurchsuchung ein wenig abgelenkt würde. Dann machte ich ein paar Schritte zu Harry: »Was geht da ab, verdammt?«

Statt zu antworten, tippte Harry auf seinem Taschenrechner eine Formel ein und sagte halblaut: »20.833 …«

»Bitte?«

Weiter hustend drückte er eine zweite Portion des Sprays in seinen Rachen. Seine Hände zitterten.

»Was 20.833?«, beharrte ich.

»Fälle pro Monat in Köln ... versuche gerade auszurechnen, wie hoch die Wahrscheinlichkeit ist, dass jemand meine IP-Adresse missbraucht hat. Letztes Jahr wurden bundesweit 21 Millionen Mail-Adressen gehackt.«

Aus den Augenwinkeln bemerkte ich, wie jemand den Balkon hinter mir betrat. »Was ist hier eigentlich los«, entfuhr es mir, »kann mir das jemand erklären!«

»Selbstverständlich, Frau Rokovic«, vernahm ich eine weiche, angenehm rauchige Stimme. »Mein Name ist Doktor Nicola Marena vom Bundeskriminalamt.« Die Frau trug einen kirschroten Longblazer, eine schwarze Lederhose und modische Ankle Boots, wodurch die ohnehin groß gewachsene Beamtin noch größer wirkte. »Ich leite das Referat SO 43.« Sie streckte mir ihre Hand entgegen.

»SO was?«, fragte ich unwillig ihre Hand schüttelnd.

»*Cybercrime Intelligence Unit* ... Wiesbaden.«

Zweifellos: Es handelte sich um die Motorradfahrerin. Nun hatte sie ihr langes, teilweise nasses Haar mit einem Gummi zu einem Knoten gezähmt.

»Es gab einen gefährlichen Viren-Anschlag«, sagte die etwa vierzigjährige Frau mit ernstem Ausdruck, »bei der Suche nach den Verantwortlichen sind wir unter anderem auf die IP-Adresse Ihres Mannes gestoßen.« Sie ließ ihre Lesebrille, die an einem Lederbändchen hing, von der Nase auf ihren wohlgeformten Busen fallen und sah mir in die Augen: »Wie Sie sicher wissen, handelt es sich bei der IP um eine viergliedrige Zahl, die eindeutig einem Computer zugewiesen werden kann. Quasi eine Postadresse. Deshalb müssen wir DVDs, USB-Sticks und Computer von Herrn Rokovic konfiszieren. Und natürlich alle Smartphones.«

Aus ihrem Longblazer holte Dr. Marena ein Schreiben und hielt es mir hin. Beim Überfliegen der Zeilen ahnte ich, dass sie damit das Recht hatte, alle unsere elektronischen Geräte mitzunehmen.

»Aber mein Handy ... brauch ich ... wegen Emil«, stammelte ich fassungslos.

Einen Moment sah Dr. Marena unsicher zu Akyün, der es mir abgenommen und mit einem Verbindungskabel an sein Notebook angesteckt hatte. Akyün war um zwanzig Zentimeter kleiner als Dr. Marena, die Blicke der beiden trafen einander, sie flüsterten mir Unverständliches. Harry hatte sich abgewandt und tat, als hätte er mit der Razzia nichts zu tun.

Es ärgerte mich.

Schließlich nickte Dr. Marena: »Kollege Akyün ist gleich damit fertig.«

Ich atmete auf.

»Übrigens, beeindruckende Zeichnungen, gefallen mir«, sagte sie und zeigte auf zwei Skizzen von Dantes Inferno, die ich zum Thema Todsünden und Fegefeuer angefertigt und an die Wand geklebt hatte. »Passen gut in unsere Zeit.«

Warum die Bilder in die Zeit passen sollten, verstand ich nicht, für mich waren sie zeitlos. Trotzdem ließ Dr. Marenas Ausdruck darauf schließen, dass sie es möglicherweise ehrlich meinte.

»Nicola!« – Vorovsky gab Dr. Marena ein Zeichen, zu ihm in den Flur zu kommen. Seine Hornbrille abnehmend winkte er auch Akyün herbei. Die drei berieten eine Weile, es wirkte konspirativ. Weder bei der Begrüßung noch sonst hatte Vorovsky einmal gelächelt oder mich oder seine Kollegen freundlich angesehen. Selbst wenn ihn Dr. Marena oder Akyün direkt ansprachen, konnte ich in seinem Gesicht keine Reaktion erkennen. Doch ich hatte nicht den

Eindruck, Vorovsky sei verärgert. Oder vorsätzlich unfreundlich. Eher schien es mir, als wäre diese Ausdruckslosigkeit sein Wesen.

Irgendwann bemerkte ich ein winziges Nicken, kurz darauf machte Dr. Marena ein paar Schritte auf Harry zu: »Herr Rokovic, im Namen meines Teams möchte ich mich bei Ihrer Frau und Ihnen für die Unannehmlichkeiten entschuldigen. Natürlich wissen wir, dass ein Viertel aller IP-Adressen gefälscht sind. Trotzdem sind wir verpflichtet, jeder Spur nachzugehen.« Sie rang sich ein Lächeln ab. »Vielen Dank für Ihr Verständnis.«

Auf den ersten Blick war es ihr kaum anzusehen, doch in der Art, wie sie sich umdrehte und ihrem Team bedeutete, die Wohnung zu räumen, erkannte ich, wie enttäuscht sie war. Hinter einer Fassade des Charmes versteckte diese Frau einen subtilen Jagdeifer. Dr. Marena beunruhigte mich, auch wenn sie die Wohnung mit einem freundlichen Ausdruck verließ und sich verhielt, als wäre die Angelegenheit erledigt. »Auf Wiedersehen.«

Kaum waren die Polizisten verschwunden, eilte ich zu Emil. Es war spät geworden und ich bat ihn, den Fernseher auszuschalten und schleunigst schlafen zu gehen, Razzia hin, Razzia her.

Harry stand noch immer am Balkon, er hatte sich wieder seine Kopfhörer aufgesetzt, ich konnte es kaum fassen. Ich musste mit ihm reden, sofort, doch er hatte sich demonstrativ weggedreht, es machte mich rasend. Trotzdem musste Emil zuerst ins Bett, vor dem Jungen wollte ich nicht mit Harry streiten. Erst jetzt merkte ich, wie angespannt und durchgeschwitzt ich war.

#

Er saß im Bauch des Schöpfers. Ein Sichtbetonbau im Stil des Brutalismus. Ein Koloss aus den 1970ern. Dreizehn Stockwerke hoch, 217 Meter lang, 17 Meter breit. Wie ein schnörkelloser Goldbarren, der die Farbe verloren hatte, lag das Stahlbeton-Ungetüm am Rande von Frankfurt am Main. Über 600 Büros. Im fünften Stock befand sich der Hochsicherheitstrakt. In einem Halbkreis saßen einige Notenbanker vor Dutzenden Bildschirmen und dicken, schwarzen Telefonen. Dort schöpften Dr. Kurt Krepper und seine Kollegen Geld. Aus dem Nichts. Täglich. In den letzten zehn Jahren hatte sich die umlaufende Geldmenge nahezu verdoppelt. Jede Woche kamen neue Milliarden dazu.

Krepper und seine Kollegen waren die Götter des Geldes.

Oft schon hatte Krepper sich gefragt, warum sich kaum jemand dafür interessierte, woher das Geld kam. Nur hin und wieder wollte ein Journalist Genaueres wissen. Dann gaben die Leute von der Presseabteilung komplexe Antworten: »Geld entsteht aus einem komplizierten Prozess, aus einem komplexen Zusammenspiel von Kreditvergabe, Geldmenge und Inflation.« Das verwirrte erst mal. Denn die Herstellung von Geld galt immer noch als Mirakel.

Ein Staatsgeheimnis.

Bürokratische Alchemie.

Früher gab es einen Gegenwert: Gold. Dann kam die Fantasie. Und ersetzte das glänzende Metall. Seit den 1970ern war Geld in keinem Land mehr an Gold oder einen anderen realen Wert gebunden. Ein Hunderteuroschein besteht aus Baumwollfasern. Sein Wert: wenige Cent. Für eine digitale Überweisung von Millionen bedarf es überhaupt keines realen Wertes mehr.

Geld ist ein Versprechen.

Eine Religion.

Der Staat zwingt uns, daran zu glauben.

Er macht es zur Staatsreligion.

Trotzdem gewährt der Staat neues Geld nur als Kredit – diese Tatsache war es, die Krepper immer öfter den Schlaf raubte. Und in Wallungen versetzte. Denn selbst der Staat muss sich bei Geschäftsbanken und anderen Gläubigern Geld borgen, die es wiederum beschaffen, indem sie sich größtenteils mit Krediten bei Bundesbank und EZB refinanzieren.

Jeden Dienstagmorgen um 10 Uhr vergaben Krepper und Kollegen Kredite in Milliardenhöhe an Geschäftsbanken, womit viele bereits am Mittwoch bei der Finanzagentur des Bundes an den Auktionen für Staatsanleihen mitboten. Und zumeist an Gebühren und Zinsen mitverdienten.

Krepper empfand das System als absurd.

Die Ausgaben für die Bedienung der Staatsschulden waren im Bundeshaushalt nach Sozial- und Militärausgaben der drittgrößte Posten. Eine fulminante Subvention von Geschäftsbanken. Faktisch ohne Risiko. Geriet eine Bank trotzdem einmal in Schieflage, sprang der Staat mit Rettungsschirmen ein.

Auf Kosten der Steuerzahler.

Krepper trank Brennnesseltee. Er schob den Ärmel seines hellblauen Businesshemdes hoch, kratzte sich an einem geröteten Ausschlag am Unterarm – bis er eine Aufregung im Handelsraum vernahm. Mehrere Kollegen beugten sich über einen Bildschirm und diskutierten Zahlen. Es sah aus, als würden Ärzte am Bett eines Schwerkranken über mysteriöse Symptome beraten. Wie bereits in der Presse kontrovers besprochen, war die *Andromeda* Bank durch riskante Spekulationen mit russischen Hedgefonds und exzessiven Derivatenhandel in Schieflage geraten. Sie hatte vor wenigen Tagen um einen zweiten Sonderkredit ersucht. Dafür gab es komplexe Regeln und den Europäischen Stabilitätsmechanismus, der durch kein Parlament und keinen Rechnungshof der Welt kontrolliert wird und dessen Mitarbeiter der absoluten Schweigepflicht unterliegen. Sogar gegenüber den eigenen Regierungschefs!

Die Angelegenheit würde irgendwann zu Krepper und seinem Vorgesetzten, den um fünf Jahre jüngeren Abteilungsleiter Herbert Dorschberger wandern. Für den 1,2 Milliarden-Kredit musste die *Andromeda* zwar als Sicherheiten Wertpapiere hinterlegen, doch die Qualität dieser Papiere war zumeist Schrott.

Alle im Haus wussten es.

Besonders Dorschberger.

Einerseits bewunderte Krepper manchmal Dorschbergers Fähigkeit, schnell, zielgerichtet und strukturiert zu denken, andererseits war er oft enttäuscht, wie der Dreitagebart-Träger seine klugen Schlussfolgerungen kompromissbereit und weich umsetzte.

Und dann spürte es Krepper wieder: Dieses Gefühl, das ihn seit Jahren quälte. Anfangs unbewusst, es machte ihn fahrig, nervös und aggressiv. Gegenüber Kollegen, Freunden und Verwandten. Viel hatte er darüber nachgedacht. Abends, nach der Arbeit. Morgens beim Aufwachen. Tagsüber in Verhandlungen. In letzter Zeit drohte dieses Gefühl ihn zu paralysieren: Ein tiefes Unbehagen, das sich zu einer diffusen Wut steigerte und schließlich in Zorn mündete.

Krepper nahm seine schwarze Kunststoffbrille ab und wischte sich den Schweiß von der Stirn. Die vielen Computer im Handelsraum trieben die Temperatur nach oben, das Thermometer zeigte 28 Grad, es gab keine Klimaanlage. Nur im 13. Stock, wo der Bundesbankpräsident, die Vorstände und Juristen residierten, existierte eine Aircondition. War es Absicht, sollten nur die Chefs einen kühlen Kopf bewahren?

Die meisten der 3.100 Bundesbanker arbeiteten in kleinen, grauen Büros: Zwei Schreibtische, zwei Stühle, ein Fenster. Manchmal beneidete Krepper seinen Studienkollegen Hübner, der bei der *Andromeda* seinen Dienst versah. Hübner verdiente inklusive Boni das Dreifache, hatte ein viermal so großes Büro mit Besuchersofa und konnte jeden Abend aus dem 32. Stock die Frankfurter Skyline im Sonnenuntergang genießen. Mit Hightech-Klimaanlage.

Nun aber durften Krepper und seine Kollegen diese Pappnasen retten. Mehr noch. Sie mussten die Bankmanager vor ihrer eigenen Gier schützen. Mit Bankenaufsichten, Stresstests und Kreditspritzen.

Je länger Krepper in der Bundesbank arbeitete, umso deutlicher hatte sich für ihn herausgestellt: Die größten Subventionsempfänger des Staates sind nicht die Arbeitslosen, es sind die Banker. Jene Männer, die in ihren Glaspalästen und Luxusvillen überall in Europa residieren und für die ein paar Millionen bloß »Peanuts« sind.

Es machte ihn wütend, er hatte es so satt!

Natürlich versuchte der Staat seit der großen Bankenkrise 2008 gegenzusteuern.

Mit Tausenden von teuren Beamten.

In den nationalen und europäischen Bankenaufsichten.

Mit der Abteilung für Finanzstabilität der Bundesbank.

Und dem Europäischen Ausschuss für Systemrisiken.

Vorsichtige Staatsdiener gegen gewiefte Banker.

Staatliche Scheinwerfer gegen die Schatten der Banken.

Samthandschuhe gegen Ego-Shooter.

Für Krepper waren die Waffen ungleich verteilt.

Lange schon konnte er nicht mehr zusehen, lange hatte er seine Wut im Zaum gehalten, lange hatte er auf diese Gelegenheit gewartet. Jetzt war sie mit der Schieflage der *Andromeda* gekommen. Endlich.

*

Im Bad riss ich mir mein rotes, durchgeschwitztes T-Shirt und die Stretchjeans vom Körper und duschte. Als ich den warmen Strahl im Gesicht fühlte, fragte ich mich, was die ganze Aktion sollte: Noch nie waren Polizisten in unserer Wohnung. Hatte Harry wirklich damit zu tun? Das heiße Wasser beruhigte nur kurz.

Mit nassen Haaren und im Bademantel setzte ich mich zu Harry auf das Sofa und wollte mit ihm reden. Ich überlegte, wie wir uns von dem polizeilichen Überfall erholen konnten, Salbei-Kirsch würde nicht reichen, ein Beruhigungstee in Kombination mit einem Bier schon eher. Emil war zwar schon im Pyjama, doch hatte er sich mein Smartphone stibitzt und spielte darauf, obwohl er längst im Bett sein sollte. Als ich versuchte, ihm das Handy abzunehmen, protestierte er hustend und tippte auf die Smartphone-News, um Zeit zu schinden. Zu sehen war das Foto eines Geldautomaten, vor dem zwei Frauen lachten und mit mehreren Hunderteuroscheinen wedelten. Darunter stand:

Erst Jubel, dann Ausfall!

Über 800 Geldautomaten der Andromeda Bank mussten wegen Fehlfunktionen abgeschaltet werden. Die Bank arbeitet mit Hochdruck an der Behebung der Störung. Einen Zusammenhang mit den heftigen Problemen infolge der Spekulationsgeschäfte mit russischen Hedgefonds bestreitet der Andromeda-Sprecher: »Beim Ausfall der Geldautomaten handelt es sich um ein technisches Problem, das in Kürze gelöst sein wird!«

Emil zog die Mundwinkel nach unten, war fast den Tränen nahe: »Heißt das ... keine Chance auf einen zweiten Lotto-Treffer?«

Tröstend strich ich ihm über die Schulter: »Sieht danach aus.«

»Bekomm ich jetzt doch kein Smartphone?«

Eigentlich konnten wir uns das nicht leisten, ich hatte die Miete für diesen Monat noch nicht überwiesen und gehofft, wir könnten ein zweites Mal den Geldautomaten anzapfen. Andererseits hatte ich Emil das Ding schon lange versprochen, ich war hin und her gerissen.

»Alle in der Klasse haben schon eins, Mama. Ich nehm auch das Billigste«, setzte er hustend nach und sah mich treuherzig an. Ich überlegte einen Moment und schaffte es nicht zu widerstehen. Als ich nickte, drückte er mich voller Freude. Plötzlich aber erschütterte ihn ein heftiger Hustenanfall, er hatte das Asthma von seinem Vater geerbt. Seine Wangen röteten sich, er schnappte nach Luft. Rasch holte Harry den Inhalator mit dem kortisonhaltigen Bronchialmedikament. Trotzdem hustete Emil weiter, er fand keine Ruhe, griff ängstlich nach Papas Hand. Obwohl Harry seinen Sohn liebte, konnte er mit Emils Bedürfnis nach körperlicher Nähe schlecht umgehen und überließ das mir.

Ich legte mich zu Emil und drückte seinen Rücken sanft an meinen Bauch. Sobald der Junge meine Wärme spürte, kuschelte er seinen Kopf an mich, und seine Atmung fand einen gleichmäßigen Rhythmus. Meist schlief er dann rasch ein. So auch jetzt. Ich mochte diese Momente: In Wärme und Geborgenheit konnte ich loslassen, nachdenken, einfach nur sein. Das abgedunkelte Zimmer, die ruhigen Atemgeräusche, Emils entspanntes Gesicht. Augenblicke völliger Kontemplation. Die besten Ideen für meine Arbeiten hatte ich oft in diesen Minuten. Jetzt aber hatte ich nur das kontrolliert-höfliche Lächeln von Dr. Marena und das ausdruckslose Gesicht von Ingenieur Vorovsky im Kopf. Mir fiel ein, dass die beiden alle unsere Kommunikationsgeräte überprüft hatten – bis auf unser Familien-Notebook. Jenen Rechner, auf dem Harry mit Emil zusammen am liebsten spielte. Wo war das Gerät überhaupt?

Plötzlich hielt Emil kurz den Atem an, er drehte sich von mir weg und schlief weiter. Es war das Zeichen aufzustehen. Irgendwann würde Emil nicht mehr kuscheln wollen, in die Pubertät kommen, sich abnabeln. Jeder Abend ein Geschenk.

Als ich mit Harry endlich auf dem Sofa ein Bier zum Runterkommen trank, fragte ich: »Was soll der ganze Scheiß?«

Er zuckte mit den Schultern und schwieg. Doch ich glaubte, in seinem Gesicht ein Gefühl zu erkennen, dass ich sonst so gut wie nie bei ihm beobachten konnte: Angst.

»Wie kommt das BKA gerade auf dich?«, setzte ich nach.

»Hast du nicht vor Kurzem bei Occupy mitdemonstriert?«, entgegnete er leise, »aufgrund der Datenlage liegt die Wahrscheinlichkeit bei über 65 Prozent, dass die deshalb auf uns gekommen sind.«

»Zu der Demo hatte mich Bibiane mitgeschleppt.«

Mit Bibiane bin ich zusammen auf's Gymnasium gegangen, sie war Journalistin geworden, wir hatten uns nie aus den Augen verloren. Vor elf Jahren hatte sie Harry, Emil und mir die Wohnung unter ihr vermittelt, wofür wir ihr bis heute dankbar waren. Bibiane hatte die Gabe, ihre Freunde mitzureißen, beiläufig, subtil und mit überzeugenden Argumenten. Als ich sie zur Eröffnung der EZB-Türme begleitet hatte, interessierte mich allerdings mehr die Architektur als die Demo. Zu schwammig empfand ich die Ziele der Demonstranten, zu brutal die Vorgehensweise, es wurden Autos angezündet und Polizisten verletzt, sinnlos, wie mir schien.

Ich schüttelte den Kopf: »In Frankfurt bin ich nicht einmal in eine Polizeikontrolle geraten, wie sollen die auf meinen Namen gekommen sein?«

»Über irgendwelche Demo-Anmeldungslisten, Unterschriftenaktionen, Überwachungsvideos ...«

Das konnte ich mir kaum vorstellen, im Gegenteil: Die EZB verschenkte damals blaue Regencapes mit den EU-Sternen. Bibiane und ich staubten jeweils zwei ab und brachten sie unseren Partnern mit.

»Warum haben die Bullen eigentlich nicht unser Familien-Notebook untersucht?«, fragte ich.

»Schrottteil.«

»Was heißt das?«

Er zuckte die Schultern.

»Wo ist es?«

»Hab ich in den Schornstein gesteckt«, murrte er.

»Was? ... Da sind Emils Spiele und unsere Familienfotos drauf!«

»Alles gesichert.«

Wenn Harry nicht reden wollte, gab er nur kurze, lakonische Antworten. Weiteres Nachfragen war dann sinnlos. In solchen Fällen spielte ich lieber über die Bande. Schmollte erst. Und probierte es später erneut. Mich abwendend steckte ich mir die Kopfhörer meines Smartphones ins Ohr, griff zu Salbei-Kirsch und ignorierte ihn.

Harry fiel mein Schweigen auf und er versuchte, meine Verstimmung mit ein paar ungelenken Berührungen zu zerstreuen. Reflexartig wich ich zurück. Er streichelte behutsam meine Wangen, kraulte meinen Nacken und drückte mich so, wie ich es liebte: fest und innig. Die Augen schließend, ließ ich es zu, denn ich vermisste seine Zärtlichkeiten – in letzter Zeit waren diese Momente selten geworden. Zumeist musste ich um Nähe kämpfen. Manchmal aber, wenn er sich wirklich bemühte, konnte er es so gut: Meine Zweifel durch zarte Berührungen auflösen, mich in eine Umarmung hüllen, von der alles Unangenehme abprallte, und mir mit sanften Küssen das Gefühl geben, dass alle meine Sorgen grundlos waren. So gut wie nie gelang ihm das mit Worten, eher schon mit Zahlen.

Harry liebte Zahlen. Häufig hatte ich den Eindruck, er sah die ganze Welt in Zahlen. Zum Beispiel meinen Büstenhalter. Der bestand seiner Ansicht nach aus Elektronen und Quarks. Ladung und Bewegung waren mathematisch definiert. Der Ort, wo der BH saß, konnte durch ein dreidimensionales Koordinatensystem bestimmt werden. Weil es möglich war, den Raum, das Material und sämtliche Bewegungen mathematisch zu beschreiben, lag für Harry der Schluss nahe, dass auch emotionale Reaktionen nach einem mathematischen Muster funktionierten. In einigen Jahrzehnten, so war er überzeugt, würden alle psychologischen Prozesse berechenbar und damit vorhersehbar sein. Ja, er vertrat sogar die Ansicht: Der gesamte Fortschritt der letzten Jahrhunderte basierte auf Logik! Aufgrund von mathematischen Gesetzen wurden in der Medizin, der Industrie und in allen anderen Bereichen kluge Technologien entwickelt. Insofern ist möglicherweise unser ganzes Universum mit ein paar Formeln zu beschreiben: Mit Schrödingers Gleichung von der Quantenmechanik, der Maxwell'schen Gleichung der Elektrodynamik und der Einstein'schen Feldgleichung.

Mir gefiel Harrys Idee, unsere gesamte Existenz mit einer Buchstaben-Zahlen-Kombination verstehbar zu machen. Und sich damit die Welt als einfach und gleichzeitig elegant vorzustellen. Diese Einfachheit nahm ich als beruhigend wahr, sie gab Hoffnung.

Trotzdem verstand ich Harry oft nicht. Wie jetzt: Er strich über meine Brüste und tiefer, er öffnete meinen Gürtel, meine Kopfhörer fielen zu Boden, mein Atem stockte, der Moment der Zärtlichkeit war schon wieder vorbei, er wollte Sex. Ja, Sex wollte er immer. Aber nach Sex war mir jetzt nicht. Überhaupt nicht!

Ich wand mich aus Harrys Umarmung, verschwand ins Schlafzimmer und ließ eine Kaugummiblase platzen. Im Alltag empfand ich Harry manchmal als anstrengend, doch er war der intelligenteste Kerl, der mir je über den Weg gelaufen ist.

@

Dr. Marena machte ungern Kompromisse. Sie sah es als einzigen Weg an, sich als Frau durchzusetzen. In kaum einem Umfeld gab es so viele Machos wie im polizeilichen. Dagegen half nur: Besser sein! Das bedeutete: Mehr Arbeit, genaueres Studium der Unterlagen, tiefere Recherche.

Fakten, Fakten, Fakten.

Nur wenn sie jeder Information hinterherlief, jede Akte bis zum bitteren Ende gelesen hatte, über jedes Detail Bescheid wusste, wollte sie Entscheidungen treffen, Maßnahmen ergreifen, in Sitzungen gehen. Keine Schlampigkeiten, kein Laissez faire; ihre Haltung hatte sie dorthin gebracht, wo sie heute war: Die einzige Frau, die eine Abteilung des Bundeskriminalamtes leitete – der zentralen Aufklärungsbehörde Deutschlands.

Seit heute Morgen hatte Dr. Marena alle ihr zur Verfügung stehenden Mitarbeiter eingesetzt, um den Zwischenfall mit dem Bankenvirus aufzuklären.

Ohne eine Erfolg versprechende Spur zu finden.

Nach dem hastigen Genuss einer Tafel Nussschokolade hatte sie auf dem kurzen Dienstweg Dipl. Ing. Vorovsky vom *Bundesamt für Sicherheit in der Informationstechnik* um Zuarbeit gebeten.

Sie war nach Bonn gekommen, um seine Ergebnisse zu hören. Leise öffnete sie die Bürotür einen Spalt, Vorovsky bemerkte sie nicht. Es bereitete ihr ein diebisches Vergnügen, ihn heimlich zu beobachten: Wie er sein IT-Team mit kurzen Anweisungen und rhetorischer Finesse instruierte. Wie er sich auf seinem Drehstuhl von einem Computer zum anderen bewegte. Wie sich auf seiner Stirn kleine Falten bildeten, wenn er sich konzentrierte.

»Gefährlich ... scheißgefährlich«, schimpfte er.

Zum ersten Mal, seit sie Vorovsky kannte, hörte sie ihn fluchen. Sie musste schmunzeln. Als er sie bemerkte, begann er zu erläutern: Er und sein Team hatten Fallen in dem komplexen Virus-Programm entdeckt. Offensichtlich hatten die Hacker mit klugen Gegnern gerechnet und dementsprechende Finten eingebaut.

»Dreimal schon sind wir sicher gewesen, die Malware geknackt zu haben. Dreimal war es ein Schattenprogramm. Ein Fake, das neben dem Original lief!«

»Und warum ist das so gefährlich?«

Statt einer Antwort schob er ihr einen Ausdruck rüber. Seine Kollegen gingen in die Kaffeepause, gleichzeitig kam von seinem Rechner ein kurzer Summton. Eine E-Mail. Sie schien ihm wichtig, er begann zu lesen. Oder wollte er nur, dass sie sich auf die Programmzeilen konzentrierte?

Wieder einmal führte Vorovsky über die Bande Regie, statt zu belehren oder zu ermahnen. Schon bei einigen schwierigen Fällen durfte sie mit ihm zusammenarbeiten. Es war seine Art, die sie so mochte. Insbesondere nach einem Zwölfstundentag, wenn sie mit ihm noch auf ein Bier ging und die Erkenntnisse des Tages Revue passieren ließ. In einem ermittlungstechnischen Pas des deux stellten sie dann das Puzzle zusammen. Was der eine nicht wusste, kombinierte der andere, sie kamen auf neue Fragen, schlugen ausgefallene Wege ein, erkundeten unbekanntes Terrain und warfen einander Pointen zu.

Dr. Marena erregten Vorovskys scharfsinnige Sätze, sie fühlte es körperlich, er regte sie an und auf, nach solchen Diskussionen verspürte sie jedes Mal das Bedürfnis, ihn zu berühren – ja, sie musste sich eingestehen: Sie war sapiosexuell.

Zu schade, dass Vorovsky verheiratet war. In zweiter Ehe. Mit einer sechs Jahre jüngeren Frau, die ihm drei Kinder geboren hatte. 21, 17 und 12 Jahre alt. Obwohl Dr. Marena mit Vorovsky viel Kontakt hatte, hielten sie Distanz. Sie wusste, dass er in seiner Ehe nicht glücklich war, dass im Bett nichts mehr lief, dass seine Frau an Multipler Sklerose litt und depressiv war. Die meisten Abende verbrachte er am Rechner oder im Sportklub. In seiner subtilen Art hatte er einmal beim Gespräch über einen Familienvater, der in einen Raubüberfall verwickelt und Hals über Kopf nach Thailand geflüchtet war, sein Gefühlsleben angedeutet: Vorovsky konnte einem Ausbruch aus allen Konventionen etwas abgewinnen, nur war er zu moralisch, zu geerdet, vielleicht liebte er auch seine Kinder zu sehr, sie wusste es nicht. Doch sie respektierte es. Und hielt Abstand. Professionellen Abstand. Bis auf ein Mal.

Vor drei Monaten.

An diese Nacht aber wollte sie jetzt nicht denken. Lieber versuchte sie, Erkenntnisse aus den Programmzeilen zu gewinnen.

»Zu deiner Frage, warum das Virus so gefährlich ist«, unterbrach er ihren Gedankenfluss und sah vom Bildschirm auf, »gibt es eine klare Antwort: Weil das Virus nicht nur die Payment und Accounting Processing Service Systeme lahmlegt, die Bezahlung und Auswertung durchführen, sondern – noch viel schlimmer – zusätzlich die Contingency Modules, die bei einem Systemausfall zur Anwendung kommen ... und bei einem Notfall die wichtigsten Daten speichern!«

»Bedeutet«, resümierte Dr. Marena, »wenn wir's nicht schaffen, das Virus zu stoppen, sind alle hinterlegten Daten über Guthaben und Kredite bei der betroffenen Bank futsch?«

Er nickte.

»Für immer?«

»Höchstwahrscheinlich. Inklusive aller Sicherungskopien.« Kopfschüttelnd setzte er nach: »Nur ein ganzes Team von Sicherheitsprofis kann so ein umfangreiches und raffiniertes Zerstörungsprogramm erstellt haben.«

»Wer denkt sich so was aus?«

»Jemand, der die *Andromeda* erpressen will.«

»Oder jemand, der eine offene Rechnung hat.«

»Bei einer so großen Bank kommen da viele infrage.«

Die beunruhigten Blicke der beiden trafen einander.

*

Schlaf gut.« Harry hatte mir seinen üblichen, distanzierten Gute-Nacht-Kuss gegeben und sich auf seine Seite gedreht. Bald darauf war ich fast eingeschlafen, als etwas vibrierte. Harrys Handy. Eine Nachricht. Ich hatte den Eindruck, er starrte ewig lange auf den kleinen Bildschirm. Dann schlich er sich aus dem Zimmer und schloss leise die Tür. Aus den Geräuschen im Flur folgerte ich, dass er seine Hose anzog und nach seinem Schlüsselbund griff. Ich öffnete die Augen: Der Wecker zeigte halb zwölf. Komisch. Harry machte so gut wie nie etwas hinter meinem Rücken, war nahezu immer ehrlich. Hatte sein plötzlicher Aufbruch mit dem BKA-Besuch zu tun? Davon aber hätte er mir erzählt. Oder hatte er sich geändert, hatte er vielleicht doch eine andere? Hatte sie ihn unter Druck gesetzt und eine Nachricht auf sein Handy gesandt: »Brauche dich dringend. Warte unten am Tor!« Oder: »Verzehr mich nach dir, komm sofort!« Oder gar: »Bin schwanger, wo bleibst du?«

In letzter Zeit hatte es oft Dissonanzen gegeben, die wir totgeschwiegen hatten. Immerhin, wir hatten gemeinsame Ziele: Emils Entwicklung, ein Leben in größtmöglicher Unabhängigkeit und ein gemeinsames Projekt, denn seit meiner Kindheit verspürte ich den tiefen Drang, etwas Schönes zu schaffen. Bereits mit zwölf wollte ich Malerin werden. Erst Aquarell, dann Öl. Ein Bild zu gestalten – Menschen, Landschaften, Farben, Symmetrien –

bedeutete für mich, eine Geschichte zu erzählen. Später dann, mit achtzehn, wollte ich Kunst studieren. Nach der dritten Ablehnung an der Kunstakademie begann ich eine Restauratoren-Ausbildung, so konnte ich mich täglich mit Wand- und Deckengemälden beschäftigen. Ich mochte es, die versteckten Geschichten, Hinweise und Seitenhiebe der Künstler zu entschlüsseln. Das Wunderbare an meinem Beruf war: Geschmack ist nebensächlich. Es geht um Wahrheit. Die restauratorische Wahrheit. Ich empfand es als meine Aufgabe, *wahre Geschichten* ans Licht zu bringen. Ich liebte klare Strukturen, das verband mich mit Harry.

In den letzten Jahren allerdings war es mit der *Wahrheit* schwieriger geworden: Renditegierige Hausbesitzer, überforderte Denkmalpfleger und neue Kollegen aus dem Osten, die mit Dumpingpreisen jeden Auftrag auf Teufel komm raus an Land ziehen wollten, machten das Überleben bei gleichzeitigem Erhalt meiner Ansprüche problematisch. Immer stärker hatte sich bei mir die Sehnsucht nach etwas Eigenem entwickelt: Ein kleines Unternehmen, eine sichere Scholle, ein Refugium, das nur Harry und mir gehörte. Wir hatten geplant, für einige Jahre in den Norden Indiens zu ziehen und am Fuße des Himalaya ein von mir gestaltetes Café für Touristen zu eröffnen.

Freunde von uns betrieben in Delhi seit einigen Jahren ein erfolgreiches Wiener Kaffeehaus. Wir wollten uns in Ladakh niederlassen, wo jedes Jahr Tausende von westlichen Touristen vorbeikamen. Aber ganz ohne Geld?

Stillschweigend hatten wir den Plan ständig verschoben, denn Harry konnte in den letzten Jahren keine Anstellung mehr finden; jedes Mal wurde er nach einigen Probetagen gefeuert, weil Chefs,

Mitarbeiter oder Kunden mit ihm nicht umgehen konnten. Meist hieß es, Harry habe zu geringe Kommunikations- und Stresskompetenzen. Dadurch spitzte sich unser privates Dilemma zu, weil ich immer öfter die Miete alleine zahlen musste, während er am Rechner und mit Emil viel Zeit bei Computerspielen verdaddelte. Ab und zu hatte ich ihn auch zur Arbeit getreten, mit unterschiedlichem Erfolg.

Zuletzt hatte er sich oft mit seiner Nerd-Kollegin Vroni verabredet. Ein schrilles Gothicgirl, das meist gebrauchte Lackklamotten trug. Nerd und Gothic passten eigentlich nicht zusammen, aber vielleicht hatte Harry gerade der Widerspruch gereizt. Alles an Vroni war ein Widerspruch: Sie verweigerte sich dem Konsum und versuchte, mit 200 Euro im Monat auszukommen. Ihr Motto: Überdruss am Überfluss. Harry hatte ihr bei der Erstellung eines komplizierten Spiele-Programms geholfen. Zwar hatte er mir von jedem Treffen mit Vroni erzählt, trotzdem hatte ich mich das ein oder andere Mal gefragt, ob er sich mit ihr wirklich nur über Software ausgetauscht hatte.

Da hörte ich ihn die Wohnungstüre schließen. Wie von der Tarantel gestochen sprang ich auf und entdeckte in der Küche den ausgekippten Topf unseres größten Kaktus. Neben dem Erdhaufen lag ein geöffnetes, leeres Gläschen. Wir hatten es auf einer Campingreise für Salz verwendet, lange her, weiße Spuren konnte ich noch im Glas erkennen – Salz oder gar Koks? Es passte nicht zu Harry, der Gedanke war abstrus, aber was hätte er in einem luftdichten Gläschen in Kaktuserde sonst verstecken sollen?

Ich musste es wissen, unbedingt!

Auch seine schwarze Funktionsjacke mit den vielen Innentaschen, die er mit Notinhalator, Reisezahnbürste und Multi-Tool-Taschenmesser bestückt hatte, war verschwunden.

Schnell ging ich in Emils Zimmer. Er hatte sich schlafend aus der Bettdecke gerollt, atmete ruhig. Ich deckte ihn zu und schaltete die kleine WLAN-Kamera ein, über die ich Emil auf meinem Smartphone beobachten konnte.

Zwar hatte Harry nun einen Vorsprung, doch wenn er seinen alten VW-Bus nahm, musste er den erst einmal aus der Tiefgarage holen – während meine Vespa vor dem Haus stand.

Eilig zog ich Jeans und Pullover an und schlüpfte in meine rote Biker-Lederjacke. Dann rannte ich zur Vespa. Beim vierten Versuch sprang sie an und in diesem Moment vernahm ich auch schon das Tuckern von Harrys Bus, der sich die steile Ausfahrt hoch plagte.

Der Schneeregen ließ nach. Obwohl Harry ziemlich schnell fuhr, versuchte ich den gelben VW-Bus mit den auffälligen Dachglasfenstern aus den 1970ern nicht aus den Augen zu verlieren.

Harry bog Richtung Kölner Zentrum ab. Weil eine Mutter mit Kleinkind an der Hand die Straße überquerte, musste ich abrupt bremsen. Um diese Zeit? Es war kurz vor Mitternacht – Emil! Sofort blickte ich auf mein Smartphone und stellte die Verbindung zur WLAN-Kamera in seinem Zimmer her: Emil schlief ruhig, bewegte sich nicht. Die ersten drei, vier Stunden nach dem Einschlafen wachte er selten auf, insbesondere dann, wenn er das Bronchialmittel erhalten hatte. Ich sollte mich beeilen.

Gerade noch sah ich, wie Harry am Güterbahnhof abzweigte und auf das weitläufige, von Flutscheinwerfern erhellte Gelände fuhr. Ich spürte meine Füße, die Schuhe waren vom Schneeregen durchnässt. Ein Terminalkran verlud Container von Sattelschleppern auf Waggons. Zwischen Lastern mit schweren Anhängern und Containertürmen steuerte Harry zum abgelegeneren Teil des Areals.

Abstand halten, langsam, Harry sollte mich nicht sehen!

Vielleicht war ich paranoid, denn hier würde ja kaum eine Geliebte wohnen, warum also war ich so misstrauisch? Lag es an der Razzia, die mich so irritiert hatte?

Ich spielte mit dem Gedanken, sofort umzudrehen, ich sollte lieber mit Harry reden, statt ihm nachzuspionieren. Doch meine Hände folgten meinen Gedanken nicht.

Der VW-Bus rollte an die Peripherie des Verladebahnhofes, es wurde immer dunkler. Ein fahrbarer Containerkran mit Ladung kam mir entgegen, ich musste anhalten, ihn vorbeilassen, er stank erbärmlich nach Diesel. An der nächsten Gabelung hatte ich Harry verloren. Mit dem Scheinwerfer der Vespa leuchtete ich auf den schlammigen Boden und suchte nach frischen Reifenspuren. Doch der vom Schneeregen durchtränkte Schlamm hatte die Spuren aufgelöst. Ich stellte die Vespa ab und horchte: Kein VW-Tuckern. Nur das entfernte Quietschen von Stahlseilen und Containertüren im Wind.

Indes hatte der Schneeregen aufgehört, das kalte Licht des Vollmonds kämpfte sich durch dünner werdende Wolken.

Vorsichtig schob ich die Vespa zwischen leeren Anhängern und verrosteten Containerteilen weiter und fand neben Gleisen ohne Waggons endlich eine frische Reifenspur. Aus der Ferne vernahm ich Geräusche, sah aber keine Arbeiter. Auch die Gleise schienen nicht mehr in Betrieb. Blätterlose Büsche und Bäumchen hatten die Schwellen überwuchert. Dazwischen parkten die verrosteten Laster eines Sägewerks, ein Friedhof für Sattelschlepper.

Weiter, schärfte ich mir ein, *weiter!*

Vor einem baufälligen Wasserturm entdeckte ich endlich den gelben Bus. Harry war ausgestiegen. Hinter der Ladefläche eines rostigen Holztransporters ging ich in Deckung und beobachtete, wie er sich einige Meter vom VW-Bus entfernte und dabei in alle Richtungen umsah. Für eine Weile betrachtete ich den historischen Wasserturm. Vermutlich erbaut um 1890. Backstein. Ich hatte vor Jahren schon mal einen restauratorisch untersucht. Tausende Liter Wasser konnten sie speichern und damit Dampflokomotiven versorgen. Heute thronten sie als Relikte einer bewegten Zeit über den Gleisanlagen und warteten auf Sinn.

Unterdessen näherte sich Harry langsam einem Mann auf einer Geländemaschine. Er musste im Schatten des Wasserturms gewartet haben, denn ich nahm ihn erst jetzt wahr. Der Mann trug einen schwarzen Vollvisierhelm. In gebeugter Haltung bewegte ich mich entlang des Sattelschlepper-Anhängers so weit nach vorne, wie der Aufbau Deckung gewährte. Der Unbekannte trug eine blaue Daunenjacke und Lederhandschuhe. Ich zoomte mit meinem Smartphone auf den Motorradfahrer – zu dunkel! Ich drückte den *Record-Button*, vielleicht wäre es möglich, später auf dem Video mehr zu sehen. Zwischen den beiden Männern kam es zu einem Wortwechsel. Ich pirschte mich näher heran. Im Licht des VW-Scheinwerfers übergab Harry dem Motorradfahrer ein blaues Ding – einen USB-Stick? War es dieser Stick, den Harry in unserem Salzgläschen versteckt hatte?

Der Motorradfahrer reichte Harry eine Sporttasche. Harry sah rein, wühlte mit der rechten Hand darin, zog etwas hervor und betrachtete es einen Moment. Sofort zoomte ich darauf zu, konnte aber auf meinem Smartphone nicht erkennen, worum es sich handelte.

Sich permanent umschauend trug Harry die Tasche zum VW-Bus und bugsierte sie ungeschickt auf den Beifahrersitz.

Einige Meter entfernt verharrte ich neben meiner Vespa, ich verstand das alles nicht und wartete, bis der Motorradfahrer seine

Maschine startete. Sollte ich jetzt einfach zu Harry rübergehen? Oder lieber warten?

Als ich die Geländemaschine beschleunigen hörte, gab ich mir einen Ruck und rief Harry auf seinem Handy an.

»Zu 99 Prozent … hab ich alles, was wir …«, stotterte er aufgeregt und wirkte nicht überrascht, dass ich ihn angerufen hatte – woraus ich schloss, dass er mich längst bemerkt haben musste.

»Und zu … 95 Prozent«, sagte er, »wird alles g…«

Ich hörte ihn stammeln und beobachtete: Der Motorradfahrer kam zurück, riss die Fahrertür des VW-Busses auf und hielt Harry eine Pistole an die Stirn. Aus dem Smartphone schnappte ich auf, wie der Mann mit Vollvisierhelm etwas von einem Notebook schrie und nach einem »Code« verlangte.

Ein heftiger Disput.

Bei jedem lauten Satz zuckte ich zusammen, Harry konnte wütende Menschen nicht ertragen. Wenn er es trotzdem musste, war sein Innerstes in Gefahr. Von einer Sekunde auf die andere haute er dann ab oder begann loszubrüllen. Der Motorradfahrer hatte einen befremdlichen Akzent, ich vermutete einen Osteuropäer, war mir aber nicht sicher. Je länger der Streit der Männer dauerte, umso mehr glaubte ich, dass es sich um einen Russen handelte.

Plötzlich ein Laut von Harry, dann ein Schuss.

Harry kippte vornüber, verschwand aus meinem Blickfeld. Reflexartig schrie ich auf – und biss mir sofort auf die Lippen. Lag Harry im Wagen und verblutete?

Einen Moment überlegte ich, zum VW-Bus zu rennen. Bis ich sehen konnte, wie der Russe sich mit der Waffe in der Hand umdrehte und nach vorne trat, den Platz absuchte. Er musste meinen Schrei gehört haben.

Sofort duckte ich mich. Der Russe steckte die Waffe weg, griff in seine Daunenjacke und holte einen Revolver größeren Kalibers hervor. Während er ein paar Schritte auf mich zukam, zielte er. Im nächsten Moment ertönte ein ohrenbetäubendes Krachen und der Rückspiegel meiner Vespa zersprang.

Die nächste Kugel traf wenige Zentimeter neben mir die Zwillingsreifen des Sattelschleppers. Ich hörte den Russen auf mich zuschreiten. Noch ein Schuss. Angst. In gebeugter Haltung versuchte ich die Vespa aus der Schusslinie zu schieben und gleichzeitig zu starten, doch das verdammte Ding sprang nicht an. Mehrere Kugeln schlugen links und rechts neben mir ein, ich strauchelte, knickte ein. Zum Glück fühlte ich keinen Schmerz und brach auch nicht zusammen, ich startete erneut. Der Motor heulte auf.

Vollgas!

Hinter einem Mineralöllaster mit Anhänger suchte ich Deckung. Als ich mich umdrehte, sah ich den Russen zur Geländemaschine laufen. Ich bog in eine Containergasse, nahm mehrere Abzweigungen, fuhr einen Umweg, bis ich den Eindruck hatte, dass mir niemand mehr folgte.

Erst als ich den hell beleuchteten Verladekran im belebteren Teil des Güterbahnhofs erreichte, spürte ich mein Herz rasen. Trotz des eiskalten Windes merkte ich, wie mir der Schweiß über die Wangen rann.

Als ich einen Moment am Stoppschild der Ausfahrt anhielt, griff ich zum Handy, wollte für Harry Hilfe holen. Notarzt, Polizei. Bevor ich die Nummer eingeben konnte, hörte ich ein näherkommendes Tuckern. Im zersprungenen Rückspiegel sah ich den Russen am Steuer des VW-Busses.

Verdammt, ich musste erst den Kerl loswerden!

Verfolgt von Harrys VW-Bus raste ich auf die Schnellstraße. Mein Rücken war durchgeschwitzt, meine Füße froren, ich fuhr gegen eine Einbahnstraße, nahm eine Abkürzung über den Bürgersteig und blickte mich erst nach einigen Kilometern wieder um: *abgehängt*?

Im Schatten eines Lieferwagens rollte ich in die nächste Hausdurchfahrt und versteckte mich in einem weitläufigen Hof zwischen gelben Zustellfahrzeugen.

In einer dunklen Ecke stellte ich die Vespa ab und alarmierte am Handy die Polizei. In abgehackten Sätzen berichtete ich, dass auf meinen Mann geschossen worden war. Ich gab den Ort des Geschehens an sowie meine Vermutung, der Täter sei mit Harrys VW-Bus auf der Flucht. Natürlich konnte ich nicht sagen, ob Harry noch im Bus war oder auf dem Güterbahnhof.

Der Beamte fragte nach dem Kennzeichen des VWs, nach meinem Namen, meiner Adresse und hielt dann abrupt inne. »Ich verbinde Sie jetzt mit dem zuständigen Kollegen, bleiben Sie dran.«

»Hauptkommissar Michael Tomek«, hörte ich eine zarte, weiche Stimme sagen. Offensichtlich war ich nun zur Kripo durchgestellt worden. Tomek forderte mich auf, ihm alles noch einmal zu schildern. Dann fragte er, wo ich gerade war, sie wollten mich abholen. Sofort. Ich aber zog es vor, selbst ins Kommissariat zu fahren.

»Einverstanden, aber dann kommen Sie bitte auf direktem Weg zu uns!«

»Bin unterwegs«, antwortete ich. Und entschied mich anders, denn ich sah auf meinem Smartphone, wie Emil heftig hustete.

Tag 2

Wut – lateinisch Furor, ist eine heftige Emotion,
ausgelöst durch eine als unangenehm empfundene Situation
oder Bemerkung, z. B. eine Kränkung.
Eintrag in Wikipedia

*

Die Vespa ratterte. Auf der Fahrt nach Hause schossen mir die immer gleichen Fragen durch den Kopf: Lebte Harry noch? Wenn ja, wie könnte ich ihm helfen? Wo war er? Höchstwahrscheinlich nicht am Tatort, der Russe hatte ihn sicher im VW mitgenommen, in welchem Zustand auch immer.

Als ich in unserer Wohnung ankam, sah ich sofort nach Emil. Er hatte neuerlich die Decke von sich geschoben, atmete aber ruhig. Während ich ihn zudeckte, wurde mir klar: Harry hatte irgendetwas gemacht, was völlig schiefgelaufen sein dürfte. Um jetzt das Richtige zu tun, musste ich mehr wissen. Viel mehr! Panik kroch in mir hoch. Und ich rätselte, warum der Russe von Harry einen Code und das Notebook verlangt hatte. Mir fielen Harrys letzte Worte zu unserem Notebook ein: *Das Schrottteil hab ich in den Schornstein gesteckt.* Harry log so gut wie nie. Wenn er die Wahrheit nicht sagen wollte, wich er aus, machte eine Andeutung oder erzählte eine Parabel.

Ich suchte unser Familien-Notebook. Vielleicht hatte Harry mit *Schornstein* ein abgedecktes Entlüftungsrohr gemeint. Weder in unseren Zimmern noch im Bad oder in der Küche fand ich es. Mein Handy läutete: Hauptkommissar Tomek fragte mit ernster Stimme, wo ich sei.

»Musste dringend zu meinem Sohn!«

»Am Güterbahnhof finden wir nichts. Keinen Verletzten, kein Motorrad, kein Blut.« Tomek klang ärgerlich. »Und auch niemanden, der etwas gesehen hat!«

»Es ist aber so passiert, wie ich's Ihnen geschildert habe. Genau so!«

»Bleiben Sie bitte, wo Sie sind. Ihre Adresse haben wir ja. Ich schicke Ihnen einen Wagen vorbei.« Er legte auf.

Inzwischen war mir die ehemalige Waschküche im Dachgeschoss eingefallen, die nur mehr als Abstellraum diente. Auch wir hatten dort ein paar alte Stühle deponiert und ich erinnerte mich an einen stillgelegten Kamin.

Mit jedem Schritt drei Stufen nehmend hastete ich die Treppen hoch und ließ die Tür zum Dachgeschoss hinter mir ins Schloss fallen. Ich öffnete das Metalltürchen und fand auf einem Nagel hängend eine verknotete, rußverschmierte Plastiktüte. Darin das Notebook. Als ich es öffnete und einschaltete, starteten unzählige Programme. Wie aber sollte ich den »Code« finden, was bedeutete er überhaupt? Während der Rechner hochfuhr, hörte ich plötzlich aus dem Hof das eigentümliche Tuckern unseres VW-Busses. Mit einem großen Schritt erreichte ich das Fenster und sah, wie der Russe zum Hintereingang rannte. Sekunden später hörte ich ihn die Treppe hochlaufen, dann trat er gegen unsere Wohnungstür.

Emil!

Ich überlegte, sofort runter zu laufen und mich schützend vor den Kleinen zu stellen. Doch ich würde zu spät kommen, ich zückte mein Smartphone und wählte den Polizeinotruf. Gleichzeitig stellte ich die Verbindung zur Kamera in Emils Zimmer her. Das Wunderwerk hatte einen Nachtsichtmodus, sodass die Kamera zeigen konnte, was in Emils Zimmer passierte. Obwohl der Russe die Tür eingetreten hatte, schlief Emil noch. Ich sah, wie der Russe ins Zimmer kam, mit einer Taschenlampe leuchtete und Richtung Wohnzimmer verschwand.

Im selben Moment fragte der Polizist von der Notrufnummer, was passiert sei. Während ich ihm das Geschehen schilderte, hörte ich ein *Ginggong* – eine verschlüsselte Mail mit Video-Anhang. Von Harry. Es war seine Kennung! Auf meinem Smartphone.

Ich drückte den Notruf weg und sah auf dem Videomail, wie Harry am Boden hockte – mit einer Hand und Handschellen an die Metallhalterung eines Beifahrersitzes gefesselt, mit der anderen hatte er das Selfie gedreht. Er trug seine Funktionsjacke. Mehrere Membranschichten. Schweißdurchlässig. Trotzdem bemerkte ich Schweißperlen auf seiner Stirn. Stotternd erläuterte er: »Ich ... ich ... war bewusstlos ... die Pistole ... ein E-Schocker!«

In der Tat erinnerte ich mich: Der Russe hatte erst zu einer kleinen, dann zu einer größeren Waffe gegriffen. Und nun erkannte ich auch, wo sich Harry befand: Im hinteren Teil des VW-Busses.

»Das Notebook«, flehte er, »es darf der Polizei nicht in die Hände fallen ... niemals ... sonst bin ich tot ... oder hinter Gittern ... lebenslang!«

Normalerweise gelang es mir, Gefühle zu reflektieren, sie einzuordnen und zu kontrollieren. Jetzt aber überwältigte mich Angst. Und Empörung! Ich wollte Harry hier haben. Ihn schütteln. Beschimpfen. Umarmen. Alles zugleich.

»Und lösch bitte die Mail. Sofort!«

Ich tat es, hörte einen Krach hinter mir und fuhr herum. Der Russe trat gegen die verschlossene Tür.

Leise klappte ich das Notebook zu und versteckte mich tief im Dunkel des mit alten Möbeln vollgestellten Raums.

Der Russe probierte es noch einmal. Heftiger. Die Tür sprang auf.

Verdammt!

Ich hockte mich hinter einen alten Schrank und zog den Kopf ein. Der Russe leuchtete sich mit der Taschenlampe den Weg, stieß Stühle und Regale um, kam näher. Hinter dem Schrank versuchte ich, das Gleichgewicht zu halten und nicht zu atmen. Der Boden knarzte unter dem schweren Körper des Mannes, nur wenige Zentimeter trennten mich von ihm.

Cool bleiben!

Er öffnete die quietschende Kamintür und fluchte.

Da merkte ich, wie ich die Balance verlor – reflexartig stützte ich mich an der knarrenden Schrankwand ab. Abrupt drehte sich der Russe um und machte einen Schritt auf mich zu.

Aus, vorbei, das war's.

Doch unvermittelt hielt der Mann inne – bis auch ich es hören konnte: Näherkommende Polizeisirenen.

Alarmiert drehte er sich um und hastete aus dem Raum. Kurz darauf vernahm ich das Aufheulen von Harrys VW-Bus. Verzweifelt, mit Tränen in den Augen, setzte ich mich auf den Boden. Himmel noch mal, was hatte Harry getan? Wichtige Dinge hatten wir immer besprochen. Warum plötzlich der Alleingang? Wenn wir mit Emil oder einem Dritten einen Konflikt hatten, suchte Harry immer nach Zusammenhängen, einer Struktur, einer inneren Logik. Oft widersprach ich, trotzdem entdeckten wir Möglichkeiten, die uns beide weiterbrachten. Seit über elf Jahren. Schon als wir uns in Indien kennengelernt hatten, faszinierte mich Harrys Weltbild. Ich war gerade 23 geworden und mit Bibiane und ihrem Verlobten Boris unterwegs. Harry reiste alleine. Zufällig hatten wir eine ähnliche Route. Er hatte seine Reise generalstabsmäßig geplant: An- und Abfahrten, Unterkünfte, Zwischenziele. Was kaum einzuhalten war. Insbesondere als im Juli der heiße, tropische Monsunregen einsetzte und die meisten Besucher des Landes in den kühlen Norden flüchteten, nach Kaschmir, in die Nähe der Himalaya-Gebirge. Zweihundert Kilometer vor unserem Ziel riss eine Mure die Straße weg. Endstation. Der kleine, über 2.700 Meter hoch gelegene Himalaya-Ort Sonamarg konnte die vielen Busse kaum aufnehmen. Die Reisenden mussten in Blechhütten am Boden übernachten und tagelang warten, bis Militärangehörige die Passstraße geräumt hatten.

Die meisten Touristen langweilten sich. Harry aber hatte einen *Plan B.* Wie für fast alles. Er schlug die Besichtigung eines nahen buddhistischen Klosters vor.

Der Weg war nach einigen Kilometern von einem reißenden Bach überflutet. Ich wollte zurück, er aber fand eine Stelle, die nicht allzu tief war. Dann trug er mich durch kniehohes Wasser. So gelangte ich trocken zum Kloster – und war fasziniert von Harrys Stringenz. Hatte er einmal einen Entschluss gefasst, so konnte ihn niemand mehr abbringen.

Harry bot Sicherheit, Geradlinigkeit und Ehrlichkeit – Eigenschaften, die ich in den Beziehungen vor ihm vermisst hatte. Nahezu alle Männer hatten mich in der ein oder anderen Angelegenheit belogen und wollten mehr darstellen als sie waren.

Natürlich fiel mir schon damals auf, dass Harry speziell war. Sehr speziell. Seine gesamte Denke basierte auf Logik. Brutaler Logik. Hörte er zum Beispiel das Wort *Bauchgefühl,* drehte es Harry den Magen um: »Was kann der Bauch schon fühlen, außer Hunger und Überladung? Wer ein Urteil aufgrund seines *Bauchgefühls* fällt, meint damit, er hat keine Lust, sein Hirn einzuschalten und präzise zu analysieren.« Anstelle von faulem *Bauchrandom* plädierte er für das Hochfahren der *Hirnsoftware.*

Auf jeden Fall war es mit Harry nie langweilig. Spätabends, in einer Blechhütte, auf monsunfeuchten Matten, erlebte ich mit ihm eine der intensivsten Nächte. Die Wochen darauf hatten wir nur mehr Augen und Ohren füreinander und ich war mir sicher: *Das ist der Beginn von etwas ganz Großem!*

Und nun?

Warum hatte Harry mir nicht mehr vertraut, was hatte es mit diesem ominösen »Code« auf sich?

Ich zückte mein Smartphone und klickte auf das Video, das ich am Kölner Güterbahnhof aufgenommen hatte. Im Schnellgang suchte ich die Stelle mit dem unterbelichteten Zoom auf die Sporttasche. Zurück. Noch einmal. Zu schnell. Langsamer. Noch langsamer. Schummriges Licht. Einzelbilder. Es gab nur wenige, die zeigten, was Harry aus der Tasche holte. Vergrößern. Stärker vergrößern. Standbild. Ich traute meinen Augen nicht, es war nur schemenhaft zu erkennen, aber es erklärte einiges: Harry hielt ein Bündel Dollarscheine in der Hand. Die Sporttasche musste voll damit sein.

Was hatte er vor?

In diesem Moment wurde die Polizeisirene vor unserem Haus abgeschaltet. Kurz darauf hörte ich Männer hochtrampeln.

Was immer Harry mit der Sache zu tun hatte, das Video würde ihm schaden, davon war ich überzeugt. *Delete.*

#

Er konnte nicht schlafen, wälzte sich im Bett hin und her. Sein entzündeter Ausschlag juckte an Händen und Unterarmen. Behutsam brachte er eine Salbe auf.

Dr. Krepper hatte viel nachgedacht. Und abgewogen. Die Erfahrungen aus der Geschichte ließen nur einen Schluss zu: Kommt ein Lernprozess nicht durch Erkenntnisse zustande, bedarf es eines Ereignisses, das eine Krise auslöst. Diese führt dann zur Katharsis. Oder zum Untergang. So hatte es Krepper der Bibel entnommen, so stand es bei Aristoteles und so glaubte er es auch bei Luther gelesen zu haben. Es müsste also ein Ereignis passieren. Ein Erdbeben, eine Ölkrise, ein Krieg – oder jemand dachte sich ein Ereignis aus.

Krepper war ein Verfechter des Gedankens.

Nach seiner Tat hatte Krepper für einige Stunden Erleichterung verspürt. Dann kam die Anspannung zurück. Kürzlich war er fünfzig geworden. Ein merkwürdiges Alter. Vor einem halben Jahr hatte er auf der Straße einen Schulkollegen getroffen, mit dem zusammen er das Abitur absolviert und den er über 25 Jahre nicht gesehen hatte. »Gut siehst aus«, hatte der dick gewordene, völlig ergraute Kollege gesagt und gelogen, »hast dich kaum verändert.« Dann hatte er Krepper skeptisch gemustert. »Aber deine schwarzen Haare ... die sind doch gefärbt, oder?«

Waren sie nicht. Der Kollege aber hatte ihm nicht geglaubt, konnte es nicht verkraften, allein völlig ergraut zu sein.

Doch als Krepper sich jetzt im spiegelnden Bildschirm betrachtete, musste er feststellen: Vereinzelt, an den Schläfen, entdeckte er tatsächlich die ersten Silberfäden. Seine Geheimratsecken hatten sich vergrößert, seine Falten waren tiefer und die Leberflecken an den Händen zahlreicher geworden. Die neue, viel stärkere Brille ließ ihn älter aussehen. Zwar gab er mit seinen ein Meter siebenundachtzig im feinen Businessanzug immer noch einen stattlichen Notenbanker ab, doch kämpfte er mit Sport und gelegentlichen Diäten dagegen an, dass sein Körper immer weniger Kalorien verbrannte. Ein Kampf, bei dem er trotz größter Anstrengung jedes Jahr ein halbes Kilo dazu gewann.

Vor einigen Monaten hatte er am Halsansatz diese eigenartigen Rötungen bemerkt, die ihm auch an den Unterarmen Sorgen bereiteten. In den letzten Jahren musste Krepper feststellen, wie seine Energie nachgelassen hatte. Das Schwinden der Kräfte hatte dazu beigetragen, einen Entschluss zu fassen. Manchmal bedurfte es eines letzten Auslösers, einer Turbulenz, eines Blicks in den Abgrund. Plötzlich war ihm seine Endlichkeit bewusst geworden. Und damit waren die Dinge klar vor Augen getreten, die er unbedingt noch bewegen wollte.

*

Die Polizisten in Uniform waren gekommen, um mich mitzunehmen.

»Zur Zeugeneinvernahme«, wie der ältere der beiden meinte. Noch immer im langen T-Shirt bat ich, mich noch schnell umziehen zu dürfen.

Sie hatten Erbarmen.

Ich nicht. Weiße, eng anliegende Bluse, Wonderbra, kurzer schwarzer Rock. Stiefeletten. Kirschroter Lippenstift. Eindeutig zu sexy für eine Vernehmung. Aber von Demos aus früheren Zeiten wusste ich: Es half. Immer. Wenn die ausgehungerten Bullen nach zwölf Stunden Dienst unangenehme Fragen gestellt hatten, war es mir möglich gewesen zu kontern: »'Tschuldigung, warum starren Sie die ganze Zeit auf meine Titten?« Zumeist hatten die Kerle dann ein schlechtes Gewissen und waren sofort zuvorkommender. Irgendwie musste ich ja schnell rausbekommen, was mit Harry passiert war. Vielleicht wussten die Kerle mehr.

Mit dem Ritual des Anziehens versuchte ich mich zu beruhigen. Strümpfe hochrollen, Montage des BHs, Bluse zuknöpfen – jeder Handgriff eine Konzentrationsübung. Nahezu meditativ. Wer würde mich im Kommissariat befragen? Der Mann namens Tomek, zu dem die subtil-weiche Stimme am Telefon gehörte?

Vor dem Verlassen des Hauses klopfte ich einen Stock höher bei Bibiane an, obwohl es schon nach ein Uhr war. Die kinderlose

Online-Journalistin ging selten vor zwei ins Bett. Ich bat sie, vor dem Schlafengehen noch einmal nach Emil zu sehen, gab ihr den Netzwerk-Zugang zur Kamera seines Zimmers und bat sie, ihm sein Bronchialmedikament zu geben, was sie schon oft getan hatte, wenn ich unterwegs war. Meine Wohnungsschlüssel hatte sie ohnehin.

Als Bibiane die Bullen hinter mir sah, taxierte sie mich besorgt.

»Mach dir keine Gedanken«, sagte ich mit einem Lächeln, »klärt sich alles auf.« Ich versuchte, überzeugend zu wirken, obwohl ich mir alles andere als sicher war.

*

Neonleuchten tauchten den Gang in gleißendes Licht. Als mich die beiden Uniformierten durch den langen, hellgrünen Flur führten, kam ich mir verloren vor. Eine weiße, nummerierte Tür folgte der nächsten. Hinter jeder saßen vermutlich Ermittler, die ihr Selbstwertgefühl daraus zogen, Menschen schlüssig eine kriminelle Tat nachzuweisen – um sie möglichst lange hinter Gitter zu bringen.

Auch in dem kleinen Büro des Kommissars brannte eine verspiegelte Neonleuchte. Den Mann am Telefon hatte ich mir aufgrund seiner weichen Stimme anders vorgestellt: Rotkariertes Holzfällerhemd. Grau melierte Bartstoppeln. Braune Augen. Ich schätzte ihn auf Ende vierzig. Die Besenreiser auf seinen Wangen und das Rosa auf seiner Glatze ließen auf Bluthochdruck und Herzinfarktgefahr schließen, ich kannte die roten Äderchen von meinem Vater. Der Typ stand sofort auf und kam mir freundlich nickend entgegen:

»Hauptkommissar Michael Tomek ... wir haben telefoniert. Danke, dass Sie gekommen sind!«

Ich deutete zu den beiden Uniformierten: »Danke für den charmanten Abholservice. Blaulicht, sauber gebügelte Uniformen, komfortabler Opel ... hat VIP-Qualitäten.«

»Die Polizei hilft, wo sie kann.« Tomek grinste und gab den beiden Uniformierten ein Zeichen. Sie verließen das Büro.

»Sie hätten ja wenigstens anrufen können«, setzte er ernster nach, »wir haben uns Sorgen gemacht.«

Er bugsierte mich auf einen Besuchersessel und setzte sich hinter einen mit Akten überladenen, aber einigermaßen organisiert wirkenden Schreibtisch. Tomeks Arme und Beinen waren muskulös, doch er hatte auch massiv Hüftgold angesetzt.

»Aufgrund Ihres Anrufs sind wir zum Wasserturm gefahren«, sagte er, »meine Kollegen und ich haben das Areal abgesucht. Akribisch abgesucht! Doch wir konnten weder Blutspuren noch Patronenhülsen entdecken ... ich meine ... möglicherweise haben wir ja was übersehen ... oder an der falschen Stelle gesucht ... was meinen Sie?«

Er zeigte auf einem Wandstadtplan zum Wasserturm und wartete auf mein Nicken. Dabei gab er sich unsicher, doch im Unsicheren schwang eine Gefahr mit, als wäre das Unsichere ein Teil seiner Befragungsmethode.

»Auch haben wir keinen weiteren Zeugen finden können.« Er wippte in seinem grünen, abgewetzten Drehstuhl. »Den gelben VW-Bus habe ich zur Fahndung ausgeschrieben.« Nachdenklich strich er mit der Rechten über seine Bartstoppel: »Bis jetzt leider negativ!«

Die Bullen hatten also den VW-Bus nicht gesehen oder der Russe hatte es geschafft, unbemerkt abzuhauen. Vermutlich mit Harry.

»Und die Geländemaschine?«, fragte ich.

Er schüttelte den Kopf.

Für einen Moment bereute ich es, mein Smartphone-Video gelöscht zu haben. Andererseits: Auf dem Film hätte man nur einen Mann mit schwarzem Vollvisierhelm und blauer Daunenjacke erkennen können. Und Harry wäre wegen der Sporttasche voller Dollars mit Sicherheit in Erklärungsnot geraten.

»An einigen Stellen haben wir auf dem Güterbahnhof Spuren von Motorrädern gefunden«, setzte Tomek nach. »Der zuständige Verlademeister meinte, dass gestern ein Motorradklub einige Maschinen in Container geladen hatte ... es ging zu einem Wettbewerb nach Übersee.«

Schließlich bat mich Tomek, den Täter zu beschreiben. Sein Aussehen, sein Auftreten, das Motorrad. Sofern man einen Mann mit Vollvisierhelm und in dicker Daunenjacke überhaupt beschreiben konnte. Er forderte mich auf, am Computer ein Körperprofil des Russen zu erstellen. Und zeigte mir danach verschiedene Modelle von Geländemotorrädern.

Obwohl es auf dem Güterbahnhof ziemlich dunkel gewesen war, erinnerte ich mich, dass es eine weiße oder hellgraue Maschine gewesen sein muss. Mit hohem Lenker. Und weit abstehenden Kotflügeln. Nach einigen Bildern glaubte ich das Exemplar gefunden zu haben. Tomek nickte nach jedem Satz von mir, auch wenn es nichts zu bestätigen gab. Offensichtlich hatte er das Bedürfnis, mich zu loben, mich zu ermuntern, mich zu bestärken. Vielleicht seine Methode, Menschen zum Reden zu bringen. Doch die Dauernickerei nervte.

Vom Notebook erzählte ich natürlich nichts, so wie es Harry gewollt hatte. Mitten im Gespräch hörten wir ein Martinshorn. Ein wenig später, als ich mir noch ein paar Attribute zum Aussehen des Russen abgerungen hatte, vernahm ich plötzlich ein Rattern. Von draußen. Es wurde lauter. Ohrenbetäubend. Die Fensterscheiben schepperten, der Boden begann zu vibrieren, ein greller Scheinwerfer erleuchtete einen Moment den Raum und verschwand wieder. Als ich aus dem Fenster sah, ging direkt vor uns ein graues Monster nieder.

Tomek reagierte, als wäre es das Normalste der Welt, dass ab und zu ein UFO vor seinem Büro landete.

Ich stand auf, wollte es genauer wissen: Auf der freien Grünfläche im Hof war ein Helikopter niedergegangen. Zwei Personen stiegen aus und eilten geduckt unter dem drehenden Rotor auf das Polizeigebäude zu.

»Hoher Besuch«, raunte Tomek.

Kurz darauf war das Geklapper von Pumps zu hören, die rasch näher kamen.

»Schönen guten Morgen«, Dr. Marena schüttelte Tomek, der ihr einige Schritte entgegengeeilt war, die Hand.

Hinter ihr trottete mit einem dicken Ordner Dipl. Ing. Vorovsky. Der Mann, der in unserer Wohnung alle USBs von Harry gescannt hatte, wirkte erschöpft. Ganz anders Dr. Marena: Voller Energie setzte sie sich mir gegenüber, Vorovsky nahm ein wenig hinter ihr Platz.

Erneut trug Dr. Marena einen Longblazer, gleicher Leinenstoff und gleiche Façon wie der rote, nur diesmal in Grün. Vielleicht ahmte der gehobene Dienst des BKA die Mode der Kanzlerin nach, die auch gerne nahezu gleiche Jacketts in verschiedenen Farben trug und je nach politischer Tagesstimmung ihren Farbton wählte: Rot bedeutete Oppositionsschelte oder Ministerentlassung, grün kündigte einen Kompromiss an und gelb zog sie vor Wahlen an; die warme, verständnisvolle Staatsmutti.

Wie beim ersten Zusammentreffen war Dr. Marena höflich, allerdings mischte sich diesmal ein triumphierender Unterton in ihr Auftreten.

»Frau Rokovic, Kollege Tomek hat mir bereits alles berichtet«, begann sie und ich fragte mich, wann der Glatzkopf berichtet hatte. Er war nur einmal für fünf Minuten auf die Toilette gegangen. WC-Gespräche also.

»Das Problem ist«, fuhr Dr. Marena fort, »wir glauben Ihnen nicht! Der VW-Bus Ihres Mannes ist spurlos verschwunden. Mein Team hat das Smartphone von Herrn Rokovic auf einer Landstraße zwischen Köln und Frankfurt geortet. Als die Kollegen dort ankamen, lag das Gerät aber in einem Bach. Offensichtlich sollten Telefondaten ertränkt werden.«

Unmerklich zuckte ich zusammen, zum ersten Mal war das eine konkrete Information zu Harrys Verbleib. Der Russe hatte ihn also möglicherweise nach Frankfurt verschleppt.

»Die Indizien deuten weniger auf einen Mord hin«, folgerte Dr. Marena, »vielmehr sieht es aus, als wäre Ihr Mann mit seinem VW-Bus abgetaucht – weil er eben doch mit dem Cyber-Anschlag zu tun hat!«

Was passiert war, schien mir eine Sache. Ihre Interpretation eine andere. Als ich nicht antwortete, deutete Dr. Marena zum Ordner, der auf Vorovskys Knie lag: »Mein Team hat alte Hacker-Angriffe gefunden, für die Ihr Mann verantwortlich war.«

Ich erinnerte mich an Vorovskys Ausweis, den er mir in unserer Wohnung gezeigt hatte: Da stand *Bundesamt für Sicherheit in der Informationstechnik, Bonn* drauf. Dr. Marena aber arbeitete für die Cyber-Unit des Bundeskriminalamts in Wiesbaden, wie sie mir selbst erzählt hatte. Vorovsky war also gar nicht in ihrem Team. Daraus schloss ich: Offensichtlich hatte man bereits mehrere Abteilungen des BKA auf die Sache angesetzt. Ich fühlte mich eingekreist.

»Ihr Mann hat mehrmals versucht, ins SWIFT-Netzwerk von einigen Banken einzudringen«, konkretisierte Dr. Marena ihren Vorwurf und legte ihre linke Hand auf den Ordner und damit auf Vorovskys Knie. Eine seltsame Geste, ein Besitzanspruch? Teilnahmslos ließ Vorovsky es sich gefallen. Mit ihren rotlackierten

Fingernägeln klopfte sie auf den Ordner, als befänden sich darin geheime Trümpfe, als könnte sie mit diesen Dokumenten niemand mehr aufhalten: »Für diese Angriffe von Herrn Rokovic haben wir eindeutige Beweise!«

»Harry ist ein sehr spezieller Mensch«, entgegnete ich und überlegte, ob ich den Ermittlern von Harrys mathematischer Begabung erzählen sollte. Vielleicht würden sie ihn dann besser verstehen, hätten mehr Vertrauen, doch rasch entschied ich mich anders, denn viel wahrscheinlicher erschien mir, dass sie alles Irgendmögliche gegen Harry verwenden würden.

»Frau Rokovic, diese Angriffe werden als Cyber-Terror eingestuft!«, mahnte Dr. Marena.

»Zugegeben, Harry ist nicht einfach ... aber er lügt nicht! Und er ist kein Krimineller. Ganz sicher nicht.«

Was ich erntete, waren skeptische Blicke.

Von allen Seiten.

Nur Vorovsky starrte mich völlig übernächtigt an.

»Aufgrund der Analyse von Datenströmen haben wir herausgefunden«, sagte Dr. Marena, »dass es noch einen Rechner geben muss, auf dem Ihr Mann programmiert hat.«

»Höchstwahrscheinlich ein Notebook oder ein iPad«, ergänzte Vorovsky.

»Harry ist eine Ausprobier- und Spielernatur«, hielt ich dagegen, »doch er würde niemals jemandem ernsthaft schaden!« Für einen Moment überkam mich ein ungutes Gefühl, was Harrys Haltung betraf, die ich zwar nicht auf den Punkt zu bringen vermochte, die aber etwas mit Schuldgefühlen meinerseits gegenüber Harry zu tun hatte.

»Frau Rokovic«, beharrte Dr. Marena, »wo ist dieses Notebook?«

Ich zuckte die Schultern.

Sie wartete auf eine Antwort.

Trotzdem schwieg ich.

»Sollten Sie Ihren Mann schützen«, warnte Dr. Marena, »könnte das als Beihilfe in einem schweren Kriminaldelikt bewertet werden.«

»Es sind Schüsse gefallen«, appellierte ich, »verstehen Sie doch! Ich will selbst wissen, was mit meinem Mann passiert ist ... Wo ist er?«

Statt einer Antwort musterten mich die drei misstrauisch – da wurde mir klar: Mein Notruf war ein Fehler gewesen, die Polizisten würden versuchen, Harry und mir den Cyber-Anschlag in die Schuhe zu schieben. Schon als diese Dr. Marena unsere Wohnung durchsucht hatte, war mir ihr Ehrgeiz aufgefallen: Sie wollte einen Täter. Um jeden Preis. Was auch immer Harry getan hatte, die Ermittler würden weder mir und schon gar nicht Harry helfen. Seine letzten Sätze schossen mir durch den Kopf: *Das Notebook darf der Polizei nicht ... sonst bin ich tot ... oder hinter Gittern, lebenslang!* Immer stärker verfestigte sich in mir eine Haltung: Wenn wir aus diesem Schlamassel je wieder rauskommen wollten, dann nur ohne Bullen!

Da bemerkte ich, wie Vorovsky meinen Wonderbra anstarrte. Auch Dr. Marena registrierte es. Langsam beugte ich mich zu Vorovsky und gab vor, besorgt zu sein: »Herr Diplom-Ingenieur ... alles in Ordnung?«

Aufgeschreckt nickte er: »Ja, ja, natürlich.« Sofort änderte er seine Blickrichtung.

»Eine Frage hätte ich?«, sagte ich.

»Ja?«

»Liegt gegen mich was Konkretes vor ... haben Sie einen Haftbefehl?«

Die drei taxierten einander, plötzlich erfüllte eine seltsame Stille den Raum. Ich fixierte Vorovsky, der als Erster verlegen den Kopf schüttelte, Tomek zuckte die Schultern, Dr. Marena musterte mich verärgert.

Über Tomeks Schreibtisch hing eine graue Digitaluhr mit Leuchtanzeige, ich deutete darauf: »Sechs Uhr zehn.«

Keiner kapierte, was ich meinte.

»Sie verstehen sicher, ich muss jetzt meinen Sohn wecken und in die Schule bringen.« Ich stand auf, steckte mir meine Kopfhörer ins Ohr, drückte auf Play und marschierte davon. »Tschüss!«

*

Auf dem Weg nach Hause dachte ich immerzu an Harry. Ein Gewitter von Fragen tobte durch meinen Kopf, es musste mir irgendwie gelingen, mit ihm Kontakt aufzunehmen und ihn aus dieser Scheiße lebend heraus zu bekommen.

Die zarte Morgensonne kämpfte sich durch eine dünne Wolkenschicht, die kalte Luft roch nach Erde. Auf einmal bemerkte ich hinter mir zwei Personen in dunklen Jacken. Ging ich schneller, taten sie es auch. Wartete ich an einer Ampel zwei Rotphasen ab, blieben sie entfernt stehen und gaben vor, am Handy zu telefonieren. Seit über zwanzig Minuten folgten mir die beiden schon.

Definitiv handelte es sich weder um Hauptkommissar Tomek noch um Dipl. Ing. Vorovsky oder Dr. Marenas Mitarbeiter Akyün, auch hatte ich die beiden bei der Razzia in unserer Wohnung nicht bemerkt. Schwarzhaarig, mittleres Alter, korpulent bis athletisch. Waren es vielleicht Russen?

Da sah ich einen städtischen Bus, der in meinen Kiez fuhr. Ich hastete hinterher und sprang an der Station rein, vielleicht konnte ich die Typen abhängen. Unwahrscheinlich, aber ich versuchte es.

Während der Bus sich langsam von den Männern entfernte, setzte ich zur Beruhigung die Kopfhörer auf. Doch *Das Haus am See* wirkte nicht, obwohl es Peter Fox normalerweise gelang, mich positiv und gelassen zu stimmen. Als der Bus in Chorweiler anhielt, und ich auf unseren Häuserblock zumarschierte, kamen mir zwei Männer in orangen Overalls entgegen. Einer fegte mit bewundernswerter Energie die Straße, der andere leerte einen Abfalleimer. Seltener Besuch in unserem Kiez, zumeist sah ich die freundlichen Stadtkosmetiker nur im Kölner Zentrum. Waren die beiden vielleicht getarnte … ja was eigentlich? Oder sah ich schon Gespenster?

Beim Aufschließen der Wohnungstür fuhren meine Gefühle Achterbahn. In was hatte uns Harry da reingeritten?

Aus dem Wohnzimmer hörte ich Gekicher, Emil war schon aufgestanden und guckte im Pyjama einen Cartoon. Eigentlich hatten wir vereinbart: Maximal eine Stunde Medienzeit pro Tag, nach den Hausaufgaben, am Nachmittag! War Emil jedoch unbeobachtet, neigte das süße Schlitzohr dazu, die Stunde ein wenig zu »dehnen«.

Leise kam ich näher. Er hustete nicht, schien mich nicht zu bemerken, verfolgte den Zeichentrickfilm und gluckste vor Vergnügen.

»Guten Morgen.«

Kurz nickend ignorierte er mich.

»Findest du´s okay, dass du jetzt schon fernsiehst?«

Statt einer Antwort kicherte er über eine Pointe der Hauptfigur. Mit der Fernbedienung stoppte ich den Film.

Er sah mich verärgert an: »Findest du´s okay, dass Papa und du jetzt woanders schlafen?«

Seit einigen Monaten war Emils beste Verteidigung der Angriff. Das hatte er von den Zeichentrickfilmen gelernt, in denen der frech-witzige Protagonist ständig widersprach. Emil sprang auf und wollte nach der Fernsteuerung greifen, ich zog sie zurück. Doch mir war klar, solange er das Ende des Films nicht sehen konnte, würde es Streit geben. Konnte ich jetzt nicht gebrauchen, besser verhandeln: »Wie lange dauert der Film noch?«

»Sieben Minuten.«

»Wenn du danach ohne Fernsehen frühstückst, kannst du den Film zu Ende sehen, was meinste?«

Er kontrollierte kurz, ob es mir ernst war, dann nickte er.

Während ich ihm die Fernsteuerung zurückgab, sah ich aus dem Fenster: Die beiden Typen in dunklen Jacken standen an der Zufahrt, nun parkte in zweiter Spur ein schwarzer BMW mit Akyün, der ein Fernglas auf mich gerichtet hatte.

Also doch Bullen!

Ich lief ins Bad, drehte die Dusche voll auf, sodass die Herren – sollten sie ihre Richtmikrofone und Ferngläser auf die Wohnung richten – mich nackt unter Wasser vermuteten, was hoffentlich ihre Fantasie beschäftigen würde. Dann schlich ich in geduckter Haltung zum Dachgeschoss und holte das Notebook aus dem Bodenteil der stillgelegten Waschmaschine. Ich hoffte auf eine Nachricht von Harry, schaltete Online, fand aber nur eine anonyme Chat-Notiz: »0111. Vertrau mir!«

0111 war ein Binärcode und bedeutete sieben. Die Binärzahlen beherrschte ich einigermaßen, weil Harry sie mir mal beigebracht hatte. Offensichtlich wollte er mir damit mitteilen, dass er lebte. Doch was meinte er mit *sieben*? Die Nachricht erboste mich: Warum ließ er mich so im Unklaren?

Ich musste wissen, woran ich war, musste Harry finden, mit ihm reden, so schnell wie möglich!

Als ich bei Bibiane anklopfte und schnell in ihre Wohnung huschte, war sie noch im Nachthemd. Die halblangen, roten Haare hingen ihr ins Gesicht, sie setzte sich ihre schwarze Hornbrille auf und musterte mich besorgt: »Ist's wegen Harry?«

Obwohl sie nicht viel geschlafen haben konnte, wirkte sie hellwach. Mich faszinierte ihre Energie, sie redete schnell, dachte schnell und schrieb schnell. Hin und wieder hatte ich zwar den Verdacht, dass diese intelligente, verlässliche Frau eine Neurotikerin war, doch offensichtlich gelang es ihr, diesen neurotischen Energieüberschuss in konzentrierte Arbeit zu verwandeln. Was ich bewunderte.

Ohne eine Antwort abzuwarten, fragte Bibiane: »Willst´ drüber reden?«

Ich schüttelte den Kopf.

Bibiane wusste so viel von mir. Und auch von Harrys Eigenheiten. Als wir vor elf Jahren Bibiane und Boris zum Wohnungs-Einweihungskaffee eingeladen hatten, kümmerte sich Harry akribisch um Kaffee, Torte und Gedeck, er räumte den Geschirrspüler ein, wischte die Krümel weg und brachte den Müll runter – statt die Gäste zu unterhalten.

Mich hatte sein Verhalten geärgert, doch Bibiane scherzte, bei ihnen würde sich weder Boris noch sie um Geschirrspüler, Krümel und Müll kümmern, deshalb sei ihre Wohnung ein Saustall. Immer. Denn ihr Musikfreak Boris sei nur an seinem Tonstudio und seiner High-Fidelity-Technik interessiert.

Als Harry vom Müllwegbringen zurückkam, fragte Bibiane kichernd, ob sie sich ihn bei Gelegenheit mal ausborgen dürfte?

Bibiane mochte an Harry, was mich zur Verzweiflung brachte. Und meinte: *Bei der Hochzeit hoffen die Männer, dass die Frauen so bleiben, wie sie sind. Und die Frauen, dass sich die Männer verändern.* Ich fand: Eine ernüchternde These, bedeutete sie doch: Die Männer hoffen, dass die erotische Anziehung der Frauen ewig hält. Und die Frauen hoffen, dass sich Männer von egoistischen Machos zu verständnisvollen Familienvätern wandeln.

»Danke für´s Emil-Aufpassen«, sagte ich zu Bibiane.

»Brauchst du noch was?«, fragte sie besorgt.

Ja, ein Versteck für's Notebook, dachte ich, wollte sie aber nicht mit reinziehen. Mein Blick fiel ins Nebenzimmer. Auf Bibianes fast 80-jährige Mutter, die an Alzheimer erkrankt war und im Rollstuhl schlief. Eine Sekunde überlegte ich, dann bat ich Bibiane um einen Kaffee, den ich nach der durchwachten Nacht gut gebrauchen konnte. Dafür musste sie mich kurz alleine lassen. Das genügte.

@

K*ein gutes Zeichen*, dachte Dr. Marena. Sie hatte sich gerade geduscht und umgezogen, da klingelte ihr Handy. Die Sekretärin von Generalbundesanwalt Jens Wildner bat die leitenden Ermittler in den abhörsicheren Besprechungsraum. Um 7 Uhr 30!

Normalerweise setzte der Generalbundesanwalt nie ein Treffen vor 9 Uhr an.

Als Dr. Marena drei Minuten vor dem vereinbarten Termin den fensterlosen Raum im Keller betrat, saß der Generalbundesanwalt mit seiner rothaarigen Sekretärin bereits am Ende des Tisches und blätterte in Unterlagen, während die Sekretärin ein Fläschchen Multivitaminsaft und eine Flasche Mineralwasser öffnete.

Dr. Marena trug ihr rotes Kostüm und schwarze, halbhohe Pumps. Von einigen Kollegen wurde ihr das auffällige Outfit unterschwellig vorgeworfen, doch sie konnte und wollte nicht anders. Die Wurzeln dafür lagen in der Kindheit. Ihre Eltern hatten immer zu wenig Geld für Kleidung, zumeist musste sie die farblosen Hosen und Pullover ihres älteren Bruders auftragen. Nicht nur deshalb waren ihr modische Farben wichtig, vor allem wollte sie sich von den zahllosen grauen Mäusen im Polizeiapparat abgrenzen, Farbe bekennen, andere Wege gehen, unkonventionell denken.

Von der kaum über zwei Meter hohen Decke waren Spots auf den langen, weißen Tisch gerichtet, es roch nach Kamillen-Reinigungsmittel. Gegenüber dem Generalbundesanwalt hatte Dr. Marenas IT-Abteilungsleiter Feridun Akyün Platz genommen. Er hatte zwei dicke Ordner mitgebracht, in denen er einige Seiten mit leuchtend grünen Klebestreifen markierte. Daneben korrigierte Helmut Schneider in einem Notizbuch seine Aufzeichnungen mit einem roten Fineliner. Dr. Marena kannte den fünfundfünfzigjährigen Chefprofiler des BKA von anderen Krisensitzungen, er trug einen schwarzen Rollkragenpullover und Jeans und wirkte mit seiner runden Nickelbrille ein wenig abgehoben. Doch sie wusste: Der Generalbundesanwalt hielt große Stücke auf den Psychologen und bat ihn nur zu Besprechungen, wenn es eng wurde.

Den Abbruch von Saskia Rokovic′ Vernehmung hatte Dr. Marena als Desaster empfunden. Wenn ein Zeuge die Aussage verweigerte, wurde es fast immer schwierig. Natürlich kannte sie alle Methoden, jemand zum Sprechen zu bringen: Angebote, Schweigen, Kreuzverhör, guter Bulle, böser Bulle, Marathonvernehmungen mit wechselnden Ermittlern, schleichender Schlafentzug, Nervosität infolge von zu viel und zu starkem Kaffee, positive Verstärkung im Wechsel mit Reizentzug und Ignoranz und vieles mehr. Wenn aber jemand einfach aufstand und ging, half weder eine psychologisch raffinierte Strategie noch ein Rechtsmittel. Kein Ermittler durfte einem Zeugen die Freiheit entziehen. Außer durch Beugehaft. Doch das war kompliziert und aufwendig.

Neben Dr. Marena saßen Hauptkommissar Michael Tomek von der Kripo und drei weitere Kollegen. Wenn Generalbundesanwalt Wildner einen mündlichen Zwischenstand der Ermittlungen verlangte, bedeutete das: Es gab eine insistierende Nachfrage vom Justizminister!

»Meine Mitarbeiter haben die Daten von zahlreichen Hackern ausgewertet, die in die Netzwerke der *Andromeda* Bank eingedrungen sind«, leitete Dr. Marena ein und nickte ihrem IT-Abteilungsleiter zu.

»Wir haben auf einigen Festplatten von Angestellten der *Andromeda* eine manipulierte Ausgabe des Handelsblatts entdeckt«, präzisierte Akyün, »darin wurden die Banker um Stellungnahmen zu einem Artikel gebeten, der sich im Anhang befunden hatte.« Er schob dem Staatsanwalt einen Ausdruck zu, während Dr. Marena fortfuhr: »Sollte auch nur ein einziger Mitarbeiter den Anhang geöffnet haben, so hat dieser automatisch eine raffinierte Schadsoftware auf seinen Rechner gespielt.«

»Von dort aus könnte sich das Virusprogramm problemlos zu den Servern der *Andromeda* weiter vorgearbeitet haben«, resümierte Akyün.

»Sollte, hätte, könnte ... automatisch«, Generalbundesanwalt Wildner schüttelte den Kopf, »das hört sich nicht an, als hätten Sie schon Verdächtige?«

»Aufgrund der ermittelten IP-Adressen haben wir einige Razzien durchgeführt«, antwortete Dr. Marena und hatte den Eindruck, der Generalbundesanwalt traue ihr nicht. Die Furcht, andere könnten ihr misstrauen, holte sie seit ihrer Kindheit immer wieder ein. Ihr Vater – ein Installateur – hatte ihr nichts zugetraut, weil sie ein Mädchen war. Alles Geld investierte er in ihren Bruder, er durfte Medizin studieren, während sie nach dem Abitur aus Geldmangel eine Krankenpflegeausbildung machen musste. Eine Ungerechtigkeit, eine tiefe Verletzung. Ihr Bruder aber hatte sein Studium nie abgeschlossen und arbeitete heute beim Vater im Betrieb mit. Während sie im zweiten Bildungsweg ihr Jura-Studium mit anschließender Promotion absolviert hatte und ihr beim BKA eine erstaunliche Karriere gelungen war.

»So auch bei dem Ehepaar Saskia und Harald Rokovic«, sagte Akyün. »Leider ohne Ergebnis. Doch Harry Rokovic ist für einige

SWIFT-Attacken verantwortlich. Auf mindestens zwei Großbanken!«

Ungeduldig deutete der Generalbundesanwalt auf die Unterlagen: »Mit den SWIFT-Attacken ist Rokovic gescheitert, steht doch hier. Das beweist also gar nichts. Außerdem haben das nicht Sie herausgefunden, sondern die Kollegen vom Bundesamt für Sicherheit in der Informationstechnik!«

»Wir arbeiten zusammen«, ergänzte Dr. Marena leise und spürte, wie sich ihr Magen verkrampfte. Die letzten Tage hatte sie immer wieder heftige Schmerzen, obwohl sie kaum Kaffee, sondern nur mehr Fencheltee getrunken hatte. Manchmal fragte sie sich, wie lange ihr Körper diese vielen Nächte ohne Schlaf noch schadlos überstehen würde und ob sie den extremen Belastungen ihres Jobs vielleicht gar nicht mehr gewachsen war. Sie fasste den Entschluss, sich nach diesem Anschlag einem Gesundheits-Check zu unterziehen.

»Ohne ausdrücklichen Auftrag«, meckerte der Generalbundesanwalt.

Das stimmte. Dr. Marenas Cyber-Unit musste für jede Unterstützung ein Ansuchen einreichen. Was sie diesmal wegen Zeitdruck nicht getan hatte. Sie hatte Vorovsky auf dem kurzen Dienstweg um Hilfe gebeten.

»Zurzeit untersuchen wir noch weitere Programme, die Herr Rokovic in den letzten Jahren erstellt hat«, lenkte Akyün ab.

»Mit welchem Ziel?«, unterbrach der Generalbundesanwalt barsch.

»Um abzugleichen«, sprang ihm Dr. Marena bei, »ob die Programmierhandschrift von Harry Rokovic möglicherweise derjenigen entspricht, die auch für das Virusprogramm verwendet wurde.«

»Wo befindet sich Herr Rokovic jetzt?«, fragte der Generalbundesanwalt.

»Gestern Nacht, um 23 Uhr 57, ist ein Polizei-Notruf eingegangen«, antwortete Hauptkommissar Tomek, »von Saskia Rokovic, seiner Ehefrau. Sie hatte behauptet, ihr Mann wäre am Kölner Güterbahnhof angeschossen worden. Oder sogar erschossen ... wir konnten allerdings nichts davon verifizieren.«

»Fakt ist«, meinte Akyün, »wenige Stunden später haben wir das Smartphone von Harry Rokovic in einem Bach nahe von Frankfurt am Main gefunden. Ohne Daten. Ertränkt.«

»Und der gelbe VW-Bus von Harry Rokovic ist trotz deutschlandweiter Fahndung spurlos verschwunden«, ergänzte Tomek.

»Habe ich das jetzt richtig verstanden«, hakte der Generalbundesanwalt knorrig nach, »keine Leiche, keine Blutspuren, keine Augenzeugen – wir haben also keinen einzigen Beweis, dass diesem Rokovic tatsächlich etwas zugestoßen ist?«

Die Ermittler nickten.

»Vielmehr deutet einiges darauf hin«, brachte Dr. Marena ihren Verdacht auf den Punkt, »dass der arbeitslose Hacker mit seinem VW-Bus abgetaucht ist. Weil er mit dem Cyber-Anschlag sehr wohl zu tun hat. Oder sogar der Haupttäter ist!«

»Und Saskia Rokovic?«

»Verweigert die Zusammenarbeit!«

»Woran machen Sie das fest?«, erkundigte sich der Generalbundesanwalt.

»Heute früh hat sie die Vernehmung platzen lassen. Ist einfach abgehauen.«

»Na ja, es war sechs Uhr morgens«, gab Tomek zu bedenken, »sie musste ihren kleinen Sohn zur Schule bringen.«

»Sie hält wichtige Informationen zurück«, insistierte Dr. Marena.

»Welche Informationen?«

»Zum Beispiel behauptet sie, nicht zu wissen, wo sich das private Notebook von Harry Rokovic befindet.«

»Oder sie weiß es wirklich nicht«, entgegnete Tomek, »möglicherweise hat ihr Mann das Teil auch einfach mitgenommen.« Er erntete einen verachtenden Blick seiner Kollegin, seine rot geäderten Wangen glühten.

»Saskia Rokovic weiß, dass ihr Ehemann etwas mit dem Anschlag zu tun hat«, beharrte Dr. Marena, »und sie schützt ihn!«

Mit der feinen, von Pigmentflecken übersäten Hand strich der Generalbundesanwalt nachdenklich über sein glatt rasiertes Kinn: »Wie groß ist die Wahrscheinlichkeit, dass Frau Rokovic tatsächlich nichts von möglichen terroristischen IT-Aktivitäten ihres Mannes weiß?«

»Durchaus möglich...«, begann Profiler Schneider.

»Völlig unwahrscheinlich ...«, widersprach im selben Moment Dr. Marena – gleichzeitig läutete das Handy des Generalbundesanwalts. Er sah auf das Display, etwas in seinem Gesicht veränderte sich, mit einer schnellen Handbewegung entschuldigte er sich und lief aus dem Raum.

Irritiert sahen die Anwesenden einander an.

*

Nachdem ich für das Notebook ein Versteck gefunden hatte, ging ich zu Emil und bereitete ihm Frühstück. Während er sich anzog, schnappte ich mir die Fernbedienung. Es dauerte nicht lange, bis ich mich zu einem Sender gezappt hatte, der wenige Sekunden später mit den Morgennachrichten begann. Die Titelmusik – opulente Streicher in Wagners Manier – und ein Videoclip, der erst den Globus und dann die Wahrzeichen von New York, London, Berlin und Tokio zeigte, sollten dem Publikum die Kompetenz, die Internationalität und die Schnelligkeit der Redaktion verdeutlichen. Ein Nachrichtensprecher mit kantig-seriösem Gesicht berichtete:

Nachdem gestern ein Virus 800 Geldautomaten der Andromeda Bank im gesamten Bundesgebiet lahmgelegt hat, musste heute Nacht das IT-System der Bank komplett abgeschaltet werden. Kunden der Andromeda wird empfohlen, die Geldautomaten anderer Banken zu benutzen. Die Andromeda versprach: »Eventuell anfallende Zusatzgebühren werden selbstverständlich erstattet.« Erst vor einigen Tagen kam die Andromeda in die Schlagzeilen, weil sie wegen Spekulationsgeschäften mit russischen Hedgefonds in Schieflage geraten war. Da es sich um die viertgrößte Bank des Landes handelt, wollten die verantwortlichen staatlichen Stellen eine Systemgefährdung nicht riskieren. Mit einigen Auflagen wurde ein Milliardenkredit aus dem Rettungsschirm ESM freigegeben. Neben einigen Ökonomen hatte vor allem der Sprecher der Finance Observe

Organisation, Ludgar von Feldmann, heftig protestiert. Er wetterte gegen den aktuellen Vorstand der Andromeda und verlangte, dass die Manager zurücktreten und mit mindestens zwei Jahresgehältern haften sollten.

Den Sprecher eines bankenkritischen Vereins hatte ich mir emotional und mit Schaum vor dem Mund vorgestellt, doch das Statement des grauhaarigen Mitsechzigers war unaufgeregt und überzeugend, er argumentierte mit Zahlen. Auch wirkte der Mann mit seinem lässig um den Hals geschwungenen Schal in rotblaugrünem Paisley-Muster sympathisch. Möglicherweise war Ludgar von Feldmann ein Medienprofi und er konnte Zahnpasta genauso exzellent verkaufen wie einen Beitritt zu Opus Dei.

Als Emil umgezogen aus dem Bad kam, hustete er. Fast hatte ich den Eindruck, dass ein Trickfilm besser helfen würde als das Bronchialmittel. Ich schob ihm den Inhalator rüber. Noch einmal fragte er nach seinem Vater und ich versicherte: »Papa ist bald wieder da!«

In Emils Gesicht konnte ich sehen, wie er darüber nachdachte, er wirkte beunruhigt.

»Wenn Papa nicht zu Hause schläft ... und du auch nicht ... lasst ihr euch dann scheiden?«

Die Frage tat weh.

»Nein ... sicher nicht«, widersprach ich schnell.

Skeptisch musterte er mich.

Erst als ich ihn warmherzig anlächelte und fest an mich drückte, beruhigte er sich und wollte wissen, was denn nun mit seinem versprochenen Smartphone sei.

»Kriegst du!«

»Wann?«

Ich hoffte, ihn mit dem digitalen Spielzeug erst mal beruhigen zu können und zeigte auf die Küchenuhr: »Wir müssen uns beeilen, sonst kommst du zu spät in die Schule!«

»Du lenkst ab, Mama!«

»Versuchen wir´s heute nach der Schule, okay?«

Zuspätkommen war Emil ein Gräuel, da war er wie sein Vater. Rasch schnappte er seinen Schulranzen und wir liefen die Treppen runter.

Im Gegenlicht der noch tief stehenden Sonne verschmolzen die dunklen Jacken der beiden Herren vor dem Haus zu einer schwarzen Masse. Wir ignorierten sie und fuhren mit der Vespa zur Schule.

Der dunkle BMW folgte uns.

Harry und mir war es wichtig gewesen, für Emil ein gutes Gymnasium zu finden. Zweisprachig. Deutsch-Französisch. Dafür nahmen wir in Kauf, Emil die ersten Schulwochen jeden Morgen durch die halbe Stadt zu kutschieren.

Mir fiel es nicht schwer, denn ich mochte dieses Viertel am Rhein; ein Durcheinander aus postindustriellen Ziegelbauten, modernisiert durch Glas und Stahl, in Schwung gebracht mit Coffeeshops und Start-ups. In diesem Kiez hatte ich meinen letzten Auftrag vor der Flaute ergattert: Dantes Inferno, die Renovierung einer opulenten Deckenmalerei in einer Dachlounge des *Hotel Napoleon*. Ein Auftrag, an dem ich nahezu ein halbes Jahr gearbeitet und der mir viel Spaß und Anerkennung eingebracht hatte.

Nachdem ich Emil vor der Schule abgesetzt hatte, beschloss ich, Harrys langjährige Gothic-Kollegin zu besuchen. Wenn jemand etwas über Harrys Verbleib und seine IT-Pläne wissen würde, dann die junge Programmiererin!

Sonst hatte Harry kaum Freunde. Dazu musste ich allerdings erst einmal den hartnäckigen Escortservice loswerden, denn erfahrungsgemäß reagieren Nerds auf die Nähe staatlicher Organe ziemlich allergisch.

Am Rhein bog ich mit der Vespa an einer Fahrradbrücke ab. Die beiden Männer im dunklen BMW mussten an der Brückenzufahrt stoppen. Im Fahren drehte ich mich um und sah, wie einer aus dem Wagen gesprungen war und sein Funkgerät zückte.

Ich tuckerte über die Brücke, wich Fahrrädern und Fußgängern aus, bis ich plötzlich merkte, dass mir vom anderen Brückenende ein weißes Geländemotorrad entgegen rollte: Schwarzer Vollvisierhelm, blaue Daunenjacke, Lederhandschuhe!

Fast hätte ich mich überschlagen, so forsch zog ich die Bremsen. Unschlüssig stand ich einen Moment mitten auf der Brücke: Hinter mir die Männer im BMW, vor mir der Russe, unter mir der Rhein. Der Russe zog aus seiner Daunenjacke eine großkalibrige Pistole.

Sofort wendete ich.

Die Männer im BMW fuhren inzwischen weg, bremsten aber plötzlich ab und setzten mit Karacho zur Brücke zurück, offensichtlich hatte einer meine Kehrtwende beobachtet.

Hinter mir kam das Tuckern der Geländemaschine näher. Nervös sah ich mich um – warum war mir das nicht gleich aufgefallen? An der Rhein-Seite, von der ich gekommen war, befand sich am Brückenende ein Behindertenaufzug. Ich raste darauf zu und drückte den Knopf. Tür auf. Fuß mit vollem Gewicht auf den Gepäckträger, Vespa schräg hochgestellt. Abwärts. Unten, am Ufer, gab ich Gas, ohne noch einmal hoch zu sehen. Ich fuhr Schlangenlinien. Kein Schuss. Nur ein Rollstuhlfahrer schimpfte.

@

Kaum hatte der Generalbundesanwalt kommentarlos seinen Platz wieder eingenommen, meldete sich Dr. Marena zu Wort: »Normalerweise ist davon auszugehen, dass Ehefrauen mitbekommen, wenn ihr Mann so eine große Sache dreht. Die Frage ist also weniger ob, sondern eher wie viel Saskia Rokovic weiß?«

Der Generalbundesanwalt wirkte nun noch ernster und deutete auf Schneiders Notizblock: »Was können Sie uns zu den Täterprofilen sagen?«

»Die Informationen sind ja noch ziemlich spärlich«, begann Schneider und legte seinen roten Fineliner zur Seite. »Das Virusprogramm ist umfangreich und komplex ... es wurde vermutlich in vielen Wochen konzentrierter Arbeit erstellt. Vielleicht sogar über Monate. Es muss sich also um eine stringente, fleißige, extrem konzentrierte Persönlichkeit handeln. Möglicherweise ein monomanischer Charakter.«

»Warum nur eine Person?«, fragte Tomek.

»Sie haben recht«, antwortete der Profiler, »es könnte sich auch um eine Gruppe handeln, ein gut eingespieltes Team.«

»Infrage käme doch auch eine Hacker-Community, wie zum Beispiel Anonymus«, brachte sich Akyün ein und zog den Knoten seiner dünnen, hellblauen Krawatte fester.

»Dazu passt die Motivlage nicht«, widersprach der Profiler, »soweit ich informiert bin, sind der oder die Täter bis dato weder mit den betroffenen Banken noch mit den Medien in Kontakt getreten, korrekt?«

Dr. Marena und Tomek nickten.

»Es wurde auch kein Bekennervideo veröffentlicht«, fuhr der Profiler fort, »was aber Gruppen wie Anonymus tun. Immer! Die prahlen damit, wenn sie ein Netzwerk hacken ... da geht es um die ganz große Hacker-Ehre!«

»Erpressung?«, fragte der Generalbundesanwalt.

»Negativ«, antwortete Dr. Marena, »es existieren weder Erpressermails noch Drohbriefe!«

»Was an Mails und Anrufen reinkam«, ergänzte Tomek, »konnten wir Trittbrettfahrern zuordnen ... alles ziemlich unprofessionell.«

»Professionalität aber kann man den Tätern auf keinen Fall absprechen«, meinte Profiler Schneider, »jedes Detail scheint präzise geplant!«

»Warum nur«, murmelte der Generalbundesanwalt und schüttelte nachdenklich den Kopf, »warum um alles in der Welt macht jemand so was ... was könnte das Motiv sein?«

»Wenn es ein Einzeltäter ist«, antwortete Schneider, »dann handelt es sich um eine äußerst destruktive Persönlichkeit. Jemand, der eine tiefe Verletzung erlitten hat. Eine brutale Demütigung! Die oder der Gesuchte scheint weder eitel noch geltungssüchtig zu sein, anders ist das Schweigen kaum zu erklären. So wie es bis jetzt aussieht, ziehen die oder der Täter keinerlei monetären Nutzen aus dem Anschlag ... leider muss ich zugeben: Das Motiv ist auch mir ein Rätsel!«

»Was wiederum für einen ausländischen Geheimdienst spricht«, sagte der Generalbundesanwalt, »da gäbe es ausreichend Motive: Sabotage, Schwächung der Wirtschaft, politische Absichten.«

»Es hat ja in den letzten Jahren bereits ähnliche Angriffe von russischen und chinesischen Hackern gegeben«, bestätigte Dr. Marena, »deren Verantwortliche wir nach wie vor im Geheimdienstumfeld vermuten.«

»Aber noch nie in dieser Größenordnung und Professionalität«, warf Akyün ein.

»Die werden auch besser«, sagte der Generalbundesanwalt, »auf jeden Fall sollten wir uns auf konkrete Spuren konzentrieren. Wenn ich die Faktenlage zusammenfasse, so deuten viele Indizien darauf hin, dass Herr Rokovic ein Drahtzieher des Cyber-Anschlags ist. Oder etwas damit zu tun hat. Weil unauffindbar, ist somit seine Frau die einzige relevante Informationsquelle, richtig?«

Einer nach dem anderen nickte.

»Das bedeutet: Frau Rokovic ist momentan unser Schlüssel zum Fall!«

Dr. Marena zog ein Papier hervor, sie hatte die wichtigsten Daten von Saskia Rokovic zusammengefasst: »In Köln geboren und aufgewachsen. Tochter eines Lehrers und einer Hausfrau. Drei Brüder. Die Jüngste unter den vier Kindern. Laut Einwohnermeldeamt seit ihrer Hochzeit vor 11 Jahren nie umgezogen. Keine Vorstrafen oder Auffälligkeiten ... trotzdem traue ich der Frau einiges zu. Immerhin hat sie versucht, sich unserer Überwachung zu entziehen.«

»Was sie nicht gerade als Unschuldslamm dastehen lässt«, interpretierte der Generalbundesanwalt.

»Vielleicht gelangen wir doch noch über die Analysen des Virusprogramms an die Täter«, bemerkte Akyün unvermittelt.

»Das ist uns nicht einmal beim Cyber-Anschlag auf den deutschen Bundestag gelungen«, wandte Dr. Marena ein.

»Dann müssen wir gegenüber Frau Rokovic Druck aufbauen«, beharrte der Generalbundesanwalt, »nur wenn sie unter massiven Verdacht gerät, wird sie reden ... U-Haft?«

»Es liegt wenig gegen Frau Rokovic vor, womit wir einen Untersuchungsrichter überzeugen könnten«, gab Tomek zu bedenken.

»Wie sieht´s mit dem Abruf der Vorratsdatenspeicherung aus?«

»Habe ich schon veranlasst«, antwortete Dr. Marena, »leider bis dato ohne nennenswertes Ergebnis.«

Eine erdrückende Stille trat ein.

Doch wenige Sekunden später war plötzlich eine seltsame Entschlossenheit im Ausdruck des Generalbundesanwalts zu erkennen.

*

Das letzte Mal hatte ich das »Etablissement« von Vroni besucht, um Emil abzuholen. Er war am Nachmittag bei seinem Vater gewesen, weil ich an Dantes Inferno im Hotel arbeiten musste. Ich erinnerte mich an ein bizarres Bild: In der ehemaligen Fabrikhalle, die Vroni und ihre Freunde »Etablissement« nannten und behelfsmäßig zu einer Gemeinschaftswohnung umgebaut hatten, saßen Harry und Vroni so weit wie möglich auseinander. Jeder arbeitete an seinem Rechner. Vroni am Fenster, Harry an der Wand. Zwischen den beiden lag Emil auf einem großen Sandsack und las vergnügt in einem Mickey Mouse-Band. Eine merkwürdige Sitzordnung. Wollten Vroni und Harry damit ihre Distanz zur Schau stellen? Für mich? Oder wegen Emil?

Als ich Harry später nach dem Grund gefragt hatte, winkte er beiläufig ab: »Hat sich so ergeben.« Diskussion beendet.

Ich überlegte, Vroni erst anzurufen und sie um ein Gespräch zu bitten. Dabei fiel mir ein, dass ich nicht einmal ihre Telefonnummer hatte.

Natürlich könnte ich versuchen, diese im Netz zu finden. Rasch verwarf ich die Idee, denn am Telefon könnte mich Vroni mit wenigen Sätzen abwiegeln. Ich aber wollte unbedingt erleben, wie sie auf meine Fragen reagierte, ich musste ihr Gesicht sehen, ihre Augen, ihre Haltung. Wenn Harry eine Mitwisserin hatte, dann Vroni! Was wusste sie von Harrys heimlichen Aktivitäten, was für ein Verhältnis hatte sie zu meinem Mann?

An der Durchfahrt zum Fabrikgelände kam mir aus dem Hinterhof ein weißer Lieferwagen eines Installateurbetriebes entgegen, dessen Räder im Schlamm durchdrehten. Vorsichtig steuerte ich meine Vespa durch eine Riesenpfütze. Beim Abstellen am Eingang der Fabrikhalle bemerkte ich im Schlamm die frischen Spuren einer Geländemaschine. Kürzlich erst musste hier jemand weggefahren sein.

Mit einem unguten Gefühl betrat ich den vierstöckigen Ziegelbau. Das Treppenhaus war verdreckt und feucht, an nahezu jeder Wand hatte sich ein Graffitikünstler mit grellen Motiven verewigt. Im Parterre residierte ein Installateur, im Zwischenpodest stank es nach Pisse, in der ersten Etage duftete es nach frischem Holz. An schrägen Skulpturen und einem Spänehaufen vor der Tür war zu erahnen, dass hier ein Holz-Bildhauer arbeitete. Im zweiten Stock klopfte ich an eine graue Metalltür. Kein Türschild, keine Klingel, kein Knauf. Trotzdem war ich sicher, richtig zu sein.

Niemand reagierte.

Ich legte mein Ohr an die kalte Stahltür und hörte Stimmen. Eine fremde Sprache. Abgehackt. Energisch. Kurze Laute. Ein Streit. Fluchen. Dann Lachen. Neuerlich klopfte ich, diesmal heftiger.

Abrupt verstummten die Stimmen.

Nichts passierte.

So fest ich konnte, klopfte ich ein drittes Mal und schrie: »Saskia hier ... kann ich bitte Vroni sprechen?«

Endlich hörte ich jemanden näher kommen. Schwere Schritte.

»Wer da?«, tönte eine kräftige Männerstimme.

»Saskia Rokovic. Ich möchte bitte Veronika Glaser sprechen!«

»Warum?«

»Ich bin eine Freundin ... das heißt, Harry ist ...«

Die Tür ging einen Spalt auf. Ein junger Mann mit schwarzem Vollbart und ausgehöhlten Wangen öffnete. Mitte zwanzig, braune Augen. Er trug einen blauen Wollpullover, eine schwarze, bis über die Ohren gezogene Strickmütze und geschnürte Stiefel, die mich an das russische Militär erinnerten.

»Tut mir leid, hier gibt es keine Frau Veronika«, sagte er mit einem Akzent, der für mich ein polnischer, russischer oder weißrussischer sein konnte.

Unwillkürlich fragte ich mich, ob er der russische Motorradfahrer gewesen sein könnte. Nach meiner Erinnerung aber war der etwas größer und wirkte älter, sofern ich das in der Dunkelheit überhaupt einordnen hatte können.

»Vroni wohnt hier«, widersprach ich, »sagen Sie ihr, ich bin die Frau von Harry. Es ist dringend, sehr dringend!«

»Vroni ist für niemanden zu sprechen«, antwortete der muskulöse Mann unbeeindruckt.

»Mein Mann hat Vroni geholfen. Viele Nächte. Bei ihrem Spieleprogramm!«, appellierte ich.

»Wir brauchen keine Programmier-Nachhilfe«, sagte er, richtete sich auf und polterte mit ironischem Ausdruck, »wir sind besser als die NSA!«

»Und warum stürzt dann dauernd unser neues Programm ab?« Eine zarte Hand ragte aus dem Ärmel eines schwarzen, abgewetzten Lackjäckchens, sie schob den Mann zur Seite und öffnete die Tür zur Gänze. Vroni hatte grüne Augen, zu einem Dutt hochgebundenes Haar und schwarz geschminkte Lippen, sie war mindestens fünf Jahre jünger als ich.

»Komm rein, Saskia.«

Unter dem dünnen Lackjäckchen trug sie einen gelben Pullover, dazu eine schwarze Dreiviertel-Cordhose, Kaschmirstrümpfe und Winterstiefel. Während mir der Kerl die Tür aufhielt, griff Vroni zu ihrem Dutt und öffnete ihn. Mit einer beiläufigen Bewegung schüttelte sie ihr pechschwarz gefärbtes Haar aus, es fiel bis in die Hüften. Sie machte es reflexartig und doch musste es Gründe haben. Erinnerte sie mein Kommen an Harry, hatte sie ihn auch auf diese Weise empfangen?

Mitten im »Etablissement« hingen auf mehreren Kleiderständern die Winterklamotten der Bewohner. In dem über fünf Meter hohen Raum reichten die Fenster von Hüfthöhe bis zur Decke. Die in einem weißen Metallrahmen steckenden Glasscheiben waren nicht isoliert, beim Gehen durch die weitläufige Halle spürte ich einen kalten Windzug. Auf der gegenüberliegenden Seite hatten die Bewohner auf vier Holzpfosten eine Zwischenetage eingezogen, die ein Viertel des Raumes abdeckte. Eine Holzleiter führte zu dem Podest, auf dem Schlafsäcke und ein Lattenrost mit zerwühltem Bettzeug lagen.

»Harry ist verschwunden«, sagte ich, »hast du eine Ahnung, wo er sein könnte?«

Statt einer Antwort bedeutete sie mir, ihr in die Küchenecke zu folgen, die aus zwei Flohmarkt-Geschirrschränken, einer kleinen Doppel-Herdplatte und einem vergilbten Spülbecken bestand.

»Es ist wirklich dringend«, unterstrich ich meine Bitte, »sehr dringend!«

Sie tat, als hätte sie meine Frage überhört, und machte sich am Kaffeegeschirr zu schaffen. Es blieb mir nichts übrig, als ihr zu folgen. Überall am Boden lagen Verlängerungskabel, die zu drei improvisierten Tischen auf Holzböcken führten. Darauf mehrere alte

Rechner, Festplattengehäuse und drei moderne Notebooks. Neben jedem Tisch stand ein elektrischer Heizstrahler, einer am Boden, einer in Hüfthöhe. Trotzdem hatte ich das Gefühl, dass es hier kaum wärmer war als draußen.

An einem Tisch saßen zwei junge Männer, auch sie trugen dicke Jacken und Pullover, einer hatte eine Fellmütze auf, der andere eine Kapuze. Inmitten von Notebooks und Codekarten starrten sie auf einen großen Bildschirm, schienen über Programmzeilen zu streiten. Unwillkürlich fragte ich mich, ob die Männer etwas mit dem Cyber-Terror zu tun hatten – um mich sofort zu ermahnen: Ich durfte nicht alle Menschen mit russischem Akzent unter Generalverdacht stellen.

In der Küchenecke zwinkerte Vroni zu dem Vollbart, der mir die Tür geöffnet hatte und der nun einen Wasserkocher in Betrieb setzte: »Das ist Antonin. Aus der Ukraine. Ehemaliger Soldat. Eliteeinheit.« Sie streichelte dem athletischen Mann zärtlich über den Kopf, als wäre er ein Hund: »Jetzt will er nur mehr spielen ... ein ganz Lieber!«

»Falsch«, widersprach Antonin und imitierte ein aggressives Knurren. »Bin böse. Und clever. Und bester Hacker Kölns!« Er grinste.

Vroni wusch drei mit Kaffeeresten verschmutzte Tassen unter fließendem Wasser aus und brach sich dabei einen schwarz lackierten Fingernagel ab, was sie aber nicht zu stören schien.

»Wir müssen vorsichtig sein«, sagte sie, »seit einigen Wochen tauchen ständig Typen auf, die behaupten, ich schulde ihnen Geld.« Sie lächelte Antonin an. »Dabei bin ich doch eine, die nie jemanden anschnorrt, stimmt´s?«

»Wenn, dann nur um Rauschmittel«, sagte er und drehte einen Joint.

Jetzt erst bemerkte ich unter dem Zwischenpodest ein Seil, auf dem große Handtücher zum Trocknen hingen. Das Seil fungierte als Raumteiler, es war um einen der vier Holzpfähle gespannt. Hinter den Handtüchern verbarg sich eine frei stehende, ehemals weiße Badewanne.

Als ich neuerlich nach Harry fragte, reagierte Vroni auf eine seltsame Art reserviert, sie schien ein schlechtes Gewissen zu haben, zumindest kam es mir so vor. Vroni trocknete ihre Hände ab, band ihr langes Haar wieder zu einem Dutt und unterbrach die Aktion, sodass ihre Haare erneut in den Nacken fielen.

»Harry hat mich gerettet«, erzählte sie, »mein neues Game lief nicht ... er hat den Fehler in wenigen Stunden gefunden ... ich hätte dafür Wochen gebraucht!«

Beunruhigt nahm ich Vroni zur Seite: Harry sei entführt worden, er brauche sein Asthmamedikament, sonst bekomme er akute Atemnot: »Das ist lebensgefährlich!«

Erstaunlicherweise reagierte Vroni kaum beeindruckt: »Warum gehst du nicht zur Polizei?«

»War ich schon.«

Sie hielt mir zwei Schachteln mit Teebeuteln hin: »Schwarz oder Kamille?«

»Die Polizisten glauben mir nicht.«

»Ginseng hab ich auch.«

»Vroni, ich muss Harry finden. Sofort!«

»Zucker?«

»Mit wem hatte er Kontakt?«

»Milch?«

»Was hat er vor?«

Sie stellte mir die Tasse mit heißem Wasser hin, daneben legte sie die Schachteln mit Teebeuteln, eine Zuckerdose und einen Löffel: »Bedien dich!«

Einmal mehr zweifelte ich, ob es nur das gemeinsame Interesse für Spieleprogramme war, das Harry mit Vroni verband. Und insgeheim hoffte ich: Vielleicht hatte Harry mit Vroni ja nur eine kurze sexuelle Episode, eine hormonelle Anwandlung, die Harry rasch sättigte und nach einigen Tagen, längstens Wochen, zurück trieb in meine Arme.

Ich hatte allerdings keine Beweise. Weder für eine Liaison noch für deren Beendigung, aber auch nicht für eine ausschließliche Arbeitsbeziehung.

»In den letzten fünf Monaten war Harry ziemlich oft bei dir. Meist bis vier Uhr früh!« Mein Frontalangriff verunsicherte Vroni, ich konnte es an ihren zuckenden Augenlidern sehen.

»Wir haben gearbeitet. An meinem Game.«

»Nicht jedes Mal!«

»Doch.«

»Und nicht so lange!«

Vroni nickte. Das Nicken fiel so deutlich aus, als müsste sie sich selbst ermuntern, an ihre Version zu glauben.

»Wenn ihr an einem Programm arbeitet«, setzte ich nach, »dann werkelt ihr einige Tage auf Hochtouren. Hintereinander! Und dann ist´s fertig. Harry aber ist immer wieder zu dir gefahren. Fast jede Woche. Immer nur für eine Nacht!«

Sie wich meinem vorwurfsvollen Blick aus. Mit einer nervösen Bewegung fuhr sie sich durch´s Haar und knotete den Dutt. Diesmal band sie die Haare fester, sodass der Knoten hielt. Obwohl ihre Bewegungen unbewusst und routiniert wirkten, stellten sie für mich doch ein Statement dar: Abgrenzung.

Lange schweigend ließ ich sie nicht aus den Augen. Schließlich wandte sie sich mir zu: »Ich musste ihm bei Gott schwören, es niemandem zu sagen. Auch wenn´s nicht zu mir passt: Ich glaub an den Alten da oben!«

»Es ist eine Notlage, Vroni, es geht um Harrys Leben!«

»Was ist mit euch eigentlich los? ... Warum redet ihr nicht miteinander?«

Ich wusste keine Antwort, die beiden Fragen schmerzten.

»Er war in letzter Zeit oft knatschig«, fuhr sie fort, »besonders, wenn er nach Hause musste.«

Ein Stich in mein Herz: Hatte sein seltsames Verhalten doch mit mir zu tun?

Abrupt deutete sie zur Tür: »Besser, du gehst jetzt.«

Beim Umdrehen bemerkte ich am Kleiderständer eine Himalaya-Mütze. Von Harry.

Vroni registrierte meinen Blick: »Hängt schon lang hier.«

An der offenen Wohnungstür hielt ich inne: »Hat dich sein IQ so angemacht?«

»Mann, du kapierst gar nix!«, fuhr sie mich an, »Harry will nur mit dir abhauen. Mit eurem Luxusbus.«

»Weißt du«, sagte ich so laut, dass es alle im Etablissement hören konnten, »Harry vögeln ... das kann jede. Aber mit ihm zusammenleben ... das ist Kunst!«

Mit einer harschen Bewegung holte sie mich zurück: »Ich sag dir jetzt mal was. Du und Harry ... ihr geht mir mit eurer Geheimniskrämerei total auf´n Keks! Harry hat mich angefleht, dass ich ihm ein Alibi geb. Jedes Mal, wenn er bis vier Uhr in der Früh angeblich bei mir war, ist er in Wirklichkeit wo anders gewesen.«

»Aha ... und wo?«

Genervt zuckte Vroni die Schultern. »Er hat gemeint, es ist besser, wenn ich´s nicht weiß.«

»Was hat er denn wo anders gemacht?«

»Keine Ahnung. Irgendwas gehackt. Einen Pharma-Konzern, eine Porno-Seite, den KGB, ich weiß es nicht.«

»Hacken tun doch alle im *Chaos Computer Club*. Warum dann die Geheimnistuerei?«

»Frag ihn!«

»Wenn ich könnte ...«, entfuhr es mir, dann lächelte ich sie versöhnlich an: »Sorry, das mit dem Vögeln ... war nicht so gemeint.«

»Schon okay.«

»Vroni«, flehte ich leise, »es geht nicht um Bits und Bytes, das ist kein Spiel ... es geht um Harrys Leben!«

Einen Moment schwieg sie.

Ratlos, unsicher, verlegen.

Bis es aus ihr herausbrach: »Normalerweise halte ich meine Versprechen, aber wenn das jetzt wirklich ein Notfall ist ...«

»Mehr Notfall geht nicht.«

»Vor einiger Zeit hat Harry spaßhalber versucht, Banken zu hacken. Dabei muss er sich mächtige Feinde gemacht haben. Doch es haben sich auch Leute gemeldet, die Harry für seine Dienste engagieren wollten. Er ist halt ein Programmier-Genie!«

»Aber warum hat er das nicht einfach von zu Hause aus gemacht?«

»Schon mal von IP-Adressen gehört? ... Er hackt auf fremden Rechnern ... wie alle guten Hacker, logo!«

»Und wo?«

»Im Club ... in einem Internetshop ... auf der Uni ... keine Ahnung.«

»Es könnte ihn also jemand engagiert haben?«, folgerte ich.

Sie zuckte mit den Schultern und schüttelte ihren Kopf: »Hab nur mitgekriegt, dass es um irgendeine Hilfsorganisation gegangen ist ... Kleinkredite für Frauen oder so was.«

»Ein Name? ... Die Organisation? ... Eine E-Mail-Adresse?«

Nach jeder Frage zuckte Vroni die Schultern: »Ich schwör bei Gott – mehr weiß ich nicht!«

Sie machte mit der rechten Hand ein Schwurzeichen und ich hatte den Eindruck, sie sagte tatsächlich die Wahrheit. Da bemerkte ich unter der Garderobe in einem Berg von Winterjacken einen schwarzen Sturzhelm. Vollvisier. Doch keine Daunenjacke war blau. Was bedeutete schon ein schwarzer Vollvisierhelm? Viele hatten einen.

@

Dr. Marena war enttäuscht. Die Entschlossenheit des Generalbundesanwalts hatte wenig genützt. Die Untersuchungsrichterin entschied gegen den Antrag auf Beugehaft für Saskia Rokovic. Die Faktenlage war dünn, die Entscheidung lag im Ermessen der Richterin und Dr. Marena vermutete: Die junge Juristin – selbst Mama einer zweijährigen Tochter – brachte es nicht übers Herz, Emil die Mutter wegzunehmen, insbesondere, weil der Vater möglicherweise entführt oder ermordet worden war. Auch argumentierte die Richterin, dass eine »freie Saskia Rokovic« die Ermittler am ehesten zu ihrem Mann und damit zur Lösung des Falls führen würde.

Wenigstens erhielt Dr. Marena die Sondererlaubnis zum *Datamining*. Akribisch untersuchte sie mit ihrem Team per computerlinguistischer Analyse alle Texte von Harry Rokovic, die sie auf seinen Rechnern und in Blogs, Foren, Mails und anderen Quellen fanden, nach politischen Spektren und tatrelevanten Mustern.

Das Ergebnis: Harry Rokovic war weder einer extrem linken noch einer rechten Partei zugetan, auch sympathisierte er nicht mit einer gewaltbereiten Tier- oder Ökopartei, er schien ein ziemlich unpolitischer Mensch zu sein. Oder er verschleierte seine Haltung intelligent. Einzig den Begriff »fraktal« hatte er einmal in einem gesellschaftspolitischen Kontext verwendet und »fraktale Veränderungen« gefordert, was auch immer das bedeuten sollte.

Als Dr. Marena in der Kantine mit den Kollegen einen Imbiss einnahm, sangen Freddie Mercury und Montserrat Caballé »Guide Me Home«. Sie hatte ihr Smartphone auf *nicht stören* gestellt, nur einer Telefonnummer hatte sie gestattet zu singen. Auf ihrem Display erschien das Porträtfoto des BKA-Präsidenten. Ihr Chef trug eine schwarze Baskenmütze, hatte sie immer schräg aufgesetzt, so als hätte er sie nur auf den Kopf gelegt, um sie jeden Moment abwerfen zu können, falls es die Situation erfordert.

Dr. Marena suchte sich rasch eine ruhige Ecke im Flur und nahm ab. Seit elf Jahren arbeitete sie beim Bundeskriminalamt. Abgesehen von den wöchentlichen Video-Dienstbesprechungen hatte ihr Vorgesetzter sie erst dreimal aus Berlin angerufen. Das erste Mal nach seiner Ernennung zum BKA-Präsidenten, dann als er sie fragte, ob sie sich vorstellen könnte, die Abteilung SO 43 zu leiten, und schließlich bei dem Cyber-Anschlag auf den Deutschen Bundestag. Heute war das vierte Mal. Der Sechzigjährige wirkte besorgt, der Innenminister hatte sich kurz zuvor bei ihm nach den Ermittlungsfortschritten erkundigt.

»Die Angelegenheit hat höchste Priorität«, unterstrich der BKA-Präsident, »Sie erhalten alle Ressourcen, die Sie brauchen!«

Dr. Marena wunderte sich. Noch vor zwei Tagen hatte sie versucht, Vorovsky und das BSI als ständige Unterstützung vor Ort zu bekommen. Der BKA-Präsident hatte ihr ausrichten lassen, dass sie die Cyber-Recherche auch mit den eigenen Leuten bestreiten könnte, ja, durch die Blume wurde ihr unterstellt, lieber mit Vorovsky zusammenzuarbeiten, statt die eigene Abteilung auf Vordermann zu bringen.

Was sie demonstrativ bestritten hatte.

Aber der Wahrheit entsprach.

Ihr IT-Leiter Akyün verfügte zwar über ein beeindruckendes Fachwissen, doch Vorovsky beherrschte zusätzlich das raffinierte Jonglieren an der Grenze des Gesetzes, was bei verkrusteten Beamtenstrukturen und von der Technologieentwicklung überholten Paragrafen manchmal die einzige Methode war, die Ermittlungen rasch zum Erfolg zu bringen.

»Ich wünsche Ergebnisse«, unterbrach der BKA-Präsident ihren Gedankenstrom, »und wenn Sie Herrn Vorovsky und sein Team unbedingt dabei haben wollen ... auch gut. Richten Sie Vorovsky einen schönen Gruß aus ... fähiger Mann!«

Er legte auf.

Jap, die Möglichkeit, mit Vorovsky zusammenzuarbeiten, hob ihre Stimmung schlagartig.

*

Als ich mit der Vespa durch die Stadt zu Emils Schule fuhr, kreisten meine Gedanken um Vronis Aussagen: Dass Harry bei einem Anschlag auf eine Großbank mitgemacht haben sollte, konnte ich mir nicht so richtig vorstellen. Eher, dass er ein Hilfsprojekt unterstützte.

Einige Male schon hatte er gemeint, am schlimmsten seien die Frauen dran, besonders in den weniger entwickelten Teilen der Welt: »Dagegen sollten wir was tun!«

Meine Antwort damals: Erst müssten wir uns um Emil, unser finanzielles Chaos und unser berufliches Weiterkommen kümmern. Daraufhin konterte Harry etwas von fraktalen Strukturen, die noch wichtiger seien – was ich damals aber noch nicht verstanden hatte.

Auf jeden Fall würde die Programmierung einer intelligenten Software für Kleinkredite zu ihm passen. Warum aber die Heimlichtuerei? Es machte keinen Sinn.

Obwohl ich Harry liebte und schon so lange kannte, war er mir immer wieder ein Rätsel. Aufgrund seines distanziert-kühlen Verhaltens hatte er vor einigen Jahren seinen Job verloren. Als ich ihn darauf ansprach, sagte er: »Was bringt das, wenn ich dem Kunden jedes Mal einen wunderschönen guten Tag wünsche und frage, wie es ihm geht? Wird der Tag deshalb schöner? ... Nein! ... Schöner wird er, wenn ich all meine Konzentration auf das Verfassen von Programmzeilen lege. Nur dann!«

Mein Kopfschütteln konterte er mit Argumenten: »Wenn mir jemand schon bei der allerersten Begegnung ein Küsschen auf die Wange drückt oder sich bei der ersten E-Mail mit herzlichen Grüßen verabschiedet, dann ist das doch verlogen! Genauso wie Banken auf den Hotlines ihre Kunden mit herzlich willkommen begrüßen. Was ist daran herzlich? Dass sie einen Großteil der Filialen durch herzliche Billig-Telefonistinnen ersetzt haben?«

Ich hatte den Verdacht, er sei kommunikationsgestört und habe eine Neurose, die zu behandeln uns allen helfen würde. Als ich den Besuch bei einem Psychologen vorschlug, stritt er die Möglichkeit eines Defekts ab. Vehement! Seine Erklärung: »Ich bin – im Gegensatz zu vielen anderen – kein Schleimer. Und bevorzuge die intelligente Sachlichkeit!«

»Aha.«

In Wahrheit unterstellte er mir, dass ich mich zu sehr anbiederte. Natürlich neigte ich dazu, manchmal zu höflich, zu nett, zu geschmeidig zu sein. Trotzdem stieß Harry mit seiner Art oft Menschen vor den Kopf. Auf jeden Fall hielt ich ihn für klug genug, mit seinen Prägungen konstruktiv umzugehen. Aber vielleicht wollte er das gar nicht, vielleicht wollte er etwas ganz anderes.

Während ich mit der Vespa vor einer roten Ampel hielt, wurde mir klar: Ich musste diese ominöse Organisation finden, für die Harry angeblich gearbeitet hatte. So schnell wie möglich!

@

Kaum hatte Dr. Marena das Telefonat mit dem BKA-Präsidenten beendet, spazierte Vorovsky mit einer unglaublichen Gelassenheit auf sie zu. Als hätte er diesen Anruf kommen sehen. Oder war er bereits vorinformiert worden?

Sie glaubte, ein minimales Zucken in seinem Gesicht zu erkennen, das sie als Begrüßungslächeln interpretierte.

Vorovsky hielt einen schwarzen USB-Stick in der Hand: »Nicola, das könnte dich interessieren. Darf ich an deinen Computer?«

Sie bat ihn in ihr Büro. Er setzte sich an ihren Arbeitsplatz und steckte den Stick an.

»Klick mich mal kurz durch deine Korrespondenz, ja!«

»Schon mal was von Privatsphäre gehört?«

»Nicht beim BKA!«

Sie deutete auf den Stick: »Was ist drauf?«

»Eine verschlüsselte E-Mail-Nachricht. Mit Video-Anhang.«

»Von wem?«

»Gesandt vom Smartphone unseres Hauptverdächtigen ... kurz nachdem Harry Rokovic vermeintlich erschossen wurde.«

»Woher hast du die?«, fragte sie erstaunt und setzte ihre Lesebrille auf.

Statt zu antworten, startete er das Video. Als Dr. Marena die ersten Bilder sah, hielt sie den Atem an. Von einer Sekunde auf die andere fühlte sie sich besser: »Wie hast'n das geschafft?«

Ihre Lesebrille rutschte von der Nase. »Mails sind doch noch von der Vorratsdatenspeicherung ausgeschlossen!«

»Leider«, raunte Vorovsky mit stoischer Miene.

»Wenn´s rauskommt, kann´s dich den Job kosten.«

Er sah sie bedeutungsschwer an.

»Du meinst«, überlegte sie laut, »wir erzählen Saskia Rokovic davon ... und wenn sie dann zugibt, die Videonachricht von ihrem Mann erhalten zu haben, halten wir das im Protokoll fest ... und lassen unser Video verschwinden?«

»Nein.« Vorovsky ließ den USB-Stick in seine Hosentasche gleiten. »Wir lassen den Stick gleich verschwinden. Oder willst du, dass ich meine Stelle riskier?«

»Niemals.« Grinsend deutete sie zu dem Fach zwischen den Ordnern an der Wand gegenüber und sah ihn an.

Kaum merklich nickte Vorovsky.

Sie freute sich und warf ihre kleine, private Espressomaschine an. Vorovsky liebte ihren Triestiner Kaffee. Zusammen ließen sie die Aromen des Tanzania Arabica auf ihren Zungen tanzen.

*

Zu seiner großen Freude hatte ich Emil unter einem Vorwand zwei Stunden vor Schulschluss abgeholt, um den Männern in dunklen Jacken zu entgehen. Die ganze Zeit grübelte ich nach, von wo aus Harry Kontakt zu der ominösen Organisation gehabt haben könnte und wer die Verantwortlichen waren.

Emil hielt seinen alten MP3-Player in der Hand, hatte Kopfhörer auf. Ausgelassen sang er mit: »Gleich geht jemand hier zu weit. Ein Biest lebt in deinem Haus. Du schließt es ein, es bricht aus.« Lächelnd nahm ich Emil einen Kopfhörer ab und steckte ihn mir ins Ohr. Er hörte *Das zweite Gesicht* von Peter Fox. Ich musste an Harry denken – war es Zufall, dass Emil gerade diesen Song hörte?

Beim Kebab fragte ich ihn, ob er mit Papa nach der Schule auch mal im *Chaos Computer Club* gewesen war.

Emil nickte: »Papa hat da geskypt ... und mir beim Kampf gegen das schwarze Monster geholfen. Papa hat Superideen gehabt! Ein magisches Schwert ist nämlich besser als ein Goldschwert ... weißt du, Mama? ... viel besser! Damit kannst du Monster verzaubern ... einfrieren ... und zu Pudding machen!« Er kicherte.

Der Club war in der Tat eine Option. Vielleicht hatte ich nur zu kompliziert gedacht, möglicherweise hatte Harry im Club Kontakt zu der Hilfsorganisation aufgenommen.

Ich steuerte mit Emil das Clublokal an, er versprach mir zu zeigen, an welchem Computer Papa gearbeitet hatte. Oft hatte Harry dort abends noch vorbeigeschaut. Die Klitsche schloss um 22 Uhr und normalerweise kam er dann direkt nach Hause. Angeblich wollte er sich im Club weiterbilden, die neuesten Updates abgreifen oder Kollegen helfen.

Nach der Hochzeit verbrachte Harry immer mehr Zeit am Rechner und im *Chaos Computer Club*. Für mich war computern – wenn auch spannend – kein Ersatz für's Leben. Bei Harry aber hatte ich zunehmend den Eindruck. Zwar habe ich von einigen Freundinnen und sogar von meiner Mutter gehört: Wissen Männer ihren Fisch erst einmal im eigenen Teich, so füttern sie nur noch sporadisch. Doch ich hatte gehofft, das wäre ein Klischee. Eine Berührung, eine kleine Geste, einen Kuss spendierte Harry immer seltener, lieber flüchtete er zu seinen Rechnern.

Vor allem tat er sich schwer, meine Mimik zu verstehen. Wenn ich in einer bestimmten Art die Augen aufschlug und die Brauen hochzog, konnte das für ihn heißen: »Du hast jetzt was Saublödes gesagt!« Oder er interpretierte: »Reiß mir die Bluse vom Leib und vögle mich auf dem Küchentisch.« Oder: »Nimm mich in den Arm und drück mich!« Meistens bedeutete es Letzteres, doch Harry steuerte bereits auf den Küchentisch zu.

Einige Male hatte ich ihn darauf angesprochen. Auf einer rationalen Ebene gelang es, ein wenig Verständnis zu erreichen. Nach solchen Diskussionen bemühte er sich mehr und drückte mich zärtlich. Doch nach einigen Wochen flaute sein Bemühen stets wieder ab.

Sein Verhalten verletzte mich, obwohl mir peu à peu klar geworden war: Sein Begehren konnte ich weder erbitten noch verlangen. Und schon gar nicht erzwingen. Entweder er spürte es – oder eben nicht.

Manchmal, wenn wir uns über vierzehn Tage nur noch zum wortlosen Frühstück sahen, wachte ich mitten in der Nacht auf und hielt es neben ihm nicht mehr aus. Ich ging ins Wohnzimmer, las ein Buch, sah fern oder wanderte verzweifelt auf und ab, bis ich vor Müdigkeit nicht mehr konnte.

Einmal, im tiefsten Winter, nach Wochen des Hauthungers, zog ich mir um vier Uhr früh nur einen dünnen Pulli über und rannte durch das verschneite Köln. Ziellos. Immer weiter. Bis mir die Füße weh taten. Bis die Hautsehnsucht abgekühlt war. Bis ich vor Kälte zitterte. Bis ich wusste: Mir fehlte Nähe. Auf mehreren Ebenen. Ein Aufeinandereinschwingen. Ein geteilter Moment. Gemeinsame Konzentration auf etwas. Das Zubereiten einer Speise, das Reden über einen Film, das Finden eines Urlaubszieles. Natürlich wurde Nähe auch durch Verlässlichkeit hergestellt. Wenn ich dich brauche, bist du da. Und umgekehrt. Selbst, wenn man sich gerade gestritten hatte. Harry war verlässlich. Immer.

Doch es gab auch die verführerische, emotionale, ja geradezu masochistische Nähe: Die Idee, zwei Menschen könnten einander vollständig durchdringen. Eins sein. Dasselbe fühlen. Zu jedem Zeitpunkt. Eine Illusion. Sicher. Doch wie viel von dieser Fata Morgana durfte ich vom Leben erwarten, wie viel ist für eine zufriedene Beziehung notwendig, auf wie viel musste ich verzichten?

Ich liebte Harry für seine Stärke. Körperlich wie geistig. Doch ich hatte auch das Bedürfnis nach jemandem, der verletzlich war, denn schon aus meiner Studienzeit wusste ich: Nur wenn die Epidermis der Seele dünn ist, ist sie durchlässig für die Diffusion der Liebe.

Kaum hatte ich durchgefroren das Schlafzimmer wieder betreten, war Harry aufgewacht. Er bemerkte mein Zittern. Statt mich zu fragen, was los sei, brachte er mir eine Wärmflasche und deckte mich mit einer zweiten Decke zu. Ich war fassungslos. Und doch hatte mich seine Methode gewärmt. Zumindest für ein paar Stunden.

Ein kicherndes Baby riss mich aus meinen Gedanken, die junge Mutter ging neben uns her und trug das Kleine im Tragetuch. Ich konnte nicht anders als das glücklich strahlende Kind anzulächeln, auch Emil bemerkte meinen Blick.

»Wär doch schön, noch so ′n Schwesterchen«, rutschte es mir heraus, »hm?«

Kopfschüttelnd zeigte Emil auf einen Laden mit gebrauchten Smartphones nahe dem *Chaos Computer Club* und kicherte: »Mama, man kann nicht alles haben!«

»Vielen Dank für den Tipp, du süßer Klugscheißer.«

Er zog mich ins Handy-Geschäft: »Versprochen ist versprochen.«

Ich kaufte für Emil ein gebrauchtes Smartphone mit seinem Lieblings-Monsterspiel. Und schon war der Großteil von dem am Automaten abgehobenen Geld dahin.

Durch einen frisch renovierten Hof schritten wir dann auf eine dicke Glastür zu. In großen, schwarzen Buchstaben stand am Eingang:

Nur für Mitglieder.
Trojaner müssen draußen bleiben!

Emil drückte die Türklinke. Verschlossen. Ich trat näher: In dem großen Raum war es dunkel, einzelne Lampen erzeugten Lichtinseln in einer von Zigarettenrauch vernebelten Luft.

Neben der Tür befand sich eine weiße Klingeltaste mit der Aufschrift »Alarm im CCC«. Unschlüssig hielt ich inne: Weder war ich Mitglied, noch wirkte das Innere besonders kinderfreundlich. Emil sah mich fragend an. Harry redete immer nur gut über die Hacker aus dem *Chaos Computer Club*, und als ich einmal vorsichtig angemerkt hatte, dass es sich genau genommen um Kriminelle handle, die illegal in andere Systeme eindringen, hatte er gekontert: »Hacker sind kostenlose Anwälte der Zivilgesellschaft ... und machen was *Fraktales*.«

»Soso ... vermutlich wollen sie die Welt retten, oder?«

Er ignorierte meinen Sarkasmus: »Hacker wollen die Welt durchleuchten ... sich an ihr reiben und herausfinden, was dahintersteckt – um konstruktiv mitzugestalten.«

Geschniegelte Sätze, die er von Kollegen übernommen hatte. Einiges mochte stimmen, doch sie wusste von Harry auch, dass sich seltsame Gestalten unter den Hackern befanden, die sich als digitale Moralapostel aufspielten, in Wahrheit aber oft Spielsüchtige oder gar Internetbetrüger waren.

Eine schrille Alarmsirene ertönte, Emil hatte auf die Klingeltaste gedrückt. Hinter der Glastür erschien ein Ungetüm von Mann: Etwa 25 Jahre alt, sicher 130 Kilo schwer, er trug einen seit Monaten nicht mehr gestutzten Vollbart. Im Licht eines Scheinwerfers betrachtete ich sein T-Shirt, es war einmal weiß gewesen, jetzt grau changierend, mit Achselrändern. Seine Jeans befanden sich in ähnlichem Zustand. Ich fragte mich, ob das Klischee von Nerds stimmte oder ob das Zufall war.

Er ließ uns eintreten.

An einer Theke bemerkte ich eine schlanke Frau mit hellblauer, gebügelter Bluse, dahinter einen älteren Mann im weißen Hemd – also Zufall.

»Seid ihr Mitglieder?«, fragte der Mann.

»Bin ich«, sagte Emil, »Papa hat mich angemeldet. Unter zwölf kostet´s ja nix. Papa fand das gut.«

»Name?«

»Emil Rokovic.«

Während er in ein Notebook tippte und nickte, nahm ich die nach Schweiß, Zwiebeln und abgestandenem Zigarettenrauch riechende Luft wahr. Dann drehte er sich zu mir: »Und Madame?«

»Ich bin seine Erziehungsberechtigte.«

Abweisend musterte er mich: »Wir sind intergalaktisch. Bei uns wird niemand erzogen! Schule und Staat sind nämlich Scheiße, stimmt´s Emil?«

Emil sah unsicher zu mir, dann zu dem Mann, schließlich nickte er verstohlen grinsend.

Die tief verschatteten Augen des jungen Nerds blickten mich an: »Sorry, Sie müssen leider draußen bleiben. Auf dem alten Planeten.«

»Schon okay«, erwiderte Emil, »sie wäscht nur meine T-Shirts.«

»Das ist was anderes«, brummelte der Nerd und winkte mich mit einem angestrengten Lächeln durch. »Haben Sie zufällig noch Platz in Ihrer Waschmaschine?«

Hoffentlich ein Scherz, denn nun erfasste mich der wenig angenehme Eigengeruch des Computerfreaks und ich folgte Emil mit schnellen Schritten in die Tiefe des Raumes. Dunkler Holzfußboden. Abgewetzte Ledersofas. Ein Kickertisch, an dem vier Jungs spielten, die nur wenig älter waren als Emil. Etwa 25 Computerfans unterschiedlichen Alters saßen an Notebooks und Standgeräten. Die meisten trugen Kapuzenpullis, T-Shirts und Jeans, nahezu alle tranken Club Mate – offensichtlich berauschte das Getränk die logischen Fähigkeiten der Anwesenden. An fast jedem zweiten Computer klebte ein Konterfei des Whistleblowers Edward Snowden mit der Aufschrift »Asyl«, für viele hier wohl der Inbegriff des modernen Freiheitskämpfers.

Flüsternd bat ich Emil, mir den Rechner zu zeigen, an dem Harry gearbeitet hatte. Emil fand den Computer mit dem Monsterspiel: »Daneben saß Papa!«

Während der relativ alte Rechner hochfuhr, kaufte ich an der Theke für Emil einen Schokoriegel. Bereitwillig half mir der Junge, Harrys Account aufzurufen. Auch Harrys Kennwort wusste er, hatte er doch seinem Vater über die Schultern gesehen: »Saskmil.«

Ich drückte Emil einen Kuss auf seine süße Stupsnase: »Danke für die Mitarbeit, Herr Kollege!«

Harry hatte mir mal gezeigt, wie man gelöschte Chroniken wiederherstellen kann. Es gelang mir, eine Kontaktaufnahme von Harry zu einer gemeinnützigen Nichtregierungsorganisation zu finden: *Finance Observe Organisation.* Ich entdeckte eine Videotelefonie-Adresse im FOO-Foren-Umfeld, mit der Harry kommuniziert hatte. Nicht via Skype, sondern einem kleinen, verschlüsselten Videotelefonie-Anbieter. Harry hatte mit einer Person namens *Luzifer* gesprochen.

Mit Widerwillen setzte ich ein altes, schmieriges Headset auf und probierte es. Tatsächlich erschien auf dem Bildschirm ein Teufel: Schwarze Fratze, Stoßzähne, rote Ohren. Sofort fragte ich nach Harry und merkte an der verhaltenen Reaktion, dass die Frage zu direkt gewesen war. Ich versuchte, mein Gegenüber in ein Gespräch zu verwickeln, erzählte ein wenig von mir und merkte, wie *Luzifer* vorsichtig herausfinden wollte, mit wem er es zu tun hatte. Da beschloss ich, in die Offensive zu gehen und sagte, dass ich die Frau von Harry sei. Plötzlich begann *Luzifer* merkwürdig abzuschweifen, versuchte mich zu überzeugen, denn er vertrat irritierende Thesen: *Der Staat macht die Banken zu seinen Kirchen. Diese lässt er sich viel kosten, denn sie machen das Volk, die Gemeinden und die Länder zu*

Schuldnern. Den Begriff der Schuld hat die Kirche mit Etablierung der Erbsünde und »mea culpa« exzellent eingeführt. Vor über 2000 Jahren. Und damit das Volk unterjocht.

Die Erläuterungen von *Luzifer* klangen schräg und doch erinnerte ich mich: Seit meinen Jugendjahren wurde jedes Sparpaket mit eskalierenden Schulden begründet. Von nahezu jeder Regierung!

Das Tuckern eines Motorrades ließ mich hochschrecken, ein Nerd hatte die Tür des Notausgangs zum Lüften geöffnet. Im Gegenlicht erkannte ich im Hinterhof eine Geländemaschine, die nahe der Tür anhielt. Der Motorradfahrer trug einen schwarzen Vollvisierhelm und eine Daunenjacke, ich spürte sofort meinen Puls, reflexartig griff ich nach Emils Hand.

Aus den Kopfhörern hörte ich *Luzifers* Plädoyer: »Neue Götter braucht das Land!«

»Wenn Sie schon so gut Bescheid wissen«, konterte ich, »dann können Sie mir sicher auch sagen, wo ich Harry finde ... oder wie ich mit ihm Kontakt aufnehmen kann!«

Funkstille.

Ewig lange.

Durch den Luftzug schwang die Tür des Notausgangs weiter auf, ich konnte jetzt niemanden mehr erkennen. War der Motorradfahrer wieder verschwunden? Neben mir jubelte Emil, aufgeregt bewegte er die Maus: »Ab in die Ecke ... jetzt entkommst du mir nicht mehr ... ich hab dich ... jetzt mach ich dich zu Pudding!« Um sich gleich darauf zu ärgern: »Mannomann, fast hätt ich´s geschafft ... der Zombie hat mich mit einem Diamant-Schwert gekillt ... warum hat mein magisches Schwert nicht geholfen? ... Papa hat gesagt, das Hokuspokus-Schwert hilft immer!«

Für einen Moment sah Emil traurig aus, dann begann er ein neues Spiel, während ich *Luzifers* Stimme knurren hörte, er war also noch in der Leitung.

»Wo ist Harry?«, insistierte ich.

»Ich glaube, ich kann Ihnen helfen«, raunte *Luzifer*.

»Und wie?«

»Aber nur ...«, er hielt inne, schien nachzudenken.

»Ich warte.«

»...wenn Sie Harrys Notebook rausrücken. So schnell wie möglich. Es darf der Polizei nicht in die Hände fallen!«

Der Satz versetzte mein Blut in Wallungen, denn Harry hatte nahezu wortgleich gesagt: Das Notebook darf der Polizei nicht in die Hände fallen, sonst bin ich tot. Oder hinter Gittern. Lebenslang!

»Wo ist es?«, fragte *Luzifer*.

Hektisch überlegte ich: Konnte ich *Luzifer* vertrauen? Und wenn ja, eine Übergabe gestalten, ohne dass er mich über den Tisch ziehen würde? Und ohne dass die Polizei dazwischenfunken könnte?

Immer noch hatte ich den Notausgang im Blick: Im Hof war der Motorradfahrer mit dem schwarzen Vollvisierhelm von der Maschine gestiegen.

Ich musste mich beeilen!

Ich wollte das Notebook – wenn überhaupt – nur Harry persönlich geben und flüsterte ins Mikro: »Himmel noch mal, wo ist Harry?«

Als ich nicht sofort eine Antwort erhielt und sah, wie sich der Vollvisierhelm auf die Notausgangstür zubewegte, sprang ich panisch hoch, riss Emil mit, machte zwei Schritte zum Haupteingang – und sah dort Akyün mit drei Kollegen den Club betreten. Sofort blickte ich zum Notausgang, der Motorradfahrer machte plötzlich kehrt, stieg auf seine Geländemaschine, er hatte ein Smartphone in der Hand und startete den Motor.

»Mama, guck mal«, sagte Emil und deutete auf meinen Schirm. Das vernebelte Bild des Teufels verschwand.

Als die Nerds die Bullen bemerkten, erfüllte ein lautstarkes Protestgenöle den Raum. Einige sprangen auf, der 130-Kilo-Mann stellte sich in den Weg, die Frau mit der hellblauen Bluse verlangte eine Erklärung. Unbeeindruckt kam Akyün auf Emil und mich zu. Er und sein Kollege schoben uns aus dem Laden, während zwei Männer in dunklen Jacken sich um die beiden Computer kümmerten, die wir benutzt hatten.

*

Gerüchte kamen ihm zu Ohren. Auf Weisung des Staatssekretärs wurden weitere Abteilungen auf den Fall angesetzt. Wieder einmal. Hauptkommissar Michael Tomek blendete diese Informationen aus, dem sinnlosen Kompetenz- und Machtgerangel ging er grundsätzlich aus dem Weg. Er machte auch einen Bogen um Dr. Marena und ihre gelegentlichen Wutanfälle. Seit Jahren war für ihn Erich Kästners Satz das Lebensmotto: *Es gibt nichts Gutes, außer man tut es.* So lange der Tod von Harry Rokovic nicht eindeutig widerlegt und Rokovic nicht wieder aufgetaucht war, hielt er sich der Rechtslage entsprechend für zuständig.

Im Innersten seines Herzens war Tomek ein hoffnungsloser Optimist. Alles wird gut, wenn man nur lange genug daran arbeitet, recherchiert und kommuniziert. Das Böse war ein sozial-genetischer Fauxpas, eine fehlgeleitete Energieeruption, die eingegrenzt, behandelt und im besten Fall sogar in konstruktive Bahnen gelenkt werden konnte. Immer versuchte er, die Denkstrukturen seiner Gegenüber nachzuvollziehen. Natürlich existierten Gegensätze, Gräben und Dilemmata, die nicht zu lösen, aufzuklären oder zu verstehen waren.

Auch musste er schon Menschen verhören, die psychisch so krank waren, dass er den Impuls des Hasses und der Verachtung gespürt hatte – dann versuchte er, auf Distanz zu gehen. Doch Saskia Rokovic wirkte auf den ersten Blick normal, ihre Beschreibung des

Russen erschien Tomek schlüssig. Die Turnschuhe des Täters waren vermutlich weiß, mit drei dunklen – höchstwahrscheinlich roten – Streifen, sie ließen sich einer deutschen Sportfirma zuordnen. Von dem Geländemotorrad konnte Saskia Rokovic mittels Vergleichsfotos sogar Typ und Produktionsjahrgang bestimmen. Er hatte sich daran gesetzt, alle Besitzer von Geländemaschinen im Umkreis von 250 Kilometern zu überprüfen. Typen, Farbe und Alter der Maschinen. Wohnort und Herkunft des Besitzers. Die Computerraster halfen nur bedingt, er musste die Kollegen von der Verkehrsabteilung um Hilfe bitten – doch schon gestern war ihm der Verdacht gekommen, dass er seine Zeit vielleicht verschwendete. Denn wahrscheinlicher war: Der Täter hatte das Motorrad gestohlen!

Ein Mitverursacher der Schieflage von *Andromeda* war ein russischer Hedgefonds, deshalb hielt Tomek einen russischen Auftragskiller für durchaus möglich. Oder sogar die russische Mafia hatte etwas mit der Sache zu tun.

Mit seinem Team ging er alle aktuellen Fahndungslisten durch. Russen, Ukrainer, Kriminelle aus Osteuropa. Er entdeckte einen russischen Ex-KGB-Agenten mit einem passenden Täterprofil, der von britischen Kollegen vor einem Jahr einer schwerwiegenden Hackerattacke auf britische Banken bezichtigt worden war. Der Mann wollte gerade von Köln Richtung Moskau abfliegen. Tomek ließ ihn beim Einchecken festnehmen.

*

Höflich aber bestimmt bat mich Akyün beim Einsteigen in den schwarzen Mercedes-Bus um mein Smartphone. Ich bekäme es nach der Vernehmung »wahrscheinlich« zurück.

Charmant.

Akyün nahm auch Emil sein neues Handy ab. Emil blickte den Mann böse an, eine kleine Falte bildete sich auf seiner Stirn, er begann schneller zu atmen. Rasch nahm ich Akyün zur Seite und fragte ihn unter vier Augen: »Wollen Sie, dass sich ein Kind brüllend vor Ihnen auf die Straße wirft?«

Akyün sah mich gereizt an und schüttelte den Kopf.

»Oder ein Kind, das alle Passanten laut um Hilfe anfleht?«

Er zuckte mit den Achseln.

»Oder ein Kind, das tobt bis zum Kreislaufkollaps?«

Ein hilfloser Blick.

»Dann rate ich Ihnen, Emil sein Smartphone zurück zu geben. Ganz schnell.«

Dezent deutete ich auf seine von einer Pistole ausgebeulten Jacke: »Ihre Waffe ist nämlich gegen Emils Schreiattacken wirkungslos!«

Akyün überlegte.

Emils Ausdruck wurde finsterer.

Natürlich hatte ich übertrieben, aber ich sah nicht ein, warum mein Sohn aufgrund der Willkür des Staatsapparates unverhältnismäßige Repressalien ertragen sollte. No way!

Unwillig schaltete Akyün Emils Handy in den Flugmodus und gab es ihm zurück. Die Fahrt von Köln nach Wiesbaden dauerte über zwei Stunden. Trotz Blaulicht. Was Emil freute, insbesondere weil er jetzt seine Französisch- und Matheaufgaben nicht machen musste, denn im Bus war es trotz eines kleinen Tisches – wie er meinte – »viel zu ruckelig« zum Schreiben. So konnte er auf dem neuen Smartphone vergnügt seinen Monstern hinterherjagen.

Ich aber verstand den polizeilichen Aufwand nicht.

»Warum müssen wir beide nach Wiesbaden?«

Akyün saß am Steuer des Mercedes-Busses und sagte unwillig: »Bitte verstehen Sie, es ist wirklich notwendig. Frau Dr. Marena hat darum gebeten!«

Auch als ich mehrmals nachhakte, konnte oder wollte er mir keine befriedigende Antwort geben.

An der Stadteinfahrt von Wiesbaden ermahnte ich mich, darüber nachzudenken, wie ich auf Dr. Marena reagieren sollte. Ich verspürte den Impuls, ihr von dem Motorradfahrer in der blauen Daunenjacke hinter dem Notausgang des Clubs zu berichten. Der Russe hatte es auf mich abgesehen, das war sonnenklar! Doch würde sie mir glauben?

Ihre Mitarbeiter konnten den Russen am Notausgang kaum wahrgenommen haben, zu verwinkelt war der Clubraum. Flüsternd fragte ich Emil, ob er den Motorradfahrer am Notausgang bemerkt hatte. Emil schüttelte den Kopf. Hauptkommissar Tomek würde mir vielleicht glauben, er hatte mich wenigstens bei der Personenbeschreibung des Russen ernst genommen. Erst aber wollte ich hören, warum Frau Doktor uns überhaupt nach Wiesbaden bestellt hatte.

Der Wagen bog in die Rheinstraße, an einer Ampel bemerkte ich auf einer Parkbank ein Paar in meinem Alter. Der Mann sah Harry ähnlich, die beiden umarmten, küssten, ja verschlangen einander. Als mich Harry einmal wochenlang nicht berührt hatte, versuchte ich herauszufinden, warum. Liebte er mich nicht mehr?

Ich brachte es zur Sprache.

»Ich liebe dich wie am ersten Tag«, widersprach er.

»Du redest kaum mit mir, du küsst mich nicht, du bringst mir nie Blumen.«

»Wozu?«, war seine Antwort. »Mit dem Heiratsversprechen habe ich dir alle Blumen der Welt geschenkt. Und jetzt müssen wir doch sparen, oder?«

Logisch. Er hatte recht. Wie schon so oft, hatten wir wieder mal unsere Konten überzogen. Blumen, Umarmungen und Küsse waren Zeit- und damit Geldverschwendung. Ich fragte ihn, warum er mich überhaupt geheiratet hatte.

»Weil du die Frau bist, die in meinen Prüfungskriterien als Einzige 87 Prozent erreicht hat. Alle anderen hatten unter 75.«

Superlogisch.

Harry war immer logisch.

Aber ist Liebe logisch?

Kurz darauf hatte er mir dann das Sanskrit-Tattoo geschenkt. Es erinnerte mich an unsere Idee, in Ladakh ein Café zu eröffnen. Wir hatten das Projekt genau kalkuliert, ich hatte einen Businessplan erstellt und über ein Wirtschaftsportal sogar eine indische Kollegin für ein Joint Venture gefunden. Harry hatte einen Barista-Kurs besucht und ich mehrere Konditor-Workshops, uns fehlte bloß das Startkapital. Deshalb blieb es wohl ein Traum.

Der Bus erreichte das Wiesbadner Rheingauviertel, wo ich hinter hohen Stahlzäunen das Ziel vermutete. Am Tor bemerkte ich ein Schild mit dem Wappen der Bundesrepublik:

Bundeskriminalamt
Abteilung für schwere und organisierte Kriminalität

Akyün und sein Kollege fuhren uns in ein historisches Kasernengelände, eingezäunt mit Stacheldraht. An jeder Ecke Überwachungskameras. Am Eingang eine Personenschleuse mit uniformierten Polizisten, einige davon mit Maschinenpistolen. Auf den Parkplätzen Polizeibusse, Laster und gepanzerte Wagen. Das Gelände roch nach Angriff, Verteidigung und Krieg. Emil kannte das Arsenal aus seinen Computerspielen, es jagte ihm Ehrfurcht ein, aber es interessierte ihn auch.

Die Polizisten schoben Emil und mich auf eine Tür mit der Aufschrift *Referat SO 43* zu. Ich erinnerte mich: Dr. Marena hatte sich als Leiterin von *SO 43* vorgestellt.

In dem großen Büro stand neben dem breiten Fenster ein wuchtiger, mahagonifarbener Schreibtisch, an dessen Rändern sich je ein kleiner Flaggenstock befand: Links eine EU-Fahne, rechts eine deutsche. Hinter dem Tisch stand ein roter Drehstuhl mit Kippmechanismus.

Akyün bat Emil und mich, auf den Besuchersesseln Platz zu nehmen: »Bitte um Geduld, Dr. Marena ist schon auf dem Weg.«

Das Regal an der gegenüberliegenden Wand war bis zur Decke mit Ordnern gefüllt, einige Beschriftungen konnte ich lesen: Spyware, Backdoor.ATM, Rootkits, Botnets, Ransomware, P2P-Wurm.

Vermutlich waren es Berichte von Schlachten, die Dr. Marena und ihr Team erfolgreich geschlagen hatten. Akyün ließ uns nicht aus den Augen und ich fühlte mich mit Emil auf diesem Kriegsschauplatz immer unwohler.

@

Ihre Füße waren in schwarze Ledergurte gespannt, die Hände zogen mit aller Kraft an den Metallstangen, der Schweiß rann über ihr Gesicht, ihr Herz pochte, ihre Muskeln vibrierten. Seit fünfzehn Minuten quälte Dr. Marena ihren Körper im Sadomaso-Studio. Bauchgymnastik für Fortgeschrittene. Im Keller eines Nebengebäudes der Kaserne standen einige Fitnessgeräte für Mitarbeiter, sie hatte die kurze Pause zwischen zwei Terminen genutzt und hörte über Kopfhörer die neuesten Nachrichten:

Die Andromeda hat andere Banken um Hilfsleistungen an Geldautomaten ersucht. Denn der viertgrößten deutschen Bank gelingt es nicht mehr, ihre sieben Millionen Kunden mit Bargeld zu versorgen +++ Verschärft wird der Andrang auf Geldmaschinen durch Kunden, die mehrmals am Tag Beträge unter 50 Euro abheben, denn sie hoffen, der Automat könnte den dreifachen Betrag auswerfen +++ Der Präsident des Instituts für Wirtschaftsforschung, Prof. Herbert Grund, warnt: »Sollten innerhalb der nächsten 24 Stunden nicht alle Bürger wieder Zugang zu ihren Konten erhalten, könnte das zu Vertrauensverlusten und gravierenden wirtschaftlichen Schäden führen!« +++

Jemand tippte Dr. Marena auf die Schulter, sie nahm die Kopfhörer ab. Hinter ihr stand außer Atem ihr Mitarbeiter Herbert Bauernfeind.

»Wir haben sie ... sie wartet im Büro«, sagte der korpulente Dreißigjährige.

»Endlich, danke!«

Während Bauernfeind vorausging, wusch sich Dr. Marena schnell Gesicht und Hände, zog eine frische Bluse an und verließ den Keller. Ihre Bandscheiben schmerzten, in den letzten Jahren hatte sie dagegen angekämpft. Muskelaufbau. Schwimmen. Physiotherapie. Zeitweise half es. Sobald im Job aber Stress angesagt war, reduzierte sie die Übungen. Ihr Körper wurde immer mehr zum Schlachtfeld ihres Durchhaltevermögens.

Eilig schritt sie über den Hof der 150 Jahre alten Kaserne. Nach dem Zweiten Weltkrieg residierte hier die US-Luftwaffe, bis Dr. Marenas Abteilung ein großer Teil des Geländes zugeteilt wurde. Seit fünf Jahren leitete sie die neueste Gruppe des Bundeskriminalamtes. Jedes Jahr wurden Personal und Material aufgestockt, denn SO 43 musste jene Kriminalität bekämpfen, deren Verbrechensrate sich beinahe jährlich verdoppelte: die Cyber-Kriminalität.

Einzeltäter und international agierende Banden entwickelten immer raffiniertere Methoden, um Sicherungen und Verschlüsselungen zu überwinden. Zumeist überfielen die Cyber-Täter nicht die Bank, sondern die Konten der Kunden. Was den Banken nicht egal sein konnte, machten sie doch viel Geld mit digitalem Banking. Deshalb hatte die Geldwirtschaft die Regierung unter Druck gesetzt, in die Bekämpfung der modernen Bankräuber zu investieren. Die Cyber-Kriminalität war ein globales Problem. Irgendwo in der Welt saßen kluge Köpfe, die sich in die Verbindungen zwischen Banken und Kunden einhackten, um Bits und Bytes umzuleiten: Nach Rumänien, China, Russland oder Sri Lanka. Auch in Deutschland saßen Hacker.

Das neue Geld zu stehlen war verlockend: Man musste nur eine digitale Behauptung – bestehend aus einigen Programmzeilen – rauben. Warum sollte es neben den staatlichen Göttern des Geldes nicht auch Nebengötter geben? Wie aber lautete schon das erste Gebot: *Du sollst nur an einen Gott glauben!*

Dr. Marenas Aufgabe war es, das erste Gebot zu verteidigen. Wer es nicht einhielt, wurde verfolgt, verurteilt und in der Hölle geschmort. Denn in Wahrheit beruhten alle monotheistischen Religionen auf Gewalt.

Erst auf der anderen Seite des Kasernenhofes holte Dr. Marena ihren Mitarbeiter ein. Bauernfeind berichtete von den neuesten Details: Noch nie war es einem Hacker gelungen, das gesamte Zahlungssystem einer Großbank lahmzulegen. Noch dazu einer, die sich ohnehin bereits in Schieflage befand.

»Wir stehen vor einem Rätsel«, meinte Bauernfeind, »der oder die Täter haben sämtliche Sicherheitssysteme ausgeschaltet und sind direkt in das Herz des Rechenzentrums eingedrungen. Was für eine Blamage!«

Dr. Marena hatte ein flaues Gefühl in der Magengegend, doch sie nahm die Sensoren ihres Körpers nicht allzu ernst, lieber gab sie sich einen Ruck und bereitete sich gedanklich auf die anstehende Befragung mit Saskia Rokovic vor.

*

Conficker, Blue Screen of Death, IM-Wurm* – Emil musste über die Bezeichnungen der Ordner kichern. In einem Regal, etwas versteckt, bemerkte ich eine kleine Espressomaschine und die Kaffeedose eines bekannten Triestiner Rösters. Unwillkürlich musste ich an die italienische Hafenstadt denken. Mit aller Kraft hatte ich in Triest versucht, das Steuer herumzureißen, etwas für unsere Beziehung zu tun. Ein Urlaub zu zweit. Am Meer. Harry mochte den Süden, ich die alten kaiserlich-königlichen Hotels, den Blick ins weite Blau, Miramare. Ich fand ein Sonderangebot, Harry stimmte zu. Und hatte dann doch keine Zeit. Wochenlang. Ich hatte keine Energie, schon wieder zu betteln, wollte aus der Opferhaltung ausbrechen, etwas tun, gestalten, einen Liebhaber suchen. Im Internet?

Hauttanken – Bin verheiratet und will das auch bleiben!

Auf meine Anzeige meldeten sich siebzehn Interessenten. Darunter ein verheirateter Professor für Philosophie. Sieben Jahre älter. Er sah aus wie Humphrey Bogart. Nur größere Geheimratsecken. Seine Frau war zuckerkrank, sie hatte jegliches Interesse an körperlicher Zuwendung verloren. Er aber konnte ohne nicht leben. Bei einem Abendessen fanden wir einander sympathisch, seine Erzählungen waren klug und witzig, eine andere Welt. Nur dass er Zigarillos rauchte, nervte mich. Wir verabredeten für die nächste Woche ein Treffen in einem diskreten Hotel. Zur Mittagszeit. Ich war aufgeregt und fühlte mich voller Energie, ich wollte tanzen, lachen, unvernünftig sein, das Leben spüren, wenigstens einmal im Jahr.

Als hätte Harry meine Absicht bemerkt, schlug er plötzlich vor, die Reise nach Triest noch an diesem Wochenende anzutreten. Er hatte überraschend Geld erhalten. Für eine Internetberatung. Ich entschloss mich, dem Philosophieprofessor abzusagen. Wer weiß, vielleicht hätte mich der Gestank von Zigarillos ja doch abgeschreckt.

Am ersten Abend gingen wir in ein historisches Triestiner Kaffeehaus essen. Die Stimmung war gut, der Barrique Cuvée mundete, das kaiserlich-königliche Hotelzimmer mit den rot tapezierten Samttapeten und dem Balkon mit Blick auf das Meer beflügelten. Harry zog mich ins Bett, wollte Sex. Auch ich wollte Sex. Und gedrückt werden. Und ein zärtliches Vorspiel. Und warme Hände. Doch es gab nur Sex. Besser als nichts, dachte ich und wollte den Moment nicht zerstören. Ich ließ meinem Hauthunger freien Lauf, hielt mich an ihm fest, küsste ihn, bis mich plötzlich ein Verdacht überkam: »Unsere Beziehung ist nur mehr eine Zweckgemeinschaft.«

Ich sagte es ihm.

Er schüttelte den Kopf: »So ist es nicht.«

»Wir funktionieren nur mehr.«

»Wenn´s funktioniert, ist doch alles bestens!«

Nun schüttelte ich den Kopf.

Eine Weile schwieg er, dann rang er sich zu einem Satz durch, den er seit unserer Hochzeit nicht mehr gesagt hatte: »Ich liebe dich!«

»Und warum spür ich das nicht, verdammt?«

Harry fixierte lange das quadratische Muster auf der roten Samttapete. Dann schaute er mir in die Augen und sagte mit einem ernsten, aufrichtigen Ausdruck: »Saskia, ich will mit dir alt werden!«

Der Satz warf mich um.

Tat mir gut.

So klar hatte ich das noch nie aus seinem Mund gehört.

Vielleicht musste ich nur gelassener werden. Geduld haben. Dulden. Ich versuchte es!

Da hörte ich ein Stakkato. Absätze auf Betonboden. Näher kommend. Kurz darauf stand Dr. Marena vor Emil und mir. Diesmal hatte sie Ringe unter den Augen, vergrößert von ihrer tiefsitzenden Lesebrille. Sie lächelte Emil freundlich zu und lehnte sich an ihren Schreibtisch: »Frau Rokovic, sagen Sie uns doch bitte endlich, wo sich das Notebook Ihres Mannes befindet.«

Wortlos starrte ich auf ein Plakat schräg hinter ihrem Schreibtisch. Zwei Hände in schwarzen Lederhandschuhen tippten auf eine blau beleuchtete Computertastatur.

Darunter, in fetter Schrift:

Wir ermitteln am größten TATORT der Welt –

Cyber-Crime ist der Bankraub des 21. Jahrhunderts!

Tja, überlegte ich, so kann sich frau auch über die anderen Abteilungen erheben.

Dr. Marena wandte sich zu meinem Sohn, ging ein wenig in die Hocke, erreichte aber nicht ganz seine Augenhöhe.

»Lieber Emil«, sagte sie und ließ ein noch freundlicheres Lächeln aufblitzen, »vielleicht weißt ja du, wo Mama oder Papa das Notebook hingelegt haben, hm?«

Nice try, dachte ich. Trotzdem war ich nervös, weil ich mich dauernd fragte, ob Harry am Leben und wohlauf war. Dabei hämmerte die ganze Zeit sein Satz durch meinen Kopf: *Das Notebook darf der Polizei nicht …*

Überrascht sah Emil von seinem Smartphone auf, er musterte Dr. Marena, dann Akyün. Und sagte nichts.

»Du bist doch ein großartiger Sachenfinder, oder? Irgendeine Idee hast du sicher, wo Papas Notebook sein könnte, stimmt´s?«

Einen Moment überlegte ich, ob Emil tatsächlich mitbekommen haben könnte, wo ich das Notebook versteckt hatte. Er schien nachzudenken und mögliche Verstecke durchzugehen. Als Emil nichts sagte, schlug Dr. Marena vor: »In der Wohnung ... im Keller ... irgendwo draußen?« Sie beugte sich noch tiefer zu Emil: »Oder vielleicht bei den Nachbarn?«

Ich zuckte unmerklich zusammen.

»Wenn dir was einfällt«, setzte sie nach, »würde uns das allen sehr helfen ... vor allem deiner Mama ... und du könntest sofort wieder nach Hause!«

Eigentor! Emil wollte nicht nach Hause. Denn zu Hause müsste er jetzt Hausaufgaben machen, da schon lieber hier am Smartphone gegen Monster kämpfen.

Sofort schüttelte er den Kopf: »Keine Idee ... gar keine.«

Enttäuscht verzog Dr. Marena das Gesicht, sie richtete ihren großen Körper auf, streckte ihr Kreuz durch und wandte sich zu Akyün: »Vielleicht magst du bitte mit Emil im Nebenzimmer warten. Emil trinkt sicher gerne heiße Schokolade, oder?«

Die Idee gefiel Emil schon besser, er verließ mit Akyün das Büro.

»Bringt mir bitte auch eine mit«, rief Dr. Marena hinterher.

»Fest steht jetzt«, fuhr sie fort, während sie sich hinter ihren Schreibtisch setzte und mich ansah, »Ihr Mann hat das Virusprogramm erstellt, das für den Bankenanschlag verwendet wurde.«

Sie blätterte in Ausdrucken. »Die Art, wie er syntaktisch und semantisch das Programm entwickelt hat, weist darauf hin. Eindeutig. Seine Hackerhandschrift!«

Ich griff zu Salbei-Kirsch und setzte meine stärkste Waffe ein: Ich schwieg. Schon als Kind hatte ich mich auf diese Weise erfolgreich gegen meine drei älteren Brüder verteidigt. Wenn mir etwas nicht passte, redete ich kein Wort. Tagelang. Bis einer auf mich zukam und mich tröstete. Und ich doch noch bekam, was ich wollte.

Unvermittelt hielt Dr. Marena einen schwarzen USB-Stick hoch, den ich noch nie gesehen hatte.

»Frau Rokovic, wir haben eine Video-Botschaft von Ihrem Mann abgefangen. Er hat sie abgesandt, nachdem Sie uns am Notruftelefon von einem angeblichen Schuss auf ihn informiert haben.«

Scheiße! Harry hatte mir doch erzählt, dass verschlüsselte End-to-End-Nachrichten von der Vorratsdatenspeicherung ausgenommen waren. Was sollte das? Als Dr. Marena auf eine Reaktion wartete, verschränkte ich die Arme.

»Damit ist sicher«, setzte sie nach, »Ihr Mann lebt. Und er ist auf der Flucht!«

Ersteres beruhigte mich, denn ich hoffte, dass die Ermittler mehr Informationen über Harrys Verbleib hatten.

»In dem Video versucht Ihr Mann, Sie von der Verdunkelung einer Straftat zu überzeugen«, insistierte Dr. Marena. »Frau Rokovic, wir sind sicher, Ihr Mann hat Ihnen diese Nachricht gesandt ... Sie haben das Video angeklickt. Nachweislich! Er hat Sie angefleht, das Notebook zu verstecken ... Wo ist es?«

Plötzlich vernahm ich von draußen einen Tumult. Stimmen, die näher kamen, ein Streit. Emil und Akyün. Der Junge riss die Tür auf, Akyün versuchte ihn aufzuhalten, war von Emils Lebendigkeit überfordert. Unbeirrt machte Emil mit seinem ausgeschalteten Smartphone ein paar Schritte in den Raum: »Mama, ich will jetzt nach Hause!«

»Was ist los?«

»Muss Aufgaben machen. Und mein Akku ist leer.«

»Wir finden ein Ladegerät im Haus«, beschwichtigte Akyün, »kein Problem.« Er stellte seiner Chefin die bestellte heiße Schokolade auf den Tisch.

Dr. Marena kam Emil entgegen: »Zwei Minuten noch, bitte!« Sie drängte ihn zusammen mit Akyün raus.

Kaum waren wir wieder zu zweit, wandte sich Dr. Marena zu mir: »Wir haben die Videobotschaft Ihres Ehemannes analysiert. Bild für Bild.« Sie legte mir ein ausgedrucktes Schwarz-Weiß-Standbild vor. Dabei stützte sie sich vor mir am Tisch ab und lehnte sich leicht nach vorne, als halte sie nur eine unsichtbare Leine zurück. »Schauen Sie bitteschön mal genau hin! Zwar ist Ihr Gemahl mit Handschellen an die Beifahrersitzleiste des VW-Busses gefesselt. Doch wenn er wirklich wollte, könnte er sich befreien, das Rohr ist umklappbar. Kein ernsthafter Entführer fixiert so sein Opfer – Sie wurden manipuliert!«

Ich griff nach dem Foto, doch sie zog es sofort zurück, wollte es partout nicht aus der Hand geben. Trotzdem gelang es Dr. Marena, mich zu verunsichern.

»Wo ist das Notebook?«

Als ich nichts sagte, schürzte Dr. Marena ihre Lippen. Abrupt sprang sie auf und verließ den Raum. Kurz darauf kam Feridun Akyün zurück, setzte sich neben mich und lächelte: »Frau Rokovic, mal ganz ehrlich ... ich kann Ihre Wut auf Banken verstehen ... wir haben auf dem Standcomputer Ihres Ehemannes Unterlagen entdeckt: Ihre Kreditansuchen für die Eröffnung eines Cafés ... abgelehnt. Ich kann diese Banker-Typen auch nicht leiden!«

»Aha.«

»Sie glauben mir nicht?«

Ich schwieg.

Einen Moment zögerte er und horchte, ob sich Dr. Marena außer Hörweite befand. Auf dem Flur war es still.

»Ich hatte einen Lieblingsonkel, der sich mehr um mich gekümmert hat als mein Vater«, sagte er in einem seltsam privaten Tonfall, »der Onkel hat mit mir Fußball gespielt, mit mir gelernt und ist mit mir ins Kino gegangen.«

Akyün hielt inne und wirkte plötzlich ernst.

»Ja ... und?«

»Mein Onkel hat sich aufgehängt ... auf unserem Dachstuhl ... als ich sechzehn war ... darf ich Ihnen den Grund erzählen?«

Als ich durchatmete, fuhr er fort: »Er hatte seinen Job verloren. Und drei Jahre davor einen Kredit für eine Eigentumswohnung aufgenommen. Als er eine Rate nicht zahlen konnte, bekam die Bank Wind von seiner Kündigung – und stellte den Kredit sofort fällig. Er hat um eine Verlängerung der Rückzahldauer gebettelt, um eine Umschuldung, um eine Stundung. Abgelehnt. Da hat er keinen Ausweg mehr gesehen.«

Wieder presste er die Lippen zusammen, seine Wut war zu spüren. Dann gab er sich einen Ruck, holte aus einer Lade eine Schachtel und bot mir Schokokekse an. Akyün machte es so freundlich, dass ich nicht anders konnte und zugriff.

»Frau Rokovic ... ich hab mit meinem Lebenspartner einen Sohn in Emils Alter adoptiert ... überlegen Sie doch bitte mal: Emil ist so ein lieber, wacher Kerl ... aber was wird aus ihm, wenn seine Eltern ins Gefängnis müssen? ... Besser, Sie sagen jetzt ehrlich, was Sie wissen!«

Auffordernd sah mich Akyün an und wartete.

»Ich weiß es nicht«, antwortete ich, weil ich keine andere Möglichkeit sah, Harry zu schützen – immer noch hörte ich ihn flehen: *Das Notebook darf nicht …*

Da vernahm ich das näherkommende Klappern von Dr. Marenas Absätzen. Beim Eintreten wechselte sie einen Blick mit Akyün, der den Kopf schüttelte. Gereizt rückte Dr. Marena ihre Lesebrille zurecht: »Frau Rokovic … Ihr Mann ist abgetaucht. Er will sich als Opfer darstellen, ist aber der Täter!«

Es schmerzte, dass Harry mir nichts über seine Aktivitäten erzählt hatte, ich war hin und her gerissen: Wem sollte ich glauben? Manchmal hatte ich den Eindruck, Harry hielt die meisten Mitmenschen für dumm. Aus seiner inneren Logik heraus stimmte das sogar. Denn seine Kollegen konnten weder so schnell komplexe Zusammenhänge verstehen noch so präzise Schlussfolgerungen ziehen. Hin und wieder hatte ich den Verdacht, er hielt auch mich für blöde. Vielleicht schätzte er meine anderen Qualitäten, meine Herzlichkeit, meine Offenheit, meinen Pragmatismus, hoffentlich! Trotzdem wusste er, dass seine Gedankengänge stringenter waren. Hatte er mir deshalb nichts von dem Virus-Programm erzählt? Hatte er Angst, dass ich ihm in die Quere komme?

Erneut wurde die Tür aufgerissen.

»Papa ist kein *Täter*«, schrie Emil, »er hat immer nur Leuten geholfen!«

»Eben«, Dr. Marena fühlte sich bestätigt, »die Frage ist also: Wem hat Papa geholfen?« Sie trank ihre Schokolade in einem Zug aus.

»Ich hab jetzt Hunger«, erwiderte Emil und sah Dr. Marena böse an, »ich will nach Hause!«

»Ich auch!« Mein auffordernder Blick traf sie; ich konnte sehen, wie sie überlegte, ob sie uns weiter festhalten und verhören oder eine Mutter mit Kind lieber ziehen lassen sollte. Sie schaute zu Emil, dann zu mir und erneut zu Emil. Er musste husten. Erbärmlich husten.

»Feridun, ich finde, Frau Rokovic hat unsere Geduld lange genug strapaziert.« Schmale Lippen, Stirnfalten, brüchige Stimme, zum ersten Mal wirkte Dr. Marena verbissen. Als Akyün nicht antwortete, blickte sie ihn entschlossen an: »Damit ist jetzt Schluss!«

#

Was für ein turbulenter Tag: Krepper wollte gerade nach Hause gehen, da berichtete Abteilungsleiter Dorschberger von einem neuen Milliardenkreditansuchen. Diesmal von der *L&L-Bank. Leistung & Leidenschaft.* Der größte Geldladen des Landes.

Kurz darauf las Krepper im Intranet eine interne Einschätzung des Bundesbankpräsidiums: Die Probleme der *L&L* waren den Bankenaufsichten schon länger bekannt, wenn auch niemand eine öffentliche Warnung aussprechen wollte, um das Abziehen weiterer Investoren zu vermeiden.

Eine Revision hatte nämlich ergeben, dass die *L&L* beim letzten Banken-Stresstest faule Großkredite geschickt verschleiert hatte. Nun war sie wegen massiver Zahlungsausfälle in Notlage geraten. Teure Prozesse kosteten zusätzlich Milliarden.

Am frühen Nachmittag – nach einer fünfstündigen Sitzung – beschlossen die hohen Herren aus dem 13. Stock mit knapper Mehrheit, die *L&L* aufzugeben und den *Single Resolution Fonds* zu aktiveren. Von diesem Abwicklungsfonds und den Einlagensicherungsfonds sollten Gläubiger und Sparer teilweise bedient werden.

Noch bevor das Ergebnis der Vorstände und Juristen nach außen kommuniziert wurde, hörte Krepper von einem überraschenden Anruf aus dem Bundeskanzleramt: Nicht nur Millionen Bundesbürger haben der *L&L* ihre Renten anvertraut, auch ein Großteil der deutschen Geschäftswelt unterhielt Beziehungen mit ihr. Das Bilanzvolumen des Frankfurter Geldgiganten überstieg das Fünffache des Bundeshaushalts.

»Too big to fail«, argumentierten die Mitarbeiter der Kanzlerin, »ein Bankrott könnte globale Panik auslösen und würde zu einem Flächenbrand führen.« Die Kanzlerin sah die Gefahr eines Börsencrashs. Deshalb übernahm die Regierung die Haftung und die Kanzlerin ließ ausrichten: »Das Funktionieren der größten Bank sei leider immer noch systemrelevant. Und alternativlos.« Die *L&L* sollte teilverstaatlicht werden und man »bat«, das Institut unter den Rettungsschirm zu nehmen!

Krepper musste lachen: »Ein Regenschirm schützt vor Regen, ein Sonnenschirm vor Sonne – und ein Rettungsschirm?«

Aufgrund der Gesetzeslage konnte niemand der unabhängigen Bundesbank eine Weisung erteilen. Trotzdem würden sich die Bundesbanker einer »Bitte« der Kanzlerin nicht verschließen können. Denn in den letzten Jahren wurden im Zuge der Bankenkrisen viele neue Kommissionen und Arbeitskreise initiiert. Kein Wunder also, dass die verfassungsrechtliche Unabhängigkeit von EZB und Bundesbank über Kommissionen, die man mehrheitlich mit Ministerialbeamten besetzt hatte, beschnitten wurde. Die meisten Befehlsketten reichten bis ins Büro der Kanzlerin.

Obwohl der Bundesbankpräsident und auch Abteilungsleiter Dorschberger ihren Protest im kleinen Kreis angekündigt hatten, fügten sie sich jetzt. Zu gut wusste Krepper, wie Dorschberger mit solchen Konflikten umging. Er war der Ansicht, *die Wahrheit liege in der Mitte,* und der Bundesbankpräsident war überzeugt: *Man könne über alles reden.* Diese Einstellungen hatten die Karrieren der beiden befördert.

Was für ein Unsinn.

Die Wahrheit lag selten in der Mitte, sie ergab sich vielmehr aus Fakten. Eine Brücke konnte richtig oder falsch berechnet werden. Ein kleiner Kompromiss in Richtung »Mitte« bedeutete: Einsturz!

Statik basiert auf Naturgesetzen.

In der Wirtschaft verhielt es sich ähnlich. Kreppers Vorgesetzte und noch mehr die Verantwortlichen in den EU-Arbeitsgruppen verhandelten, als würde es um Geschmack gehen. Als könnte man eine Formel so lange biegen und durch Kompromisse aufweichen, bis keiner das Gesicht verliert.

Am Abend, als Krepper sein Büro verließ, war wieder alles beim Alten. Bank gerettet, Struktur zementiert, Desaster verlängert.

Als schlimmste Schmach aber empfand Krepper: Er war es, der morgen früh diesen Wahnsinn umsetzen musste – zusammen mit einem Kollegen. In den letzten Stunden hatte er an seinem Handeln noch gezweifelt, seine Aktion hatte Ausmaße angenommen, die er nicht geplant hatte. Der Satz der Kanzlerin und die geschmeidigen Reaktionen seiner Vorgesetzten aber gaben ihm jetzt neuen Auftrieb. Das Flickwerk der Entscheider würde die Katastrophe nur weiter aufschieben. Es bedurfte eines mutigen Schrittes, das Volk musste endlich von der Knute der Staatsreligion befreit werden. Eine neue Epoche sollte beginnen, eine Epoche der Freiheit, der Leichtigkeit und des Wohlstandes.

*

D*amit ist jetzt Schluss!* Nach der forschen Ansage von Dr. Marena hatte ich befürchtet, die Bullen würden mich sofort einbuchten. Doch Akyün hatte mir und Emil Tee und Kekse angeboten, ewig lange über belangloses Zeug geplaudert und mir dann sogar in die Jacke geholfen. Verstehe einer die Kripo!

Als wir zu Hause das Treppenhaus hochkamen, stolperte ich über die Mülltüten der Studenten-WG unter uns, offensichtlich hatte es eine wilde Party gegeben.

Wir gingen zu Bibiane, ihre Wohnungstür stand sperrangelweit offen, Männer in dunklen Jacken durchsuchten die Zimmer.

Verärgert schritt ich auf einen zu: »Können Sie bitte wenigstens meine Freunde in Ruhe lassen! ... Die haben nichts damit zu tun.«

»Tut mir leid«, antwortete der korpulente Kerl und stellte sich als Herbert Bauernfeind vom BKA vor, »in dieser Sache müssen wir jeder Spur nachgehen!«

»Welche Spur?«

Er lächelte nichtssagend. Hatte Akyün so lange mit uns geplaudert, damit seine Kollegen in aller Ruhe meine Nachbarn befragen und durchsuchen konnten? Hatten sie uns überhaupt nur deshalb nach Wiesbaden gefahren?

Die Bullen hatten in Bibianes Wohnung jedes Buch umgedreht, die Schränke ausgeräumt, sie schoben die schwer demente Mutter im Rollstuhl von einer Seite auf die andere. Die alte Dame roch ein wenig, hatte sich eingenässt.

Emil hustete und wollte in meine Arme – die vielen Männer in dunklen Jacken waren ihm langsam ungeheuer.

»Wo ist denn Papa?«, fragte er eingeschüchtert, »wann kommt er endlich nach Hause?«

Ich versuchte den Jungen zu beruhigen und spürte Bibianes besorgten Blick. Sie sah auf die Uhr, machte ein paar Schritte zum Küchenradio und suchte nach einem Nachrichtensender, der zur vollen Stunde informierte.

Wie die staatliche Bankenaufsicht eben bestätigt hat, ist auch das IT-Verrechnungssystem der größten deutschen Bank zusammengebrochen. Tausende Überweisungen und Abhebungen wurden bei der L&L Bank dreifach durchgeführt, wie zuvor auch bei der Andromeda. Alle IT-Systeme mussten abgeschaltet werden. Ein Sprecher von L&L versichert: »Der Fehler wird innerhalb weniger Stunden behoben!« +++ Erst jetzt wurde bekannt: Auch die L&L hatte um einen Drei-Milliarden-Sonderkredit aus dem ESM Rettungsschirm angesucht +++ Bei der Fahndung nach den Cyber-Terroristen ist die Polizei keinen Schritt weiter. Offiziell heißt es vom Bundeskriminalamt, man ermittle in alle Richtungen ---

Verärgert drehte Bauernfeind das Radio ab und knurrte: »Vielen Dank, daran sind Sie nicht ganz unschuldig.«

Er hatte den Küchenschrank komplett ausgeräumt und auch darin kein Notebook gefunden. Protestierend griff Bibiane zum Radio, sie wollte es wieder einschalten, doch Bauernfeind hielt ihr ein kleines Plastikpäckchen unter die Nase: »Haben wir unter Ihrem Sofa entdeckt. Ich nehm an, Sie haben nix dagegen, wenn ich's mitnehm.«

Bibiane hatte mir schon mal erzählt, dass sie sich hin und wieder einen Joint gönnte. Selten, aber doch. Vor allem, wenn sie vorhatte, auf ein Fest zu gehen. Wie heute Abend.

»Wir entschuldigen uns für die Unannehmlichkeiten«, murmelte Bauernfeind, »auf Wiedersehen.«

Die Bullen zogen ab, ohne das Notebook entdeckt zu haben, und hinterließen ein Chaos. Ich ließ mich mit Emil auf das Sofa fallen. Frustriert griff Bibiane zu einer Flasche Campari und schenkte zwei Gläser ein – da vibrierte ihr Smartphone.

Irritiert zeigte mir Bibiane ihr Display:

Für S.

Audio auf NB entschlüsseln!

Anonymer Absender. Eine Nachricht mit angehängter, verschlüsselter Audio-Datei. Während ich rätselte, ob das Harrys Art war, mir Infos zukommen zu lassen, hielt Emil sich an mir fest. Er war müde, plötzlich deutete er auf etwas und fragte hüstelnd: »Mama, was´n das?«

Da bemerkte auch ich den kleinen, schwarzen Knopf unter meinem Jackenkragen – eine Wanze! Akyün hatte mir höflich in die Jacke geholfen und mich zum Ausgang gebracht. Verdammt, die Bullen ließen nichts unversucht.

*

Zwei Männer in dunklen Jacken standen vor dem Haus und beobachteten mit Ferngläsern unsere Fensterfront. Emil hatte seinen blauen Lieblingspyjama angezogen. Verkehrt herum. Er merkte es nicht, war zu müde. Kaum, dass er sich an das Kissen geschmiegt und ich ihn auf die Wange geküsst hatte, winkelte er seine Knie an und schlief erschöpft ein.

Seinen alten MP3-Player steckte ich in unserer Küche an die Musikanlage und legte den kleinen schwarzen Knopf vor die Box – Peter Fox ertönte: Kopf verdreht.

Bibiane und ich hatten seit unserem Einzug voneinander Wohnungsschlüssel. Nachdem ich noch einmal kontrolliert hatte, ob Emil in seinem Zimmer ruhig atmete, verließ ich unsere Wohnung und schlich auf Socken und in geduckter Haltung einen Stock höher.

Schon in Bibianes Flur hörte ich den Fernseher und das Schnarchen von Bibianes Mutter im Rollstuhl. Ich wusste, dass sie alleine war, weil Boris und Bibiane ein Fest ihres Verlags besuchten.

Behutsam schob ich die dicken Vorhänge vor die Fenster. Ich knipste Licht und Fernseher aus und wartete, bis sich meine Augen an die Dunkelheit gewöhnt hatten. Plötzlich hörte ich leise Geräusche aus dem Treppenhaus, jemand kam hoch, ich hielt den Atem an, bis die Schritte verklangen.

Dann zog ich vorsichtig vom Rollstuhl, unter dem Hinterteil von Bibianes schlafender Mutter, ein flaches Sitzpolster hervor. Darin hatte ich tags zuvor in einer dichten Plastiktüte unser Familien-Notebook versteckt.

Bingo!

Wie erhofft waren die Bullen bei der Durchsuchung vor dem Uringeruch der alten Dame zurückgeschreckt.

Bibiane hatte die Audiodatei, die mir jemand anonym mit dem Titel *Für S.* auf ihr Smartphone gesandt hatte, auf einen USB-Stick gezogen. Von diesem überspielte ich die Datei auf das Notebook. Nach dem Entschlüsseln hörte ich eine verfremdete Stimme. War das Harry? Er hustete, rang nach Luft und bat mich, die Festplatte unseres Notebooks mit dem Degaußer von Boris zu löschen.

Und ich sollte *Luzifer* vertrauen ... Ende der Aufnahme.

Was sollte das?

Noch nervöser aber machte mich, dass ich nichts von Harrys Zielen wusste. Konnte ich ihm in einer so existenzbedrohenden Situation überhaupt trauen?

Ich überlegte, wie Harry in der Vergangenheit reagiert hatte. Der schlimmste Notfall ereignete sich im Urlaub in Brandenburg. Mit dem VW-Bus. Camping. Ich war damals hochschwanger. Am zweiten Tag, mitten in der Nacht, hatte ich plötzlich verfrühte Wehen. Woher einen Arzt bekommen, in einem Dorf mit vielleicht zwanzig Einwohnern?

Sofort bat Harry den Campingwart, einen Notarzt zu holen.

»Wird dauern«, meinte der alte Mann, »30 bis 40 Minuten. Mindestens!«

Inzwischen waren die Wehen stärker geworden, ich habe vor Schmerzen geschrien. Die anderen Campingplatzbesucher wachten auf, wollten dem Szenario beiwohnen. Eine polnische Frau war angeblich Krankenschwester, doch als sie erfahren hatte, dass wir Deutsche sind, wollte sie nichts falsch machen. Also machte sie gar nichts. Zu meiner Überraschung reagierte Harry ruhig: Zwar ertrug er mein Geschrei nicht und steckte sich Ohrstöpsel ein, dann aber zog er die Tür des VW-Buses zu. Er legte seinen Schlafsack unter mein Hinterteil und kniete sich vor meine geöffneten Beine. Als die Presswehen immer stärker wurden, hielt er vorsichtig mit beiden Händen den Kopf des Babys. Ich habe gebrüllt. Wie ein Mantra hatte er vorgesagt: »Ruhig atmen. Du schaffst es. Der Kleine ist gleich da.« Es fühlte sich an wie eine schmerzvolle Ewigkeit. Harry war einfach präsent, hat mir Trost zugesprochen.

Später dann, nach der Geburt, hat Harry von seiner Panik berichtet, die er vollständig unterdrückt hatte: Als er den Kopf von Emil im Muttermund stecken sah, waren seine ersten Gedanken: Alles umsonst, alles vorbei! Ein dunkelblauer Schädel. Tiefe, braune Falten auf der Stirn. Blut überall. Das Baby ist tot. Oder ein Yeti. Möglicherweise ein Tier. Auf jeden Fall ein behindertes Kind. Doch er machte weiter. Zog das leblose, rotblaue Ungetüm aus meinem Bauch. Immer weiter. Auch der Körper war blau. Das Wesen bewegte sich nicht. Atmete nicht. Immer wieder ermunterte er mich und behauptete, alles sei in Ordnung. Als er das Ungetüm in Händen hielt, band er die Nabelschnur ab. Mit dem Kabel meiner Kopfhörer. Das hatte er in einem Film gesehen. Noch immer kein Atmen, keine Zuckung, gar nichts. Vorsichtig zwickte er den Säugling. An den Armen. Am Hinterteil. Doch der Kleine rührte sich nicht. Reagierte nicht. Sekunden der Panik. Als Harry das Baby dann verzweifelt heftig am Oberschenkel kniff, schrie der Kleine plötzlich auf.

Der schönste Schrei in meinem Leben.

Kurz danach tauchte der Notarzt auf. Er hat die abgebundene Nabelschnur gesehen, Harry auf die Schulter geklopft und gemeint:

»Perfekt. Wie eine Hebamme.« Gewaschen und von Blutkrusten befreit, hat das Baby ganz manierlich ausgesehen. Ich war stolz auf Emil. Und auf Harry. Er hatte so wunderbar gehandelt. Ohne viel Gequatsche. Logisch, pragmatisch, konsequent.

Da hörte ich im Treppenhaus Boris angeheitert ein Lied singen. Beschwingt betrat er mit Bibiane die Wohnung, sie wirkte müde und derangiert, Boris lächelte mir zu und säuselte etwas von dem festlichen Empfang, den Bibianes Verlag anlässlich der Eröffnung einer neuen Netzzeitung gegeben hatte. Am liebsten wollte er noch mit mir und Bibiane eine Runde um die Häuser ziehen, er hatte eine halb geleerte Flasche Sekt dabei und ging in die Küche, um drei Gläser zu holen.

Bibiane verschwand auf die Toilette, da fällte ich eine Entscheidung: Ohne *Wenn und Aber* würde ich der ominösen Anweisung nicht folgen, denn wenn die verfremdete Stimme gar nicht Harrys war, wäre es sinnvoll, eine Sicherheitskopie zu besitzen.

Deshalb überspielte ich alle Dateien von der Festplatte auf einen USB-Stick. Plötzlich hörte ich ein *Ginggong*: Das Notebook hatte eine Mail versandt. Automatisch! Von Harrys Account. An ihn. Bestätigt wurde in der Mail der Kopiervorgang von der Festplatte auf ein externes Speichermedium. Offensichtlich hatte Harry eine Sicherheitsschranke eingebaut.

Passte zu ihm.

Logisch.

Nervosität überkam mich – was, wenn der Account längst gehackt war? Dann wüssten jetzt die Hacker, dass es eine Kopie gab. Ich sah mir auf dem USB an, was überspielt wurde: Eine Datei mit Fotos von Emils Einschulung. Und eine weitere mit der Bezeichnung »Emergency-file«. Als ich sie öffnete, starrte ich auf eine endlose Schlange von Programmzeilen, die mir nichts sagte.

Boris kam mit drei Gläsern aus der Küche und schenkte Sekt ein. Ich klappte das Notebook zu und bat ihn um Hilfe.

»Auf so eine Gelegenheit hab ich schon immer gewartet«, sagte der Tontechniker glucksend. Aus seinem Studio holte er ein abgenutztes, metallenes Gerät, so groß wie eine Bierkiste, das er vor einer Weile einer insolventen Firma abgekauft hatte. Dann schob er die Festplatte in den Degaußer.

»Bist du ganz sicher?«

Ich nickte.

Er drückte eine Taste. Ein rotes Lämpchen mit dem Symbol eines Magneten blinkte.

»Deformation total.«

Schließlich steckte ich das Notebook in eine Plastiktüte und legte es in einen der stinkenden Müllsäcke vor der Studenten-WG einen Stock tiefer.

Als ich mich vor der WG-Tür umdrehte, versuchte mich Boris zu überreden, ihn zu begleiten – dabei spürte ich in meiner roten Lederjacke etwas Hartes. Unter dem Futter. Eine kleine Kunststoffscheibe. Schwarz. Ohne jede Beschriftung. Das war nicht neuerlich eine Wanze, solche Dinger hatte ich schon mal im Internet gesehen, das war ein Peilsender. Eindeutig! Mir war, als hätten die Bullen ein Seil um meinen Hals geschlungen und zogen es Stunde um Stunde enger.

#

Schon seit 30 Minuten verharrte Krepper im Lotussitz. In einem abgedunkelten Raum. Bei spiritueller Musik. Er starrte auf einen breiten LCD-Bildschirm. Darauf eine Therapeutin mittleren Alters. Blond. Blass. Androgyn. In ruhigen Sätzen gab sie Anweisungen: »Arme und Beine sind ganz schwer. Die Gedanken fliegen. Ihre Wut entweicht. Durch alle Poren.«

Er atmete tief ein. Sein Projekt hatte Fahrt aufgenommen. Trotzdem schossen ihm dauernd Fragen durch den Kopf. Waren die Boni-Banker und das absurde Geldsystem tatsächlich das entscheidende Motiv für seine Wut?

Sein Vater kam ihm in den Sinn. Möglicherweise hatte er den Grundstein gelegt. Als Krepper sieben Jahre alt war, hatten sich seine Eltern scheiden lassen. Sein Vater hatte eine Neue. Juristin. Charmant. Polyglott. Der Vater konnte erstmals bei einer Frau aus besseren Kreisen landen und verließ seine Familie. Er wollte Kurt mitnehmen. Unbedingt. Die Mutter aber wehrte sich. Auch Kurt wollte bei der Mutter bleiben. Der Vater zog schließlich vor Gericht und verlor, denn fast alle Familienrichter sprachen damals das Kind im Zweifel der Mutter zu. Darüber war sein Vater so erzürnt, dass er seine Exfrau verdammte. Und mit ihr auch den kleinen Kurt! Obwohl äußerst gut verdienend, stritt der Vater fortan um jeden Groschen Unterhalt für Kurt und kommunizierte nur noch übers Gericht.

Schließlich ließ er in der Verwandtschaft ausrichten: Er mache sich jetzt ein neues Kind. Denn seine furchtbare Ex würde ihre Brut verziehen, *niemals könnte aus dem siebenjährigen Kurt noch was werden*. Der Satz blieb im Gedächtnis haften, bei der Mutter, bei Kurt, bei den Verwandten. Er verletzte, grub sich ins Unbewusste und entfaltete Wut.

Was aber bewies das schon, überlegte Krepper, viele Menschen hatten Wut. Vielleicht auch sein Vater. Weil sein Selbstwertgefühl durch den 2. Weltkrieg beschädigt wurde, sodass Verletzungen bis in die Gegenwart nachwirkten und er es nicht gelernt hatte oder lernen wollte, zu reflektieren und zu wachsen.

Krepper malte sich aus, wie Gerichtspsychologen ein Profil von ihm erstellen würden. Vaterverlust, Frau mit einem Internet-Jungunternehmer durchgebrannt, Tochter in die USA ausgewandert, wenig soziale Kontakte.

Daher musste er natürlich aus familiärer Frustration eine fulminante Aggressivität entwickeln. Der Gerichtspsychiater würde seine Tat umfassend motivieren.

Und doch: Was für ein Unsinn!

Wenn ein Passant einen Mann beobachtet, der eine Frau vergewaltigt, und dazwischen geht, weil er selbst einmal missbraucht wurde – was macht es für einen Unterschied?

Wichtig ist, dass er einschreitet.

Wenn ein neuer Kneipenbesucher einem Alteingesessenen über den Mund fährt, weil Letzterer ausländerfeindliche Sprüche klopft – und vielleicht ein Motiv des Neuen ist, dass er einen Großvater hat, der Nazi war, oder seine Großmutter Jüdin – was macht es für einen Unterschied?

Wichtig ist der Widerstand.

Heftige Biografien, schlimme Kindheit, gescheiterte Ehen, geknickte Karrieren; all diese Motive kamen seiner Ansicht nach weder als Entschuldigungen noch als alleinige Erklärungen infrage. Denn es waren nahezu immer die Verletzten, die ungerecht Behandelten und Gedemütigten, die aufschrien, etwas bewegten und veränderten. Die anderen hatten oft zu wenig Energie. Denn Verändern bedeutete, jemandem weh zu tun, jemandem etwas wegzunehmen, ein Privileg zu stürzen. Das kostete Kraft. Und gelang nur mit Entschlossenheit, Raffinesse und Schweiß. Wie sollte das funktionieren ohne Wut?

Krepper brummte ein tiefes »Aoum«. Immer heftiger, immer lauter, immer wütender – bis seine letzte Pore vibrierte.

Tag 3

»Ich habe immer versucht,
in einem Elfenbeinturm zu leben;
aber ein Meer von Scheiße schlägt an seine Mauern,
genug, ihn zum Einsturz zu bringen.«
Gustave Flaubert

*

Noch immer hörte die Wanze Radio. Der kleine, schwarze Knopf lag am Küchentisch vor dem Lautsprecher des UKW-Empfängers, den ich von meinem Vater geerbt hatte. Emil wollte sein Beerenmüsli zum Frühstück, davon aber war kaum noch was übrig. Milch gab es auch keine, Schoko sowieso nicht.

»Mama, warum warst du nicht einkaufen?«

Gute Frage. Ich durchwühlte Speisekammer und Kühlschrank, fand Knäckebrot und Himbeermarmelade. Letztere kippte Emil ins Müsli. Kichernd wollte er die Wanze im roten Brei eintauchen. Reflexartig versuchte ich das für einen Moment zu verhindern, dann ließ ich es lächelnd zu: »Nicht reinbeißen, schmeckt nicht!«

Auch der Peilsender steckte noch in meiner Jacke, ich musste mich endlich aus der Schlinge der Bullen befreien.

Aus dem Radio kamen die Morgennachrichten.

Weitere 4.500 Geldautomaten sind deutschlandweit ausgefallen +++ *Die angeschlagene L&L und die Andromeda Bank bekommen ihre IT-Probleme nicht in den Griff* +++ *Viele Finanzexperten befürchten: Ein Bank Run ist nicht mehr aufzuhalten* +++ *Für 14 Uhr ist eine Pressekonferenz angekündigt: Regierung, EZB und Bundesbank werden zu den Auswirkungen der IT-Probleme Stellung nehmen* +++

Mich aber quälte eine ganz andere Frage: Wer ist *Luzifer*? Harrys Kontakt mit *Luzifer* war über die *Finance Observe Organisation* zustande gekommen. Bibiane ließ mich auf ihrem Computer recherchieren, ich fand den Sitz der FOO. Die Stiftung versuchte zu überzeugen: Die Finanzindustrie soll den Menschen dienen. Nicht umgekehrt. Mitglieder und Sponsoren waren überwiegend ältere Herren: Ex-Banker und Ex-Politiker. Zum Motto wählte die FOO den Titel des berühmten Bestsellers von *Stéphane Hessel:* »Empört Euch!«

Wollten da ein paar Millionäre im hohen Alter ihr schlechtes Gewissen entlasten? Oder tatsächlich etwas bewegen? Auch nachdem ich das Impressum der FOO-Homepage und andere Quellen nach den Mitgliedern des Vorstandes durchsucht hatte, fand ich weder einen Hinweis über den Kopf der FOO, noch darauf, wer *Luzifer* sein könnte.

Bibiane war die FOO sogar ein Begriff, nur leider kannte sie niemanden von der Organisation persönlich. Trotzdem konnte sie mir helfen: Als Journalistin erhielt sie laufend Einladungen zu Pressekonferenzen – so auch zur Sonderpressekonferenz in der EZB heute um 14 Uhr.

Bibiane erzählte: Bei solchen Veranstaltungen war oft jemand von der FOO anwesend, der kritische Fragen stellte. Ich bat, statt ihr gehen zu dürfen.

Mit Bibianes Presseausweis?

Besorgt wies Bibiane auf einen brenzligen Vorfall hin: Vor einiger Zeit hatte sich eine Femen-Aktivistin als Journalistin in eine Pressekonferenz der EZB geschummelt und war nackt vor dem EZB-Präsidenten auf das Podium gesprungen. Seiher waren die Kontrollen verschärft worden. Vor allem für Journalisten-Neuzugänge!

Zum Glück hatte Bibianes Zeitung sie bereits einige Male zu EZB-Pressekonferenzen geschickt. Sie bat ihren befreundeten Chefredakteur telefonisch um eine Anmeldebestätigung, bei entsprechender Verkleidung hatte ich gute Chancen.

Obwohl ich rot als Haarfarbe nicht leiden konnte, färbte ich mir die Haare in Bibianes Ton. Sie lieh mir ihre schwarz umrandete Brille und benützte ihre Ersatzgläser.

Doch vor unserem Haus stand nun ein High-Tech-Überwachungsbus des Verfassungsschutzes und ein schwarzer BMW des Bundeskriminalamtes. Die Herren in den dunklen Jacken würden mich nicht in die Nähe der EZB lassen, geschweige denn, dass ich unbemerkt an jemanden von der FOO herankäme, es schien aussichtslos.

Nachdenklich blickte ich auf den schwarzen Peilsender. Und hatte eine Idee. Ich besaß nur ein Kleidungsstück, mit dem ich es wagen könnte, eine EZB-Pressekonferenz zu besuchen. Eilig durchwühlte ich meinen Schrank, bis ich ganz hinten das Nadelstreifen-Businesskostüm fand, das mir meine Mutter zu meiner Restauratoren-Abschlussprüfung geschenkt hatte. Über zehn Jahre her. Würde mir das verstaubte Ensemble noch passen? Während ich es vor dem Spiegel anprobierte, drehte ich das Radio an.

Die Angst vor neuen Bankenpleiten und IT-Pannen führt dazu, dass viele Bürger ihre Sparguthaben plündern +++ Weil die Mehrheit der Verwaltungen ihre Kontoverbindungen bei der L&L Bank oder einer ihrer Töchter haben, können die Gehälter vieler Mitarbeiter des öffentlichen Dienstes nicht bezahlt werden +++ Die Müllentsorgung musste in einigen Städten aufgrund nicht beglichener Benzinrechnungen eingestellt werden +++

Zum Glück hatte ich nur wenig zugenommen, das kleine Loch im Oberteil unter der rechten Achsel war kaum zu sehen, das Nadelstreifen-Kostüm passte zu meinen schwarzen Halbschuhen, die ich unbedingt anziehen wollte.

Als ich im Treppenhaus aufgeregte Stimmen hörte, öffnete ich ein wenig die Tür und bekam mit: Zwei BKA-Beamte hatten das Notebook aus der Mülltüte geholt. Nun begannen sie, die Studenten aus der Wohngemeinschaft unter uns zu verhören.

Ein Stockwerk über mir vernahm ich, wie die türkische Familie sich zum Aufbruch fertig machte. Rasch zog ich meine rote Lederjacke über. Kurz bevor die türkischen Eltern an unserer Wohnungstür vorbeikamen, betrat ich das Treppenhaus. Die drei Söhne in den rot-weißen Fußballdressen des 1. FC Köln huschten an mir vorbei, als Letzter kam der Elfjährige. Stolz trug er nagelneue Tormannhandschuhe an einem Band um den Hals und eine halb offene, rot-weiße Sporttasche.

»Sehen echt cool aus deine Handschuhe, wo gibt´s denn die«, fragte ich den Jungen und griff neugierig nach dem roten Leder, während ich beiläufig den kleinen, schwarzen Peilsender in seine offene Sporttasche fallen ließ.

»Im Internet.« Der Kleine strahlte stolz. »Auf der Club-Homepage ... sind aber krass teuer!«

»War ´n Geburtstagsgeschenk«, fühlte sich der Vater bemüßigt zu erklären.

»Sie haben schöne, neue Haare, Frau Rokovic«, meinte die türkische Mutter.

Ihr Mann nickte freundlich. »Sehr schick.«

»Danke.« Ich gab vor, meine Geldbörse vergessen zu haben, und ging zurück in meine Wohnung. Dann wartete ich am Hoffenster bis der Van mit der türkischen Familie aus der Tiefgarage fuhr. Sofort nahmen der Verfassungsschutz-Bus und der BKA-Wagen die Verfolgung auf.

Als ich zur Tür wollte, schreckte mich ein Hustenanfall hoch – Emil bekam kaum Luft, seine Augen tränten, ich gab ihm den Inhalator. Er beruhigte sich, aber da waren nur noch wenige Portionen in der Flasche. »Himmel hilf!«

Ich musste rasch handeln: Eine Apotheke für Emil finden. Wegen Harry zur EZB. Mir die Bullen weiter vom Leib halten!

Natürlich war es verrückt, mit der Vespa über die Landstraße von Köln nach Frankfurt zu fahren, ich würde zwei bis drei Stunden benötigen. Doch unsere Siedlung lag am Rande von Köln, ich hätte sonst ins Zentrum müssen, von dort mit der Bahn nach Frankfurt und mit den öffentlichen Verkehrsmitteln ans Ostend zur EZB. Vor allem aber: Die schwarzen Jacken würden mich nicht auf der Landstraße nach Frankfurt vermuten. Nicht mit der Vespa!

In Emils Schule war heute Studientag, er hatte sich mit einem Nachbarkind verabredet, wo er auch zur Not übernachten könnte. Ich besprach es mit ihm und sah zum Fenster raus. Noch waren die Männer in den schwarzen Jacken nicht zurück, vermutlich aber hatte ich nicht mehr lange, bis das BKA meine Finte durchschauen würde.

*

Es sah nach Regen aus. Als ich das Gas voll aufdrehte, zeigte der Tacho 90, es ging leicht bergab, der Fahrtwind war eisig, mein Businesskostüm dünn. Auch meine Lederjacke half kaum. Meine Hände zitterten, ich biss die Zähne zusammen. Immerzu musste ich an Harry denken, wo war er, warum dieser ganze Wahnsinn.

Auf halber Strecke wurde mir klar, dass mein Sprit nicht reichen würde. Bei Hachenburg steuerte ich eine Tankstelle an. Ein Wagen reihte sich an den nächsten, es herrschte ein Ansturm, als gäbe es morgen kein Benzin mehr. Das Schild *Keine Kreditkarten* registrierte ich erst, nachdem ich vollgetankt hatte. Der Tankwart beharrte auf Bargeld, weil die elektronische Abrechnung mit seiner Bank nicht funktionierte. »Und es werden täglich mehr«, schimpfte er und deutete auf die Headlines der im Tankshop ausliegenden Tageszeitungen:

Weitere Banken vom Virus infiziert +++ *Elektronische Überweisungen kaum noch möglich* +++ *Börse schlägt Kapriolen* +++ *Milliarden-Werte verschwinden* +++ *DAX schlittert in den freien Fall* +++ *Aktienhandel ausgesetzt* +++

»Was soll ich jetzt tun«, fragte ich den Tankwart, »das Benzin mit einem Schlauch wie ein Dieb zurücksaugen?«

Der junge Mann stellte mir Kanister und Schlauch hin.

Auch eine Antwort.

Ich ging damit zur Vespa und saugte das Benzin an, ein Tröpfchen berührte meine Zunge, ich spuckte und fluchte. Plötzlich hielt ein Polizeiwagen neben mir. Zwei Uniformierte stiegen aus. Nervös überlegte ich, wie ich reagieren sollte, schließlich machte ich einfach weiter und bemerkte, wie die Polizisten mich betrachteten, sich flüsternd über mich amüsierten und in dem Tankshop verschwanden.

Nach einigen Versuchen floss endlich Benzin durch den Schlauch – da schrie der Tankwart: »Hallo ... Sie da ... mit der Vespa!«

Trotzig drehte ich mich um.

»Lass gut sein, Mädel. Schon bezahlt.«

»Von wem?«

Der Tankwart deutete auf ein Motorrad, das eben die Tankstelle verlassen hatte und auf der Landstraße lautstark beschleunigte. Der Fahrer trug eine blaue, dicke Jacke, höchstwahrscheinlich eine Daunenjacke. Ob er einen schwarzen Vollvisierhelm aufhatte, konnte ich nicht mehr erkennen, denn das Motorrad war nur noch ein dunkles Knäuel, das rasch kleiner wurde.

Schnell verschloss ich meinen Tank und stieg auf die Vespa. Einen Moment überlegte ich, den Tankwart zu fragen, ob der Motorradfahrer einen schwarzen Vollvisierhelm dabeihatte. Dann aber blickte ich auf die Uhr: Nur noch sechzig Minuten bis zur EZB-Pressekonferenz, ich musste mich beeilen.

Als ich auf die Straße bog und beschleunigte, sah ich immer wieder in den Rückspiegel, konnte aber weder eine Motocross-Maschine noch einen schwarzen BMW oder einen Mercedes-Bus erkennen.

Wenn es der Russe war, der meine Tankfüllung bezahlt hatte, musste es dafür einen Grund geben. Wusste er, dass ich zur EZB wollte? Und wenn ja, warum wollte er, dass ich mein Ziel erreichte? Oder hätte er mich attackiert, wenn die Polizisten nicht aufgetaucht wären und lauerte mir jetzt irgendwo auf der Strecke auf?

*

Hauptkommissar Michael Tomek war überrascht: Der Russe, den er am Kölner Flughafen hatte festnehmen lassen, entpuppte sich als überaus gebildeter Mann. Mit einer höchst nebulösen Vergangenheit.

Bereits mehrmals war Dimitrij Wassilenko in Zusammenhang mit schweren Verbrechen in das Visier europäischer Ermittler geraten. Nie aber reichte die Beweislage für eine Verurteilung. In zwei Fällen stand der Verdacht im Raum, der russische Geheimdienst könnte etwas mit den Verbrechen zu tun gehabt haben, die in Wassilenkos Umfeld mehreren Menschen das Leben gekostet hatten.

Nachdem Tomek stundenlang recherchiert hatte, musste er sich eingestehen: Es würde ihm ein besonderes Vergnügen bereiten, etwas zu schaffen, was keinem Kollegen vor ihm gelungen war – nämlich Dimitrij Wassilenko hinter Gitter zu bringen!

Für die Tatzeit hatte Wassilenko ein äußerst fragwürdiges Alibi. Nach eigener Aussage hatte er zum Zeitpunkt des Verschwindens von Harry Rokovic eine junge Prostituierte besucht. Die Dame gab tatsächlich an, sich an Wassilenko erinnern zu können, weil der Russe ihr 50 Euro Trinkgeld gegeben hatte.

Tomek allerdings legte die Großzügigkeit gegen Wassilenko aus: Entweder wollte Wassilenko, dass sich die Frau an ihn und das großzügige Trinkgeld erinnerte. Oder Wassilenko hatte ihr sogar noch mehr Geld gegeben, um sich damit ihre Zeugenaussage zu erkaufen. Nach ihrer Vorladung kam Tomek zu der Überzeugung: Kein Richter würde der 21-jährigen Albanerin mit den nervösen Zuckungen am rechten Auge und den 19-cm-Pumps Glauben schenken.

Doch selbst, wenn Saskia Rokovic als Zeugin vielleicht helfen konnte, benötigte Tomek eine schlüssige Beweiskette, um Wassilenko die Entführung, einen etwaigen Mord und den Anschlag nachweisen zu können. Die vielen offenen Fragen machten Tomek nervös: Lebte Harry Rokovic? Wenn ja, wohin hatte der Russe ihn entführt? Hatte Wassilenko das komplexe Virusprogramm mit Rokovic zusammen erstellt?

Tomek war kein Computerexperte, doch in der letzten Nacht hatte er wie besessen nachgeforscht. Von Kollegen des Criminal Investigation Departments aus London wusste er seit heute vier Uhr früh: Britische Ermittler hatten vor einigen Monaten bei der Razzia eines Hotelzimmers, aus dem Wassilenko kurz zuvor Hals über Kopf geflüchtet war, raffinierte Hackersoftware gefunden. Außerdem zeigten die Zugriffsprotokolle der Firewall von der *Andromeda*-Zentrale vermehrt Angreifer mit IP-Adressen aus Russland. Längst war den Cyber-Kriegern klar geworden: Die gesamte Macht einer Bank beruht auf ihrer Informationstechnik. Ohne funktionierende Software keine Verwaltung von Gehaltskonten, keine Kredite, keine Aktientransfers, kurzum: Eine Bank ohne IT ist eine tote Bank!

In letzter Zeit waren die Angriffe raffinierter geworden, in ganz Europa gab es immer häufiger *Advanced Persistent Threats*, also ausgefeilte Dauerattacken. Vorovsky und seine Kollegen vom BSI neigten aufgrund der spezifischen Angriffsart dazu, die Verantwortlichen des Cyber-Anschlags beim russischen Geheimdienst SWR, in China oder Nordkorea zu vermuten. Bei dem spektakulären Cyber-Angriff auf die Rechner des Deutschen Bundestags hatten die Kollegen sogar gegenüber der Presse von einem »Trojaner mit Geheimdienstcharakter« gesprochen.

Immer deutlicher rückte für Tomek die Frage in den Vordergrund: Hatte der Täter im Auftrag des russischen Hedgefonds vielleicht Harry aus dem Weg geräumt? Versuchte der russische Geheimdienst gar, Europa zu destabilisieren?

Die wirtschaftlichen Probleme der Russischen Föderation waren in den letzten Jahren gravierender geworden, nur der Reichtum an Erdöl und Erdgas hielt das riesige Land über Wasser. Wenn der Ölpreis aber weiter fiel, warum sollte dann ein ehemaliger KGB-Agent, der als Präsident die Gesetze seines Landes bog, um seit beinahe zwei Jahrzehnten an der Macht zu bleiben, davor zurückschrecken, die Mittel des Cyber-Terrors zu verwenden, wenn er damit dem Westen schaden und von inner-russischen Problemen ablenken konnte? Der Gedanke erschien Tomek banal, aber war Politik nicht manchmal erschreckend banal?

*

Als ich den Stadtrand von Frankfurt erreichte, war ich völlig durchgefroren. Ich bretterte am Güterbahnhof und an den Chemieanlagen von Höchst vorbei. Je näher ich dem Zentrum kam, umso mehr wichen die Industrieanlagen den sakralen Großskulpturen der Banken. Nachdem ich zum Frankfurter Ostend abgebogen war, musste ich auf der Straße liegenden Müllsäcken ausweichen. Ich hielt Ausschau nach einer Apotheke für Emil. Bis zur EZB-Pressekonferenz hatte ich noch etwa dreißig Minuten.

Plötzlich sah ich im Rückspiegel einen schwarzen BMW. Der Wagen fuhr ziemlich nah an mich heran und blinkte aggressiv. Am Steuer saß ein Mann, sofort überlegte ich, ob er vom BKA sein könnte und ich besser anhalten sollte. Ich verlangsamte, steuerte nach rechts, da gab der BMW Gas, überholte mich und war auch schon entschwunden. Am Nummernschild erkannte ich: ein Holländer.

Eine rote Ampel zwang mich zu stoppen. Auf einer Parkbank saßen drei Männer in orangen Leuchtwesten, daneben standen zwei kleine Reinigungswagen mit Besen und Schaufeln. Die Männer rauchten und unterhielten sich, einer las eine Tageszeitung, es sah nach Bummelstreik aus. Jetzt erst fielen mir die weggeworfenen Pappbecher auf. Am Bürgersteig, im Rinnsal, in den Parkanlagen. Sämtliche Müllkörbe entlang der Straße quollen über, am Boden lagen Plastik- und Verpackungsreste, jene schönen Werbehüllen und hygienischen Absicherungen, ohne die wir nicht mehr leben wollten. Nun streikten jene Frauen und Männer, die unsere Metropolen erträglich machten. Sie saßen auf Parkbänken, schlürften Energydrinks und Bier und hatten die Kehrbesen auf ihre kleinen Wagen gelegt; jene Besen, die sie normalerweise mit Nachdruck in die Ritzen der Bordsteinkanten stießen, um Kippen, Hundescheiße und sonstigen Unrat zu sammeln, als wäre es Gold.

Oft hatte ich diese Menschen bewundert, mit welchem Fleiß und Gleichmut sie ihre Tätigkeit ausübten, und mich gefragt, woher sie ihren Enthusiasmus nahmen. Weil es Sinn machte? Weil es der städtischen Ästhetik diente? Weil sie abends das Gefühl hatten, etwas geleistet zu haben? Natürlich nicht, die Hauptmotivation für die tägliche Sisyphusarbeit war so einfach wie banal: Geld. Weil es unsere Städte zusammenhält.

Ein paar Straßen weiter beobachtete ich eine Frau und einen Mann in orangen Jacken, die tapfer weiter gegen die Vermüllung ankämpften. Hatten sie ihr Konto nicht bei der *L&L* Bank oder war ihnen ihre Tätigkeit wichtiger als der schnöde Mammon?

Ich würde es nie erfahren, denn kurz nach dem Frankfurter Zoo bemerkte ich endlich einen Laden, den ich schon die ganze Zeit gesucht hatte: Eine offene Apotheke!

Als ich das Geschäft betrat, stritt eine alte Frau mit einer Apothekerin. Die Dame legte ihren goldenen Ehering auf die Theke, der Disput wurde lauter. Zum Glück kam ich an der zweiten Kasse an die Reihe und bat um das Bronchialmittel für Emils Inhalator. Der Apotheker hatte es sogar lagernd, ich freute mich. Nur ein Rezept zu besorgen, hatte ich nicht geschafft. Kostet 72 Euro. Ich hatte nur noch 12 dabei und zückte meine Bankkarte.

»Funktioniert leider nicht!«

Ich bat den Mann um Nachsicht.

»Heute waren bereits über 20 Kunden da, die nicht zahlen konnten«, antwortete er, »Kaffeemaschinen, Silberbesteck, ein Pelzmantel ... alles wurde mir schon angeboten.«

Auch mein charmantes Lächeln beeindruckte ihn wenig.

»Verstehen Sie, ich kann nicht jedem gratis Medikamente geben ... muss seit gestern auch in bar bezahlen!«

»Es handelt sich um ein zehnjähriges Kind«, appellierte ich.

Der Apotheker zuckte die Schultern: »Kommen Sie doch morgen wieder ... morgen soll ja alles wieder funktionieren ... haben's in den Nachrichten gesagt!«

Ernüchtert musste ich abziehen, noch fünfzehn Minuten bis zur EZB-Konferenz. Hektisch hielt ich nach einem Geldautomaten Ausschau, bei dem nur wenige Leute anstanden. Sofort reihte ich mich ein, ich hatte noch ein Notsparkonto mit 120 Euro. Jeder Wartende, der an die Reihe kam, zog Geld aus dem Gerät, trotzdem schimpften einige. Vor mir stand ein älterer Herr, schlank, gepflegt, in Turnschuhen und mit weißem, gebügeltem Hemd. Als der Mann – der mir wie ein pensionierter Lehrer erschien – an die Reihe kam, fluchte er leise, machte einen Schritt zur Seite und sank verzweifelt zu Boden. Während ich an die Reihe kam, fragte ich, ob ich ihm helfen könne. Gleichzeitig tippte ich 120 Euro in den Geldautomaten, eine fette Schrift erschien:

Aus technischen Gründen zurzeit nur 50 Euro pro Person.
Wir bitten um Verständnis!

Verärgert nahm ich den Fünfziger, wenigstens konnte ich Essen kaufen. Indessen erzählte der Mann unter Tränen: Seine marokkanische Frau sei auf einer Reise zu ihrer Familie lebensgefährlich erkrankt. Herzprobleme. Für einen sofortigen Heimflug in Begleitung eines Arztes gelang es ihm nicht, ausreichend Geld zu überweisen, auch abheben klappte nicht.

Mein Blick fiel auf die Uhr des Automaten, noch zehn Minuten bis zur Pressekonferenz, ich musste weiter! Ich konnte dem Mann nur raten, sich an eine karitative Organisation zu wenden: »Bis dieser Irrsinn endlich aufhört!«

@

Dr. Marena hatte alle verfügbaren Mitarbeiter auf Saskia Rokovic angesetzt. Zur lückenlosen Überwachung. Des Weiteren wurden sowohl die Handys von Saskia und Emil Rokovic, als auch die Anschlüsse ihrer Nachbarn abgehört. Mittels Funkzellenüberwachung, Wanze und Peilsender hatten sie die Frau im Visier.

Gehabt!

Denn eben hatte Dr. Marena erfahren, dass es der Hacker-Gattin gelungen war, die Kollegen zu narren. Wie peinlich. Sie hatte sich auf Bauernfeind und Akyün verlassen und als sie Details wissen wollte, hatte ihr Akyün versichert: »Wir haben alles im Griff, glaub mir!«

Glauben oder Wissen – der Satz erinnerte Dr. Marena an ihren ersten Mann. Auch er hatte immer zwischen *Glauben* und *Wissen* unterschieden und ließ eine philosophische Buchreihe zum Thema gestalten. Der erfolgreiche Verleger beherrschte fünf Sprachen, nahezu fließend. Wenn sie auf der Buchmesse miterleben durfte, wie er sich mehrsprachig durch das internationale Publikum parlierte, war sie danach so erregt gewesen, dass sie unbedingt mit ihm schlafen wollte. Als er sich jedoch immer mehr um seine jungen Autorinnen kümmerte, führte dies zum Ende der Ehe. Seither suchte sie. Nach einigen Frustrationen war sie über die Jahre gelassener geworden, sie hatte nach neuen Lebensformen Ausschau gehalten und sich für ein unkonventionelles *Wohlfühlmodell* entschieden.

Sie erzählte niemandem davon.

Lebte es aber konsequent.

Dr. Marenas Smartphone läutete.

»Besser, du kommst. Und zwar ganz schnell«, sagte Vorovsky, »hier ist der Teufel los!«

Normalerweise war der Informatiker die Ruhe in Person, wenn sogar er nervös klang, gab es Feuer unterm Dach.

»Wo bist du?«

Vorovsky gab ihr die Adresse des Server-Zentrums der *L&L Bank* durch.

Mit ihrer Kawasaki raste Dr. Marena durch die Stadt, selten klemmte sie sich das mobile Blaulicht auf den Gepäckträger, jetzt tat sie es.

Eine völlig irritierte Mitarbeiterin der *L&L Bank* führte Dr. Marena in den riesigen Keller des Bankenturmes. Unentwegt kamen ihr junge Männer entgegen oder überholten sie, die meisten in Bundeswehr-Uniformen. Die Bank-Mitarbeiterin beteuerte, die Ereignisse hätten sich in den letzten Stunden überstürzt, mehr wisse sie auch nicht.

Im Hauptserverraum traf sie Vorovsky, umstellt von Männern in Uniform. Einige machten sich an den Servern zu schaffen, bauten ihre Notebooks auf und redeten auf einen Systemadministrator ein.

Angewidert zuckte Vorovsky die Schultern: »Ich hab die Nase voll, ich geh jetzt!«

»Was ist denn los?«

»Frag den Kerl da drüben ... Oberstleutnant Soundso!«

Vorovsky zeigte auf einen groß gewachsenen Mann um die sechzig, dessen Gesicht eine ungesund blasse Farbe und tiefe Furchen hatte. Er trug eine Uniform mit geheimnisvollen Rangabzeichen. Die buschigen, weißen Augenbrauen und die weißen Bartstoppel deuteten darauf hin, dass sein durchgehend schwarzes Kopfhaar ein chemisches Aufbegehren gegen den Alterungsprozess war. Mit einem bemühten Lächeln nickte er Dr. Marena zu. Er stellte sich als leitender Oberstleutnant des Computer Emergency Response Teams der Bundeswehr vor. Sie hätten den gesetzlichen Auftrag, Cyber-Angriffe auf systemrelevante Infrastrukturen abzuwehren. Höchstwahrscheinlich handle es sich bei dem Virus um einen Anschlag eines fremden Geheimdienstes!

»Frau Kollegin«, resümierte er, »tut mir leid, aber Sie sind raus!«

Als Dr. Marena ihn reserviert musterte, setzte er nach: »Befehl von oben. Ganz oben.«

Obwohl sie von dem relativ neuen Dienst der Bundeswehr wusste, hatten Dr. Marena und ihre Leute noch nie mit ihm zusammengearbeitet. Sie versuchte, mit dem Oberstleutnant einen Kompromiss auszuloten: Sie könnten parallel ermitteln, Informationen austauschen, kooperieren. Doch der Mann reagierte abweisend: Je mehr Abteilungen und Ermittler involviert wären, umso schwieriger sei Geheimhaltung und effektive Abwehr. Vor allem: Nur sein Team verfüge über die geeigneten Cyber-Defence-Werkzeuge, um IT-Angriffe auf systemrelevante Infrastrukturen zu bekämpfen.

Dr. Marena widersprach und verwies auf ihren gesetzlichen Auftrag.

»Wenn ich Sie aufklären darf«, konterte er mit einem überheblichen Lächeln, »der Auftrag des Bundeskriminalamtes ist es, sich um Privatbetrüger und Cyber-Angriffe auf Privat-Unternehmen zu kümmern.«

»Was ist denn die *L&L*, wenn nicht eine private Geschäftsbank?«

»Erst wurde mit der *Andromeda* die viertgrößte Bank des Landes angegriffen und jetzt, nach einigen kleineren, mit der *L&L* die größte«, hielt er ihr mit pathetischer Ernsthaftigkeit entgegen, »damit handelt es sich um einen systemgefährdenden Angriff auf die Wirtschaft Deutschlands. Eine Attacke auf die Infrastruktur!«

»Selbst, wenn Sie über exzellente IT-Werkzeuge verfügen«, entgegnete Dr. Marena, »dahinter steckt ein Täter. Ein Mensch! Oder mehrere, wir haben uns seit über 48 Stunden damit beschäftigt, haben ein Täterprofil entwickelt, verfügen über einen Informationsvorsprung.« Sie ließ den Oberstleutnant nicht aus den Augen und versuchte es mit seinem Pathos: »Wir haben Erfahrung mit Extremisten ... wir sind die Zaunwächter der Gesellschaft. Mit uns kommen Sie schneller voran!«

»Frau Kollegin, Sie haben´s nicht verstanden. Es geht jetzt nicht mehr in erster Linie um das Ermitteln der Täter. Sondern um die Wiederherstellung der Systeme!«

Der Kompetenzstreit eskalierte, vergeblich rang Dr. Marena um einen Kompromiss. Sie telefonierte mit ihrem Vorgesetzten, der BKA-Präsident besprach sich wiederum mit dem Minister für Inneres, der sich mit dem Verteidigungsminister in Verbindung setzte.

Dr. Marena wurde vertröstet.

Indes weigerten sich die Bundeswehrsoldaten, das Ergebnis der Verhandlungen ihrer Vorgesetzten abzuwarten. Sie bauten weiter ihre Notebooks und andere Spezialgeräte auf.

Vorovsky hielt die Enge und den Befehlston nicht aus und flüchtete. Im letzten Moment merkte es Dr. Marena, sie lief hinterher, wollte mit ihm reden, seine neuesten Erkenntnisse wissen, doch als sie die Straße erreichte, sah sie nur mehr seinen Wagen davonfahren. An sein Handy ging er nicht ran, er hatte es beim Autofahren immer abgeschaltet. Vorovsky war ein Prinzipienreiter. Er konnte nicht anders.

*

Kurz vor 14 Uhr fuhr ich auf die von allen anderen Bankentürmen weit abgelegene Europäische Zentralbank am Frankfurter Ostend zu. Zwei ineinandergewundene Wolkenkratzer aus Stahl und Glas. Stürzende Wände. Schräge Linien. Gekrümmte Stützen. Fast hatte ich den Eindruck, edie verwegene Geometrie stand für einen Aufbruch, ein Spiel mit den ehernen Gesetzen der Schwerkraft, einen Bruch mit den Konventionen. Oder sogar für den Anspruch, abseits von betonierten Finanzmonolithen ungewöhnliche Wege zu gehen. Möglicherweise aber wollte der Architekt auch nur andeuten, dass die beiden Türme einander stützen, damit der Euro nicht zusammenbricht.

Vor den Zwillingstürmen demonstrierten erboste Bürger, sie verlangten Zugang zu ihren Konten. Busse mit Spezialeinsatzkommandos säumten die Straße, überall standen Polizisten mit kugelsicheren Westen, Schlagstöcken und Helmen. Die heiligen Hallen der europäischen Geldpolitik erschienen mir abgesichert wie eine Kaserne. Am Hintereingang ein immenser Andrang von Journalisten.

Nachdem ich Bibianes Brille aufgesetzt hatte und die Türme verschwommen sah, schritt ich entschlossen auf die Personenschleuse für Presseleute zu.

Ein junger Mann in schwarzer Uniform schob meinen Rucksack durch einen Scanner und tastete mich mit einem Metalldetektor ab, eine uniformierte Frau befragte mich: »Presseausweis! ... Name? ... Geburtsdatum? ... Welches Medium?«

Ich hatte mir Bibianes Daten eingeprägt, verhaspelte mich einmal und hatte Angst, etwas Falsches zu sagen, doch die über sechzigjährige Security-Frau und ihr kaum fünfundzwanzigjähriger Kollege wirkten gestresst und ließen mich passieren.

Ein Mitarbeiter der EZB führte mich mit einer Gruppe Pressevertreter zum Aufzug, der uns ohne Halt in den fünften Stock brachte. Verwundert starrte ich auf die unscharfe Liftanzeige mit nur zwei Zieltasten – trotz unzähliger Stockwerke. Als ich Bibianes Brille abnahm, sah ich scharf: Tatsächlich befanden sich am Manual nur eine Taste für das Parterre und eine für den fünften Stock, offensichtlich wollten die Notenbanker verhindern, dass Journalisten versehentlich oder vorsätzlich in einem anderen Stockwerk ausstiegen und hinter den Kulissen der europäischen Finanzpolitik recherchierten.

Der lichtdurchflutete Flur gab den Blick frei in die vielen gläsernen Büros und mir wurde bewusst, wie unbedeutend die paar Münzen in meiner Geldbörse waren, angesichts der Finanzströme, die von diesen Räumen aus Fahrt aufnahmen in die ganze Welt.

Durch eine weitere Sicherheitsschleuse erreichte ich den hellen, bis auf wenige Plätze bereits gefüllten Pressesaal. Sicher über hundert Journalisten. Rasch zog ich meine rote Lederjacke aus, ich fühlte mich wie ein Fremdkörper, eingekreist von Menschen, die auf Smartphones, Tabletts und Notebooks Wichtiges schrieben oder konzentriert telefonierten. Am liebsten wollte ich abhauen, doch ich ermahnte mich, ruhig zu bleiben und jemanden von der FOO zu finden – für Harry, für Emil, für mich!

Einen Journalisten nach dem anderen musternd überlegte ich, wer mir vielleicht helfen könnte, wer von einem alternativen Magazin käme oder einen Kontakt zur FOO haben könnte. Viele Männer trugen Anzüge, nur wenige waren in Jeans und Pullover gekommen, vermutlich musste ich mich eher an diese halten. Oder an leger gekleidete Damen, von denen noch weniger anwesend waren.

Nach langem Warten betraten der Finanzminister, der Bundesbankpräsident, die Leiterin der EZB-Bankenaufsicht sowie zwei EZB-Pressesprecher das Podium.

Plötzlich ging ein Raunen durch den Raum, die Kanzlerin betrat die Bühne, die meisten hatten nicht mit ihr gerechnet. Sie versuchte zu beruhigen: »Das Geld der Bürger ist sicher! Die Regierung garantiert für jedes Sparbuch und ab sofort auch für jedes Konto bis zu 100.000 Euro.«

Ich war überrascht: Noch gestern hatten Regierungsvertreter einen *Bank-Run* dementiert. Jetzt aber versuchten die am Podium Anwesenden eine weitere Eskalation zu verhindern. Um jeden Preis. Die Worte des Finanzministers wirkten sorgsam gewählt, ich konnte die Skepsis bei den Journalisten spüren, der ältere Kollege zu meiner Rechten wippte unentwegt mit dem Fuß, die Journalistin zwei Sitze links neben mir kaute an ihrem Kugelschreiber, der Mann vor mir tippte wild auf seinem Tablett.

»40 Millionen Haushalte gibt es in Deutschland«, erläuterte der Bundesbankpräsident, »dafür stehen an Bankschaltern und noch funktionierenden Geldautomaten etwa 120 Milliarden Euro Papiergeld zur Verfügung. Macht 3.000 Euro pro Haushalt. Wenn die Bürger besonnen reagieren, ist also genug Geld vorhanden. Für alle!«

Ein Journalist mit roter Hornbrille und Vollbart legte Smartphone und Kopfhörer zur Seite und fragte: »Verzeihung, eben hat sich ein Kollege von mir vom Frankfurter Flughafen gemeldet. Er berichtet von einer gerade angekommenen Frachtmaschine. Angeblich voller

Euroscheine! Heißt das: Wie in der Zypern-Krise, in der in einem *Act of behalf* Frachtflugzeuge vollgepackt mit Euroscheinen von Deutschland nach Zypern geflogen wurden, müssen nun die anderen Euroländer nach Frankfurt liefern, weil die Bundesbank keine Scheine mehr hat?« Bevor jemand vom Podium antworten konnte, setzte der Mann nach: »Steckt hinter den vielen IT-Zusammenbrüchen in Wahrheit eine handfeste Bankenkrise ... sind mehrere große Institute einfach pleite?«

»Der innereuropäische Austausch von Papiergeld ist nichts Außergewöhnliches«, konterte der Bundesbankpräsident, »jede Woche fliegen Maschinen. Planmäßig. Da sollte Ihr lieber Kollege mal etwas besser recherchieren!«

Gelächter.

Eine ältere Journalistin mit weißen Haaren wandte ein: »Herr Bundesbankpräsident, Sie verlangen von der Bevölkerung Besonnenheit. Spätestens aus den Erfahrungen mit Griechenland wissen wir: Die Bevölkerung reagiert in solch einer Krise nie besonnen. Immer heben die Bürger so rasch wie möglich ihr Erspartes ab. Wodurch die Banken in wenigen Tagen insolvent werden.«

»Auch dafür haben EZB, Bundesbank und Regierung vorgesorgt.«

»In welcher Form?«

»Dazu folgen Informationen zum angebrachten Zeitpunkt.«

»Mit Verlaub: Geht es bitte etwas konkreter?«, warf ein älterer Wirtschaftsjournalist ein, der eine Sonderausgabe der *Financial Times* neben sich liegen hatte. »Maßnahmen, Absichten, Strategien?«

»Gerüchteweise ist geplant, die Banken ab Montag nicht mehr öffnen zu lassen«, fragte jemand aus der letzten Reihe, »stimmt das?«

»Wird es wie in Zypern darauf hinauslaufen, dass die Regierung von jedem Sparguthaben zwanzig Prozent einkassiert?«, hakte ein weißhaariger Mann ganz vorne nach.

»Ich habe von dreißig Prozent gehört?«, rief eine Frau mit randloser Brille dazwischen.

»Ich von fünfzig!«

Niemand wartete mehr eine Antwort ab.

»Frau Bundeskanzlerin«, fragte eine junge Journalistin, »Sie können locker 100.000 Euro garantieren, wenn in Wahrheit und streng geheim bereits eine Währungsreform geplant ist – danach ist jeder Euro sowieso nur noch ein Zehntel wert!«

Energisch schüttelte die Bundeskanzlerin den Kopf und der Finanzminister dementierte: »Ich sage hier klar und deutlich: Wir planen keine Währungsreform!«

»Na, das müssen Sie ja sagen«, konterte die junge Journalistin mit zynischem Unterton, »steht doch in jedem Volkswirtschaftsbuch: Eine Währungsreform ist nur dann erfolgreich, wenn sie von der Regierung bis zum letzten Moment absolut geheim gehalten wird!«

Der Mann mit der *Financial Times* fügte aufgewühlt hinzu: »In Wirklichkeit warten Sie nur noch auf das Wochenende! Es ist ja bekannt, dass EZB und Bundesbank mindestens zwei Bankfeiertage brauchen, um Einlagen, Schulden und Zahlungsverkehr umzustellen.«

Andere Journalisten fragten kreuz und quer, ein Tumult brach aus. Trotz der dramatischen Situation musste ich schmunzeln: Ich hätte nicht erwartet, dass Presse- und Wirtschaftsprofis sich gegenseitig so in Rage reden können.

Offensichtlich stand es um das Land schlimmer, als mir bewusst war.

Der Pressesprecher bat mehrmals um eine geordnete Diskussion, es half nicht, bis er »Ruhe!« ins Mikrofon donnerte.

Plötzlich erfüllte ein betretenes Schweigen den Raum. Einige Sekunden lang waren sich die am Podium Sitzenden uneins, wer nun auf welche Fragen antworten sollte. Der Bundesbankpräsident blickte auf seine Notizen, Kanzlerin und Finanzminister wichen dem auffordernden Blick des moderierenden Pressesprechers aus, bis schließlich die etwa 55-jährige Leiterin der EZB-Bankenaufsicht einsprang. Sie rückte das Mikro zurecht, strich über ihr halblanges, blondes Haar und suchte mit ihren strahlend-blauen Augen Kontakt zum Publikum: »Selbstverständlich wird die Bundesbank ihre Verantwortung als *Lender of the Last Resort* wahrnehmen und expansiv Liquidität zur Verfügung stellen«, sagte sie mit ruhiger, konzentrierter Stimme und französischem Akzent. »Mit Hilfe von *Emergency Liquidity Assistance* garantieren wir Zentralbankliquidität, ersetzen den Interbankenmarkt und verhindern gestörte Transmissionsmechanismen. Zusätzlich werden wir alle zur Verfügung stehenden Instrumente im Bereich makroprudenzieller Maßnahmen anwenden.«

Ich verstand nichts. Gar nichts. Auch wenn ich Bibianes Brille abnahm, wurde nichts klarer. Was meinte die freundliche Französin im dunkelblauen Zwirn? Links neben mich hatte sich ein etwa fünfzigjähriger Mann gesetzt, er bemerkte meinen ratlosen Ausdruck und grinste: »Wie hat´s der ehemalige US-Notenbankchef Alan Greenspan einmal ausgedrückt: *Wenn Sie glauben, mich verstanden zu haben, habe ich mich noch nicht unverständlich genug ausgedrückt!*«

Ein Murren ging durch die Journalistenmenge, doch auch beharrliches Nachfragen brachte keine ergiebigeren Antworten.

Der Finanzminister gab dem Pressesprecher ein Zeichen, wahrscheinlich wollte er die Konferenz beenden – da nahm ich all meinen

Mut zusammen und sprang hoch: »Finanzkritische Organisationen wie die FOO haben exakt eine solche Krise prognostiziert – warum haben Regierung, EZB und Bundesbank nicht vorgesorgt?«

Der Journalist neben mir flüsterte: »Gute Frage!«

Was mir sofort Auftrieb gab. Vom Podium folgten ausweichende Antworten: Mit einem Cyber-Anschlag dieses Umfangs und einem so hohen Grad an krimineller Energie war nicht zu rechnen, es existiere kein absolut sicheres System und so weiter, Ausreden über Ausreden.

Nach der Pressekonferenz wandte ich mich an den Journalisten links neben mir und erkundigte mich, ob er mehr über die *Finance Observe Organisation* wisse. Der Mann runzelte die Stirn und nickte kaum merklich. Hinter einer dicken Brille verbargen sich dunkle Augenringe. Sein beige-braun kariertes Tweed-Sakko wirkte maßgeschneidert, aber aus der Mode. Auf meine Nachfrage hin stellte er sich als Wirtschaftsjournalist *Martin Engel* vor. Ich hatte den Eindruck, Engel sah älter aus, als er war. Sein Körper schien mir fit, leichter Bauchansatz, nur Gesicht und Haut wirkten verbraucht, vielleicht hatte er früher geraucht oder tat es immer noch.

Während er mich aus dem Pressesaal begleitete, lächelte er mich offen an. Zielgerichtet fragte ich nach dem Kopf der FOO.

»Es gibt mehrere Verantwortliche ... ist ein wenig kompliziert ... diesen und jenen«, antwortete er mit einem verspielt-schelmischen Ausdruck, »jeder ist für was anderes zuständig.«

So einfach wollte ich ihn nicht davonkommen lassen. Auf einer oberflächlichen Ebene reagierte Engel zurückhaltend und reserviert, doch ich spürte, wie er mich immer wieder ansah und mich vermutlich attraktiv fand. Diesen Draht versuchte ich zu nutzen, ich löcherte ihn mit Fragen zur FOO und erkundigte mich, wo diese Leute denn hingingen: Zum Kaffee, zum Essen oder wenn sie sich volllaufen ließen.

Martin Engel lachte: »Darf ich es Ihnen zeigen?«

Ich nickte.

»Um 20 Uhr, Restaurant *Surplus*, im Tower, Neue Mainzerstraße ... Sie sind eingeladen!«

Mit einem dezenten Lächeln verließ er die EZB.

@

Dr. Marena ging davon aus, dass er nach Bonn gefahren war. In sein IT-Labor.

Doch in seiner Abteilung fand sie ihn nicht, sie versuchte es mehrmals auf seinem Handy, er hatte es immer noch abgeschaltet. Zerknirscht sprach sie auf seine Sprachbox.

Ohne seine Einschätzung mochte sie ungern sofort weitermachen. Zehn Minuten wollte sie warten und checkte währenddessen ihr privates E-Mail-Postfach: Zahlreiche Eingänge von der Partnerbörse, in der sie ihr Profil eingestellt hatte. Sie suchte für ihr *Wohlfühlmodell.* Seit Jahren. Nicht krampfhaft. Aber zielgerichtet. In Bars, im Urlaub, im Internet. Mit begrenztem Erfolg. Der Gesuchte sollte in ihrem Alter sein, also Mitte vierzig. Mindestens eins neunzig groß. Und intelligent. Die meisten Männer, die auf die Fünfzig zugingen, suchten sich im Falle einer Trennung lieber jüngere Frauen. Die über eins neunzig Großen konnten ohnehin wählen, sie wurden von kleinen, mittleren und großen Damen begehrt. Noch schwieriger wurde es für eine unkonventionelle, intelligente und selbstbewusste Frau. Ein Anwärter, den sie getroffen hatte, sagte ihr mit einem entschuldigenden, verlegenen Lächeln, sie hätte zu viel Sex-Appeal, das ertrage er nicht. Ein anderer, fast Sechzigjähriger tat offen kund: Für ihn hätten nur Frauen unter vierzig Charisma. Warum hatte er sie dann überhaupt kontaktiert? Um sein Selbstwertgefühl aufzumöbeln?

Erfreulicherweise hatte sie auf dem Portal Florian kennengelernt. Yogalehrer und Masseur. Einfühlsam, energiegeladen, diskret. Ein lieber Kerl, der wusste, wo und wie er sie anfassen musste, um sie in höchste Erregung zu versetzen. Leider war er im Alltag langweilig, Kultur interessierte ihn wenig, am liebsten ging sie mit ihm ins Kino und ließ sich dann von ihm verwöhnen. Florian war acht Jahre jünger und voller Lebenslust. Einfach süß. Er passte perfekt in ihr *Wohlfühlmodell.*

Ihr Smartphone vibrierte: *Warte auf dich – V.*

Sofort eilte sie die Treppe hoch. Als sie das IT-Labor betrat, saß Vorovsky konzentriert an seinem Notebook zwischen zahlreichen Bildschirmen, als ob er schon Stunden dort verbracht hätte. Dr. Marena bemerkte in seinem sonst so ausdruckslosen Gesicht eine seltsame Anspannung. So kannte sie ihn nicht. Nervös verschob er Dateien.

»Was gibt´s Neues?«

Er zog die Symbole von einem USB auf die Festplatte, kontrollierte sie, suchte nach neuen Dateien, immer wieder. Dr. Marena hatte plötzlich eine verwegene Idee: »Sag mal, Hannes ... hast du nicht mal erzählt, dass du einen Kredit bei der *L&L* aufgenommen hast?«

Statt auf ihre zweite Frage zu antworten, reagierte er auf die erste: »Der IT-Sicherheitschef der *L&L* und meine Leute haben die Firewalls der Bank geprüft. Dem Virusprogramm ist es tatsächlich gelungen, in nahezu alle Systeme einzudringen.« Er deutete auf die Zahlen. »Unfassbar: Permanent wurden unkontrollierte Überweisungen ausgeführt. Das System suchte selbstständig neue Empfänger für Großbeträge ... je weiter ein Konto im Minus war, umso höhere Beträge wurden von Konten mit siebenstelligen Guthaben transferiert!« Er schüttelte den Kopf. »Hier hat jemand Lieber Gott gespielt und den Mammon umverteilt!«

»Ein Robin Hood ... sicher schönes Gefühl, mal Rächer der Enterbten zu sein, oder?«

Mit dem kleinen Finger zeigte Vorovsky auf den Bildschirm des Notebooks, auf dem eine Analyse der Fehlermeldungen dargestellt war. »Um weitere Fehlüberweisungen zu vermeiden, blieb der *L&L* nur eine Möglichkeit: Eine komplette Not-Abschaltung.«

»Das ist ...«, sie stockte, »für die Bank die größtmögliche anzunehmende Katastrophe!« Ungläubig starrte sie auf den Bildschirm. Er ließ einfließen, dass der IT-Sicherheitschef der *L&L* einen Schweißausbruch bekommen und es dem Vorstand der Bank die Sprache verschlagen hatte.

»Wie konnte es den Tätern nur gelingen«, fragte sie, »Firewalls, Verschlüsselungen und alle anderen Sicherheitssysteme zu überwinden?«

»Es gibt lediglich einen Weg«, meinte Vorovsky, »von innen!«

»Wie von *innen*?«

»Ein Bankmitarbeiter könnte das Virus-Programm in der eigenen Bank installiert haben. Das Virus ist dann nach einem vorher festgelegten Zeitplan aktiv geworden – und zerstört jetzt Daten und Systeme.«

»Bei der *Andromeda*, der *L&L* und den anderen?«, fragte sie erstaunt und betonte das *und*.

»Klingt unwahrscheinlich ... möglicherweise aber sind es zwei oder mehrere Täter. Oder jemand von einer Software-Firma, der für die Daten-Sicherheit in mehreren Banken zuständig ist. Eine solche Person hätte Zugang zu all diesen Banken.«

»Dafür existieren Sicherungssysteme«, widersprach Dr. Marena.

Für einige Sekunden schwiegen beide und sie sah in Vorovskys Gesicht, wie er zweifelte. Schließlich meinte er: »Oder die Bundeswehr-Heinis haben doch recht ... und es ist ein infamer Angriff der Russen!«

»Dann wären die Militärmützen in der Tat zuständig ...«

Er deutete auf sein Notebook: »Auf jeden Fall sind ´ne Menge Daten zerstört. Und möglicherweise Aufzeichnungen über Kredite ... die *L&L* hat erst kürzlich ihr gesamtes Archiv digitalisiert.«

»Hannes, wie viel Geld hast du dir geborgt?«

Ohne zu antworten starrte er auf seinen Bildschirm und bediente die Maus. »Es waren über 120.000«, setzte sie forsch nach, »für deinen Hausbau, stimmt´s?«

Neuerlich keine Antwort. Was in Vorovskys Manier einer Zustimmung entsprach.

»Damals haben dich doch die Banker ewig gequält ... ich erinnere mich!«

Er zog die Augenbrauen ein wenig hoch und suchte weiter nach Dateien.

»Die wollten dir erst den Kredit nicht geben ... haben eine Info nach der anderen verlangt ... Gehaltsbestätigungen ... Rentenberechnung ... Grundbuch ... Baupläne ... Finanzierungsbausteine ... einen Bürgen ... und, und, und ... so war´s doch, oder?«

Er sagte nichts.

Sie kam so nahe, dass sie seinen Atem spüren konnte.

»Sag schon!«

»Nach sechs Monaten Wartezeit und immer wieder hinhalten hat schließlich mein Schwiegervater gebürgt«, gab er zu. »Der lässt uns das bis heute spüren.«

Dr. Marena umkreiste ihn und hielt hinter dem Notebook-Display; auf diese Weise konnte sie seine Mimik erkennen, während er auf die Tastatur hackte und den Bildschirm anstarrte.

»Mal ganz ehrlich, Hannes ... wenn es nicht gelingt, die Daten zu den Krediten der *L&L* wiederherzustellen, dann könnte es doch sein ... rein theoretisch ... dass die *L&L* nicht mehr weiß, dass du ihr noch einen Haufen Geld schuldest, oder?«

»Rein theoretisch.«

»Es sei denn, jeder Kreditnehmer würde nach dem IT-Kollaps zur Bank gehen, seinen Kreditvertrag mitbringen und darum bitten, die Schulden freiwillig zurückzahlen zu dürfen.«

»Ehrliche Menschen würden das natürlich so machen.«

»Du natürlich auch.«

»Natürlich.«

Er sah sie so ernst an wie immer.

Sie musste grinsen.

Der Hauch eines Lächelns erfasste sein Gesicht. Bis sie Freddie Mercury und Montserrat Caballé singen hörten. Der BKA-Präsident klang angespannt: Nach hektischen Konsultationen und einer Krisensitzung hatte er sich mit dem Minister für Inneres, dem Finanz- und Verteidigungsminister und dem Kanzleramt beraten. Nicht nur das *Computer Emergency Response Team* der Bundeswehr, auch der Verfassungsschutz und das Cyber-Abwehrzentrum des Bundesnachrichtendienstes versuchten, den Fall an sich zu reißen. Turbulente Verhandlungen. Bei diesem Gespräch hatte Dr. Marenas Chef etwas gesagt, was ihm unter Umständen den Job kosten könnte und ihm bereits wieder leidtat: Der BKA-Präsident hatte behauptet, sein Team stehe kurz vor der Lösung des Falles! Daraufhin erlaubten ihm Innenminister und Kanzlerin, weiterhin zu ermitteln. Der BKA-Präsident appellierte: »Wir müssen ein Ergebnis liefern. Schleunigst. Das Land steht vor dem Abgrund!«

Kaum hatte der BKA-Präsident aufgelegt, sah Vorovsky sie fragend an.

»Wir haben eine Galgenfrist.«

*

Als ich das *Surplus* suchte und vor dem runden, vollverglasten Wolkenkratzer stand, fiel mein Blick auf die Schilder am Eingang: Von 56 Stockwerken waren über 40 von Investmentabteilungen der *L&L* belegt. Vielleicht saßen dort sogar jene Banker, die für den Hedgefonds-Skandal verantwortlich waren.

Der Lift beschleunigte rasant, der nächste Halt befand sich erst im 50. Stock. Die rote Leuchtanzeige zeigte 25 km/h, es fühlte sich an wie ein Himmelsgeschoss. Fünf Personen standen neben mir in der voll verspiegelten Kabine. Die Menschen dufteten nach Chanel, Yves Saint Laurent und ähnlichem Odeur. Ich vermutete, für ihr Geschmeide hatte keiner unter 1.000 Euro hingelegt, irgendwie fühlte ich mich fremd.

Im 53. Stockwerk stieg ich aus, meine Uhr zeigte 19 Uhr 58.

»Guten Abend, willkommen im *Surplus*. Haben Sie reserviert?«, fragte mich am Eingang eine arabisch aussehende Frau in perfektem Deutsch. Die junge Kellnerin trug eine schwarze Seidenbluse und einen knielangen, roten Rock. Zwischen Marmor, Glas und hängenden Teppichen huschten adrette Servierdamen um die Anzugträger.

»Ahm ... ja ... nein«, stotterte ich, »meine Verabredung hat sicher ... *Herr Engel.*«

Die junge Frau sah auf ihrer Liste nach, fand aber keinen *Engel.*

»Wird sicher gleich kommen«, sagte ich verlegen.

Sie lächelte verständnisvoll und dirigierte mich zur Seite. Hinter mir betraten vier Männer mittleren Alters das Restaurant, drei im feinen Bankerzwirn mit offenem Hemd, einer mit Einstecktuch, Krawattennadel und Goldrandbrille. Mit einem noch freundlicheren Lächeln führte sie die vier zu einem Tisch an der weitläufigen Fensterfront. Für einen Moment verlor sich mein Blick in der nächtlichen Frankfurter Skyline, meine Augen flirrten von einem Wolkenkratzer zum nächsten, ich zählte über zehn, die meisten Bürofenster waren an diesem Freitagabend noch erleuchtet, auf nahezu allen Gebäuden prangte das Symbol einer Bank. Es schien, als wollten die babylonischen Türme einander an Höhe und Modernität übertrumpfen.

Die vier Männer hatten es sich mit ihren Notebook- und Aktentaschen bequem gemacht, an den meisten Tischen saßen bereits Gäste und ich hoffte, dass *Herr Engel* reserviert hatte und pünktlich auftauchte.

Drei Minuten nach acht.

Konnte ich dem Journalisten überhaupt trauen? Würde er mir etwas über die FOO erzählen oder wollte er nur mit einer zwanzig Jahre jüngeren Frau zu Abend essen? Egal, ich musste so viel wie möglich über die FOO in Erfahrung bringen, denn es existierte eine Verbindung zwischen Harry und der FOO.

Als einziger weiblicher Gast in dem Lokal wartete ich nahe dem Eingang, ich kam mir wie bestellt und nicht abgeholt vor, während eine Gruppe von Männern nach der anderen an mir vorbeizog und reservierte Plätze einnahm.

Die Stühle waren mit schwarzem Leder gepolstert, zwischen die einzelnen Sitzgruppen hatte der Restaurantbesitzer orientalische Teppiche als Trennwände gehängt. In dem weitläufigen Raum gab es keine Hintergrundmusik, nur ein Flüstern war von dort und da zu hören: Ein Aufgeregtes, ein Belustigtes, ein Konspiratives. Manche Satzfetzen konnte ich aufschnappen: »Cash zurück swappen ... gestresste Kohle ... Credit Defaults ... Toxic Assets ... skin in the game.« Die Worte irrten durch den Raum, einige voller Hoffnung und Gier, andere voller Angst und Sorge, sie wurden von den Glaswänden abgelenkt, von Teppichen gebremst, von Aktentaschen, Schnurrbärten und Weingläsern zurückgeworfen, abgefälscht, umgeleitet, sie vereinten und überlappten sich und ergaben eine Melodie: Die Melodie des Geldes.

Endlich tauchte Engel auf. Lächelnd. Er trug denselben beige-braunen Tweed wie in der EZB. Unter seinem Vornamen hatte er einen Tisch bestellt. Mit sicherer Geste führte er mich an das Raumende, wo ich ein Messingschild mit der Aufschrift *Reserviert* sah. Er deutete auf die Skyline und lästerte über die Paläste, gebaut auf Gift.

»Gift?«

»Hab eine Geschichte darüber geschrieben«, sagte er mit einem Hauch von Stolz, »der Tonboden unter Frankfurts Bankentürmen ist von Natur aus arsenhaltig. Möglicherweise ein Verwitterungsprodukt. Aus Magma-Gestein. Vom nahen Vogelsberg-Vulkan.« Er grinste. »Da hat sich der Liebe Gott einen Scherz erlaubt: Die höchsten und wichtigsten Bankentürme der Republik stehen auf verseuchtem Gelände. Kein Wunder, dass da was fault. *Bankfurt* ist in Wahrheit *Krankfurt.*«

Ich fragte mich, was diesen Mann antrieb: Neugier, Zynismus, Erkenntnisgewinn? Irgendwas an ihm wirkte obsessiv. Am Nebentisch unterhielten sich zwei Männer um die dreißig in italienischen Maßanzügen, sie sprachen über Zinsen, Rückstellungen und

Risiken. Engel bemerkte es und machte sich über die »perversen Geschäftsbanker« lustig: Wie Könige lassen sie Kreditsuchende vor ihrem Thron auf die Knie sinken. Und residieren in Kathedralen. Mir fielen Harrys Worte ein: Jede Kirche ist ein *psychologischer Hack*! Für Harry war die katholische Kirche der beste Geheimdienst der Welt: In jedem Dorf hatten sie einen Agenten, der einmal die Woche auf die Leute einredete und bei der Beichte Geheimnisse entlockte. Versuchte der Staat mit Hilfe der Banken Ähnliches? Jedes Finanzamt hat über Banken informellen Zugriff auf die Konten der Bürger – auch ich hatte oft das Gefühl, der Staat verfüge über immer mehr Möglichkeiten, an private Informationen zu gelangen.

Dringend musste ich auf die Toilette, doch ich wollte jetzt nicht das Feld räumen, zu wichtig war es mir, mehr über Engel und hoffentlich Harry zu erfahren. Unvermittelt schob ich Engel ein Foto rüber. Videoprint. Darauf Harry. Vor unserem gelben VW-Bus. Ich hatte es vor langer Zeit gemacht und trug es immer in meiner Geldbörse. Ich sah Engel auffordernd an.

Nach einer Weile sagte er: »Ein kluger Mann.«

»Sie kennen ihn?«

»Er hat eine großartige Idee ... will was bewegen.«

»Bitte?«

Engel strich mit dem Zeigefinger über das Foto und tippte auf Harrys Gesicht, als würde er ihn wachrütteln: »Sein Ziel ist *Das Wunder von Frankfurt*!«

Die adrette Kellnerin servierte eilfertig zwei Teller mit Amuse-Gueule und nahm unsere Bestellungen auf. Wenn ich aufgeregt war, aß ich am liebsten nichts, doch ich wollte jetzt keine Spielverderberin sein: »Penne Verdura.«

Engel bestellte Seeteufel mit Nudeln und Artischocken.

Kaum war die Kellnerin hinter dem Teppich verschwunden, fragte er: »Kennen Sie *Das Wunder von Wörgl*?«

Wollte Engel mich als dumm hinstellen oder war das ein Ablenkungsmanöver? Ich schüttelte den Kopf.

»1926 hat der Bürgermeister des kleinen Tiroler Ortes Wörgl Geld gedruckt. Unerlaubterweise. Gemeindegeld. Mitten in der Deflation. Der ehemalige Lokführer hat nämlich behauptet, er hätte dafür echtes, durch Gold gesichertes Geld in der Dorfbank deponiert. Beim Bank-Filialleiter! Mit dem neuen Gemeindegeld finanzierte der Bürgermeister Kindergärten, Brücken und Straßen. Die Wörgler akzeptierten das neue Geld, obwohl es *rostete* – was bedeutete: Es war jeden Monat ein Prozent weniger wert. Deshalb gaben die Wörgler das Gemeindegeld schnell aus ... so schnell wie möglich!«

Engels Tonfall war eindringlicher geworden, er beschwor mich geradezu, und ich merkte, wie mein Bedürfnis zu urinieren mich ständig ablenkte. Engel aber fixierte mich: »In Wahrheit jedoch hatte der Bank-Filialleiter die gesamte Summe des hinterlegten, echten Geldes heimlich weiter verliehen. Trotzdem hatten die Dorfbewohner an das ›rostende Geld‹ geglaubt, es ausgegeben und damit gehandelt. Der Glaube daran hatte mitten in der größten Wirtschaftskrise des letzten Jahrhunderts in Wörgl zu einem fulminanten Aufschwung geführt. Sogar der französische Präsident hatte damals Wörgl besucht, um das außergewöhnliche Erfolgsmodell zu studieren!«

»Und? ... Was hat das mit Harry zu tun?«, fragte ich und rutschte auf dem Lederstuhl unruhig hin und her.

»Harry kam zu mir und hat mich gefragt, ob ich ihm helfen kann ... er will *Das Wunder von Frankfurt*!«

»Quatsch, Harry interessiert sich nicht für Wirtschaft.« Ich sprang hoch. Engel hielt einen Moment inne: »Stimmt ... ich hab mich geirrt.«

Nun wurde ich noch unsicherer – was war jetzt die Lüge?

Ich musterte den Mann, doch da war nur die Spur eines verschmitzten Lächelns. Dieser so blass wirkende Kerl trieb mich vor sich her, er spielte mit mir, zog mich auf unbekanntes Terrain, schon die ganze Zeit. Wenn er Harry tatsächlich kannte, so kombinierte ich, hatte nicht ich den Journalisten Martin Engel in der EZB zufällig angesprochen, sondern Engel hatte mich gesucht!

Es war also kein Zufall, dass ich ihn in der EZB getroffen hatte. Ich brauchte eine kurze Nachdenkpause und machte mich auf den Weg zur Toilette.

*

Am Ende des Flurs, zweimal links, neben der Bar«, hatte die Kellnerin mit der schwarzen Seidenbluse gemeint, als ich nach dem Klo gefragt hatte. Eine Toilette für mehrere Lokale. Durchoptimiert. Die Bar war noch geschlossen, im Damenwaschraum befanden sich keine weiteren Gäste. Marmor. Stahl. Dezentes, indirektes Licht. Klaviermusik. Die Wände voller Spiegel, in unterschiedlichen Winkeln. Hinter der Tür hing ein Ölbild mit einem blutigen, männlichen Torso. Im feinen Zwirn. Vielleicht ein Broker. Mir fiel auf: Kunst- und Bankenszene lebten vom Hochglanz. Doch in der Kunst ging es um ein sinnliches Erlebnis, um das Wahre, Schöne, Erhabene. Oder um Erkenntnisse, um ein Rätsel, ein Geheimnis, einen Subtext, eine Kritik, offen oder über die Bande. Manchmal ging es auch um Geld. Nahezu immer aber wirkte Kunst auf mehreren Ebenen. Geld dagegen war Geld. Immer. In gewisser Weise stellte der blutige Torso eine Vermählung des Heiligen mit dem Profanen dar. Passte zum dramatischen Piano aus den Lautsprechern.

Ich legte meine Handtasche ab und wusch mir das Gesicht. Als ich aufsah, erblickte ich im Spiegel auf einem Zettel:

USB her oder ...

Mein Blick fiel auf einen anderen Spiegel, rechts neben mir. Da stand der Mann mit Vollvisierhelm und blauer Daunenjacke. Statt seiner Anweisung zu folgen, verfiel ich in eine Schockstarre. Ich schloss die Augen und hoffte, dass sich niemand hinter mir befand und ich mir den Russen nur einbildete. Eine Fata Morgana aufgrund der raffinierten Spiegelarchitektur.

Plötzlich fühlte ich Hände auf meinem Kopf. Lederhandschuhe. Ich rang nach Luft, wollte nach Hilfe rufen – in diesem Moment drückten die Hände meinen Kopf nach unten. Der Mann drehte das kalte Wasser auf, wusch mir den Kopf. Ich zuckte zurück, doch er stieß mich mit der Nase brutal ins Marmorwaschbecken. Mehrmals. Dann ließ er abrupt los.

Benommen sank ich zu Boden. Sekunden, Minuten, eine gefühlte Ewigkeit benötigte ich, um mich zu fassen.

Als ich mich hochrappelte und in die Spiegel schaute, sah ich Blut in meinem Gesicht. Doch ich fühlte keinen Schmerz. Hinter mir: niemand. Vorsichtig drehte ich mich um – tatsächlich, ein leerer Waschraum. Nur meine Handtasche fehlte.

»Himmelarschund ...«

Einige Sekunden verharrte ich bewegungslos, dann strich ich mir die nassen Haare aus dem Gesicht, griff zu einem Papierhandtuch und wischte mir das Blut von Oberlippe und Nase.

Die Tür quietschte, jemand betrat die Damentoilette. Ich sah einen Herrenschuh, dann Männerbeine. Erstaunt erkannte ich Martin Engel, der mich von schräg oben musterte: »Entschuldigung ... alles in Ordnung?« Besorgt betrachtete er das Blut. »Kann ich helfen?«

Noch immer spürte ich keinen Schmerz: »Ich glaub ... ist nur ... Nasenbluten ... nicht schlimm.«

»Soll ich lieber vor der Tür warten?«

Ich nickte.

Der Russe hatte meine Handtasche gestohlen, weil er natürlich den USB darin vermutete. Wenigstens hatte er sich geirrt. Ich beugte meinen Kopf zurück, bis das Nasenbluten aufhörte, dann trocknete ich mein Gesicht und verließ den Waschraum.

»Was war los?«, erkundigte sich Martin Engel im Flur, »wurden Sie ...«

»Alles okay.« Ich schüttelte den Kopf. »'N Arschloch hat mir die Handtasche geklaut.«

Engel meinte, er hätte im Flur einen Mann mit Motorradhelm aus der Damentoilette zum Ausgang eilen gesehen, deshalb sei er misstrauisch geworden und hatte nachgeschaut. Sein Smartphone zückend fragte er: »Ich ruf jetzt die Polizei, ja?«

Erneut schüttelte ich den Kopf, was ihn zu irritieren schien. Ich wollte jetzt nur weg. Nach Hause. Da nannte Engel unvermittelt einen Namen: »Ludgar von Feldmann ... das ist der Mann, den Sie suchen.«

Den Kerl hatte ich doch erst kürzlich im Fernsehen gesehen. Feldmann hatte dafür plädiert, jenen Bankvorständen, die für den Hedgefonds-Skandal verantwortlich waren, ihre Jahresgehälter zu streichen. Warum sollte Harry mit Feldmann was zu tun haben? Verunsichert sah ich zu Engel: »Das war doch der Sprecher der FOO?«

Engel nickte: »Feldmann hat sich vom Saulus zum Paulus gewandelt. Früher war er Vorstandschef der *L&L*. Der Schweizer gilt als erfolgreichster Banker aller Zeiten. Und als brachialster. Ihn interessierten immer nur die Zahlen. Er schaffte es sogar, am Höhepunkt seiner Karriere mit einem Milliarden-Rekordgewinn den Abbau von 6.000 Arbeitsplätzen in seinen Filialen anzukündigen. Gleichzeitig! Nun aber engagiert er sich bei der *Finance Observe Organisation*. Er ist der wahre Kopf des Vereins!«

Einerseits schien mir der Haltungswechsel von Feldmann verwunderlich, andererseits war es ein bekanntes Phänomen: Viele Vermögende beglückten die Welt kurz vorm Jüngsten Gericht noch schnell mit Wohltaten.

Engel bot an, mich nach Hause zu bringen. Statt zu antworten fragte ich ihn, ob er mir 70 Euro borgen könnte. Für Emils Bronchial-Medikament. Meine Geldbörse war auch in der Handtasche gewesen. Er schob mir vier Zwanziger rüber: »Kein Problem.«

Als wir den gläsernen Turm verließen, hörte ich plötzlich direkt über mir einen dumpfen Knall an der Glasfassade, etwas Dunkles raste von oben direkt auf mich zu. Abrupt drehte ich mich zur Seite und hörte ein schrilles Zwitschern von hochfliegenden Spatzen, dann klatschte ein schwerer Körper knapp hinter mir auf Beton. Hatte sich einer der Hedgefonds-Banker aus der *L&L* in den Tod gestürzt? Aufgeregt flogen die Spatzen davon. Vorsichtig drehte ich mich um: Da lag ein großer Turmfalke. Verblutend. Zitternd. Hechelnd. Offensichtlich hatte er versucht, Spatzen zu jagen. Eine verspiegelte Kathedrale des Geldes war ihm zum Verhängnis geworden.

@

I*ch kann nicht mehr.* Ihr Magen grollte, ihr Kopf dröhnte, ein Gefühl totaler Erschöpfung überkam sie. Dr. Marena sah auf ihr Smartphone: 22 Uhr 41. Seit beinahe vier Tagen war sie im Dienst, sie hatte zu wenig geschlafen und kein Arbeitsende war in Sicht. Aspirin und Magentee halfen nicht. Doch sie wusste: Obwohl völlig übermüdet, würde sie jetzt keine Ruhe finden.

Denn trotz der Großfahndung wusste niemand, wo sich Saskia Rokovic aufhielt. Der Einzige, der Dr. Marena aufmuntern konnte, war Vorovsky. Sie sehnte sich danach, mit ihm ein Bier zu trinken und zusammenzufassen, zu analysieren, weiterzudenken. Vorovsky aber saß in Bonn, während sie hier in Wiesbaden die Ermittlungsfäden zusammenhalten musste.

Sie hatte große Lust, sich am nächsten Kiosk eine Tafel Nussschokolade zu kaufen. Der kurze Hochgenuss würde ihrem angeschlagenen Magen allerdings den Rest geben.

Sie zwang sich durchzuhalten und rief Vorovsky an, via interner Videoleitung. Auch er wirkte erschöpft und war kurz angebunden, wie fast immer. Aber er hatte Neuigkeiten.

Wie es seine Art war, versuchte er seine Erkenntnisse erst selbst zu überprüfen: check, cross-check, counter-check. Angesichts der Dringlichkeit konnte Dr. Marena ihn jedoch zum Reden bringen: Vorovsky und seine Kollegen hatten bei der Analyse des komplexen Virusprogramms eine erstaunliche Entdeckung gemacht: »In das

Programm wurde ein Exit-Code implementiert. Also ein Unterprogramm, das die Viren selbst unschädlich macht und einen Rollback ermöglicht.«

»Wozu?«, fragte Dr. Marena überrascht.

Die Leitung blieb still.

»Was macht es für einen Sinn, solch einen Code einzubauen?«

»Keine Ahnung, was im Kopf der Täter vorgeht«, murrte Vorovsky, »plausibel wär´s, wenn sie etwas fordern. Und falls sie es bekommen, könnten sie dann mittels *Exit-Code* den Virus sofort abschalten.«

»Es gibt keine Forderungen!«

Vorovsky nickte: »Interessanter finde ich: Gelingt es uns, den *Exit-Code* zu aktivieren, könnten *wir* die Verbreitung des Virus stoppen. Von einer Sekunde auf die andere.«

Ohne anzuklopfen betrat Bauernfeind aufgeregt das Büro, er hatte Schweißperlen auf der Stirn, sein T-Shirt fiel über seinen massiven Bauch: »Entschuldigung ... ich glaub ... es ist wichtig!«

Dr. Marena bat Vorovsky um Geduld.

In atemlosen Sätzen berichtete Bauernfeind: Sein Team habe Harrys Notebook untersucht, das sie im Müll gefunden hatten. Sie konnten zwar die mit einem Magneten behandelte Festplatte nicht wiederherstellen, entdeckten aber frische Fingerabdrücke am Notebook. »Von Saskia Rokovic!«

Die Nachricht machte Dr. Marena hellwach.

»Noch wichtiger aber«, setzte Bauernfeind nach, »wir haben eine Mail an Harry Rokovic abgefangen. Von seinem Notebook. Die Mail bestätigt einen Kopiervorgang.«

»Das bedeutet«, kombinierte Dr. Marena, »jemand hat Daten von Harrys Notebook auf ein anderes Medium kopiert.« Schlagartig besserte sich ihre Laune: »Saskia Rokovic muss vor der

Festplattenlöschung Dateien kopiert haben! Möglicherweise den *Exit-Code*. Mit dem das Virus zu stoppen wäre ... wo ist dieser Datenträger jetzt ... vermutlich ein USB-Stick?«

»Damit könnten wir Saskia Rokovic auf jeden Fall nachweisen, dass Sie Beweismittel unterschlägt«, hörte sie Vorovsky grummeln, der am Telefon das Gespräch verfolgt hatte, »und zwar vorsätzlich. Das reicht für U-Haft.«

»Vielleicht sogar für Beugehaft«, gab sich Dr. Marena zuversichtlich, »denn Saskia Rokovic weiß mehr!«

Am Bildtelefon sah Dr. Marena, wie Vorovsky skeptisch mit den Schultern zuckte: »Wenn du sie verhaftest, pass bitte einen guten Moment ab.«

»Einen guten Moment?«

»Der Beste wäre, wenn Rokovic versucht, mit ihrem Mann in Kontakt zu treten – und uns damit den Täter auf dem Präsentierteller serviert.«

Sie glaubte, ein minimales Grinsen in Vorovskys Ausdruck zu erkennen. Gerne hätte sie mit ihm weiter gesprochen, doch wichtiger war jetzt: Sie musste Saskia Rokovic finden. So rasch wie möglich!

*

Seit über einer Stunde gab ich Vollgas. Und fror. Es war mir egal, ich wollte jetzt nur zu Emil. In unsere Wohnung. Nach Köln. Martin Engel hatte mich unbedingt nach Hause bringen wollen. Um ihn los zu werden, musste ich ihn mit einem dezenten Ablenkungsmanöver in die Irre schicken.

Zwar war die Landstraße einigermaßen trocken, es hatte sicher über fünf Grad, doch Lederjacke und dünnes Businesskostüm wärmten kaum. Vespa im November auf *Mittel- und Langstrecke* fühlte sich an wie eine Polar-Expedition. Gegen 23 Uhr, als ich es nicht mehr ertrug, hielt ich an einer Tankstelle und kaufte die billigste Tageszeitung:

Drei Viertel aller Geldautomaten defekt +++ *Misstrauen: Die Banken leihen einander kein Geld mehr* +++ *EZB beruhigt: Ausreichend Geldscheine vorhanden* +++

Ich zerknüllte das Zeitungspapier und stopfte es unter die Lederjacke, den Fahrtwind würde es hoffentlich etwas abhalten.

An der Stadteinfahrt von Köln entdeckte ich eine kleine Apotheke, die Notdienst hatte. Ich läutete an und bat den alten Mann im weißen Kittel um das Bronchialmedikament für Emil. Der grauhaarige Apotheker beteuerte: Er müsste es bestellen, das Pharmalager liefere nur noch gegen Barzahlung. »Im Voraus!«

Als ich dem Apotheker die vier Zwanziger auf den Tisch legte, erwiderte er: »70 plus 15 Euro Notdienst-Zuschlag.«

Neuerlich hatte ich um fünf Euro zu wenig. Ich reagierte nervös, argumentierte für Emil. Großherzig erließ der alte Mann den Zuschlag. Morgen früh wäre das Medikament zum Abholen bereit.

Lebensmittel schoss es mir durch den Kopf, Emil braucht was zum Essen. So spät nachts hatte nur mehr ein kleiner Reisesupermarkt am Kölner Hauptbahnhof offen.

Als ich in der Halle Ausschau hielt, fiel mein Blick auf eine digitale Anzeige:

Goldpreis steigt rasant +++ *Vermögende haben seit gestern sechzehn Milliarden Euro außer Landes gebracht* +++

Ein junger, hungrig wirkender Security bewachte den Eingang. Der Lebensmittelmarkt war bereits ziemlich leergeräumt. Stark überhöhte Preise, offensichtlich machte der Besitzer aus der Krise ein Geschäft.

Ich fand noch Haltbarmilch, Zwieback und Nudeln; für mehr reichten meine zehn Euro nicht. Da entdeckte ich ganz oben im Regal die letzte Packung von Emils liebstem Himbeerschokoladenriegel. Drei Euro. Ich konnte nicht anders, musste es einfach tun, für Emil: Geschickt versteckte ich die Packung unter meiner Lederjacke und ging zur Kasse. Trotzdem schien der hagere Security meinen Diebstahl bemerkt zu haben, er hatte mich im Visier.

Mit meinem letzten Euro kaufte ich an der Kasse einen kleinen Nussriegel und bezahlte. Dann schritt ich nervös auf den Ausgang zu, der Wachmann stellte sich in den Weg.

Bevor er noch was sagen konte, drückte ich ihm den Nussriegel in die Hand: »Kleine Stärkung für Sie!« Charmant lächelnd schritt ich davon. Er betrachtete den Nussriegel, drehte sich verschämt weg, riss ihn auf und biss hinein.

#

Kurz vor Mitternacht verspürte Kurt Krepper Lust auf einen Absacker. Er machte sich auf den Weg, um die Stimmung zu erkunden, und besuchte eine Bar. Angesagter Laden. Rote Barhocker. Barocke Spiegel. Marmor-Tischchen. Krepper wusste: In dem pseudohistorischen Ambiente tummelten sich Investmentbanker, Aktienhändler und Vermögensverwalter. 80.000 davon lebten in Frankfurt. Die Mehrheit männlich, jung und gierig – möglicherweise ein Klischee, und doch, Krepper kannte viele. Zu seiner Überraschung war der Laden voll. Vermutlich waren einige über das Wochenende nicht nach Hause in ihre Villen im Taunus gefahren; aus Angst, eine Info, einen Hinweis oder ein Gerücht zu versäumen.

Die meisten hatten ihre Krawatten abgelegt, viele nippten an harten Getränken. Als er die Bar betrat, sahen manche auf. Einige kannten ihn von Vorträgen, die er für die Bundesbank bei ausgewählten Fortbildungsveranstaltungen gehalten hatte. Krepper wich den Blicken aus, er wollte nicht angesprochen werden, und bestellte ein Bier.

Nach einer Weile, als er das Gefühl hatte, dass ihn niemand mehr beobachtete, neigte er sich von einer Seite auf die andere, machte eine kleine Runde, horchte den Leuten zu. Nervosität hatte sich breit gemacht. Die Banker spekulierten, ob sie Anlagen verkaufen sollten oder ob es dazu bereits zu spät war, ob sich Gold trotz des gestiegenen Preises noch lohnte oder ob man sofort in Yen oder Dollar wechseln sollte. Überall spürte er Angst. Sie fürchteten um ihre Gehälter, Abfindungen und Reserven.

Plötzlich zappelten sie.

Alle.

In den letzten Jahren hatte sich bei Krepper nach jeder Bankenkrise aufs Neue eine Erkenntnis eingestellt: Das Problem sind nicht die Banken. Sondern die Banker. Die modernen. Kreppers Großonkel, vor wenigen Jahren mit 87 gestorben, war noch ein Banker der alten Schule. Er arbeitete nach der *3-6-6-Regel.* Bedeutet: Er gab 3 Prozent Zinsen für Spareinlagen, verlieh das Geld für 6 Prozent und war um 6 Uhr auf dem Golfplatz.

Die Grundidee einer Bank, ungenütztes Geld zu verborgen, fand Krepper überzeugend. Die Bezeichnung Bank stammt vom italienischen *Banco* – so nannte man im Mittelalter Holzbänke, wo Kreditgeschäfte stattfanden und man Papiergeld als Verbriefung einer Schuld erfand. Dazu war schon früh Vertrauen und eine Mindestreserve nötig.

Doch schon die mittelalterlichen Banker, die noch mit Gold handelten, kamen auf die Idee, mehr Depotscheine auszugeben, als sie an Goldmünzen tatsächlich in ihren Tresoren aufbewahrten. Über die Jahre hatten sie nämlich festgestellt: Nur zehn Prozent der Kunden holten sich die Goldmünzen wieder ab, alle anderen waren mit Depotscheinen zufrieden. Sogar die 1694 gegründete *Bank of England* führte das Zehn-Prozent-Modell weiter. Schon damals wurde also gemogelt.

Ohne Zweifel zog das Metier die Gierigen an.

Bis heute.

Libor-Skandal, Barings-Bank, Société Générale, Umsatzsteuerkarussell-Betrug, Berliner Bankenskandal, Hypo-Alpe-Adria-Insolvenz, HLV-Betrug, die Immobilienblasen von Irland und Spanien – nahezu kein Jahr ohne Finanzkrisen und Skandale. Immer war auch die Bundesbank auf die eine oder andere Weise betroffen, immer mussten Krepper und seine Kollegen die Desaster mit ausbaden.

Dabei durfte Krepper unzählige Male erleben, wie sich die größten Befürworter des freien Marktes über Nacht zu Freunden von staatlichen Interventionen wandelten. Dieselben Bankmanager, die jahrelang mit der »Globalisierung« argumentierten, um weniger Regeln und noch weniger Steuern entrichten zu müssen, die gerne auf die noch besser verdienenden Kollegen in London oder New York verwiesen, um ihre Gehälter nach oben zu schrauben, kamen sofort »nach Hause«, wenn ihre Institute kein Geld mehr hatten. Denn die heimischen Regierungen waren so blöd und gaben ihnen neues.

Die Bankenrettung hatte dem Steuerzahler mindestens 225 Milliarden gekostet. Trotzdem gab es in keiner anderen Branche mehr Einkommens-Millionäre.

Nach dem Crash schrieb die Regierung den betroffenen Bankern gesetzlich vor, dass ihre Boni die Jahresfixgehälter nicht übersteigen durften. Murrend hatten die Banker zugestimmt. Bald darauf fanden sie ein juristisches Schlupfloch: Wenn die Aktionärshauptversammlung höheren Boni zustimmte, durften sie diese wieder einstreichen. Die gewieften Banker versprachen ihren Aktionären dank besser bezahlter Manager höhere Kurse und Dividenden.

Versprochen, gebrochen.

Nur Gehälter und Boni stiegen weiter.

Jedes Jahr.

Krepper konnte nur einen Schluss daraus ziehen: Banker sind Bankräuber.

Sie rauben ihre eigenen Banken aus.

Ein Erfolgsmodell.

Und keiner hält sie auf.

Tag 4

»Erfahrungen sind Wegweiser – keine Lagerplätze.«
George Bernhard Shaw

*

Die beiden schwarz gekleideten Männer am Eingang hatten mich ignoriert, als ich lange nach Mitternacht unser Haus betrat. Auffällig ignoriert. Keine Ahnung, was die nun im Schilde führten.

Emil übernachtete bei seinem Freund. Obwohl ziemlich müde, stand ich um 6 Uhr 30 wieder auf. Ich schnappte mir Bibianes Notebook und suchte nach dem Namen, den mir Martin Engel genannt hatte: *Ludgar von Feldmann.* Das Glück war mir gnädig: Er hatte Sprechzeiten. Immer samstags von 10 bis 12 Uhr. *Nur für Frauen. Mit Ideen!*

Über die FOO vergab er Kleinkredite an innovative Damen. Warum samstags? Die Antwort stand ebenso auf der Homepage: *Damit auch Berufstätige sich melden können.* Denn er wollte *nur die Besten mit den besten Ideen* bei ihren Start-ups fördern.

Sofort fiel mir Vroni ein. Sie hatte gemeint, dass Harry heimlich Programme für irgendeinen Frauen-Kredithilfeverein erstellt habe. Zusammen mit Martin Engels Hinweis, beim Kopf des Vereins handle es sich um Ludgar von Feldmann, ergab sich für mich eine heiße Spur, ja mehr noch, ich hatte eine konkrete Person im Visier: Eine Person, mit der Harry offensichtlich zusammengearbeitet hatte. Und die auch wissen sollte, wo er sich aufhielt. Handelte es sich bei Feldmann um *Luzifer*? Ludgar von Feldmann firmierte als einer von drei Vorständen der FOO. Telefonisch versuchte ich einen Termin zu ergattern.

Alle vergeben!

Ich musste einen anderen Weg finden. Noch zwei Stunden bis zehn Uhr, verdammt!

Inzwischen tauchte Emil auf, ich gab ihm ausnahmsweise einen Himbeerschokoladenriegel zum Frühstück, seine Laune stieg sofort. Mich aber machte nervös: Emils Inhalator reichte endgültig nur mehr für diesen Tag. So rasch wie möglich musste ich das Bronchialmedikament von der Apotheke abholen.

Beim Anziehen schaltete ich das Radio an, vielleicht hoffte ich absurderweise, aus dem Äther könnte der entscheidende Tipp für die beste Route kommen:

Viele Bürger haben ihre Reserven in Dollar, Yen und andere Währungen gewechselt +++ Das Vertrauen in den Euro schwindet von Stunde zu Stunde +++ Der EZB-Chef stellte fest: »Um jeden Preis muss der Euro gerettet werden!« +++ Eilig liefern EZB und Bundesbank Geldreserven an die Geschäftsbanken, um ein Kollabieren des Systems zu verhindern +++

Die Infos beunruhigten mich noch mehr. Nachdem ich Emil zu Bibiane gebracht hatte, fuhr ich zu der Apotheke. Die Tür war angelehnt, niemand stand an der Kasse. Irritiert betrat ich den Laden. Was ich sah, ließ mich zusammenzucken: »Gütiger Himmel!«

Der alte Apotheker lag blutend hinter dem Tresen, die Kasse war ausgeraubt, Vitrinen aufgebrochen und Medikamente gestohlen worden. Eine junge Frau kam ins Geschäft und rief auf ihrem Handy den Notarzt. Sie war offensichtlich nicht die erste, denn schon hörte ich ein näher kommendes Martinshorn. Eine Sekunde überlegte ich, Emils Medikament in dem Chaos zu suchen, doch die

Gefahr bestand, dass die Bullen sofort meine Personalien prüfen würden – eine Vorladung zu Dr. Marena war das Letzte, was ich jetzt gebrauchen konnte. Dezent zog ich ab, während Polizei- und Rettungswagen eintrafen. Leider konnte ich Emil nicht einfach in die Klinik bringen, seit er vor zwei Jahren einen Blinddarmdurchbruch hatte. Äußerst schmerzhaft, er hatte gebrüllt wie am Spieß, ich konnte es kaum ertragen. Seither führte der Besuch eines Krankenhauses bei Emil zu Panikattacken. Das wollte ich ihm unbedingt ersparen. Irgendwie musste es mir gelingen, an sein Medikament zu gelangen. Mir war zum Losschreien.

*

Während ich auf meiner Vespa zum Büro der *Finance Observe Organisation* fuhr, um Ludgar von Feldmann zu treffen, hielt ich verzweifelt Ausschau nach weiteren Apotheken. Entweder lange Warteschlangen oder geschlossen.

Hinter mir, im Abstand von mehreren Autos, bemerkte ich einen schwarzen BMW. Es war mir jetzt egal. Als ich durch das Zentrum rollte, kam ich an der Kölner Zentrale der *L&L* vorbei. Wütendes Protestgeschrei. Aufgebrachte Kunden verlangten ihre Gehälter und Einlagen, ihre Mieten wurden nicht mehr überwiesen, sie hatten kein Bargeld, es sah nach einer Spontandemo aus. Zwei Sicherheitsleute am Eingang schienen überfordert, die Menge war kaum zu halten. Ein Stein flog durch die Glastür. Menschen ohne Geld, fragte ich mich, was bedeutet das? Geraten jetzt alle in Panik oder reagieren manche anders? Genau genommen wirft es einen auf sich selbst zurück. Auf Freunde, Familie und Werte jenseits des Materiellen. Plötzlich ist es unmöglich, das Wohlbefinden von einer digitalen Chiffre – genannt Kontostand – abzuleiten, plötzlich fehlt eine Massenmotivation, plötzlich versagt das wichtigste Hypnosemittel.

Der Tumult wurde lauter, zwei Polizeibusse trafen mit Blaulicht ein. Ich gab Gas, rollte an der Menge vorbei und erreichte am Rande der Stadt den Sitz der *Finance Observe Organisation.*

Ein paar Meter von dem Haus entfernt stieg ich von der Vespa. Im zersprungenen Rückspiegel kontrollierte ich mein Äußeres, ich trug einen blutroten Lippenstift und dunklen Lidschatten auf, öffnete die obersten Knöpfe meiner weißen Bluse und marschierte auf die frisch renovierte Villa zu.

Ein von vertrockneten Kräutern und abgeblühten Rosensträuchern gesäumter Weg mit weißen Kieselsteinen führte zu der zweistöckigen Gründerzeitvilla. Im offenen Vorgarten, zwischen Ligusterhecken und Goldregensträuchern, parkten zwei E-Autos, fünf E-Bikes und einige Mietfahrräder, alles wirkte politisch korrekt.

Das dunkelbraune Holztor mit floralen Verzierungen erinnerte mich an die massive Pforte eines buddhistischen Klosters. Die Überwachungskameras links und rechts neben dem Eingang standen im Kontrast zu dem offenen Vorgarten, der nur durch eine Hecke vom Rest der Welt abgegrenzt war. Ich atmete durch und drückte auf die Klingel mit der Aufschrift FOO.

Keine Reaktion.

Mein Blick fiel auf dicke Glasziegel, die knapp neben der Tür im Boden eingelassen waren. Unwillkürlich fragte ich mich, ob sich darunter ein Keller verbarg, ob Harry hier vielleicht eingesperrt sein könnte.

Rasch verwarf ich die Vorstellung, eine Entführung passte nicht zu einer Hilfsorganisation, ich musste jetzt vielmehr herausfinden, was Harry von der FOO wollte und welche Verbindung es gab.

Als ich ein zweites Mal die Klingeltaste drückte, hörte ich nach einem Knacksen: »Ja, bitte?«

»Müller«, nuschelte ich in der Hoffnung, unter den vielen Damen, die heute einen Termin bei Feldmann hatten, würde sich auch der häufigste deutsche Nachname befinden.

»Wie bitte?«

»Müller ... Tina.«

»Habe ich nicht auf der Liste.«

»Vielleicht ein Irrtum?«

»Hm ...«

Vermutlich musterte mich die Person auf den Videoschirmen der Überwachungskameras und sah hoffentlich eine vertrauenswürdige junge Frau.

»Kommen Sie mal rein.«

Das Schloss surrte und ich wandte alle Kraft auf, um die schwere Holztür nach innen zu drücken. Beim Betreten des über vier Meter hohen Vorraums fiel mir auf: Die massive Doppeltür war von innen mit Metall beschichtet und mit zwei Zylinderschlössern und einer Stahl-Querverbindung gesichert. Neben der Tür befand sich ein Kästchen mit einer Alarmanlage. Eine respektable Anzahl roter und grüner Leuchtdioden blinkte hinter Plexiglas. Was für eine Befestigungsanlage! Hier wollte sich jemand Feinde und zu kurz Gekommene vom Leib halten. Es passte so gar nicht zur FOO, die sich auf ihrer Homepage sozial, fortschrittlich und offen gab.

Im dem hellen, weitläufigen Raum duftete es nach Lavendel. In der Mitte stand ein mehrarmiger Marmorbrunnen, dessen dünne Fontänen auf Farne plätscherten. An den zartgelben Wänden hingen Ölbilder: bunte Obstteller, schneebedeckte Alpenformationen, adriatische Küstenstreifen. Zwischen Yuccapalmen und Kakteen saßen in mehreren Couch-Sitzgruppen junge Frauen in Businesskleidung und blätterten in Hochglanzmagazinen. Manche wirkten angespannt, andere musterten mich neugierig. Am Tresen stand ein frischer Strauß mit rosa Nelken. An der Schwelle eine Festung, versuchten die Besitzer im Inneren das Gefühl einer Oase zu vermitteln.

Am Tresen empfing mich eine knapp sechzigjährige Dame im grauen Kostüm. Ihre langen, weißen Haare hatte sie zu einem

Knoten hochgebunden, sie schien meinen Namen auf dem Bildschirm zu suchen.

»Tut mir leid«, sagte sie in ernstem Tonfall, »wenn Sie keinen Termin haben, geht das heute leider gar nicht!« Sie deutete auf die vollen Sitzgruppen.

Ich beugte mich zu ihr und flüsterte mit einem erotischen Unterton: »Sagen Sie bitte Herrn Doktor Feldmann das Codewort *Luzifer.*« Ich grinste sie zweideutig an, »ich verspreche: Er wird Ihnen dankbar sein, wenn Sie mich jetzt zu ihm lassen!«

Einen Moment starrte sie auf meine blutroten Lippen, meine dunklen Wimpern und meine gespannte Bluse. Dann hielt sie am Telefon Rücksprache.

Minuten später ließ sie mich mit einem verächtlich-misstrauischen Blick zu ihrem Chef.

Ich trat in ein großes Kaminzimmer, an der hohen Decke befanden sich Stuckarbeiten aus dem 19. Jahrhundert, zwei barocke Besucherstühle standen vor einem dunkelbraunen Mahagoni-Schreibtisch.

Kaum war die Tür geschlossen, hörte ich Feldmann sagen: »Codewort *Luzifer.*« Er grinste, »das gefällt mir ... und so tun, als hätten wir eine Liaison«, er lachte, »das ist böse ... sehr böse ... ich mag böse Menschen! Böse sind kreativ ... haben mehr Energie ... und ein stärkeres Durchsetzungsvermögen ... ideal für einen Businessstart!«

Der Mann war Ende sechzig, weiß-graues Haar, glatt rasierte Wangen, Schweizer Akzent.

»Wie kann ich Ihnen helfen?«

Hinter dem Schreibtisch stand ein antiker Kapitänsthron, Feldmann aber saß daneben auf einem blauen Gesundheitsball, drehte und beugte sich und bot mir einen Besucherstuhl an: »Was ist Ihr Konzept?«

Er trug Jeans und ein himmelblaues Jackett, darunter ein hellgraues T-Shirt. Lässig hatte er sich den Schal mit rotblau-grünem Paisley-Muster um den Hals gebunden, den er auch beim TV-Interview getragen hatte.

Sofort konfrontierte ich ihn mit meinem Anliegen: »Mein Mann wurde entführt. Zuletzt hatte er Kontakt mit der FOO. Über das Netz. Mit einer Person namens *Luzifer*.«

Ludgar von Feldmann schüttelte den Kopf und bestritt, von einer Person namens *Luzifer* zu wissen, die FOO agiere niemals anonym: »Vermutlich hat jemand vorgegeben, bei der FOO zu sein.«

»Wollen Sie das nicht der Polizei melden?«

Feldmann zuckte die Schultern, beim Vorbeugen gab er den Blick frei auf eine Terrassentür, durch die ich in einen herbstlichen Kräutergarten sah. Sicher Bio und Feng-Shui, dachte ich, so nachhaltig und ganzheitlich wie hier alles zu sein schien. Am Ende des Gartens, zwischen Silberfichten, bemerkte ich einen schwarzen Mercedes-Bus. Waren sie mir schon wieder auf den Fersen? Ich fühlte mich zunehmend unwohler.

»Angesichts des gerade stattfindenden Finanzkollapses«, antwortete Feldmann, »haben wir jetzt wirklich Wichtigeres zu tun, als die Polizei mit Spinnern zu belästigen!«

»Aha ... und was, wenn ich fragen darf?«

Er behauptete, nun endlich die Verantwortlichen von einem Systemwechsel überzeugen zu können: »Dieser *ach so schreckliche* Viren-Anschlag ist in Wahrheit die Chance des Jahrhunderts!«

»Ich seh nur Chaos ... warum soll das eine Chance sein?«

»Weil ich die Zahlen kenne«, meinte er, »die wahren Zahlen.«

Der sanfte Blick seiner graugrünen Augen und die ausgeprägten Stirnfalten strahlten Verbindlichkeit aus, nur das schelmische Lächeln stand dazu im Widerspruch.

»Warum sollte ich Ihnen glauben?«

»Weil ich immer noch Kontakte zur *Bank für Internationalen Zahlungsausgleich* habe«, sagte er und ich spürte in jeder seiner Gesten, wie wichtig es ihm war, sich als Finanzmann von Welt aufzuspielen.

»Zur BIZ in Basel haben eigentlich nur internationale Notenbanker Zutritt, alle Absprachen sind geheim.«

Angestrengt nickte ich.

Irgendetwas an mir schien ihn elektrisiert zu haben: »Auf Anraten der BIZ verabredeten nach der Bankenkrise 2008 alle Industriestaaten, die Gesamtschulden massiv abzubauen. Passiert ist das Gegenteil: Die Gesamtschulden sind von 107 auf über 200 Billionen gestiegen. Trotz heftiger Sparanstrengungen!« Feldmann fixierte mich wie ein wohlwollender Lehrer, er hatte etwas Missionarisches. »Kein Experte der BIZ glaubt mehr daran, dass die Schulden jemals beglichen werden können! Nur wagt das kein Politiker zu sagen – denn der müsste sofort eine Währungsreform durchsetzen.« Er kippte auf dem Ball hin und her, verspielt wie ein Kind. »Und so rast das System weiter auf den Abgrund zu.«

Mit den letzten Sätzen hatte sich Feldmanns Miene verändert, immer noch wirkte er kontrolliert, doch unter seiner angespannten Oberfläche verbarg sich Wut. Ich fragte mich, ob er eine *Lust am Bösen* verspürte, ob er *Luzifer* sein könnte. Vielleicht waren seine Ausführungen nur eine Prüfung, vielleicht wollte er wissen, wie ich dachte, auf welcher Seite ich stand, vielleicht musste ich nur Geduld haben, um ihn zum Reden zu bringen. Zum Reden über Harry.

»Das Problem ist: Nicht nur Notenbanken, auch Geschäftsbanken haben das Privileg, Geld durch Kreditvergaben zu schöpfen. Ein Teil des vorhandenen Geldvolumens wird also im Rahmen von Kreditgewährung durch Geschäftsbanken aus dem Nichts gezeugt. Damit muss Schluss sein! Nur der Staat sollte in Zukunft Geld schöpfen. Und dabei streng kontrolliert werden.«

Unvermittelt sprang er hoch, hinter ihm rollte der Ball durch den Raum, den er wie einen Fußball in kindlicher Manier zum Schreibtisch zurück kickte. »Denn wenn der Staat als Kreditgeber und Schuldner zugleich auftritt, kann er eine Bilanzverkürzung vornehmen: Forderungen und Verbindlichkeiten könnten gegengerechnet werden. Damit wäre der Staat über Nacht schuldenfrei.« Er ließ sich erneut auf den Ball fallen und grinste.

»Interessant«, ich war mir nicht sicher, ob ich das wirklich verstanden hatte. Vermutlich aber war Feldmann nicht ganz unschuldig an dieser Misere, obwohl er sich mit einem Nimbus der Unfehlbarkeit wahrnahm. Möglicherweise hatte dieser Mann aber nur ungeheuren Elan und wusste nicht, wo er seine Energie, seine Zeit und sein Geld einbringen sollte. Verrückt!

Auf dem Schreibtisch bemerkte ich ein gerahmtes Foto, es zeigte ihn inmitten junger Menschen, ich wagte einen Vorstoß: »Ihre Enkel?«

Einen Moment wirkte er verunsichert – hatte ich einen wunden Punkt getroffen, hatte er gar keine Familie? Schließlich deutete er mit ernstem Ausdruck zum Warteraum: »Das ist meine Familie!« Und lächelte: »Wir müssen eine Lebensform finden, die nicht bloß auf Vermehrung aus ist. Sondern auf Harmonie, auf das Bewahren von Ressourcen, auf gegenseitiges Helfen ... oder wir müssen ganz neue Ideen in den Mittelpunkt stellen ... das System braucht

Bewegung.« Er drehte sich auf dem Ball. »Bewegung hilft. Auch meinem kaputten Rücken.« Er grinste schräg. »Der sich in meinem Leben schon zu oft verbogen hat!«

Gaga, durchfuhr es mich, der Typ ist vollkommen *gaga*. Oder er leistet sich ein teures Hobby: Nachdem er ein Berufsleben lang den seriösesten Bankier der Nation gegeben hat, genießt er nun den irrwitzigen Clown. Als ich seinem Blick auswich, stellte er klar: »Eins ist sicher. Nur Frauen können uns retten!« Er deutete ins Wartezimmer. »Weil Frauen einen besseren Zugang zum Leben haben. Deswegen vergebe ich die Kleinkredite ausschließlich an Damen. So wie es in Indien schon erfolgreich praktiziert wird!«

War der Mann tatsächlich vom Saulus zum Paulus mutiert oder einfach nur durchgeknallt? Als ich ihn damit konfrontierte, dass er vielleicht doch etwas mit *Luzifer* oder dem Anschlag zu tun haben könnte, dementierte Feldmann heftig: »Gewalt wird laut FOO-Satzung nicht geduldet. Mich interessieren nur Zahlen: Investments, Umsätze, Renditen.«

»Es geht um das Leben meines Mannes«, appellierte ich, »wo ist Harry?«

Ludgar von Feldmann zuckte die Schultern – und doch hatte ich den Eindruck, er hatte Mitleid. Ich überlegte, ob Feldmann und *Luzifer* dieselbe Person waren. Zwar gab es inhaltliche Übereinstimmungen, doch Feldmanns Stimme wirkte älter als die von *Luzifer* – andererseits konnte man heutzutage Stimmen gut verfremden. Plötzlich hörte ich einen Streit im Warteraum. Und Getrampel. Dann riss Feridun Akyün die Tür auf. Hinter ihm Dr. Marena und Herbert Bauernfeind. Er hielt mir ein Schreiben vor die Nase, das ihn ermächtigte, mich wie eine Strafgefangene abzuführen. Während ich das Papier überflog, registrierte ich, wie

Akyün auf Feldmann einredete und ihm ebenso einen Zettel zeigte. Doch Feldmann protestierte, er bestand auf seinem Rechtsanwalt. Als Akyün sich an Feldmanns Standcomputer zu schaffen machte, wurde Feldmann laut und zog aus Protest den Stromstecker.

Ein heftiger Eklat.

»Frau Rokovic«, rief mir Feldmann unvermittelt zu, »wissen Sie überhaupt, was *Luzifer* bedeutet?«

Ich zuckte mit den Schultern.

Er lachte: »Der Lichtbringer!«

*

Dr. Marena und Bauernfeind eskortierten mich zu ihrem schwarzen BMW. War die Leiterin der SO 43 bis jetzt eher freundlich zu mir gewesen, so spürte ich nun einen massiven Groll. Sie setzte sich auf dem Rücksitz neben mich, Bauernfeind startete den Wagen. In diesem Moment hielt ein VW-Bus der Bundeswehr vor dem BMW und hinderte uns am Wegfahren, ein grüner Passat stoppte neben uns in zweiter Spur. Ein Mann in Offiziers-Uniform sprang aus dem Wagen, aus einem VW-Bus hinter uns folgten weitere Kerle in Bundeswehr-Uniformen.

Der Offizier beugte sich zu Dr. Marena: »Guten Tag, Frau Kollegin. Nach Anweisung meines Ministers muss ich Sie bitten, mir Frau Rokovic zu überlassen.«

»So eine Anweisung habe ich auch. Von meinem Minister!«

Der Offizier sah Dr. Marena verärgert an, dann gab er seinen Soldaten ein Zeichen, daraufhin rannten die Uniformierten zur Villa. Er zückte sein Handy und begann, mit seinem Vorgesetzten zu telefonieren. Auch Dr. Marena griff zu ihrem Smartphone.

Nachdem die beiden lange an ihren Handys gesprochen hatten, kam ein Soldat zurück: »Melde! Der Verdächtige verweigert es mitzukommen. Er verlangt seinen Rechtsbeistand.«

Genervt atmete der Offizier durch, er folgte dem Soldaten in die Villa.

Außer Atem lief Akyün auf den BMW zu, er schwang sich auf den Beifahrersitz und erzählte, dass Soldaten alle Computer von

Feldmann konfiszieren wollen und behaupten, das *Emergency Computer Response Team* der Bundeswehr habe ein Vorrecht gegenüber dem BKA.

Ich beobachtete, wie weitere Soldaten mit großen, leeren Schachteln in der Villa verschwanden. Noch immer standen vor, hinter und links neben uns Wagen der Bundeswehr. Dezent deutete Bauernfeind zur rechten Seite auf den Bürgersteig. »Frau Doktor«, flüsterte er, »ich glaube, es könnte funktionieren ... möglicherweise ein Achsbruch ... aber einen Versuch wär's wert ... was meinen Sie?«

Eine Sekunde überlegte Dr. Marena, schließlich nickte sie. Bauernfeind schlug hart rechts ein. Vollgas. Brutal quälte er den BMW über die Bordsteinkante. Der Bürgersteig war groß genug, um den Bundeswehrwagen rechts zu überholen, die Achsen ächzten, es schüttelte uns durch. Kaum auf der Bordsteinkante, schnellte der BMW nach vorne. Überraschend kam eine alte Dame mit Hund aus dem Nachbarhaus, Bauernfeind verriss den Lenker, hupte heftig und konnte gerade noch ausweichen, dann rasten wir mit Blaulicht davon.

#

Geschichte wiederholt sich, aber anders«, hatte sein Geschichtslehrer oft erzählt. Als Schüler empfand Dr. Kurt Krepper das Weltbild des alten Pädagogen, von dem er nie erfahren hatte, auf welcher Seite er im Zweiten Weltkrieg gestanden war, immer zu negativ, zu abgeklärt, zu verbittert.

Krepper saß an der Theke eines chinesischen Schnellimbisses im Frankfurter Bankenviertel und bewegte mit Stäbchen Nudeln und Gemüse. Vor fünf Jahren hatte er sich entschlossen, Vegetarier zu werden. Nicht weil er die Tiere so liebte, sondern weil er den Verdacht hatte, mit Hormonen und Antibiotika behandeltes Fleisch bekomme ihm nicht.

Seit er rigoros auf Tierisches verzichtete, hatte sich sein Ausschlag weniger stark ausgebreitet – vielleicht bildete er sich das nur ein, doch er war überzeugt: Gedanken schaffen Bewusstsein. Und Bewusstsein schafft Realität. Würde es ihm gelingen, ein höheres Bewusstsein zu etablieren, so wäre Heilung möglich. Selbst wenn es auf einem Märchen beruht.

Die Kanzlerin musste bei der größten Finanzkrise der Bundesrepublik ebenso gedacht haben. 2008 rettete sie mit einem Märchen das Land. Auf dem Höhepunkt der Turbulenzen – infolge der Insolvenz der US-Investmentbank *Lehman Brothers* – hatte sie die Chefs der wichtigsten Medienhäuser eilig ins Kanzleramt gebeten. Zu einer geheimen Sitzung! Sie beschwor Herausgeber und Chefredakteure, nichts zu schreiben, was die Panik vergrößern könnte. Sie wollte einen *Bank Run* verhindern. Damals hatten innerhalb von wenigen Tagen bereits Zehntausende Menschen ihre Sparbücher geplündert, es wurde zwanzigmal mehr Bargeld abgehoben als normal, vor allem 500-Euro-Scheine. Einige nervöse Sparbuchbesitzer gingen sogar in ihre Bankfilialen, um sich die Scheine zeigen zu lassen und legten sie wieder ein. Ein Crash war zum Greifen nahe. Stunden später trat die Kanzlerin mit ihrem Finanzminister vor die Presse: Gemeinsam gaben sie die Garantie ab, dass Sparbücher bis 100.000 Euro sicher seien. Eine Erklärung, die im Garantiefall weder juristisch noch finanziell haltbar gewesen wäre.

Ein Märchen!

Trotzdem gelang es mit diesem Märchen, die totale Plünderung der Sparbücher und damit den Kollaps zu verhindern.

Krepper versuchte mit akrobatischem Geschick, die letzten Nudeln zwischen die Stäbchen zu klemmen, sein Blick fiel auf den Bildschirm hinter der Theke:

Über 90 Prozent aller Geldautomaten außer Betrieb +++ Jede zweite Bank geschlossen. Begründung: Technische Probleme +++ Bankkunden vermuten: In Wahrheit sind viele Institute pleite! +++

Die Nachrichten versetzten Krepper in Aufruhr. Obwohl er seinen Lehrer nicht mochte, musste er zugeben: Wenn jemand nicht das Steuer herumriss, würde kommen, was der alte Pädagoge vorausgesagt hatte: »Geschichte wiederholt sich, aber anders.«

*

Seit einer halben Stunde schon wartete ich in dem Raum. Allein. Ein Tisch, zwei weiße Plastikstühle, graue Wände. Die Heizung gluckerte, sonst war es ruhig. Die beiden Fenster gaben den Blick in einen dunklen Innenhof mit Laubbaum frei, nur wenige gelbbraune Blätter hingen noch daran. Durch die angelehnte Tür hörte ich, wie Dr. Marena mit Tomek im Flur stritt: Wenn ich es richtig verstand, ging es darum, wer mich zuerst verhören durfte.

Erfreulich.

Ich überlegte, einen Rechtsanwalt zu verlangen. Doch ich wusste: Die Kerle kosten mindestens 200 Euro die Stunde. Pflichtverteidiger waren oft Anfänger und bisweilen unmotiviert. In diesem Moment betraten die Ermittler den Raum. Tomek stellte sich erst hinter mich und trottete dann zum Fenster, Dr. Marena setzte sich mir gegenüber in den Plastikstuhl.

»Was wollten Sie bei der *Finance Observe Organisation*?«, fragte sie und schürzte nachdenklich die Lippen.

»Wo ist mein Mann?«

Sie legte ihren Kopf leicht schräg: »Wo ist der USB-Stick?«

»Wie konnte Ihr Mann das Virusprogramm in die Bank schleusen?«, wollte Tomek wissen.

»Jemand muss geholfen haben«, insistierte Dr. Marena. »War es Ludgar von Feldmann?«

Ich beteuerte, es nicht zu wissen.

»Frau Rokovic, Sie sollten jetzt wirklich reden, in Ihrem eigenen Interesse.«

Als ich nichts sagte, gab sich Tomek plötzlich besorgt: »Von der Wohnungsdurchsuchung bei Ihnen wissen wir: Ihr Mann braucht ein starkes Asthmamedikament ... nicht so einfach zu bekommen. Möglicherweise befindet er sich in Lebensgefahr!«

Guter Bulle, böser Bulle, dachte ich und ließ mir meine Angst nicht anmerken. Vermutlich loteten sie aus, wie sie mich besser unter Druck setzen konnten. Im Licht der Neonröhren glänzte Dr. Marenas schwarzes Haar, sie sprang auf und umkreiste mich: »Oder Ihr Ehemann hat sich mit dem Medikament selbst ausreichend versorgt ... weil er sich lange und genau auf den Anschlag vorbereitet hat ... und einen ganz anderen Plan verfolgt ... einen Plan, in dem Sie keine Rolle spielen!«

Die Volte traf. Sofort fiel mir ein, wie oft ich Harry in letzter Zeit abgewiesen hatte, als er nach spontaner Körperakrobatik verlangte. Neuerlich ertappte ich mich bei meiner diffusen Eifersucht. Hatte Vroni ihm all seine sexuellen Wünsche erfüllt? Hatte Harry vielleicht sogar in den letzten Tagen einen Schlussstrich gezogen?

»Warum lässt ein Mann sonst seine Frau so lange im Unklaren?«, bohrte Tomek nach.

Leider war das der springende Punkt.

Dr. Marena schlug mit der offenen Hand auf den Tisch: »Frau Rokovic, wo ist der USB? ... Das ist jetzt Ihre allerletzte Chance. Andernfalls werden Sie der Mittäterschaft an einem Terroranschlag angeklagt!«

In Tomeks Ausdruck glaubte ich zum ersten Mal so etwas wie eine Warnung zu erkennen, ich fühlte mich von allen Seiten bedroht.

Als ich nichts sagte, kniff Dr. Marena die Augen zusammen, griff zum Telefon und bestellte zwei Uniformierte: »Abführen!«

Beim Rausgehen hörte ich sie aufgewühlt mit einer anderen Person telefonieren, sie zitierte einige Paragrafen und deren Auslegung, ich aber verstand nur ein Wort: *Beugehaft*.

*

Die beiden Uniformierten führten mich durch einen trostlosen Korridor und hielten vor einer Tür mit der Aufschrift *Hafträume*. Der Größere gab auf einem Tastenfeld einen Code ein, der Kleinere zückte einen Schlüssel. Tomek eilte auf mich zu. Er gab den Uniformierten ein Zeichen und schubste mich zu einer Treppe, die in einen kaum beleuchteten Keller führte.

Warme, abgestandene Luft schlug mir aus dem dunklen Raum entgegen, Tomek lenkte mich in ein graues, drei mal zwei Meter großes Zimmer mit niedriger Decke. Dann deutete er zu einer Reihe von Holzstühlen, die wie im Kino alle zu einem verspiegelten Fenster hin ausgerichtet waren. Kaum, dass ich auf einem Kinostuhl Platz genommen hatte, griff Tomek zu seinem Handy: »Kann losgehen!«

Er knipste einen Lichtschalter an und ich sah durch das verspiegelte Glas in eine weiße Koje, die kaum größer war als eine Toilette. Darin stand ein Mann. Um die vierzig, schwarzes Haar, braune Augen, Geheimratsecken. Seine Gesichtshaut wirkte vernarbt, als hätte er in der Pubertät heftig gegen Akne gekämpft. Unter dem violetten, eng anliegenden Hemd war ein muskulöser Körper zu erahnen. Unentwegt wippte er von einem Bein auf das andere, seine Hände hielt er vor dem Körper verschränkt, um sie kurz darauf fallen zu lassen und hinter dem Gesäß zu verschränken. Trotzdem strahlte der Mann etwas Warmes, Sympathisches aus, ich konnte ihn mir als liebevollen Vater vorstellen.

Tomek setzte sich neben mich: »Ist das der Russe, der auf Ihren Mann geschossen hat?«

Ich war mir unsicher.

»Lassen Sie sich Zeit.«

Irgendetwas an dem Mann passte nicht. Am Güterbahnhof war es dunkel gewesen, doch an der Art, wie der Motorradfahrer zu mir gerannt war, glaubte ich erkannt zu haben, dass er möglicherweise älter war. Und größer. Aber ich hätte es nicht beschwören können.

»Wie lange haben Sie den Mann schon«, fragte ich.

»Seit zwei Stunden.«

Während ich ihn betrachtete, musste ich an Emil denken. Hoffentlich kam Bibiane gut mit ihm zurecht. Zuletzt hatte er bei ihr in der Badewanne mit Begeisterung einen Zaubertrank gemischt: Chili, Puddingpulver und Haarshampoo. Als ich ihn abholte, fragte ich, ob er denn nun etwas Neues gezaubert hätte?

»Ja«, kicherte er, »Langweile weggezaubert!«

Ein Klopfen schreckte mich auf, der Mann hinter Glas schlug heftig gegen die Scheibe. Sofort ging Tomek aus dem Raum und öffnete von außen eine Tür zur Koje. Der Mann redete auf Tomek ein, der Kommissar bat den Russen sich zu beruhigen, ich hörte ein »Herr Wassilenko, jetzt ist´s …«, dann gab Tomek dem Mann einen Hocker, verschloss die Tür und setzte sich erneut neben mich.

»Ischias«, kommentierte Tomek mit einer angestrengt-freundlichen Geste.

Schließlich sah er doch ungeduldig auf die Uhr und flüsterte: »Frau Rokovic, Sie haben drei Möglichkeiten: *Er ist es. Er ist es nicht.* Oder *ich weiß nicht.*« Ermutigend lächelte er mich an.

Ich atmete durch: »Ganz ehrlich: Meine Antwort pendelt zwischen *Er ist es nicht* und *Ich weiß nicht.*«

Sein wohlwollendes Lächeln verschwand, ich konnte sehen, wie Tomeks Stimmung abstürzte, auch wenn er sich jeden Kommentar verkniff. Sein Smartphone klingelte. Er hob ab, sagte ein paar Mal *Ja* und *Ja, sehr gut*, und *Ja, schick sie mir,* seine Laune besserte sich, je länger er sprach. Schließlich legte er auf und bedeutete mir, ihm zu folgen.

In seinem Büro rückte er einen zweiten Stuhl vor seinen Computer. Er öffnete eine E-Mail, kopierte daraus einen Zugangscode und loggte sich in ein Netzwerk ein.

Dann startete er einen Film mit Aufnahmen von Überwachungskameras am Flughafen in Frankfurt am Main. Zu sehen war, wie der Mann, den ich eben identifizieren sollte, bei der Sicherheitskontrolle festgenommen wurde. Interessanter aber: Hinter ihm, ein junges Passagierpärchen weiter, hatte sich ein zweiter Mann angestellt. Etwas älter. Nur mit Handgepäck. Als der Zweite mitbekam, dass der Erste befragt und nach hinten gebeten wurde, nahm er sofort seinen Rucksack vom Transportband und gab vor, etwas vergessen zu haben. Er eilte aus dem Sicherheitsbereich. Am Zugang zur Handgepäckkontrolle versuchte ihn ein Security aufzuhalten, doch der vermeintliche Komplize stieß den Uniformierten brutal zurück. Weitere Überwachungskameras zeigten, wie der Mann sich durch eine Reisegruppe drängte, er rannte zum Taxistand, schlängelte sich an einer Wagenkolonne vorbei und verschwand auf dem riesigen Parkplatz.

»Könnte das der Mann gewesen sein, der Harry Rokovic entführt hat?«, fragte Tomek.

Einen Moment überlegte ich: »Auf jeden Fall passt bei dem eher die Statur.«

Tomek nickte und kaute unruhig an seinen Lippen.

Nun musste er den Verdächtigen freilassen. Seine einzige Chance war es vermutlich, ihn zu observieren und zu hoffen, dass der Mann ihn zu seinem Kollegen führte. Oder Tomek würde mich noch heftiger unter Druck setzen. Ich merkte, wie ich verkrampfte.

*

Das Treppenhaus des Sozialbaus in Frankfurt-Griesheim hatte schon lange keinen Anstrich mehr gesehen, sogar die Schmierereien und Graffitis waren verdreckt und blätterten ab. Der Russe rückte seinen schwarzen Vollvisierhelm zurecht, zog sich die Lederhandschuhe über und drückte auf die oberste Taste der Gegensprechanlage. Niemand reagierte. Er drückte die Taste darunter. Und die nächste. Bis jemand öffnete.

Die besprayten Neonröhren gaben ein fahles Licht. Zwei arabisch aussehende Halbwüchsige mit Energydrinks kamen ihm aus dem Fahrstuhl entgegen und wichen im letzten Moment aus.

Im 22. Stock zückte der Russe einen ausziehbaren Kunststoffstock und zerschlug die drei Neonröhren im Flur. In der Finsternis öffnete er seine blaue Daunenjacke und wartete neben dem Lift in einer schwer einsehbaren Ecke. Geduldig. Lange. Bis sich die Tür des Aufzugs öffnete.

Ein 50-Jähriger in der hellgrauen Uniform einer privaten Wachfirma trottete aus der Liftkabine. Der Mann wirkte betrunken und zog gierig an einer nahezu aufgerauchten Zigarette. Er trug einen üppigen, schwarzen Vollbart und hielt einen roten Motorradhelm in der rechten Hand. Über die ausgefallene Beleuchtung nörgelnd, holte er mit der zittrigen Linken seinen Wohnungsschlüssel hervor und schloss die Tür auf. In diesem Moment hielt ihm der Russe von hinten die E-Pistole an den Nacken.

Beim Schuss zuckte der massige Körper des Wachmanns, der rote Helm fiel mit einem Knall zu Boden, seine Beine gaben nach, fluchend krallte er sich mit beiden Händen am Türgriff fest. Er versuchte, nicht einzuknicken, zog sich mit aller Kraft hoch, bis zwei weitere Schüsse aus dem M-26-Taser den Wachmann so lähmten, dass er zu Boden plumpste wie ein Getreidesack.

Der Russe schleppte den Bärtigen in die Wohnung und holte seinen roten Helm aus dem Flur. Rasch kontrollierte er den Single-Haushalt: Leere Bierflaschen, Schmutzwäsche am Boden, volle Aschenbecher.

Er zog dem Betäubten die Uniform aus, nahm ihm Brille und Handy ab, drückte den Zeigefinger des Bärtigen in eine kleine Gipsform und fesselte seine rechte Hand mit einem Kabelbinder ans Stahlbett. Da blinzelte der Mann, er öffnete die Augen, griff sich mit der Linken an den Kopf und wollte etwas sagen.

Sofort zückte der Russe seinen Taser. Er beugte sich zum Wachmann und hielt ihm die E-Pistole an die Stirn.

»Bitte ... bitte nicht«, der Wachmann schüttelte den Kopf, »nicht noch mal ... mein Kopf ... es dröhnt ... wie bescheuert ... nein!«

»Name!«

»Was? ... Wie?«

»Die Polizei ... soll Sie doch finden ... oder?«

Der Wachmann nickte unsicher.

»Name! .... Laut und deutlich.«

Der Wachmann zögerte.

Die Waffe entsichernd, hielt ihm der Russe sein Smartphone hin und drückte auf eine Taste.

»Bernhard«, stammelte der Wachmann panisch, »Bernhard Kunert!«

»Besten Dank.«

Der Russe drückte ab, der Wachmann sackte mit schmerzverzerrtem Gesicht nach hinten und schlug mit dem Kopf gegen das Bettgestell. Dann griff der Russe zum roten Motorradhelm.

*

Kahle, grüne Wände. Die junge Frau griff mir unter meine Achseln, an die Hüften, an meine Schenkel. Ich schätzte sie auf kaum fünfundzwanzig. Über ihren rosa lackierten Fingernägeln trug die uniformierte Beamtin Einweghandschuhe. Sie hatte zu einem Zopf geflochtenes, brünettes Haar und ein höflich-mitleidiges Lächeln auf den Lippen. Nachdem sie mir Schlüssel und Handy abgenommen hatte, prüfte ihr Kollege meine Papiere und trug meinen Namen und die Uhrzeit ins Pfortenbuch ein.

»Ich muss Sie jetzt bitten, wahrheitsgemäße Angaben zu machen«, sagte die Beamtin, bot mir einen Stuhl an und setzte sich gegenüber: »Andernfalls hat der Gesetzgeber empfindliche Strafen vorgesehen.«

Wo begann *andernfalls*, fragte ich mich und nickte.

Sie wollte wissen, wo ich versichert sei, ob ich eine unversorgte Familie zurückgelassen habe oder ein unversorgtes Kind?

Widerwillig erzählte ich von Emil.

»Wo ist Emil jetzt?«

»Bei Freunden.«

Sofort griff sie zum Telefon und verlangte, jemand vom Jugendamt zu sprechen.

»Was heißt das?«, erkundigte ich mich beunruhigt, »was hat das Jugendamt damit zu tun?«

Sie zuckte die Schultern: »Entweder müssen die vom Amt Pflegeeltern suchen ... oder Emil kommt in ein Heim.«

»Er ist versorgt«, widersprach ich, »von meinen Nachbarn!«

Als sie den Kopf schüttelte, schien gleichzeitig jemand vom Jugendamt abzuheben. Ich bekam mit, dass ein Heim bereits voll war, in einem anderen wollten sie nur Mädchen aufnehmen.

»Wie alt ist Emil?«, fragte sie.

»Zehn.«

Erneut schüttelte sie den Kopf. Nun fiel der Name eines Heimes, das im Süden von Köln lag, weit weg von Emils Schule und noch weiter von unserer Wohnung. Panik stieg in mir hoch, der Junge hatte sich gerade an die neue Schule gewöhnt, was würden seine Klassenkameraden denken, wenn er aus der Schule müsste, weil seine Eltern angeblich in kriminelle Delikte verstrickt waren. Entschlossen sprang ich auf und drückte auf ihre Telefonhörergabel.

Die Beamtin sah mich erbost an.

»Das können Sie Emil nicht antun«, flehte ich, »der Junge hat erst die Schule gewechselt. Meine Freunde sind verlässlich, es gibt niemanden, der besser auf ihn aufpasst!«

Skeptisch musterte sie mich.

»Meine Nachbarn sind ein junges Paar«, argumentierte ich, »Bibiane und Boris Delikart. Emil kennt die beiden, sie mögen ihn, die sind absolut vertrauenswürdig!«

»Das Gesetz sieht Heim oder Pflegeeltern vor«, antwortete die Beamtin und überlegte einen Moment, »Ausnahmen gibt´s nur, wenn das Jugendamt zustimmt. Aber wenn Sie unbedingt wollen, ich kann´s probieren ... sofern Sie mich telefonieren lassen?«

Ich nickte: »´Tschuldigung.«

Nachdem sie Namen und Telefonnummer von Bibiane und Boris notiert hatte, meinte die junge Frau, sie werde das ihrem Vorgesetzten melden. Und der werde das Jugendamt informieren.

Die müssten dann entscheiden. Nach einigen Telefonaten wandte sie sich wieder zu mir: »Schau´n wir mal.«

»Wie lange muss ich überhaupt hierbleiben?«, fragte ich besorgt.

Sie füllte einen weiteren Bogen aus, nur an einem Zucken der Schultern erkannte ich ihre Reaktion.

»Erklären Sie mir doch bitte mal, was *Beugehaft* überhaupt bedeutet?«

»Dazu darf ich nichts sagen«, antwortete sie und zupfte an ihrem Haarknoten, »morgen früh wird ein Kollege von der Kripo mit Ihnen sprechen.«

Na toll.

Erneut dachte ich an einen Rechtsanwalt. Harry und ich hatten noch nie einen gebraucht, wir hatten immer versucht, Konflikte diplomatisch zu regeln. Was uns immer gelungen war. Nun aber nahm ich mir vor, sofort morgen früh nach einem Anwalt zu verlangen.

Als die Beamtin meinen beklommenen Ausdruck registrierte, deutete sie auf die Unterlagen und sagte mit einem bemüht freundlichen Gesicht: »Soweit ich weiß, hängt alles von Ihrer Mitarbeit ab.«

Mein Groll auf Harry wurde stetig größer. Sollte ich den Ermittlern doch das Versteck des USB-Sticks mitteilen, würden sie mich dann sofort freilassen, sollte ich es für Emil tun? Und Harry damit verraten? Ich spürte meinen Puls an den Schläfen. Nein, so einfach würde ich mich nicht geschlagen geben!

@

Hauptkommissar Tomek klappte sein Notebook zu, er hatte heute zu viel schlechten Kaffee getrunken, sein Magen schmerzte und er fühlte sich nach vierzehn Stunden Dienst und mühseligen Diskussionen mit Dr. Marena ausgelaugt. Die hartnäckige, manchmal sture Art seiner Kollegin kostete ihm zunehmend Kraft.

Bevor er das Kommissariat verließ, teilte er ihr unter vier Augen noch einmal seine Bedenken mit: Die Gründe für eine *Beugehaft* von Saskia Rokovic seien kaum ausreichend.

Dr. Marena aber hatte gegenüber der Untersuchungsrichterin drauf beharrt, nannte es vorerst *Untersuchungshaft*. Sie führte den § 112 Absatz 3 der Strafprozessordnung an, nach dem im Bereich terroristischer Schwerkriminalität ausdrücklich kein Grund für eine Untersuchungshaft erforderlich sei, ein Verdacht reiche aus: *Der Verdacht auf Mitwirkung an einer schweren Straftat!*

Als Dr. Marena aus dem BKA-Gebäude kam und auf ihre Maschine zuschritt, hörte sie Freddie und Montserrat singen. Ihr Blick fiel auf das Handy: 23:04. Noch nie hatte er so spät angerufen. Der sonst so ruhige BKA-Präsident wirkte alarmiert: Der Innenminister persönlich hatte ihn eben gewarnt. Die Kanzlerin fand die Aufklärungsfortschritte »optimierbar«. Einige Minister vermuteten eine Bedrohung aus dem Ausland. Man gab dem Bundeskriminalamt noch 24 Stunden zur Aufklärung, dann müsste das BKA den Fall an die Kollegen der Bundeswehr abgeben – persönlich würde er das als Niederlage empfinden, fügte der BKA-Präsident hinzu.

Ihr Adrenalinpegel stieg, die Stirn pochte, sie würde heute wieder nicht schlafen können und überlegte, eine Tablette zu nehmen. Doch diesen Triumph gönnte sie weder den Tätern noch dem BKA-Präsidenten. Es gab noch ein anderes Mittel, das ihr Schlaf schenkte: Körperliche Erschöpfung.

In ihrer Wohnung setzte sie sich auf den Hometrainer und radelte los. Eine halbe Stunde. Voller Widerstand. Dreimal schon hatte sie in dieser Woche im Büro auf dem Besuchersofa übernachtet, ihr Körper schrie nach Bewegung. Und sie hatte zu viel Süßes gegessen. Nervennahrung. Natürlich kämpfte sie gegen Übergewicht, als schlank ging sie mit ihren weiblichen Rundungen und Körbchengröße D ohnehin nie durch, also wollte sie wenigstens athletisch wirken. Jedes Gramm zu viel ihres Körpers sollte Muskel sein, angespannt von Neugier, Lust und Vitalität. Sie wollte das Leben tanzen. Sogar Pablo hatte sie sich ertanzt. Vor drei Jahren. Schlanker Körper. Fast zwei Meter. Eleganter Zwirn. Zwei Jahre älter. Seine konzentriert-ernsthafte Art, den Tango zu zelebrieren, hatte ihr imponiert. Er trat auf wie ein Grandseigneur, sie konnte ihn zu jeder Veranstaltung des BKA mitnehmen und wurde immer um ihren »charmanten Begleiter« beneidet.

Pablo arbeitete in einem Immobilienbüro, beriet Diplomaten beim Ankauf, sortierte Objekte nach Lage, Größe und Bausubstanz und übermittelte den Kunden Kriterien, die zur Entscheidungshilfe beitrugen.

Nur er selbst konnte sich nicht entscheiden. Oder wollte es nicht. Weder privat noch für einen seinem Alter angemessenen Wohnsitz. Denn er zog es vor, in einem kleinen Zimmer in einer

Wohngemeinschaft zu hausen. Mit einem jederzeit kündbaren Untermietvertrag. Als Dr. Marena zum ersten Mal an ein Kind dachte, war Pablo sofort dagegen. Ihr Wunsch wurde stärker, Pablo aber konnte oder wollte ihre Sehnsucht nicht verstehen.

Groteskerweise: Je mehr sie sich von Pablo daraufhin distanzierte, umso zudringlicher wurde er. Exzellentes Präsentieren, Tango tanzen und gediegen-eintöniger Sex waren ihr trotzdem zu wenig. Sie brauchte ein intellektuelles Gegenüber. Jemand, der sie zum Grübeln, Lachen und Erkennen brachte. Jemand, mit dem sie Gedankengebäude konstruieren und erforschen konnte. Jemand wie Vorovsky.

Je älter sie wurde, umso klarer hatte sich herauskristallisiert: Kein Partner konnte ihre vielschichtigen Bedürfnisse vollständig abdecken. Warum sollte sie also mit einer Person *bis dass der Tod euch scheidet* zusammenbleiben? Warum nicht aus einer überholten Konvention ausbrechen? Die Ehe war erfunden worden, als die Menschen im Durchschnitt kaum das vierzigste Lebensjahr erreichten, jeden Winter hungerten und eisern zusammenhalten mussten, um zu überleben.

Moderne Zeiten bedürfen moderner Lebensformen.

Kein lauwarmes Leben.

Polyamorie.

Ihr *Wohlfühlmodell.*

Kein fester Partner, sondern für jedes Bedürfnis einen: Für sporadischen Tango, Spanischkonversation und den Opernball – Pablo. Für entspannte Abende und ekstatischen Sex – Florian. Für den Intellekt und die gegenseitige Entwicklung – Vorovsky.

Ohne groß darüber zu reden, bemerkte Pablo schließlich ihre Haltungsänderung. Plötzlich schlug er vor, in eine gemeinsame

Wohnung zu ziehen. Als sie zögerte, reagierte er empört: »Ich bin nicht dein Standby-Mann!«

Von einem Tag auf den anderen brach er den Kontakt beleidigt ab. Endgültig. Was ihr leidtat. Sogar seine Handynummer hatte er für sie gesperrt. Nur eine E-Mail-Adresse hatte sie noch.

Unwillkürlich musste sie an Saskia Rokovic denken. Fühlte sich die junge Frau mit ihrem hochintelligenten Harry, mit dem sie schon seit über zehn Jahren verheiratet war, wirklich glücklicher?

*

Der Scheinwerfer der Geländemaschine erhellte eine schmale Schneise auf dem dunklen Forstweg, der über eine sanfte Mittelgebirgskette des Taunus nahe bei Frankfurt am Main führte.

Eine Hand in einem schwarzen Lederhandschuh drehte den Geschwindigkeitsregler nach oben, der Fuß im weißen, verdreckten Sportschuh mit drei roten Streifen kuppelte, die Reifen des Motorrades gruben sich in den Schlamm. Im Sattel saß der Mann mit dem schwarzen Vollvisierhelm und der blauen Daunenjacke. Kurz sah er auf die beleuchtete Armatur des eingebauten Digital-Zeitmessers: 23 Uhr 20.

Er steuerte auf einen hellen Punkt am Ende des Weges zu. Je näher der Russe der Lichtquelle kam, umso langsamer wurde er. Dabei hörte er mit Helm-Kopfhörern Radio.

Weil die Fünfzigeuroscheine knapp werden, gibt es ab sofort an den noch funktionierenden Geldautomaten pro Person und Tag maximal zwei Zwanziger +++ Vor einer Stunde hat die Bundesregierung in einer Sondersitzung beschlossen, Kapitalverkehrskontrollen einzuführen. Mit sofortiger Wirkung muss jeder Geldtransfer ins Ausland durch die Bundesbank bewilligt werden +++

Bevor sich der Waldweg zur Lichtung öffnete, hielt der Russe an. Er stellte den Motor ab und suchte die Dunkelheit des Waldes.

Dabei betrachtete er den kleinen, betonierten Platz, auf dem zwei Motorräder und mehrere Geländewagen parkten. Scheinwerfer erhellten das Areal. Der Russe entdeckte drei Überwachungskameras über einer Bunker-Stahltür, die in einen sanften Hügel am Fuße eines Bergs führte.

Vorsichtig nahm er seinen schwarzen Vollvisierhelm ab, er trug einen aufgeklebten, dunklen Vollbart und eine braun umrandete Brille. Dann stülpte er sich den roten Helm des bärtigen Wachmannes über. Er zog die blaue Daunenjacke aus und verstaute sie in der Satteltasche. Darunter trug er die hellgraue Uniform des Wachmanns. Als er den Motor wieder startete, flüchtete ein Fuchs quer über den Platz. Der Russe gab ein wenig Gas, rollte zu den beiden anderen Motorrädern und stellte seines daneben, ohne die Überwachungskameras zu beachten. Dann legte er den roten Helm ab und setzte sich die Uniformkappe der privaten Wachfirma auf. Den Zugangsausweis des Bärtigen hervorholend, schritt er zügig auf die Stahltür zu, wo er den Barcode-Ausweis des Wachmannes über einen Scanner zog.

Mit einem tiefen Summen schwang die automatische Stahltür auf. Der Russe machte einige Schritte in eine unterirdische Betonkuppel. Als hinter ihm die schwere Außentür langsam zuging und das Brummen der Türmotoren verhallte, sah er sich um: Der Boden war penibel gekehrt, das gedämpfte Licht und die Stille gaben dem weißen Gewölbe eine sakrale Atmosphäre. Der Russe wusste, dass er sich nun dem Sarkophag näherte: Dem Allerheiligsten der kapitalistischen Religion.

Am Ende der Kuppel stieß er auf eine weitere Stahltür mit einer hellblauen Kunststoff-Halbkugel in Augenhöhe. Von einem Scheinwerfer angestrahlt reckte sich dem Besucher ein Mikrofon entgegen.

»Stimmerkennung – Ihr Name bitte«, tönte es aus einem Lautsprecher der Kunststoff-Halbkugel.

Der Russe stellte sich so vor das Mikro, dass die Überwachungskamera nicht seine linke Hand sehen konnte, mit der er aus seiner Hosentasche das Smartphone zog. Sein Daumen klickte auf ein Tastenfeld, er machte einen Schritt näher zum Mikro.

»Bernhard Kunert«, schallte es aus dem Smartphone, wobei der Russe die Worte mit den Lippen zur Kamera hin imitierte.

Ein grünes Licht leuchtete auf, die Tür surrte.

Dahinter lag ein großer, quadratischer Raum. Der Russe sah auf der rechten Seite eine Glaswand, hinter der zwei Wachleute saßen. Die beiden hatten mehrere Bildschirme vor sich.

Der Ältere sprach am Festnetztelefon, der Jüngere las eine bebilderte Tageszeitung.

Rasch rückte der Russe seine Uniform zurecht und zog die Kappe tiefer. Im Vorbeigehen hob er lässig die Hand zum Gruß und schritt ans andere Ende des Raumes auf eine grüne Stahltür zu.

Der ältere Wachmann am Telefon ignorierte den Russen, der andere erwiderte den Gruß mit einem Nicken und blätterte in der Bildzeitung zu den halbnackten Damen. Beiläufig drückte der Russe auf eine Taste – er wurde in einen weiteren Korridor ins Berginnere gelassen.

Vor der nächsten Stahltür stand ein Gerät mit einem Bildschirm:

Ziehen Sie bitte Ihre Codekarte durch und
legen Sie den rechten Zeigefinger auf die Glasfläche!

Aus den Augenwinkeln fixierte der Russe kurz die Videokamera, dann zog er die Codekarte von Bernhard Kunert durch.

Auf dem Scanner erschien ein roter Kreis.

Mit einer geübten Bewegung steckte der Russe einen Silikon-Zeigefinger, den er zuvor mit Gips seinem Opfer abgenommen und mit einem 3-D-Drucker kopiert hatte, wie einen Fingerhut auf seinen rechten, kleinen Finger. Dann hielt er ihn auf den Scanner und verdeckte ihn gegenüber der Überwachungskamera mit der Ausweis-Codekarte.

Er vernahm ein Surren, der Computer scannte die Fingerkuppe und am Bildschirm erschien:

Autorisiert.
Willkommen, Herr Bernhard Kunert!

Die Tür klickte auf. Dahinter Katakomben. Digitale Grabkammern. Das geheime Gedächtnis von Bundesbank und EZB. Das Herz des Euros.

*

In einem kleinen Raum mit greller Beleuchtung nahm die junge Beamtin meine Fingerabdrücke ab. Sie machte Fotos von mir und füllte einen Kennzeichnungsbogen aus.

Danach durfte ich mich duschen. Wenigstens konnte ich mir das rote Kurzzeitfärbemittel aus den Haaren schwemmen. Für einige Sekunden tat der warme Strahl auf meiner Haut gut; mir war, als wusch ich eine Welt ab, ein mir fremdes Universum. Das Wasser im Abfluss färbte sich rot, ich musste schmunzeln: Auf den Polizeifotos war ich rothaarig und jetzt bereits wieder erblondet.

Eine ältere Beamtin brachte mich in eine Zelle. Sie drückte mir eine Hausordnung, eine Zellenordnung und einen Merkzettel in die Hand und verlangte, dass ich ein Papier unterschreiben sollte, in dem ich bestätigte, das Inventar in unversehrtem Zustand übernommen zu haben.

»Welches Inventar?«

Sie deutete auf den fest an die Wand montierten Metalltisch, einen alten Stuhl und einen noch älteren Lautsprecher, mit dem offensichtlich Radioprogramme zu empfangen waren. Dazu gab sie mir alte, schmierige Kopfhörer.

Unwillig unterzeichnete ich.

Fast hatte sie die Tür schon geschlossen, da hielt sie abrupt inne und machte ein paar Schritte zum Tisch: »Das Wichtigste habe ich vergessen ... das müssen Sie bitte auch unterschreiben.«

Sie legte mir ein Blatt hin.

Mir wurde mitgeteilt: Die Anlage ist durch einen elektrisch geladenen Zaun gesichert. Ich wurde informiert: Bei Fluchtversuchen ist das Aufsichtspersonal berechtigt, von der Schusswaffe Gebrauch zu machen!

Einen Moment zögerte ich, warum sollte ich das unterschreiben?

Ich schüttelte den Kopf.

»Setzen Sie Ihren Namen drunter«, sagte die grauhaarige Beamtin, »glauben Sie mir, es ist wirklich besser für Sie!«

Es ist wirklich besser für Sie – diesen Spruch hatte ich schon von Dr. Marenas Kollegen Akyün gehört, als er mir mein Smartphone abgenommen hatte. *Nö.* Was wollten sie machen, wenn ich nicht unterschrieb? Mich sofort erschießen? Ohne mein schriftliches Einverständnis ging das ja wohl nicht!

Erneut schüttelte ich den Kopf.

Einige Sekunden wartete die Frau, ob ich mich noch anders entscheiden würde. Als ich nicht reagierte, atmete sie durch, ließ den Zettel auf dem Tisch liegen und versperrte die Tür von außen.

Der Boden war weiß gefliest, die Wände abwaschbar, das vergitterte Fenster konnte ich fünf Zentimeter kippen. Das Bett wirkte relativ neu. In der dicken Stahltür befand sich eine schmale Luke. Daneben gab es ein Waschbecken mit lauwarmem Wasser, doch die Toilettenecke konnte durch den Türspion vom Wachpersonal zum Teil eingesehen werden. Seitlich der Tür befand sich ein roter Knopf, die Notklingel.

Harry würde die Zelle anders beschreiben: Drei Meter lang, zwei Meter breit und zwei Meter fünfzig hoch – macht fünfzehn Kubikmeter Luft. Emil hätte darüber gelacht, ich musste immerzu an ihn denken. Die Wachebeamtin hatte mir natürlich auch das Handy abgenommen. Eine Stunde später läutete ich und bat, mit Emil telefonieren zu dürfen.

»Abgelehnt.«

Die alte Wärterin erklärte: Man habe mit meiner Nachbarin Bibiane Delikart gesprochen, die kümmere sich weiter um den Jungen. »Zumindest für die nächsten 48 Stunden. Und dann werden wir weitersehen.«

Das Nachthemd der Haftanstalt roch nach billigem Waschmittel, das Bett hing in der Mitte durch, die Decke fühlte sich kratzig an. Trotzdem drehte ich mich ins Kissen und versuchte, ein wenig Schlaf zu finden. Mir fiel Emils Husten ein. Wie würde der Junge reagieren, wenn er erfuhr, dass seine Mutter in Haft war? Er hatte eine dünne Haut, Emil konnten viele Dinge reizen.

Auch wegen Harry war ich zunehmend nervös: Er neigte dazu, seine Defekte nicht zu thematisieren, wollte als normal gelten. Das war gefährlich. Nicht nur wegen seines Asthmas. Auch mir gegenüber hatte er lange abwehrend reagiert. Wenn ich ihm seine Gefühlskälte vorgeworfen hatte, ging er meist zum Gegenangriff über: Ich sei zu fordernd, zu emotional, zu sensibel! Mir fehle die endogene Zufriedenheit. *Endogen*, ich musste das Wort nachschlagen: *Von innen heraus*. Man braucht also niemanden, sollte von innen heraus eins sein.

In der Tat, ich brauchte jemand.

Ihn!

Die tieferen Ursachen unserer Probleme hatte Harry vielleicht geahnt, wollte sie aber nicht wahrhaben.

Nachdem es mir endlich gelungen war, ihn zu einer Paartherapie zu schleppen, stellte sich heraus: Harry hatte sich schon in seiner Kindheit eigenartig verhalten. Als seine Mutter zu seinem Geburtstag Schulkameraden eingeladen hatte, zog er sich bereits nach einer halben Stunde ins Schlafzimmer der Eltern zurück, wollte seine

Ruhe haben. So wie er in den letzten Jahren oft lieber alleine war, als mit mir Zeit zu verbringen. Der Psychologe empfahl: Harry möge sich in einer Klinik untersuchen lassen.

Die vielen Tests, die Harry dort ehrlich ausgeführt hatte, ergaben: Er denkt in Zahlen, Formeln und geometrischen Mustern, verfügt über einen Intelligenzquotienten von über 152 und eine mathematische Inselbegabung. Doch seine Fähigkeit zur Empathie war um etwa zwei Drittel herabgesetzt. Mit all den anderen Besonderheiten ergab sich eine klare Diagnose: das Asperger-Syndrom, eine milde Variante des Autismus.

Die Diagnose machte alles schwieriger.

Und einfacher.

Denn nun kannten wir das Problem. Vor allem: Ich brauchte mich nicht mehr für meine Liebesbedürftigkeit zu rechtfertigen! Harry fand für Gefühle keine Worte, weil er sie nicht wahrnehmen konnte. Er suchte keine Nähe, weil sie ihm unangenehm war. Seine Nicht-Kommunikation entstand nicht aus Ignoranz, sondern war durch das Asperger-Syndrom begründet.

Die Diagnose hatte ihn erschüttert.

Und er tat, womit ich nicht gerechnet hatte. In seiner sachlichen Art behandelte er den Mangel an Emotionalität wie einen technischen: Musste man eben dran arbeiten. Werkzeuge finden. Beheben. Er machte eine Verhaltenstherapie. Und lernte, auf Menschen – soweit es ihm möglich war – zuzugehen. Er begann, im richtigen Moment anderen in die Augen zu sehen, zu lächeln oder Emil zu liebkosen.

Auf seinem Smartphone stellte er einen Alarm auf 7 Uhr 15 und einen auf 20 Uhr 10, um mich zweimal am Tag zu umarmen und zu drücken, so wie ich es mochte. Plötzlich sprach er sie aus, die drei häufigsten Lügen gegenüber Frauen: *Du siehst grandios aus, schmeckt lecker, ich dich auch.*

Natürlich: Lüge blieb Lüge. Trotzdem musste ich zugeben: Sie taten mir gut. Denn Lügen sind immer noch besser als Ignoranz, die permanente Nichtbeachtung hatte mich am tiefsten verletzt.

Erst nach der Diagnose konnte ich seine Mühe wertschätzen, weil ich wusste: Er ist anders.

Lange hatte ich vermutet: Harry sei kalt und egoistisch.

Jetzt wusste ich: Harry ist autistisch!

Endlich konnten Emil, ich und die engsten Freunde verstehen, warum Harry ungern Hände schüttelte, uns selten umarmte oder kaum den Blickkontakt hielt. Natürlich ärgerte ich mich, warum ich Harry nicht schon viel früher zum Psychologen geschleppt hatte. Doch der Therapeut meinte, dass die Mehrheit der leichten und mittleren Asperger-Betroffenen ein Leben lang keine Diagnose erhielten, weil sie es verstünden, die Auswirkungen zu verdrängen, klug zu überspielen oder sich auf intensive Beziehungen erst gar nicht einließen. Auch Harry hatte ja abgewiegelt und versucht, sich als normal darzustellen.

Das Asperger-Syndrom erklärte auch Harrys Asthma, das gehäuft bei Autisten auftrat. Nun aber fragte ich mich: Hatten die Entführer Harry mit seinem lebenswichtigen Bronchialspray versorgt? Lebte er überhaupt noch?

*

Zielsicher fand der Russe den Weg in dem unterirdischen Gewölbe, er steuerte auf eine Glastür mit der Aufschrift *Serverfarm* zu. Darin lange Gänge mit Racks. Übereinander. In mehreren Reihen. Bis zur Decke. Hunderte Rechner, deren LEDs im Halbdunkel der Notbeleuchtung blinkten. Ein leises Surren und Rauschen erfüllte die Halle. Überall Metallschächte und bunte Kabel.

Aus seiner Hosentasche zückte der Russe einen USB-Stick und steckte ihn an den zweiten Server in der ersten Reihe. In diesem Moment öffnete der jüngere Wachmann aus dem Überwachungsraum die Glastür und beobachtete unbemerkt den Russen, der den USB an den Server daneben anschloss und wartete.

Auf leisen Sohlen näherte sich der echte Wachmann von hinten dem Russen, das Gemurmel der Luftfilter übertönte seine Schritte.

»Was machst'n da, Bernhard?«, fragte er.

Statt einer Antwort nahm der Russe den USB aus dem Server und steckte ihn an die dritte Apparatur, ohne sich umzudrehen.

»Bernhard?«, insistierte der echte Wachmann und griff misstrauisch zu seiner Waffe. Er trat noch einen Schritt näher.

»Du bist gar nicht Bernhard?«

Ohne den Wachmann zu beachten sagte der Russe: »Bin von der IT-Service-Unit ... Ingenieur Horst Schäubel mein Name!« Er steckte den USB am nächsten Gerät an.

»Herr Ingenieur, kann ich bitte Ihren Ausweis sehen? ... Reine Routine«, bat der Wachmann, der jetzt nervös seine Pistole entsicherte.

Noch immer drehte sich der Russe nicht um, er steckte einen weiteren USB an und sagte laut: »Gerne. Liegt am Tisch hinter Ihnen.«

Verwundert wandte sich der Wachmann zum Tisch: Darauf lag tatsächlich ein Ausweis. Der Wachmann griff danach und las: Es war der von Bernhard Kunert. Gerade als der Wachmann sich protestierend umdrehen wollte, spürte er etwas Kaltes im Nacken – mehrere Schüsse der E-Pistole ließen den Wachmann zusammenzucken, bis er bewusstlos zu Boden sank. Der Russe griff zur Universal-Zugangskarte des Bewusstlosen und riss sie ihm vom Gürtel.

Tag 5

»Du bist Petrus der Fels, auf dir will ich meine Kirche bauen. Du bist der Euro, auf dieser Währung wollen wir unser Europa bauen.«

Portugiesischer Ministerpräsident António Guterres (1995)

*

D*as Notebook darf der Polizei nicht in die Hände fallen, sonst bin ich tot oder hinter Gittern, lebenslang!* – Jetzt, im Gefängnis, kamen mir Harrys Worte absurd vor. Ich konnte nicht schlafen, ging in der Zelle auf und ab, machte Liegestütze. Gegen die Wand. Bis zur Erschöpfung. Ich fragte mich, ob ich es tat, weil ich es in Filmen so gesehen hatte oder weil ich anfing, mich auf Grund der Ereignisse der letzten Tage selbst zu quälen. Meine Gedanken kreisten um Emil, Harry und Martin Engel, sie wurden immer abwegiger: Könnte Tomek doch recht haben und Harry verfolgte einen ganz anderen Plan? Einen Plan, in dem ich nicht vorkam? Einiges sprach dafür: Die seltsame Beziehung zu Vroni. Sämtliche Informationen über den Code und das Notebook, die Harry mir vorenthalten hatte. Das viele Geld in der Sporttasche auf dem Güterbahnhof.

Schweißgebadet ging ich verschiedene Möglichkeiten durch, doch eine von Harry generalstabsmäßig geplante Flucht ohne Emil und mich wollte ich einfach nicht wahrhaben!

Ich dachte über mein kompliziertes Verhältnis zu Harry nach. Meine dauernde Sehnsucht nach mehr.

Mehr wovon?

Wäre ich glücklicher, wenn er mich jeden Tag von sich aus zärtlich und hingebungsvoll behandeln würde? Vielleicht. Vielleicht aber wünschte ich mir insgeheim eine Geste. Etwas, das Harry nur für mich tun würde. Etwas, das nicht nur – wie bei ihm fast immer – mit Vernunft zu tun hatte. Etwas, dass uns einander näherbringen könnte. Ich vermochte es nicht zu benennen, doch es quälte mich.

Erschöpft ließ ich mich auf das Bett fallen. Ich sehnte mich nach seinem Schienbein, an dem ich jeden Morgen meinen Unterschenkel, noch vor dem Summen seines Handy-Weckers, entlang gleiten ließ. Manchmal stahl ich mir zwischen dem ersten und zweiten Wecker-Summen eine Umarmung, obwohl ich wusste, dass ihm diese Nähe frühmorgens unangenehm war, doch er hatte fast nie die Kraft, sich wegzudrehen oder sofort aufzustehen. Nun, in dieser kahlen Zelle, wurde mir bewusst, wie sehr ich mich an diese spröde Nähe gewöhnt hatte und wie sehr ich diese Rituale vermisste.

Wenn Emil dann manchmal schlaftrunken ins Zimmer torkelte und sich zwischen uns warf, lag sein kleiner Kopf zumeist auf meinen Brüsten und seine Füßchen auf Harrys Bauch – so schuf Emil eine zärtliche Verbindung. Es waren jene Momente, in denen ich mich zu Hause fühlte. Momente, die mich glücklich machten und mir Kraft gaben. War Harry das wirklich alles egal?

*

Emil hörte, wie Bibiane und Boris im Schlafzimmer stritten. Seinetwegen! Auf dem Besuchersofa war er aufgewacht, die Wanduhr zeigte vier Uhr und dreiundzwanzig Minuten. Schlaftrunken bekam er mit, dass Boris keinen Bock mehr auf Polizeirazzien und anderen Zoff wegen Mama und Papa hatte. Emil verspürte einen heftigen Hustenreiz und unterdrückte ihn. Dann griff er zu seinem Handy und schloss sich in der Toilette ein.

Endlich konnte er laut loshusten. Verwirrt rief er seine Mutter an, es meldete sich nur ihr Anrufbeantworter. Er setzte sich auf die Klomuschel und dachte nach: Wo sind Mama und Papa bloß hin?

»Papa wird sicher bald wieder auftauchen«, hatte ihm Bibiane vor dem Einschlafen erklärt. »Und Mama sucht jetzt Papa, deshalb ist sie unterwegs.«

Wenn jemand verschwunden ist, muss man ihn suchen, ja, das leuchtete Emil ein. War Mama und Papa vielleicht sein Husten zu anstrengend? Mochten sie ihn nicht mehr? Wollten sie sich scheiden lassen? War er an allem schuld?

Verzweifelt sprang er hoch, zog sich Jacke und Schuhe an und schritt zur Tür hinaus.

Der Krach ließ Boris hochschrecken, er hörte die Wohnungstür ins Schloss fallen. Einbrecher? Auffordernd sah ihn Bibiane an, er sollte besser nachsehen. Boris tat es und bemerkte, dass Emil abgehauen war. Rasch zog er eine Jacke über den Pyjama und hastete die

Treppen runter, er lief durch zwei Straßen und fand Emil schließlich weinend und hustend vor dem verschlossenen Eingang eines polizeilichen Fundbüros, das auf dem Weg zum nächsten Supermarkt lag, an dem Emil schon oft vorbeigekommen war.

»Irgendjemand muss doch Mama oder Papa gefunden haben«, sagte Emil mit Tränen in den Augen. »Wir müssen eine Suchmeldung abgeben. Jetzt. Sofort!«

#

Gegen fünf Uhr früh wachte Krepper auf. Er konnte nicht mehr einschlafen und hörte Radio. Katastrophenmeldungen.

Als er am Vorabend nach Hause gekommen war, hatte ihn ein Nachbar angesprochen und gefragt, ob er nicht »spontan« Geld brauche und seine Wohnung verkaufen wolle.

Der 56-jährige Unternehmererbe bot Krepper das Dreifache des Wohnungswertes an. Über eine Million. Sofort. Und in bar. Als Krepper fragte, woher der Mann so viel Bargeld habe, grinste er nur. Es ging ihm offensichtlich darum, sein Geld in Betongold zu retten. Um jeden Preis.

Dankend hatte Krepper abgelehnt.

Plötzlich wollten es alle loswerden. Das liebe Geld. Dabei ist es eine sensationelle Erfindung. Es erlaubt uns, Ungleiches miteinander zu tauschen. Seit 2.600 Jahren. Nahezu überall auf der Welt. Ein Elixier, das verwandelt, durchdringt und motiviert. Das Berge versetzt, Städte erblühen lässt und Euphorie auslöst.

Umso mehr ärgerte Krepper, wie Verantwortliche heute mit dem Rohstoff Geld agierten. Und mit Schulden. Denn der Umgang von Politikern mit der Schuldenkrise beruhte auf Konzepten von gestern, auf der mythologischen Idee von Schuld und Sühne, auf der Freud´schen Theorie des kontrollierenden Über-Ichs – also Gläubigern, die den Schuldner nach Erbringung seiner Schuld heilen.

Spätestens aber seit eine Schuldenkrise die nächste jagte und immer mehr Staaten gegen eine Überschuldung ankämpften, ja sogar die USA öffentlich zugaben, niemals ihre Schulden vollständig zurückzahlen zu können, war für Krepper klar geworden: Die Idee, Geld in so großem Maß durch Kredite zu schöpfen und gleichzeitig die Zunahme der weltweiten Schulden zu beklagen, war ein Paradoxon.

Ein schizophrener Anspruch.

Eine Moral des letzten Jahrtausends.

Eine Erbsenzähler-Philosophie.

Gerade Nationen mit hohem Wirtschaftswachstum wie China verzeichneten einen außergewöhnlichen Anstieg der Verschuldung. Trotzdem hatte sich China vom Entwicklungsland an die globale Spitze katapultiert. Das bedeutete: Mehr Wirtschaft, mehr Geld, mehr Schulden!

Schulden waren systemimmanent.

Umgekehrt durchgespielt: Käme ein Erbsenzähler auf die Idee, dass Deutschland seine 2.000 Milliarden Staatsschulden innerhalb weniger Jahre zurückbezahlen sollte, so müsste in diesen Jahren eine Vielzahl von Staatsausgaben entfallen. Sämtliche Investitionsprogramme für Bildung, Forschung und Verkehr würden sofort gestrichen werden, der Staat könnte seine Aufgaben nur mehr in Notbereichen wahrnehmen. Die Folgen sowohl für die Bevölkerung als auch für die Gläubiger: Kaum Investitionen, eine Spirale der Angst und Verunsicherung, ein massiver Wirtschaftseinbruch, totaler Stillstand!

Trotzdem beteten seit Jahrzehnten viele Nationalökonomen denselben Sermon: Bis auf den letzten Cent müssten Schulden getilgt werden. In der Griechenlandkrise wurde gar ein Exempel statuiert. Obwohl jeder Mensch, der seine Augen nicht verschloss, längst sehen konnte: Das System der Staatsschulden beruhte nur mehr auf Verlängern und Täuschen – das permanente Verlängern des Rückzahlungszeitraumes und die damit einhergehende *Täuschung,* dass am Ende alle Schulden tatsächlich beglichen werden könnten.

Was für eine Illusion!

*

Durch die vergitterten Fenster erkannte ich die Zeichen des beginnenden Morgens. Entfernt hörte ich Kirchenglocken, die vermutlich zur ersten Sonntagsmesse riefen.

Als das Schloss der Zellentür knarzte, hatte ich mein Gesicht bereits mehrmals mit kaltem Wasser gewaschen. Zwei Frauen in grauen Uniformen holten mich ab.

Das kraftlose Licht der Novembersonne ließ den betonierten Innenhof noch trostloser aussehen.

Die beiden Wärterinnen brachten mich in den Verhörraum. Tomek setzte sich mir gegenüber, Dr. Marena stand an der Einweg-Glasscheibe.

»Guten Morgen, Frau Rokovic«, begann Tomek und schob mir einen Packen Kontoauszüge rüber, die mir auf den ersten Blick nichts sagten: »Ihr Mann hatte in den letzten drei Jahren keine Anstellung, richtig?«

Nachdem ich nicht antwortete, setzte Dr. Marena nach: »Wovon haben Sie drei gelebt?«

»Ich hatte Aufträge ... und Harry hatte nach seiner letzten Festanstellung ein paar kleine Jobs ... aber wegen seiner unterkühlten Art kamen die meisten Kunden nur einmal ... irgendwann musste er hartzen.«

»Wir haben uns erlaubt, Ihre Konten zu überprüfen«, sagte Tomek und sah mich ermahnend an.

»Wie erklären Sie sich, dass Ihr Mann vor drei Monaten ein Sparbuch bei einer Internetbank in Rumänien eröffnet hat?«, fragte Dr. Marena.

Davon wusste ich nichts, ich konnte es kaum glauben. War das eine Falle oder wurde Harry verleumdet?

»Wozu sollte er das getan haben?«, sagte ich.

»Auf das Konto wurden im September 5.000 Euro eingezahlt«, präzisierte Tomek.

»Und fünf Tage vor dem Cyber-Anschlag weitere 10.000.«

»Von wem?«, fragte ich verwundert.

»Von Harry Rokovic«, antwortete Dr. Marena und fixierte mich, »von ihm selbst.«

Ich schüttelte den Kopf: »Woher soll er die 15.000 haben?«

»Das würden wir gerne von Ihnen wissen.«

Nach meinem langen Schweigen kam Dr. Marena in Fahrt, ich konnte ihre Erregung spüren, sie wurde ganz leise: »Ich sag´s Ihnen ... er hat das Geld von einem Auftraggeber erhalten. In bar!«

»Für was ... welche Leistung?«

»Was meinen Sie?«

»Weiß nicht.«

»Wir nehmen an, für sein Know-how. Jemand hat ihn bezahlt.«

»Wer war das?«, insistierte Tomek.

Ich zuckte die Schultern.

»Wer hat ihm 15.000 rübergeschoben?«, wurde Dr. Marena lauter.

»Keine Ahnung, wirklich nicht.«

»Wenn Sie´s tatsächlich nicht wissen, dann geben Sie uns den USB«, sagte Dr. Marena, »und wir finden´s raus. Andernfalls müssen wir glauben, Harry Rokovic steckt selbst hinter dem Anschlag. Und Sie mit ihm!«

»Unsinn«, stammelte ich und sah zu Tomek: »Ich möchte jetzt bitte einen Anwalt.«

Eine Sekunde schwiegen beide, schließlich nickte er und griff zum Telefon, während Dr. Marena sich zurücklehnte: »Das ist Ihr gutes Recht, Frau Rokovic ... aber ich sage Ihnen schon jetzt: Ihr Anwalt wird Ihnen raten, mit uns zu kooperieren. Das macht jeder gute Anwalt.«

Eine Weile sagte sie nichts, dann kam sie erneut näher und fragte mit leiser Stimme: »Wie standen Sie denn zu Frau Veronika Glaser?«

Vronis Name löste in mir ein Pulsrasen aus, ich spürte, wie sich meine Züge verhärteten.

»Welches Verhältnis hatte Ihr Mann zu Veronika Glaser?«

Sie mussten alle Bekannten von Harry durchgegangen sein, vermutlich über das Netz. Nachdem ich zu Vroni trotz hartnäckiger Nachfrage nichts sagte, wechselte Dr. Marena das Thema: »Inzwischen wissen wir auch, dass Ihr Mann unter einer leichten Form des Asperger-Syndroms leidet.«

Natürlich hatte ich befürchtet, dass die Bullen an medizinische Unterlagen gekommen waren. Trotzdem war ich überrascht von der fast beiläufigen Art, in der sie es mir mitteilten.

»Das bedeutet«, sagte Dr. Marena, »Ihr Mann hat aufgrund seiner mathematischen Hochbegabung die Fähigkeit, das komplexe Virusprogramm zu erstellen. Doch wie Sie sicher wissen: Geraten Menschen mit Asperger unter Druck, kann es problematisch werden. Sehr problematisch!«

Dr. Marena nickte, als wollte sie sich selbst bestätigen: »Egal, ob Herr Rokovic für den Anschlag verantwortlich oder Opfer ist ... er steht massiv unter Druck. Und die Folgen von heftigem Druck auf Autisten sind Ihnen ja bekannt: Atemnot, Asthmaanfälle,

Kreislaufzusammenbrüche ... bis hin zum Herzstillstand.«

Langsam beugte sich Dr. Marena zu mir: »Frau Rokovic, wenn Sie Ihren Mann wirklich lieben, dann helfen Sie uns jetzt. Und damit ihm. Er muss aus dieser lebensgefährlichen Situation befreit werden. So rasch wie möglich!«

Natürlich hatte Dr. Marena recht, ich hatte mir die letzten Tage ständig Sorgen um Harrys Gesundheit gemacht, es musste ihm schlecht gehen. Schon geringerer Stress reichte aus, um Asthmaanfälle auszulösen.

»Frau Rokovic, was hatte Harry vor?«, setzte Tomek in ruhigem Ton nach. »Wo ist der USB-Stick?«

Verzweifelt überlegte ich, ob ich nicht doch aufgeben und das Versteck des USBs mitteilen sollte. Sofort hämmerte Harrys Satz ... *sonst bin ich tot!*

Unbewusst sah ich für eine Sekunde auf meine Schuhe. Und verdammte mich sofort, denn Dr. Marena hatte meinen Blick in ihrer wachen Art bemerkt. Sie behauptete, eine Kaffeepause zu machen und gab der uniformierten Kollegin einen diskreten Hinweis.

Kurz darauf untersuchte die Kollegin penibel meine Schuhe. Bänder, Sohlen, Absätze, in einem entdeckte sie eine daumengroße Kerbe, ein Versteck.

Doch es war leer.

Ein kleiner Sieg.

»Wozu haben Sie eine Kerbe in der Sohle«, fragte Dr. Marena verärgert.

»Für Drogen.«

»Ah ja«, Tomek klang amüsiert, »welche denn?«

»Kaffeebohnen, Kaugummis, Kekskrümel ... passt alles genau rein.«

Säuerliche Gesichter.

Nach kurzem Anklopfen betraten zwei Personen den Raum: Dem Journalisten Martin Engel folgte eine schlanke Frau Mitte fünfzig mit blond gefärbten, halblangen Haaren und einem braunen Aktenkoffer.

»Guten Tag«, sagte Martin Engel und deutete zu der blonden Dame, »dass ist Frau Dr. Herta Schieflbusch. Sie hat sich bereit erklärt, Frau Rokovic juristisch zu vertreten.«

Dr. Marena und Tomek sahen einander irritiert an, auch ich war überrascht, so schnell hatte ich mit einem Anwalt nicht gerechnet, doch Martin Engel meinte, ihm sei zu Ohren gekommen, dass ich verhaftet worden sei, da habe er eine Rechtshilfeorganisation überzeugen können, für mich die erfahrene Anwältin Schieflbusch zu finanzieren. Schieflbusch lächelte ein wenig übertrieben, wie ich fand. Sie begann sofort, auf Dr. Marena einzureden, holte aus ihrem abgewetzten Lederkoffer eine Entscheidung des Bundesverfassungsgerichts hervor, nach dem der Paragraf 112, Absatz 3, der Strafprozessordnung gegen den Verhältnismäßigkeitsgrundsatz verstoße. Sie verlangte umgehend eine Anhörung vor dem diensthabenden Untersuchungsrichter.

An der Oberlippe von Schieflbusch fiel mir eine kleine Narbe auf, vermutlich von einer Hasenscharte, die operiert und dezent überschminkt worden war. Sie trug ein schwarzes Kostüm und eine weiße Bluse, bis zum Hals zugeknöpft, mit kleinem Kragen.

Jetzt erst wurde mir bewusst, dass Schieflbusch mich weder begrüßt noch mir die Hand gegeben hatte, nur einmal hatte sie sich zu mir gewandt und gelächelt, doch dieses Lächeln hatte seltsam künstlich gewirkt. Bei der ganzen Diskussion hatte ich den Eindruck, als verhandle Schieflbusch eine Immobilie oder Flugrechte. Nichts deutete darauf hin, dass es um Harrys Leben oder meine

Freiheit ging. Der Schlagabtausch der beiden Frauen wurde energischer und machte mich skeptisch, obwohl Schieflbusch weiter lächelte.

»Durchtherapiert«, durchschoss es mich, das Dauerlächeln von Schieflbusch resultierte aus einer Verhaltenstherapie. Ich konnte es kaum ertragen, es war so bemüht, so aufgesetzt, schlimmer als Harrys angestrengtes Lächeln, wenn er glaubte, Gefühle zeigen zu müssen.

Mit Argumenten kämpfte ich gegen meinen Vorbehalt, denn in einem Streitgespräch mit Harry war ich schließlich zu der Erkenntnis gelangt: Auch wenn ein Dauerlächeln unehrlich wirkt, hat man nicht das Recht, es zu verurteilen, da im »Bemühen« ja die Mühe steckt. Was sich zu würdigen empfiehlt. Denn für die meisten Mitmenschen ist eine bemüht-freundliche Haltung besser zu ertragen als eine ehrlich-depressive.

Indes musterte mich Martin Engel und meinte: »Hatten Sie nicht zuletzt rote Haare? ... Oder wechseln Sie die Haarfarbe wie das Herbstlaub?«

»Sehr lustig.«

Dann die Überraschung: Anwältin Schieflbusch gelang es, mich aus der Haft zu boxen. Sie und Martin Engel wollten so schnell wie möglich weg, doch ich bestand darauf, zuerst aus dem Gefängnislagerraum mein Handy und meine persönlichen Utensilien zu holen. Jeans, Stiefeletten, weiße Bluse. Mit jedem Teil kam ein Stück Selbstbewusstsein zurück. Die rote Lederjacke hatte mir Harry in Triest geschenkt. Ich trug sie wie eine zweite Haut, mit der Jacke gelang es mir, ein wenig Nähe herzustellen.

Schließlich führte mich Engel die Treppe runter und durch den Hof zur Ausfahrt des Gefängnisses. Mit zwei dicken Ordnern und ihrer Aktentasche stöckelte Schieflbusch hinterher. Mir entging nicht, dass im Hof Hauptkommissar Michael Tomek und drei weitere Kollegen in zwei schwarzen BMWs saßen und uns beobachteten. Nun startete einer.

»Wir werden keine Sekunde mehr allein sein«, raunte ich zu Engel und deutete auf die Wagen.

»Seh ich anders«, zischte er.

Dann schritt er entschlossen zum Tor. Jetzt erst bemerkte ich: Direkt neben der Ausfahrt wartete ein Taxi. Als der Fahrer uns kommen sah, ließ er seinen Daimler an. Hinter dem Taxi stand in zweiter Spur ein Pritschenwagen, die Werbung eines Autoverleihs prangte von der großen Ladefläche. Auch der muskulöse Lasterfahrer startete den Motor, würgte ihn aber wieder ab.

Nachdem Schieflbusch, Engel und ich ins Taxi gestiegen waren, beschleunigte der Mercedes. Als ich mich umdrehte, sah ich: Der Pritschenwagen ruckelte sofort hinter uns ein paar Meter vor die Ausfahrt und wurde abgewürgt. Die beiden schwarzen BMWs konnten nicht vorbei und hupten. Statt eines neuen Startversuchs sprang der Lasterfahrer aus der Kabine und bat die Beamten um Starthilfe.

Die Polizisten tobten.

*

Das Taxi raste in einem Höllentempo durch die Innenstadt. Nervös rief ich von meinem Handy Bibiane an. Mit Missfallen beobachtete Martin Engel mein Telefonat. Boris meldete sich: Emil gehe es den Umständen entsprechend. Was hieß das? Husten, er sei völlig verschleimt, aber er schlage sich wacker. Indes versuchte Bibiane in weiteren Apotheken, das Bronchialmedikament zu besorgen. Dann kam Emil ans Telefon. Hustend und niedergeschlagen sagte er: »Papa hat immer einen Notinhalator dabei ...« – Der Vorwurf zog mir den Boden unter den Füßen weg, ich kämpfte gegen Tränen. Mir wurde bewusst, wie berechtigt Harrys Sorge war: Auch wenn Emil sich schon oft selbstständig gab, benötigte er ein komplexes Geflecht aus Beziehungen, ein Koordinatensystem, verlässliche Ansprechpartner. Konnten Bibiane und Boris das wirklich leisten?

Ich versprach, bald zu Hause zu sein: »Bibiane wird sicher einen Inhalator für dich auftreiben.«

Das Taxi hielt in einer Nebenstraße.

»Umsteigen«, sagte Engel, »kommen Sie bitte, schnell!« Er machte einige Schritte auf einen weißen VW-Golf zu und öffnete mir die hintere Tür. Kaum hatte ich mich reingesetzt, meinte er: »Geben Sie mir mal Ihr Handy.«

Irritiert sah ich ihn an: »Warum?«

»Bitte!«

Ich schüttelte den Kopf.

»Es ist wichtig.«

Was wollte er? Jemand anrufen?

Auffordernd sah er mich an.

Einen Moment war ich unsicher, abrupt griff er nach meinem Smartphone, sah sich kurz um und warf es mit Schwung auf die Ladefläche eines vorbeifahrenden Lasters voller Herbstlaub.

»Besser so, sonst werden wir die Herren in den dunklen Jacken nie los.«

»Aber ich muss mit meinem Sohn in Kontakt ...«, appellierte ich.

Aus seiner Tasche zog er drei kleine, ausgeschaltete Handys hervor und gab sie mir: »Für den Notfall. Jedes nur einmal verwenden. Dann wegwerfen, ja?«

Als ich nickte, setzte sich Engel ans Steuer und startete. Im Wagen roch es nach Pommes frites und einem süßlichen Aftershave, ich fühlte mich immer unwohler, wollte nur zu Emil.

Engel aber meinte, die Anwältin halte das für zu gefährlich, bei Emil wären jetzt sicher Aufpasser: Erst müssten die juristischen Anschuldigungen gegen mich aus der Welt. Dazu bedürfe es eines intensiven Gesprächs mit Schieflbusch. Ohne Polizeibeobachtung und Überwachung des Verfassungsschutzes: »Unter sechs Augen.«

An einer roten Ampel zog ich am Türgriff. Klappte nicht. Kindersicherung.

»Keine Sorge«, Engel lächelte mir beruhigend zu, »wir bringen Sie an einen absolut sicheren Ort!«

Mir lief es kalt über den Rücken.

»Wo ist überhaupt Frau Schieflbusch?«, fragte ich. Engel deutete nach hinten, sie folgte uns in einem blauen Smart. Wenigstens. Zu Schieflbusch hatte ich mehr Vertrauen.

Als wir die Stadtausfahrt erreichten, bog Engel auf eine schmale Landstraße. Lange musste er hinter einem Geländemotorrad herfahren. Der Biker trug einen Vollvisierhelm und eine schwarze Rocker-Lederjacke, er wirkte nicht gerade wie das Musterbeispiel an Gesetzestreue, trotzdem hielt er sich penibel an die Siebziger-Beschränkung und gab die Spur nicht frei.

»Habe ich schon mal erwähnt«, mokierte sich Engel, »dass ich Motorradfahrer nicht leiden kann?«

Als er schließlich mit einem gewagten Manöver überholen konnte, musterte ich den Biker. Zwar handelte es sich um eine weiße Geländemaschine und der Mann hatte die Statur von Harrys Entführer, trotzdem bezweifelte ich, dass er es war – für Paranoia war jetzt kein Platz.

Engel hatte kurz zuvor das Autoradio eingeschaltet. Nach dem zweiten Satz eines Streichquartetts wurde die Musik wegen einer Eilmeldung unterbrochen:

Katastrophaler Zwischenfall in Bundesbank und EZB. Das Virusprogramm der Cyber-Terroristen hat sämtliche Server lahmgelegt. Auch die gespiegelten Festplatten in den Hochsicherheitsbunkern. In den letzten Jahren haben EZB und Bundesbank sukzessive sämtliche Papierbelege digitalisiert. Ein IT-Spezialist bestätigt: »Durch das Virus könnten sämtliche Informationen über Guthaben, Anleihen und Staatsschulden vernichtet sein.« Noch wagt die EZB es nicht, die Folgen des Anschlags exakt einzuschätzen. Einige Experten sprechen aber bereits von einem »ökonomischen Tsunami«, andere von einer »monetären Kernschmelze mit der Gefahr eines globalen Supergaus«.

Plötzlich fragte ich mich: Gibt es nun keine Gläubiger und Schuldner mehr, kein Arm und Reich?

Über den Rückspiegel beobachtete ich den Ausdruck von Martin Engel.

Er reagierte nicht.

Überhaupt nicht.

Stattdessen lenkte er den Wagen auf eine kaum befahrene Landstraße, er bog auf einen unbefestigten Weg ab und fuhr durch einen Wald. Die ganze Fahrt über sagte er kein Wort mehr, der Mann wurde mir immer ungeheurer.

Plötzlich tat sich eine Lichtung auf, ein Bild voller Anmut: Über der weitläufigen Wiese hing ein leichter Bodennebel, durch den sich das Orange der Nachmittagssonne kämpfte. Mitten auf der Wiese ein Laubbaum, dessen Blätter rot und gelb leuchteten. Darunter von leichtem Dunst umhüllt eine alte Bank. Engel rollte auf eine dichte Baumreihe zu. Dahinter, etwas versteckt, ein Gebäude mit massivem Holztor.

Er sprang aus dem Wagen, sperrte zwei Vorhängeschlösser auf und steuerte den Golf in einen Vierseithof. Vor einem zweistöckigen Bauernhaus hielt er an. Aufgrund des kleinen, kupfernen Vordachs und dem Willkommen-Schriftzug am Eingang vermutete ich ein Landhotel. Schieflbusch parkte ihren Smart gegenüber vor einem weißgekalkten Stall in Fachwerkbauweise.

Während Engel das Holztor abschloss, sah ich mich um: Vor mir das Hotel, gegenüber der Stall, links das massive Tor, rechts eine etwa vier Meter hohe Mauer, die an eine Scheune anschloss. Kein weiteres Auto, keine Besucher, niemand. Vermutlich war der alte Gasthof schon lange nicht mehr in Betrieb.

Kaum hatten wir das Hotel betreten, versperrte Engel die Haustür und steckte den Schlüssel ein.

»Bin ich jetzt gefangen?«, fragte ich beunruhigt.

Engel schüttelte den Kopf: »Nur zu unserer Sicherheit ... den Leuten von BKA und Verfassungsschutz ist alles zuzutrauen.«

Misstrauisch musterte ich ihn, er aber klopfte mir generös auf die Schulter: »Falls Sie spontan raus wollen, bedienen Sie sich.« Er hing den Haustürschlüssel auf ein Schlüsselbrett im Flur und legte seinen Mantel an der Garderobe ab.

Die Luft roch muffig, ich folgte der Anwältin in ein Gasthofbüro, wo sie sich mir gegenüber setzte: »Die Gegenseite hat mehrere Fehler gemacht«, begann Schieflbusch und zückte Block und Stift, »es ist Sonntagnachmittag, die Ermittler werden nur einige Stunden brauchen, um präzisere Unterlagen für einen neuen Haftbefehl zu besorgen. Spätestens dann droht Ihnen erneut Gefahr!«

Engel kochte Kaffee und servierte ihn mit Salzbrezeln.

»Frau Rokovic, wie Sie bemerkt haben, kann ich Ihnen helfen.« Schieflbusch rückte ein wenig näher. »Das werde ich gerne weiter tun. Aber es kann nur gelingen, wenn Sie mir Ihre Geschichte erzählen. Ihre ganze Geschichte. Die Wahrheit!«

Eine Weile dachte ich nach, verschlang eine Brezel und kam zu dem Schluss, dass Taten überzeugender waren als Worte. Engel schien mir irgendwie suspekt, aber Schieflbusch hatte gehandelt und mich aus der Haft geholt. Welche Möglichkeiten hatte ich? Wenn Schieflbusch tatsächlich von einer Rechtshilfeorganisation entsandt wurde, sollte ich ihr trauen. Und Engel ging es um eine gute Story für seine Zeitung, wie er im Restaurant *Surplus* erzählt hatte. Ich musste mich entscheiden.

@

Der BKA-Präsident wollte nicht alleine zu der geheimen Lagebesprechung um 21 Uhr ins Kanzleramt, zu der ihn der Innenminister zitiert hatte. Deshalb befand sich Dr. Marena im Aérospatiale AS 332. Der Hubschrauber der Bundespolizei fasste über zwanzig Personen, trotzdem saß sie allein hinter den beiden Piloten und hatte die neuesten Infos ihres Mitarbeiters Bauernfeind auf dem Schoß. Durch das gewölbte Cockpitfenster hatte sie beobachtet, wie die Sonne am Horizont verschwand. Eine beleuchtete Landstraße und vereinzelte Lichtpunkte deuteten auf ein Dorf in Brandenburg, das sie überflogen.

Dr. Marena versuchte sich auf die mit einer Bordlampe angestrahlten Papiere zu konzentrieren: Darin berichtete Bauernfeind von neu entdeckten Cyber-Angriffen auf die *L&L* Bank. Die Attacken hatten vor Kurzem stattgefunden. Das Verfahren war Dr. Marena nicht neu: Der Hacker hatte sich ein »Goldenes Ticket« für die *L&L* besorgt. Dafür hat er Spearmails an die Mitarbeiter der Bank versandt, also gezielt Mitarbeiter ausgewählt, die eine Antwort von jemandem erwarteten und dann mit einer Reply-Mail reagiert. Sobald die Mitarbeiter diese vermeintliche Antwortmail öffneten, wurde der Rechner infiziert. Damit war das Virus im Bank-Netzwerk. Und suchte sich dort einen nicht upgedateten Computer, den das Virusprogramm zum Administration Account auserkor. Dann startete die entscheidende Phase: Mit dem neuen Account konnte der Hacker sich im Zentralserver einen Zugangsschlüssel zur gesamten IT besorgen.

Doch Dr. Marena war überzeugt, dass es sich dabei nicht um den entscheidenden Angriff handelte, der die *L&L*, die *Andromeda*, die Bundesbank und andere Institute kollabieren hatte lassen, sondern um ein Ablenkungsmanöver, das die BKA-Dienste beschäftigen sollte – sie musste an Vorovsky denken, er hätte die Fakten sofort interpretiert oder sie gar nicht erst damit belästigt.

Irgendwie musste es ihr zeitnah gelingen, Vorovsky in ihre Abteilung zu holen. Obwohl Anfang sechzig, war er so herrlich wach. Und er liebte es, sich über sich selbst lustig zu machen. Lakonisch hatte er unlängst gemeint: Bis vierzig hatte er sich jung gefühlt. Zwischen vierzig und fünfzig hatte er gegen das Altern gekämpft. Mit Sport, Diäten und gesunder Ernährung. Zwischen fünfzig und sechzig war für ihn die bitterste Zeit: Das Jahrzehnt des Abbaus. Zähne, Haare, Potenz. Jetzt aber, über 60, hatte er den Kampf verloren: Er war alt! Und hatte damit die beste und entspannteste Zeit seines Lebens. Denn Wissen und Konzentration betreffend empfand er sich auf dem Höhepunkt seiner Möglichkeiten.

Plötzlich sackte der Hubschrauber mehrere Meter ab, geriet in Schieflage und fing sich wieder. Draußen sah sie weder Wolken noch hatte sie zuvor starke Winde wahrgenommen. Ein weiteres Absacken folgte, Dr. Marena klammerte sich am Sitz fest, zog den Sicherheitsgurt straffer und sah fragend zu den Piloten. Über Kopfhörer meldete sich der Kopilot und entschuldigte sich: »*Clear Air Turbulence* ... wir haben alles im Griff!«

Natürlich hatte Dr. Marena die Luftdrucklöcher schon ein paar Mal im Hubschrauber erlebt, allerdings nur am Tag, bei blauem Himmel. Das Absacken ins Schwarz fühlte sich beängstigend an, trotzdem gab sie sich gelassen, schloss die Augen und versuchte sich zu entspannen.

Eine Viertelstunde später kam die Spree in Sicht und die Aérospatiale setzte im rückwärtigen Teil des Berliner Kanzlergartens auf dem Hubschrauberlandeplatz für Staatsgäste auf.

Mit großen Schritten eilte sie in den Konferenzsaal. Wo sie normalerweise von allen Seiten ein Begrüßungslächeln empfing, sah Dr. Marena nur angespannte und übermüdete Gesichter. Bis hin zum Protokollassistenten schien allen der Ernst der Lage bewusst zu sein.

Um 21 Uhr 02 schüttelte Dr. Marena dem BKA-Präsidenten die Hand, er wirkte beunruhigt. Sie berichtete dem Krisenstab, bestehend aus Kanzlerin, dem Leiter des Verfassungsschutzes, Finanzminister, Minister für Inneres, dem Verteidigungsminister und den Leitern der unmittelbar betroffenen Ressorts. Bei der Erörterung der Lage wurde rasch klar: Der Anschlag stellte den Staat infrage, Handel und Wirtschaft drohten zu kollabieren. Wenn das Viren-Problem nicht innerhalb der nächsten Stunden behoben werden konnte, musste der Ausnahmezustand ausgerufen werden. Der Finanzminister warnte: »Es besteht nicht nur die Gefahr eines europäischen Zusammenbruchs, sondern einer globalen Wirtschaftskrise. Die Welt könnte um eine Dekade zurückgeworfen werden!«

Zum Glück hatte die Bundesregierung bereits im Jahr 2004 – quasi heimlich – ein neues Notstandsgesetz beschlossen: das reformierte *Wirtschaftssicherstellungsgesetz*. Es setzt Marktmechanismen außer Kraft und erlaubt die Zuteilung von Lebensmitteln und Waren auch ohne die Zustimmung der Erzeuger. Der Regierung war es damit sogar erlaubt, auf Bank- und Börsengeschäfte direkt zuzugreifen. Dieselben Politiker, nämlich Kanzler Schröder und

Wirtschaftsminister Clement, die in ihrer Regierungszeit nach außen hin immer beteuert hatten, es gebe keine systemische Bedrohung durch die Finanzwirtschaft, unterzeichneten am 17. August 2004 in aller Eile ein detailliertes Gesetz, welches im Fall eines Totalzusammenbruchs zur Anwendung kommen würde. Schröder und Clement hatten sich das Gesetz vom Bundestag diskussionslos abnicken lassen, ja sie schafften es sogar, dass weder die etablierten Tageszeitungen noch große Magazine oder TV-Anstalten darüber berichtet hatten.

Nun überlegte der Finanzminister, das neue Wirtschaftssicherstellungsgesetz anzuwenden. Einige Mitglieder des Kabinetts stimmten dagegen. Noch. Nervös appellierte die Kanzlerin an alle Dienste, den Anschlag aufzuklären. Und Dr. Marena realisierte: Es lag auch an ihr, den Ausnahmezustand im letzten Moment zu verhindern.

Als sie um 22 Uhr 48 das Kanzleramt verließ, meldete der Helikopterpilot, dass er aufgrund heftiger Sturmböen in den nächsten Stunden nicht starten könne. Sie spürte Wut. Und Ohnmacht.

*

Die Stille zwischen den Sätzen war absolut. Keine Autogeräusche, kein Vogelgezwitscher, keine Klimaanlage. Nach dem Kaffee tranken wir Kräutertee. Ich hatte Anwältin Schieflbusch und Martin Engel ausführlich berichtet: Von Harrys Zeit in einer Computerfirma, vom *Chaos Computer Club* und von seiner Zusammenarbeit mit Vroni. Und dass ich mit dem Vater meines Sohnes schon seit über zwölf Jahren verheiratet war und ihm vertraute.

Auf mehrmalige Nachfrage von Schieflbusch musste ich jedoch zugeben: Ich konnte nicht sicher sein, ob Harry auch mir noch zu hundert Prozent traute – denn warum hatte er mir über seine Cyber-Aktivitäten kein Wort erzählt? Nur, damit ich mir keine Sorgen machte? Die machte ich mir jetzt umso mehr.

Wir rätselten, ob Harrys Entführer und der Verantwortliche für den Cyber-Anschlag dieselbe Person sein könnten.

»Infrage kommen der Russe, der ominöse *Luzifer* und Ludgar von Feldmann«, fasste Schieflbusch zusammen, »und natürlich auch Ihr Mann ... sofern er gar nicht entführt wurde, sondern abgetaucht ist.«

»Auf jeden Fall ist Wut im Spiel«, entgegnete ich, »Harry aber reagiert nicht wütend. Vor allem waren ihm Politik und Wirtschaft egal. Immer schon!« Von den 15.000 Euro, die er laut BKA über ein rumänisches Konto erhalten haben soll, erzählte ich nichts, denn ich war überzeugt: Es handelte sich um eine Finte der Ermittler, um mich in die Enge zu treiben, Harry würde niemals für so einen geringen Betrag das Leben von Menschen aufs Spiel setzen. Oder er hatte das Geld für irgendeine andere Dienstleistung erhalten.

»Ich stimme zu«, meinte Engel, »Herr Rokovic scheint mir eher das Opfer zu sein. Überhaupt: Wut ist eine sinnlose Aggression. Sie verpufft und nutzt niemandem.«

»Haben nicht schon die Verfasser der Bibel vom *Zorn Gottes* gesprochen«, brachte sich Schieflbusch mit einem süffisanten Lächeln ein, »nur der ist zielgerichtet und hat Wirkung.«

»Schon eher traue ich Ludgar von Feldmann Zorn zu«, gab Engel zu Bedenken, »der wollte schon immer der Welt zeigen, dass er klüger ist als alle anderen.«

»Ich hab das Gefühl, Feldmann ist zwar ein eitler Clown, aber er will wirklich was verändern«, sagte ich.

»Umso schlimmer!«

»Kleinkredite für Frauen sind doch eine gute Sache.«

»Feldmann ist ausgefuchst. Und er lügt gerne.«

»Das ist jetzt eine Behauptung«, erwiderte ich.

Entschieden schüttelte Engel den Kopf: »Mitten in der Bankenkrise hat sich Feldmann vor die TV-Kameras gestellt und großkotzig verlautbart, er würde sich schämen, Steuergelder für seine Bank anzunehmen. Die *L&L* bräuchte den staatlichen Rettungsschirm nicht! In Wahrheit aber musste die US-Regierung nach dem Bankrott von *Lehmann-Brothers* den größten amerikanischen Versicherungskonzern AIG vor dem Zusammenbruch retten. Weil die AIG aber in die Geschäfte der *L&L* verstrickt war, flossen aus US-Steuergeldern 12,6 Milliarden an die *L&L*. Ohne das Geld wäre die *L&L* schon damals in die Pleite geschlittert.«

Ich zuckte die Schultern. Zwar hatte ich vom großen Geld keine Ahnung, doch ich empfand ein tiefes Misstrauen gegenüber der gesamten Bankenbranche. Es machte mich wütend, wenn ich um 235 Euro Schulgeld für Emils Ostseereise betteln musste, während den Bankern Milliarden von Steuergeldern in den Arsch geschoben wurden.

Indes redete sich Engel in Rage: »Im selben Jahr hatte Feldmann behauptet, er verzichte freiwillig und aus Solidarität auf seine Boni. Später hat man festgestellt: Aufgrund der miesen Bilanz und seines Vertrages hätte er ohnehin keinen Cent Bonus bekommen.«

»Tatsache ist«, brachte sich Anwältin Schieflbusch ein, »der Einzige, von dem wir wissen, dass er zielgerichtet und skrupellos agiert, ist der Russe!«

Ich nickte, der Kräutertee schmeckte nicht, dauernd musste ich an Emil denken und wollte nur weg.

»Wie Sie erzählt haben, Frau Rokovic, scheint es dem Russen um den USB-Stick zu gehen«, meinte Schieflbusch, »offensichtlich ist ihm jedes Mittel recht, um an das Ding zu gelangen.«

»Wenn ich Ihnen was empfehlen darf«, pflichtete Engel bei und sah mir in die Augen, »dann wäre es für Ihre Sicherheit von großem Vorteil, den Stick im Hoteltresor zu deponieren.«

Warum war Engel so sicher, dass ich den USB dabeihatte? Sein Vorschlag machte mich noch misstrauischer: Solange ich mich mit Harry nicht absprechen konnte, würde ich sicher nicht verraten, wo ich den USB versteckt hatte.

»Fakt scheint nach Ihren Aussagen zu sein«, resümierte Schieflbusch, »ein vermutlich Russisch sprechender Motorradfahrer mit schwarzem Vollvisierhelm und blauer Daunenjacke hat Harry Rokovic entführt.«

»Und wir wissen auch«, ergänzte Engel, »einer der Täter muss ein exzellenter Hacker sein … also könnte ich versuchen, über russische Hackerforen Köder auszustreuen. Im Darknet.«

»Dunkles Netz?«

»Ein Paralleluniversum im Internet. Auf das man nicht so einfach zugreifen kann. Surft man mit einer Verschlüsselungs-Software und einem speziellen Browser, kann man sich anonym im Darknet bewegen. Ideal zum Handel mit illegalen Waffen, Drogen und geheimen Informationen.«

Er fixierte mich: »Wir könnten behaupten, wir hätten den USB-Stick … offerieren ihn meistbietend … und hoffen, dass die Entführer oder Harry mit uns Kontakt aufnehmen. Was meinen Sie?«

»Haben wir eine andere Chance?«

Engel schüttelte den Kopf: »Wird ein paar Stunden dauern.«

Indes war es fast Mitternacht geworden und die Anwältin bot mir an: »Sie können sich in einem der Gästezimmer ausruhen, während Herr Engel sein Glück im Netz versucht.«

Im Mikrowellenherd wärmte Schieflbusch für mich ein chinesisches Schnellgericht, dann führte sie mich zum Gästezimmer in den ersten Stock, dessen einziges Fenster ins Innere des Vierseithofes zeigte.

Kaum war die Anwältin verschwunden, verschlang ich das Chop Suey. Es schmeckte nach alten Bambussprossen und Glutamat, für einige Minuten verfiel ich erschöpft in einen Zustand der Leere. Bis ich näherkommende Geräusche hörte. Ein Motorrad. Vermutlich eine Geländemaschine. Reflexartig sprang ich zum Fenster. Im Hof konnte ich niemand sehen, ich rannte die Treppe runter zum Eingang, der Schlüssel hing am Brett. Vorsichtig sah ich beim Flurfenster raus: Kein Licht, kein Motorrad, niemand. Vielleicht kam das

Geräusch von der anderen Seite, vielleicht umkreiste der Russe das Gehöft. Leise schlich ich zur Bürotür, kniete nieder und lugte durch das Schlüsselloch: Engel saß tippend am Computer und fluchte. Plötzlich fühlte ich mich von Engel beschützt, denn obwohl ich dem komischen Kauz nicht ganz traute, war ich sicher: Er würde mich bei einem Angriff des Russen verteidigen!

Da stand er auf und redete mit Schieflbusch. Rasch machte ich mich aus dem Staub, um an meiner Zimmertür weiter zu lauschen: Schieflbuschs Pumps waren zu hören. Dann die Schritte von Engel. Er sperrte die Haustür auf, ging mit der Anwältin raus und öffnete das Hoftor. Schließlich hörte ich den Smart von Schieflbusch rausfahren.

Als es im Flur ruhig wurde, eilte ich die Treppe runter. Kein Schlüssel mehr am Brett. Ich drückte die Klinke: abgesperrt. An der Garderobe fiel mir Engels Mantel auf. Schnell durchsuchte ich Außen- und Innentaschen, ich fand keinen Schlüssel, entdeckte aber einen Ausweis. Einen Führerschein. Aus dem Büro hörte ich etwas Quietschen. Während ich den Führerschein rasch einsteckte, rannte ich zurück auf mein Zimmer. Ich sah auf die Uhr: 23 Uhr 58. Und mir wurde klar: Jetzt war ich mit Martin Engel allein. Die ganze Nacht. Mitten in der Pampa. Ich griff zu einem der drei Handys, die mir Engel gegeben hatte, und schaltete es ein. Kein Empfang.

Tag 6

»Alles unter den Teppich kehren,
aber dann über den verdeckten Haufen stolpern.«
Jörg Franz Müller

*

Staub. Überall. Eine hauchdünne Schicht. Auf dem Fensterbrett, dem Bauerntisch, dem rustikalen Stuhl. Grübelnd lag ich auf dem Bett und starrte den Führerschein an. Wer war dieser Mann?

Aufgewühlt riss ich das Zimmerfenster auf und blickte in den Vierseithof. Ein mattes Hellblau kündigte das Ende der Nacht an. Vogelgezwitscher. Neben dem Hotel-Eingang stand im Hof nur noch der weiße VW-Golf von Engel – der vermutlich kein Engel war. Denn der Führerschein aus seinem Mantel lautete nicht auf *Martin Engel*, sondern auf *Dr. Kurt Krepper*.

Könnte Krepper auch ein V-Mann oder vom Verfassungsschutz sein? Wollte er mir wirklich helfen oder war das eine Falle?

Jeder Engel konnte ein Teufel sein.

Meine Sorge um Emil wuchs. Ich zückte erneut eines der Billighandys, die mir der Kerl gegeben hatte, schrieb eine SMS und fragte Bibiane darin, wie es Emil gehe. Die SMS wurde nicht abgesandt, die Signalstärke reichte nicht. Ich ging zum Fenster, probierte verschiedene Winkel und Positionen, doch es erschien kein einziger Balken auf der Anzeige. Lag der Hof zu weit vom nächsten Sender entfernt oder schirmte die hohe Mauer alle Signale ab?

Entschlossen rückte ich den Bauernstuhl zum Fenster, stieg darauf und hielt das Smartphone mit ausgestreckter Hand am oberen Fensterrand ins Freie. Als ich nachsah, hatte das Handy meine

Botschaft gesendet. Der Empfang zeigte einen Balken, im nächsten Moment war er wieder verschwunden.

Da klopfte jemand an. Rasch steckte ich Kreppers Führerschein in meine Hosentasche.

»Der Fisch hat angebissen«, sagte Dr. Kurt Krepper alias Martin Engel.

»Aha«, meinte ich reserviert, »bleibt nur die Frage, wer Fisch und wer Fischer ist?« Ich knallte ihm seinen Führerschein vor die Nase.

Erstaunlicherweise reagierte er völlig gelassen, als hätte er die Enthüllung erwartet: »Ich wollte Sie nur schützen.«

»Vor was? ... Vor der Wahrheit? ... Herr *Dr. Kurt Krepper,* für wen arbeiten Sie, was wollen Sie?«

»Ich will nur das Beste«, beteuerte er, »für alle! Und ich will Ihnen helfen, dass Harry freikommt. So rasch wie möglich!« Er nahm den Führerschein an sich. »Ich beweise es Ihnen, ich werde einen Kontakt zu Ihrem Mann herstellen. In wenigen Minuten. Kommen Sie!«

Auf dem langen Weg über die knarzenden Holzdielen des Flurs berichtete er, im Darknet auf eine Person namens *Luzifer* gestoßen zu sein. Mit *Luzifer* konnte er verschlüsselt einen Videotelefonie-Termin vereinbaren. In einem seltsamen Forum. Aber nur für 30 Sekunden, damit die Polizei das Signal nicht zuordnen kann.

Im Hotelbüro bat er mich, vor dem Bildschirm Platz zu nehmen. Er setzte sich so, dass er mein Gesicht beobachten konnte. Nach einigen Sekunden des Tippens hatte er tatsächlich Harry am Schirm. Zwar wurde die Übertragung alle paar Sekunden unterbrochen, baute sich aber wieder auf.

Einerseits war ich erleichtert, dass Harry lebte. Andererseits erschrak ich: Er hatte Ringe unter den Augen, wirkte müde. Der unrasierte Hals und der Dreitagebart gaben ihm etwas

Besorgniserregendes. Er saß an einem alten Holztisch, seine schwarze Softshell-Funktionsjacke hing schlampig auf der Stuhllehne, ich konnte in den Innentaschen Teile seiner Not-Ausrüstung erkennen: Eine Wasserflasche, Desinfektionsmittel, Reisezahnpflegeset. Es war Harry wichtig, für alle Eventualitäten vorbereitet zu sein, er dachte immer weit voraus – und plötzlich fragte ich mich: Hatte er jahrelang auf diesen Moment hingesteuert?

Fast erschien es mir jetzt so.

Er hustete.

Neben ihm stand sein Notinhalator, er musste nahezu leer sein. Sich zusammenreißend, sprach er abgehackt, fast wie eine Maschine. Dabei starrte er an der Kamera vorbei ins Leere: »Ich ... ich hab einen Fehler gemacht. Die ... die Wahrscheinlichkeit liegt bei .... etwa 90 Prozent, dass es ein schwerer ist ... zu 75 Prozent kannst du ... nur du ... den Fehler wiedergutmachen ... bitte!«

Hinter dem Holztisch, am Boden, bemerkte ich einen schwarzen Sturzhelm. Er sah aus wie der Vollvisierhelm des Russen.

»Aber was ... was soll ich tun?«, fragte ich.

»Du weißt ja: Immer dem Schutzengel vertrauen!«

»Wer ist das? ... Was soll das Gequatsche ... Harry, wo bist du?«

Das Bild fiel aus. Und kam nach ein paar Sekunden wieder. Harry wippte hin und her, sein ganzer Körper stand unter Spannung. Erst jetzt bemerkte ich: Seine Hände waren schmutzig, die Fingernagelränder schwarz. Harry fasste selten ein Handtuch an, mit dem sich bereits eine andere Person Hände oder Gesicht abgetrocknet hatte, insbesondere von Leuten, die er nicht mochte. Lieber ging er mit nassen Händen aus dem Waschraum oder wusch sich gar nicht. Daraus schloss ich: Er steckte wahrscheinlich nicht mit seinen Entführern unter einer Decke.

»Engel vertrauen? ... Meinst du den da?«, fragte ich und drehte Bildschirm samt Kamera zu Krepper.

Neuerlich fiel das Bild aus, einen Augenblick später war der Kontakt wieder da. Ich hatte den Eindruck, Harry hatte genickt, doch in seinem Gesicht entdeckte ich Befremdliches, Beunruhigendes, Zerrissenes.

»Harry, dieser Wahnsinn muss aufhören. Sofort!«

»0111«, raunte er mehrmals, wie ein Singsang.

»Was soll der Binär-Scheiß?«, regte ich mich auf. »Was wird Emil denken, wenn er erfährt, dass du mit dem Anschlag zu tun hast?«

Er wich aus. Ich hatte ihn noch nie eine Träne vergießen sehen, auch nach der Asperger-Diagnose nicht. Nun jedoch entdeckte ich unter seinem linken Auge einen nassen Fleck, ich beugte mich näher, wollte sicher sein – da brach das Bild zusammen, dann fiel auch der Ton aus.

Krepper probierte, den Kontakt wiederherzustellen.

Es funktionierte nicht.

Bald gab er auf und zuckte mit den Schultern: »Die 30 Sekunden sind um. Offensichtlich sind die Entführer extrem vorsichtig.«

Hatten die Täter den Videostream abgebrochen oder war es Harry selbst? Ich konnte weder für die eine noch für die andere Version Indizien finden, empfand nur Verärgerung. Und Sehnsucht. Gleichzeitig!

»Die Botschaft war ja einigermaßen klar.« Mit einem dezenten Lächeln wandte sich Krepper an mich und wartete auf eine Reaktion.

Ich sagte nichts.

»*Dem Schutzengel vertrauen* kann ja nur bedeuten«, setzte er nach, »übergeben Sie mir den USB-Stick ... und alles wird gut.«

»Wer sagt, dass Harry nicht mit der Waffe hinter der Kamera zu der Aussage gezwungen wurde?« Unruhig griff ich zu einem Kaugummi und spürte, wie ich mich verkrampfte. »Er hat nicht frei geredet … ich kenn Harry.« Ich wandte mich ab. »Den USB geb ich erst raus, wenn Harry frei ist … oder er mir ein ehrliches, eindeutiges Zeichen gibt.«

Krepper erwiderte nichts, doch ich bemerkte, dass ihm meine Antwort nicht in den Kram passte. Indes rätselte ich: Was bedeutete Null-Eins-Eins-Eins? Die Binärzahl sieben, natürlich. Was aber meinte Harry damit? Und Vertrauen? Die ganze Zeit schon verlangte er das. Trotzdem wurde das Desaster immer größer. Ich konnte nicht mehr cool bleiben, spürte Wut in mir aufkeimen – und beherrschte mich.

Doch Krepper waren meine Gefühlswallungen nicht entgangen: »Wütend?«, fragte er vorsichtig und gab sich väterlich: »Es ist besser, die Wut zu verwandeln – in konstruktive Energie.«

»*Konstruktive Energie*«, fuhr ich ihn an, »Herr Doktor Kurt Krepper, bringen Sie mich konstruktiv auf den richtigen Pfad. Und zwar am besten durch die Haustür!« Es war bereits Montagfrüh, ich musste jetzt endlich zu Emil.

Er nickte, machte aber keine Anstalten, meiner Bitte nachzukommen: »Es gibt noch eine wichtige, ja sensationelle Information, die ich Ihnen nicht vorenthalten darf. Ich hab herausbekommen, wer der Chefberater der FOO ist …«

Einen Moment wartete Krepper, ob ich nachfragte.

Ich tat es nicht.

Schließlich gab er selbst die Antwort: »Ólafur Grímsson.«

Wer war das? Was sollte das Manöver? Aufgewühlt sprang ich hoch und schritt aus dem Büro. Krepper folgte mir und redete fieberhaft auf mich ein: »Grímsson war isländischer Präsident. Beim Bankencrash 2008 hat er es gewagt, die Banken seines Landes bankrottgehen zu lassen. Als einziger europäischer Regierungschef! Trotz massiver Gläubiger-Proteste war Grímsson nicht bereit, die von IWF und Weltbank empfohlenen, radikalen Einschränkungen des Sozial- und Wohlfahrtssystems umzusetzen. Stattdessen ließ er neue Banken gründen.« Krepper überholte mich, versuchte mich aufzuhalten. »Denn die Staatsschuldenkrise ist in Wahrheit eine Bankenkrise. Ziel ist es, die Gläubiger zu bedienen. Also internationale und deutsche Banken, die das Geld der Vermögenden verwalten.«

»Und wer sind diese Gläubiger, Himmel noch mal?«, fragte ich und zog mir meine Lederjacke an.

»An wen die jährlich etwa 30 Milliarden tatsächlich fließen, ist in Deutschland ein Geheimnis. Ein Staatsgeheimnis! Eine Firma namens Clearstream wird vorgeschoben, die im Auftrag der Banken Rückzahlungen und Zinseinnahmen der Staatsschulden abrechnet ... damit die Gläubiger anonym bleiben.«

Ich erreichte die Haustür. Abgesperrt. Schlüsselbrett leer. »Und was hat das alles mit Harry zu tun?«

»Verstehen Sie doch«, insistierte Krepper, »in Island haben nur die Gläubiger verloren. Gläubiger – ein religiöses Wort. An was glauben die wohl?«

»Na, an ihre Kohle, was sonst!«

»Eben! Präsident Grímsson hatte den Mumm, die Bürger von den Ratten zu befreien. Was für ein Gott! Inzwischen hat sich Island erholt, die Arbeitslosigkeit ist niedrig, die Wirtschaft wächst.«

Zugegeben: Kreppers Sätze kamen mir nahe, dennoch lag mir sein Verhalten fern.

»Sagen Sie mir bitte endlich, wo der USB ist!«, flehte er.

»Sagen Sie mir endlich, wer Sie sind, Herr Doktor Kurt Krepper!« Fordernd stand ich vor der Tür.

»Ich bin der Geist, der stets verneint, und das mit Recht, denn alles böse, was entsteht, ist wert, dass es zugrunde …«

»Das Staatstheater ist in der Goethestraße. Sperren Sie jetzt endlich die Tür auf.«

»Frau Rokovic, Sie haben doch selbst erzählt: Der Russe ist hinter Ihnen her. Solange Sie den USB haben, sind Sie da draußen in Gefahr.«

»Ich pass schon auf mich auf!«

»Ja? … Wie auf der Damentoilette im *Surplus*?«

Er machte keine Anstalten, die Haustür aufzusperren. Wir standen einander gegenüber und schwiegen, ich ließ eine Kaugummiblase platzen.

Schließlich fragte er: »Darf ich Sie dann wieder aus der U-Haft holen?«

Sollte ich jetzt mit ihm über Freiheitsberaubung diskutieren? Oder ein Fenster suchen? Erst einmal musste ich den Kerl loswerden. Statt einer Antwort lief ich hoch in mein Gästezimmer, das ich von innen abschloss. Als ich hörte, wie Krepper versuchte, gewaltsam die Tür zu öffnen, riss ich das Fenster auf. Doch ich wusste nicht, wie ich zurück in die Stadt gelangen sollte. Ohne Auto! Verdammt, ich war auf ihn angewiesen. Zumindest auf seinen Wagen.

»Selbstverständlich können Sie gehen, wohin Sie wollen«, rief Krepper durch die Tür, »aber beim Herfahren habe ich im Rückspiegel mehrmals einen Motorradfahrer gesehen … ich will Sie doch nur schützen!«

Nachdem ich auf das Fensterbrett gestiegen war, hielt ich inne: Es ging über zwei Meter in die Tiefe bis zum betonierten Parkplatz, natürlich würde ich den Sprung überleben, doch mit einem Bruch oder einer Stauchung musste ich rechnen. Wenn ich auf dem Fensterbrett sitzend abspringen würde, könnte ich einen halben Meter gewinnen. Aber wie dann weiter? Der Hof schien abgeschlossen.

»Wir müssen jetzt zusammenhalten«, brüllte Krepper, »es geht um Harry. Ich schieb Ihnen den Hausschlüssel unter der Tür durch.«

Er tat es.

Einen Moment zweifelte ich, vielleicht war Krepper ja doch auf meiner Seite. Ich griff zum Schlüssel und zögerte: Auch mit dem Schlüssel könnte er mich am Verlassen des Hofes hindern. Als ich mich erneut dem Fenster näherte, piepte das Handy. Eine SMS. Von Bibiane:

Kein Medikament bekommen!
Emil geht es schlechter.
Sollen wir in die Klinik?

Ich sah rot, schwang mich auf das Fensterbrett und sprang. Ein brutaler Aufprall. Doch ich fühlte keinen Schmerz und hastete über den Hof zum Holztor.

Verschlossen.

Panisch sah ich mich um und rannte zur Scheunentür, sie war nur verriegelt. Mit aller Kraft schwang ich das alte Scheunentor auf, hinter mir hörte ich Kreppers Schritte. Auf der anderen Scheunenseite entdeckte ich ein Fenster, ich schob einen Strohballen davor, riss das morsche Ding auf, kletterte durch die Öffnung ins Freie und schürfte mir dabei die Handflächen auf.

Über die Wiese rannte ich zum Wald, ich stolperte, rappelte mich hoch und sah zurück: Krepper schien mir nicht zu folgen.

*

Nachdem ich ein paar Mal über Wurzelwerk gestolpert war, entdeckte ich einen schmalen Forstweg. Ein Traktor hatte eine tiefe Spur hinterlassen, ich wich den Pfützen aus, sprang von einer Spurrille zur anderen. Da hörte ich ein Krachen und Rattern. Ein Geländemotorrad raste von hinten auf mich zu, darauf ein Mann mit schwarzem Motorradhelm, blauer Daunenjacke und Lederhandschuhen.

So schnell ich konnte, zweigte ich ins Dickicht ab. Der Boden war feucht und rutschig, an einigen Stellen kämpften sich zwischen den Tannenbäumen die ersten Strahlen der Morgensonne durch. Plötzlich Schüsse. Kugeln schlugen hinter mir ein, instinktiv hechtete ich zur Seite, machte Haken, ein Geschoss traf dicht neben meinen Füßen einen Stein.

Ich nahm einen steilen Abhang, strauchelte, kam zum Liegen, rappelte mich hoch und rannte weiter, ohne mich umzusehen, immer tiefer in den Wald. Bis ich das Motorrad nicht mehr hörte.

Außer Atem erreichte ich nach einer Weile eine schmale, asphaltierte Straße.

Kein Auto weit und breit. Verdammt! Ich drehte mich um, da rollte etwa 200 Meter entfernt die Geländemaschine auf die Straße. Der Russe sah sich in der anderen Richtung um. Sofort hastete ich zurück ins Gestrüpp und versteckte mich in einer Mulde.

Die Maschine wendete und kam näher.

Während der Russe am gegenüberliegenden Straßenrand entlangfuhr und die Büsche absuchte, legte ich mich flach auf den Boden, berührte mit dem Kinn das Moos und verkniff mir das Atmen.

Als er näher kam, bemerkte ich, wie er mit der Pistole in der Linken in den Wald zielte. Weit entfernt brummte etwas, kam auf uns zu: Der 40-Tonner einer Lebensmittelkette. *Das Beste aus Österreich* prangte in rot-weiß-roter Schrift von der Bordwand. Der Russe hielt im Suchen inne, fuhr vorbei und mir wurde klar: Er würde vielleicht hundert Meter weiterfahren, umkehren und meine Straßenseite mit gezückter Waffe absuchen.

Ich musste in die Stadt. Zu Emil. Schnell!

Plötzlich wusste ich, was zu tun ist: Wann aber war der richtige Zeitpunkt? Zu früh – dann würde der Russe mich niederballern. Zu spät – dann würde mich der Laster zermalmen.

Ich stand auf und rannte mitten auf die Straße. Der Lebensmittel-Transporter fuhr direkt auf mich zu, der Laster konnte auf der einspurigen Fahrbahn nicht ausweichen und hupte. Mehrmals. Notbremsung. Im letzten Moment sprang ich zur Seite, machte ein paar Schritte zum Wagen und riss die Beifahrertür auf.

Der Fahrer richtete eine Pistolenmündung auf mich: »Was willst, Mädel?«

»Helfen Sie mir. Bitte! Ich werd' verfolgt.« Ich zeigte in die Fahrtrichtung. Der junge Mann am Lenkrad hatte ein rundes Gesicht und leicht gerötete Wangen. Er trug eine braune Wollmütze und einen verdreckten, blauen Arbeitsoverall. Mit der linken Hand zwirbelte er an seinem blonden Schnurrbart, sein Ausdruck wirkte ehrlich, unsicher, überfordert. Dann aber hellte sein Gesicht ein wenig auf und er bedeutete mir mit einer raschen Handbewegung einzusteigen. Kaum hatte ich das erste Bein im Wagen, drückte er auf das Gaspedal. Der Brummer beschleunigte und wir beobachteten im Spiegel, wie die Geländemaschine umkehrte und uns hinterherfuhr.

»Vollgas ... bitte!«, flehte ich und versank tief im Sitz. Der Fahrer drückte das Gaspedal durch, es half kaum, das Motorrad war schneller.

»Scheißzeit«, grantelte der Fahrer mit österreichischem Akzent, »seit gestern müss ma alle a Krachn tragen ... wenn's um's Fressen geht, habn d'Leut kan Schenierer ... fünf Kollegn haben's schon ausgraubt. Meinen besten Hawara sogar bis auf die Untergatte! Dabei hab ich net amol an Waffenschein.«

Beunruhigt sah ich auf die Pistole, die neben mir im mittleren Ablagefach bei jedem Schlagloch hin und her geschleudert wurde.

Er merkte meinen ängstlichen Blick und grinste: »Ka Angst, de Krachn war net entsichert ... is ein alts Graffl!«

Jetzt erst fiel mir auf: Die Waffe hatte zahlreiche Roststellen. Im Spiegel sah ich, wie der Russe näher kam und zum Überholen ansetzte; der Gedanke, er könnte gleich auf uns schießen, jagte mir einen Schauer über den Rücken. Ich zog den Kopf ein. Der Laster erreichte eine Kreuzung mit einem Abzweigungsschild: Zum Landgasthof Vierseit. Ich fixierte den Spiegel und konnte es kaum glauben: Der Russe bog ab und fuhr zum Landgasthof. Warum tat er das? Wollte er jemand warnen? Oder in Sicherheit bringen?

Sicherheit schoss es mir durch den Kopf. Mit flachem Atem griff ich in meiner Jackentasche nach dem Billighandy. Als ich die Tasten drückte, zeigte das Display keinen Empfang. Nervös drehte ich das Handy in alle Richtungen, ich hielt es aus dem Fenster und fluchte.

»Gemach, gemach, bin die Route schon hundertmal gfahrn ... weiter vorn ... nach der Kurvn«, sagte der Fahrer, »da funktioniert's wieda leiwand!«

*

In Alarm versetzt hatte die Truppe ein anonymer Polizeinotruf. Von einem Handy ohne Nummernkennung. Eine weibliche Stimme. Das automatische Voice-Recording-System nahm die Sätze der Frau auf.

Als er informiert wurde, erkannte Tomek die Stimme sofort. Saskia Rokovic berichtete, der Russe hätte wieder auf sie geschossen, er habe sie mit seiner Motocross-Maschine verfolgt und wollte sie töten. Jetzt befinde sich der Russe auf einem Landgasthof in der Nähe von Frankfurt am Main. Es folgte eine etwas chaotische Wegbeschreibung.

Tomek überlegte, ob das ein Ablenkungsmanöver oder gar eine Falle sein könnte. Dr. Marena war noch nicht aus Berlin zurück und auch telefonisch nicht erreichbar – was Tomek arg beunruhigte. Normalerweise schaltete die ehrgeizige Ermittlerin nie ihr Handy ab.

Eilig ließ er die Audiodatei von Profiler Helmut Schneider analysieren. Dieser meinte, Saskia sei nervös, habe einen flachen Atem und spreche so abgehackt und in halben Sätzen, dass er eine Lüge für unwahrscheinlich halte. Wer lügt, bereitet sich vor, überlegt sich ein, zwei kurze Sätze, betet diese am Telefon runter und legt auf. Saskia aber hatte viel zu lange herumgestottert.

Eine sofortige Überprüfung ergab: An dem von Saskia Rokovic beschriebenen Ort befand sich tatsächlich ein Landgasthof. Das

Vierseitgebäude und das umliegende Anwesen gehörten einem russischen Immobilieninvestor. Und: Der Anruf wurde von einer Funkzelle in der Nähe des Landgasthofes gesendet. Alle Informationen wiesen darauf hin, dass Saskia Rokovic die Wahrheit gesagt hatte. Deshalb wählte Tomek die Nummer des Spezialeinsatzkommandos.

*

In der Kabine des Lebensmittellasters roch es nach Männerschweiß. Obwohl die Heizung des Brummers lief, öffnete ich verstohlen mein Seitenfenster. Ein paar Zentimeter. Ich wollte kalte Luft auf meiner Stirn spüren. Der Fahrer wirkte gereizt, auf den geröteten Wangen hatten sich kleine Schweißperlen gebildet, seine alte Pistole lag griffbereit neben dem Gangknüppel. Immer wieder drückte er die Sender-Suchtaste des Radios, als könnte die nächste Station die Erlösung bringen. Doch aus dem Empfänger schallte nur Musik und Werbung.

Schon am Stadtrand von Frankfurt musste er Dreck und Müllsäcken ausweichen, die Müllabfuhr schien ihren Dienst gänzlich eingestellt zu haben. Viele Geschäfte waren durch Rollläden verschlossen. Wir kamen an einer Notfallklinik vorbei, die Schlange wartender Patienten reichte bis auf die Straße. Ich sah verzweifelte Gesichter, einige mussten gestützt werden. Stundenlanges Warten in der Kälte vor der Klinik konnte ich Emil mit seinem Klinik-Trauma unmöglich zumuten, ich musste rasch eine Lösung finden, um an sein Medikament zu gelangen, es machte mich nervös.

Inzwischen hatte der Fahrer einen Sender mit Nachrichten gefunden.

Die Sozialämter geben ab sofort an Rentner und Hartz IV-Empfänger, die nur über ein L&L Bank- oder Andromeda-Konto verfügen, Lebensmittel-Gutscheine aus +++ Die Behörden appellieren an Supermärkte und Läden, trotz der angespannten Versorgungslage offen zu halten +++ Weil viele Bürger große Mengen an Bargeld bunkern, ist die Zahl der Einbrüche dramatisch gestiegen. Die Polizei empfiehlt, Banknoten nur in versteckten und eingemauerten Tresoren zu verwahren +++ Bei der Fahndung nach den Verantwortlichen des Cyber-Terror-Anschlags sind die Ermittler endlich einen Schritt weiter: Sie konzentrieren sich auf Personen im Umfeld der Finanzwirtschaft. Eine weitere Spur führt nach Russland. Genaueres wollten die Fahnder aus ermittlungstaktischen Gründen nicht mitteilen +++

»Die Großkopferten bringen nix zam«, fluchte der Fahrer, »große Goschen, nix dahinter.«

Die im Stakkato vorgetragenen Alarmmeldungen verfehlten ihre Wirkung nicht, trotzdem atmete ich ein wenig auf: Harry schien also nicht der Täter zu sein, denn mit der Finanzwirtschaft hatte er nichts am Hut. Gar nichts!

Vor einem Zebrastreifen bremste der Fahrer, eine blonde Mutter mit einem Kinderwagen für Zwillinge überquerte die Straße. Plötzlich blieb die junge Mutter genau vor dem Laster stehen, nahm ein schreiendes Baby aus dem Wagen und drückte es. Dabei drehte sie sich weg und beachtete uns nicht.

»Schatzi, kannst dich bittschön mit deim Gschrappen über die Häuser hauen«, meckerte der Fahrer und schüttelte den Kopf. Doch die Frau mit den gebleichten Haaren machte keinen Schritt, nahm das Baby an die Wange und liebkoste es.

Der Fahrer hupte aggressiv: »Schleich dich, Atomblonderl!«

Ohne auf den Laster zu reagieren, beugte sich die Frau zum zweiten Baby im Kinderwagen, das nun auch weinte.

Er hupte nochmal.

Sie ignorierte es.

»Heast Olde, bist komplett angschütt, oda was? ... Verschwind endlich, sonst mach i dein Olden zum Witwer!«

Da erschütterte ein Ruck den Laster. Auf meiner Seite. Hinten. Im Spiegel bemerkte ich eine dunkle Gestalt, dann ein weiteres Rucken, diesmal links, der Laster sank ein wenig ab – offensichtlich hatte uns jemand an beiden hinteren Reifen einen Platten gestochen.

»Oarschlöcher«, fluchte der Fahrer und griff zur Pistole. Nervös versuchte er, die Waffe zu entsichern, es klappte nicht, er zitterte.

»Verdammter Schaas!«

Beim dritten Versuch machte es endlich klick, er sprang aus dem Truck und ging wutentbrannt nach hinten. Im Spiegel sah ich: An beiden hinteren Reifen stand niemand mehr. Mit gezückter Waffe marschierte der Fahrer zum Heck und verschwand für einen Moment aus meinem Blickfeld. Da drehte sich die blonde Mutter mit ihren Zwillingen um, schob den Kinderwagen weiter und lief davon.

Dann hörte ich einen Schuss.

Und Stockschläge.

Im Spiegel tauchte der Fahrer auf. Ich beobachtete, wie jemand mit einem Gummiknüppel auf ihn einschlug bis er einknickte. Sofort griff ich zur Türschnalle, wollte raus, da wurde die Fahrertür aufgerissen. Ein Typ in einer dunkelroten, zerschlissenen Lederjacke mit Ferrari-Aufklebern zog sich am Lenkrad hoch, er hatte die alte Pistole des Fahrers in der Hand und richtete sie auf mich. Ich schätzte den Kerl auf fünfzehn. Wenn überhaupt. Unsere Blicke trafen einander. Unsicherheit, Angst, Panik. Er griff nach dem Wagenschlüssel und bedeutete mir auszusteigen: »Hau ab, Fotze!«

Ich sprang aus dem Laster und rannte. Als ich mich nach einigen Metern umdrehte, beobachtete ich, wie mehrere Jugendliche den Lebensmittel-Laster ausräumten.

Kaum hatte ich mich von dem Brummi entfernt, spürte ich die kühle Morgenluft. Ihre klärende Wirkung half, meine Gedanken zu ordnen: Ich sollte Hilfe für den Brummi-Fahrer holen. Und wenn Emil seine Bronchialmedizin nicht innerhalb der nächsten Stunden erhielt, könnte er sich eine lebensgefährliche Lungenentzündung holen. Ich musste einen Weg finden, an das Medikament zu gelangen, ohne mich mit dem Jungen in der Kälte vor der Klinik anzustellen – was ihm den Rest geben würde.

Ich sah nur mehr eine Möglichkeit.

@

Sie saß schräg hinter dem Kopiloten und blickte durch die gewölbte Scheibe auf den dichten Wald.

»Noch zwei Minuten, dann kommt das Zielobjekt in Sicht«, meldete der Pilot.

Dr. Marena blickte auf ihre roten Fingernägel, der Lack war größtenteils abgesplittert, in den letzten Tagen hatte sie nicht einmal Zeit gehabt, zu einem Nagellackentferner zu greifen. Der Anblick deprimierte sie. In der engen Kabine stank es nach Schmieröl und Plastik. Beim Einsteigen hatte der Pilot erzählt, dass der Helikopter direkt von der Generalüberholung komme.

Neben Dr. Marena kontrollierten vier junge SEK-Männer ihre Karabiner und Seile, sie trugen schwarze Spezialhelme, kugelsichere Westen und hatten Maschinenpistolen umgehängt.

Vor einer Stunde, als sie ihr Büro betreten hatte, musste sie erfahren: Tomek hatte das SEK alarmiert, ohne es mit ihr abzusprechen. Die Vorgehensweise beunruhigte sie, doch vielleicht hätte sie angesichts der Dringlichkeit genauso entschieden. Umso wichtiger empfand sie es nun, die Fäden in der Hand zu behalten. Zu viel stand auf dem Spiel. Für sie. Ihre Abteilung. Das Land.

Die anonyme Anruferin, die höchstwahrscheinlich Saskia Rokovic gewesen war, hatte einen von der Zivilisation abgelegenen Landgasthof in der Nähe von Frankfurt genannt. Der Besitzer, ein 56-jähriger Immobilienspekulant aus Moskau, hatte eine höchst illustre Vergangenheit. Er war mit Hilfe einflussreicher Freunde in der Kommunistischen Partei zu zahlreichen Latifundien gelangt – was Dr. Marena befürchten ließ: Sollte sich eine Organisation im Umfeld des russischen Geheimdienstes in dem Landgasthof einquartiert haben, war mit Gegenwehr zu rechnen.

Via Bordfunk meldete sich Tomek: »Vor drei Stunden hat eine Verkehrsüberwachungskamera ein Motorrad auf einer Landstraße geblitzt, die zum Gasthof führt. Das Motorrad passt exakt zur Beschreibung, die Frau Rokovic über den vermeintlichen Täter abgegeben hat: Schwarzer Vollvisierhelm, blaue Daunenjacke, schwarze Lederhandschuhe!«

»Auf wen ist das Fahrzeug angemeldet?«, fragte Dr. Marena.

»Auf niemanden.«

»Bitte?«

»Das fotografierte Nummernschild wurde vom Besitzer als gestohlen gemeldet.«

»Wann?«

»Vor zwei Tagen.«

»Passt.«

»Wir brauchen noch fünf Minuten, dann kommen wir in Sichtweite des Hofes«, sagte Tomek, der in dem Einsatzleitungsbus der SEK-Truppe saß. Drei weitere Busse mit jeweils zwanzig Mann in voller Bewaffnung fuhren hinterher.

»Ich melde mich.« Dr. Marena legte auf.

Von Vorovsky hatte sie eine neue Lage-Einschätzung erhalten, die sie im Helikopter studierte. Lange hatten Vorovsky und sein Team nach Fehlerquellen gesucht, sie waren alle Möglichkeiten eines feindlichen Angriffs auf die Netzwerke von *L&L* und *Andromeda* durchgegangen. Die große Frage war: Wie konnten die Hacker trotz

Firewalls und vieler anderer Sicherheits- und Abwehrvorkehrungen so viele Daten in den zentralen Servern der Banken zerstören? Vorovsky hatte von den IT-Sicherheitsbeauftragten der *L&L* erfahren, dass diese Observierungsprogramme installiert hatten, welche Hacker beobachteten und unschädlich machten. Natürlich wusste Vorovsky: Kein System war absolut sicher! Die größte Schwachstelle jedes Sicherheitssystems war der Mensch. Deshalb plädierte Vorovsky dafür, sofort alle Bankmitarbeiter in Schlüsselpositionen zu überprüfen. Jeden einzeln!

Dr. Marena atmete durch. Das wären allein bei Bundesbank, *L&L* und *Andromeda* über tausend Leute. Das heftige Vibrieren des Fluggeräts und der schmale Sitz, der eine unbequeme Haltung erzwang, erschwerten Dr. Marena die Lektüre des Berichts. Seit sie beim BKA arbeitete, wurde angekündigt, die alten Helikopter rasch zu ersetzen. *Rasch* erstreckte sich bereits über acht Jahre. Ein kleines Luftloch ließ den Hubschrauber absacken, ein Beipackzettel flog zu Boden, sie hatte ihn vorhin achtlos in ihre Jacke gesteckt. Rasch hob sie ihn auf: *Es ist zu berücksichtigen, dass der Test unter bestimmten Umständen einen falschen, positiven Befund ergeben kann. Im Falle von Unklarheiten wenden Sie sich bitte umgehend an Ihren Arzt, der Ihnen weitere Informationen zur Verfügung stellt.*

Heute Morgen, nach ihrem Rückflug aus Berlin, hatte sie eilig die Flughafen-Apotheke besucht. Um anschließend in der Toilette auf ein Stück Papier zu urinieren.

Der Teststreifen hatte sich verfärbt.

Erstmal hatte sie ihr vibrierendes Handy abgeschaltet und kurz nachgedacht. Mit drei Männern hatte sie in letzter Zeit geschlafen. Florian verwendete prinzipiell ein Präservativ. Zwar war es einmal geplatzt, aber das war schon etwas her. Dann passierte vor ungefähr drei Monaten die Sache mit Vorovsky. Sie hatte mit ihm gerade einen seit fünf Jahren europaweit gesuchten Hacker-Ring auffliegen lassen. Ein sensationeller Ermittlungs-Erfolg! Nach Verhaftung der Hacker konnte sie mit Vorovsky die ausgeschütteten Endorphine nur durch eine sinnliche Eruption in Balance bringen. Lange hatte sie diesen Moment herbeigesehnt, sie knallten aufeinander wie zwei entgegengesetzte Pole. Gierig, schnell, brutal. Nach wenigen Minuten war er bereits gekommen. Natürlich hatte er sich entschuldigt, vielleicht eine Frage des Alters, der nachlassenden Kräfte oder ein Defekt.

Die erotische Desillusion blieb.

Sie musste erkennen: Das Beste an Vorovsky waren die Fantasien, die er in ihr auslöste. Es gab ohnehin genug Gründe, die gegen eine Beziehung sprachen: Seine Familie, ihre Jobs, der Altersunterschied. Die körperliche Annäherung sollte eine einmalige Ausnahme bleiben, da waren sich beide einig gewesen, dazu bedurfte es keiner Worte.

Umso grotesker empfand sie es nun, dass der Vater ihres ungeborenen Kindes ausgerechnet Pablo sein sollte. Denn nach dem Streit wegen ihres Kinderwunsches hatte Pablo nur noch an den unfruchtbaren Tagen mit ihr geschlafen. Glaubte er zumindest.

Sie stellte ihr Smartphone an und rieb Pablo via Mail unter die Nase, dass er demnächst Vater werde.

Wer sich ewig nicht entscheidet, wird entschieden, hatte ihre Großmutter einmal gesagt. Dr. Marena stellte sich Pablos panisches Gesicht beim Lesen der Mail vor. Für einen Moment musste sie grinsen, auch wenn sie sich dafür schämte. Denn natürlich wusste sie: Das Dilemma musste sie selbst lösen. Pablo würde weder zurückkehren noch sich für irgendeine gemeinschaftliche Lebensform entscheiden.

Ein Knacken im Kopfhörer ließ sie hochschrecken.

»Das ist der Hof«, sagte der Pilot und kreiste über das Gebäude, »ich kann nirgendwo eine Person erkennen ... wir setzen jetzt die Wärmebildkamera ein.«

Der Helikopter ging tiefer und positionierte sich in der Mitte des Vierkanthofes. Der Kopilot bediente die Hightech-Kamera, zoomte die einzelnen Gebäude ab.

»Positiv«, meldete er und starrte auf den Bildschirm, »sehe ein Subjekt, das sich nicht bewegt ... in der großen Scheune ... und im Haus ... mehrere ... die bewegen sich ... ganz deutlich ... zwei, eher drei Personen vermutlich ... vielleicht auch vier!«

Nach mehreren Funksprüchen mit der Einsatzleitung in Wiesbaden und mit Tomek, dessen Mannschaftswagen das Gehöft bereits erreichten, machten sich die SEK-Männer neben Dr. Marena fertig zum Aussteigen.

Durch das Helikopterfenster beobachtete Dr. Marena, wie die SEK-Truppen aus den Bussen auf das Holztor des Vierseithofes zustürmten. Zwei Männer brachen die Verriegelung auf. Gleichzeitig umkreisten andere den Bauernhof, einige kletterten durch das offene Scheunenfenster. Der Helikopter ging noch tiefer, schwebte kaum zwei Meter über dem Hauptgebäude, ein SEK-Mann nach dem anderen seilte sich ab.

*

Es war riskant, aber die letzte Chance, rasch an Emils Bronchialmedizin zu gelangen. Stürmisch hastete ich die Treppe zu Vronis Wohngemeinschaft hoch und klopfte an die Stahltür. Es öffnete mir ein Bär von einem Mann, den ich noch nie gesehen hatte.

»Tag, ist Vroni da?«

Keinen Millimeter wich er zur Seite, bis ich hinter ihm Vronis Stimme hörte: »Lass sie rein.«

Ohne Kommentar machte er einen Schritt nach rechts und verriegelte hinter mir die Tür mit einem schweren Holzbalken. Der Hundert-Kilo-Mann trottete in die Mitte des »Etablissements« und setzte sich an den großen Tisch, auf dem mehrere Notebooks standen. Die ehemalige Fabrikhalle sah noch chaotischer aus als zuletzt, auf dem Boden lagen ausgeleerte und halb eingeräumte Schubladen, schwarze Netzstrümpfe, bunte Pullover, Militärstiefel, goldene Pumps, Kochtöpfe, Besteck, Vronis Lackjäckchen, Puddingpulver und lange Wollunterhosen. Dann bemerkte ich neben dem Sofa einen ledernen Umschnalldildo. Harry hatte sich immer gewünscht, dass ich so ein Ding an ihm mal ausprobiere. Konnte er mit Vroni all seine intimen Träume verwirklichen? Rasch verdrängte ich die Vorstellung und deutete auf das Chaos am Boden: »Was ist denn hier passiert?«

Vroni hängte nasse T-Shirts auf die Wäscheleine, die vom Bettpfosten bis zur Küchenecke aufgespannt war. »Bullen«, murrte sie.

»Hast du oder dein Kerl uns die aufgehalst?«, hörte ich eine männliche Stimme hinter der Wäscheleine fluchen: »Dafür zahlste mir jetzt ʹnen Joint!«

Jemand schnippte Schaumbällchen in die Luft.

»Meinen Letzten haben nämlich die Bullen einkassiert!«

Ich hörte jemand untertauchen, machte einen Schritt nach vorne und sah über die Wäscheleine. Mit nassen Haaren tauchte Antonin aus der Badewanne voller Schaum auf: »Schweinebacken!«

»Wieso sollte ich euch die Bullen auf den Hals hetzen?«

»Du suchst doch Harry. Und die Bullen auch!« Antonin warf ein Plastikentchen voller Badeschaum in meine Richtung.

»Was wollten die hier?« Ich fing das Entchen und wurde nass gespritzt.

»Unsere Computer.« Plötzlich kicherte er.

»Warum ist das so witzig?« Ich sah mich nach dem schwarzen Vollvisierhelm um, den ich am Tag nach Harrys Entführung unter der Garderobe in einem Berg von Winterjacken entdeckt hatte. Beiläufig bewegte ich mich zum Fenster, dann um das Sofa herum und zur Garderobe, doch so sehr ich nach dem Helm und einer blauen Daunenjacke Ausschau hielt, ich konnte beides nirgendwo finden.

»Unser hagerer Freund hat die Bullen an der Tür kurz aufgehalten«, Antonin deutete zu dem Bären am Tisch, »in der Zeit haben Vroni und ich alle Notebooks verschwinden lassen. Die haben nur unseren Elektronikschrott gekriegt.« Er grinste amüsiert. »Erspart uns die Entsorgung! Wir haben natürlich gewusst, dass sie eines Tages kommen und brav nix weggeworfen.«

Er tauchte erneut unter die Schaumdecke. Kaum waren seine Ohren wieder sichtbar, meinte ich: »Du hast doch gesagt, du kannst die NSA hacken?«

»Den KGB auch. Nur der MI6 wird schwierig.«

»Eine kleine Sicherheitsschranke ist dann ja ein Kinderspiel, oder?«

Skeptisch musterte er mich.

»Es geht um Leben und Tod!«, appellierte ich.

»Leben und Tod? ... Ich bin der leibhaftige Engel von gestrandeten Usern und in Seenot geratenen Servern!«

Schon wieder ein *Engel*, durchfuhr es mich. Gut, dass ich Martin Engel alias Kurt Krepper nicht vertraut hatte. Solange Harry nicht frei war oder er ein ehrliches, eindeutiges Zeichen gab, würde ich den USB-Stick nicht rausrücken. Dann bat ich Antonin, mir zu helfen, die Bronchial-Medizin für Emil zu besorgen.

Wie von der Tarantel gestochen sprang er aus der Badewanne. Nackt und mit nassen Haaren hockte er sich vor sein Notebook und begann wild darauf einzutippen, während ihm Vroni einen Bademantel umhängte.

Nach zwanzig Minuten hatte er es geschafft, in das Logistiksystem des größten Pharmalieferanten der Stadt einzudringen: »Das Bronchikum für deinen Sohn liegt in Gebäude drei ... erster Stock, Reihe sieben, Korb 119.«

Mein erfreutes Lächeln quittierte er mit einem Stirnrunzeln: »Ganz so einfach ist´s trotzdem nicht ... an den Lagertoren gibt´s eine rigide Personenkontrolle. Der Laden ist hermetisch abgeschlossen!«

Nicht gut. Gar nicht gut. Ich sah ihn fragend an. Er aber griff zu T-Shirt und Jeans.

@

Rechts – frei.«

»Toilette – niemand.«

»Kammer – leer!«

Die Schreie der vermummten Männer hallten durch den Flur. Die Polizisten des Spezialeinsatzkommandos öffneten jeden Schrank, sahen unter den Betten nach und durchkämmten die Kellerräume. In der großen Scheune entdeckten sie in einer abgelegenen Ecke einen aufgescheuchten Fuchs, in der Gasthofküche residierte eine Katzenfamilie, weit und breit kein Mensch. Nach zwölf Minuten hatten die SEK-Leute, Dr. Marena und Tomek den gesamten Vierseithof durchsucht, ohne einen stichhaltigen Hinweis auf die Täter gefunden zu haben.

Vor dem Stall bemerkte Tomek die Spuren eines alten Lieferwagens. Die Kollegen der Spurensicherung nahmen Abdrücke. Auf die Schnelle konnten sie nicht eruieren, ob die Reifenspuren Harrys altem VW-Bus zuzuordnen waren; um Originalreifen handelte es sich auf jeden Fall nicht, aber was bedeutete das schon.

Zwei Stunden später, zur Mittagszeit, betrat Dr. Marena den Besprechungsraum. Während Tomek und Akyün die weitere Vorgehensweise berieten, verschlangen sie hastig eine Fertigpizza. Beim Anblick der Speisen wurde Dr. Marena übel. Akyün berichtete von Hausdurchsuchungen bei den Freunden von Harry und Saskia Rokovic. Ernüchternde Ergebnisse: Auf keinem der vielen Computer von Veronika Glaser und ihren ukrainischen Freunden konnten sie auf den ersten Blick Daten oder Programmteile finden, die mit dem komplexen Virusprogramm in Zusammenhang standen.

Nachdem Dr. Marena die wenig ermutigenden Neuigkeiten erfahren hatte, war ihr endgültig übel. Sie hielt es nicht mehr aus, musste an die frische Luft. Gehen half. Fast immer.

Da zeigte ihr Smartphone eine neue E-Mail. Von Pablo. Re: Zu Deiner Info. Als sie den PDF-Anhang öffnete, starrte sie ungläubig auf den Namen eines Arztes in Frankfurt. Der Urologe bestätigte die Durchführung einer Vasektomie, Pablo hatte sich die Samenleiter durchtrennen lassen. Vor sechs Monaten. Sie erinnerte sich: Im Sommer hatte sie ihn einmal mehrere Wochen nicht gesehen. Fortbildung, Arbeit und die Betreuung seines kranken Vaters in Argentinien waren seine Begründungen gewesen. In Wahrheit hatte er den Eingriff durchführen lassen. Heimlich. Es machte sie wütend. Was für ein Feigling!

Zurück im Büro überprüfte sie den von ihr und Akyün überarbeiteten Antrag auf Beugehaft und übermittelte ihn einem anderen Untersuchungsrichter, denn sie hoffte: Wenn es gelingen würde, Saskia Rokovic zu erwischen und sie das Versteck des USB-Sticks preisgab, könnte Vorovsky höchstwahrscheinlich auf dem Stick Hinweise zum Verbleib Harrys, zum Tatmotiv und zu den Hintergründen des Anschlags finden – womit der Fall mit einem Schlag doch noch geklärt wäre.

Dr. Marena war sicher: Ein zweites Mal würde Saskia Rokovic trotz ihrer klugen Anwältin nicht davonkommen.

*

Antonin steuerte den Wagen, der beim Bremsen jedes Mal ein befremdliches Geräusch von sich gab. In dem alten Skoda saß ich hinten neben Vroni. Hatte Antonin zuletzt Militär-Schnürstiefel getragen, so bemerkte ich nun an ihm weiße Sportschuhe. Mit drei Streifen. Rot. Wie sie der Russe getragen hatte. Auch die Körperhaltung war ähnlich. Aber wahrscheinlich bildete ich mir das nur ein. Wir sprachen über Emils Asthmaerkrankung: Für Vroni handelte es sich um eine Immunschwäche, ich hingegen vermutete, dass Emil einen Gendefekt von Harry geerbt hatte, nur Antonin hielt alle Erkrankungen für »gottgewollt«.

Als er im Rückspiegel meinen skeptischen Ausdruck bemerkte, fragte er mit aggressivem Unterton: »Glaubst du überhaupt an Gott?«

Ich musste sofort an Harry denken. Er glaubte an die Logik. Und an Fraktale. Das sind Muster in der Natur. Zu finden bei Bäumen, Wolken, Küstenlinien, Schneekristallen und Blutgefäßen, überall. Komplex, schön, gebrochen. Entdeckt wurde das Fraktal – wie könnte es anders sein – von einem Mathematiker: Benoît Mandelbrot. Die meisten bestehen aus verkleinerten Kopien ihrer selbst. Im Mikro- und Makrokosmos. Oft sind es Gebilde, die auf den ersten Blick chaotisch aussehen, in Wirklichkeit aber einer tieferen Ordnung gehorchen. Mathematisch berechenbar. Harry entdeckte nahezu täglich neue Fraktale: In körperlichen, emotionalen und geistigen Landschaften, im Blumenkohl, in der Satzstruktur des Alten Testaments oder in der statistischen Abfolge von »Scheißestürmen«, wie er die Wutausbrüche im Netz übersetzte. Wenn Harry von Fraktal sprach, meinte er: *kopieren, brechen, mutieren.* Sogar Sex interpretiert er fraktal: Wiederkehrend, durch leichte Brüche verändernd, sich entwickelnd. Und er war sicher: Wir Menschen, deren Wachstums- und Denkstrukturen fraktalen Mustern entsprechen, haben nicht nur eine direkte Verantwortung für das Leben, sondern auch eine fraktale. Wobei mir – ganz ehrlich – nie vollends klar wurde, was er damit meinte.

Plötzlich aber fragte ich mich: Hatten Harrys Handlungen etwas mit seinem fraktalen Weltbild zu tun? *Kopieren, brechen, mutieren* – Wollte Harry etwas brechen?

»Was ist jetzt«, setzte Antonin wirsch nach, »glaubst du an Gott oder nicht? ... Oder musst' ihn erst noch suchen, deinen Gott?«

»Ich glaub an irgendwas Großes«, antwortete ich, »einen übergeordneten Sinn ... was Transzendentales ... und du?«

»Transzendental find ich cool!« Er lachte. »Aber ziemlich unkonkret! Ich glaube lieber an was Handfestes.«

»Was?«

»An Außerirdische!«

»Sehr handfest.«

»Die sind mitten unter uns«, beteuerte Antonin, »die kontrollieren und beobachten uns. Für die sind wir bloß Experiment-Tierchen. Sie schauen, ob wir's schaffen. Wenn nicht, geht der Planet eben unter. Wegen dem CO_2 oder dem Plastikmüll im Meer oder der Ungleichheit.«

»Welcher Ungleichheit?«

»Ist doch sonnenklar«, empörte er sich, »oder warum glaubst du, ist Herr Tchibo Milliardär und seine Kaffeebauern können für ihre

Kinder nicht einmal eine ordentliche Schule zahlen?«

Als ich nicht sofort zustimmte, deutete Vroni provozierend auf mein T-Shirt: »Wie viele Wirtschaftssklaven hat 's gebraucht, damit du dir dein Shirt für ein paar Euro hast kaufen können, hm? ... Und erst deine Smartphones?«

»Du hast leicht reden, du hast keinen Zehnjährigen, der dich um jeden Elektronikscheiß anbettelt!«

Antonin hob die Hand vom Lenkrad, fuchtelte in der Luft herum, es machte mich nervös: »Saskia, du musst das größer sehen! Warum kann sich ein Durchschnittsafrikaner in seinem ganzen Leben keine Reise nach Europa leisten – und die meisten von uns können reisen, wohin sie wollen?«

Schräg grinsend setzte Vroni nach: »Die Idee vom ewigen Wachstum wird sich demnächst als das herausstellen, was sie ist: als Witz des Jahrhunderts.«

Natürlich hatten sie recht, aber Vroni hatte mit ihrer *»ich brauch nur 200 Euro im Monat«* Strategie als junge Singlefrau in einer Wohngemeinschaft leicht lachen.

»Alles total pervers«, setzte Antonin nach, »aber es gibt eine Lösung. Mitten unter uns leben Außerirdische ... als Menschen verkleidet ... die dokumentieren, wie wir uns langsam umbringen.« Erneut lachte er. »Die Wahrheit ist nämlich: Eine perverse Welt kann nur durch Perverse gerettet werden!«

»Lustig«, merkte ich an.

»Todernst«, erwiderte er und ich konnte an seinem Ausdruck nicht erkennen, wie er das meinte.

Wir hielten in Sichtweite des zentralen Pharma-Lagers und beobachteten den Personaleingang. Jeder Mitarbeiter zog eine Codekarte durch einen kleinen Scanner an der Stahltür.

Zur Sicherheit schob ich Antonin den Verpackungsdeckel von Emils Bronchialmedikament rüber.

Antonin wartete, bis niemand am Eingang stand, dann holte er eine Codekartensammlung und einen mobilen Scanner aus seiner Tasche und rannte zur Tür. Dort probierte er es mit mehreren Karten und programmierte am Scanner – bis ein grünes Licht blinkte. Die Tür ging auf, er verschwand im Lager.

Derweil warteten Vroni und ich im Wagen, sie griff zu Papier und Tabak und bastelte sich eine Zigarette. Was sollte ich tun, falls es Antonin nicht gelang, das Medikament zu besorgen? Eine stille Panik erfasste mich. Einmal schon hatten wir Emil in die Klinik bringen müssen, weil die Hustenanfälle immer schlimmer geworden waren und er hohes Fieber bekommen hatte. Damals war er sechs Jahre alt gewesen. Die Ärzte hatten eine Lungenentzündung diagnostiziert. Emil war auf die Intensivstation gebracht worden und ich hatte kaum mit ansehen können, wie die Schwestern Katheter gesetzt, elektrische Sonden an seine Brust geklebt und ihn an die Überwachungsgeräte anschlossen hatten.

Um mich zu beruhigen, steckte ich mir einen Kopfhörer meines kleinen Audioplayers ins Ohr. Nach einigen Takten wollte Vroni neugierig wissen, was ich höre. Ich gab ihr den zweiten Kopfhörer und sie fragte: »Was ist das?«

»Charlie Chaplin. Filmmusik für *The Kid.* Von Chaplin selbst komponiert.«

»Warum gerade Spazierstock und Melone?«

Eine Sekunde überlegte ich, dann rutschte es mir ehrlich heraus: »Weil ich Chaplin mag. Als Charakter. Obwohl er einen armen Schlucker spielt und um ihn herum alles zusammenbricht, ruht er in sich.«

»Endogene Zufriedenheit«, raunte Vroni, »schön!«

Den Ausdruck kannte ich von Harry. Bedeutete: Ich brauche niemanden.

»Führt allerdings zur Stagnation«, setzte Vroni spitz nach.

»Bitte?«

»Verhindert Wut.«

»Versteh ich nicht.«

»Führt zum Stillstand!«

Skeptisch musterte ich sie: »Wie meinst´n das?«

In diesem Moment ging eine Alarmanlage los, überall an den Eingängen des Pharmalagers blinkten rote Drehlichter. Zwei Männer des Wachschutzes rissen ihre Knüppel aus den Halterungen und rannten aufgeregt von einem Tor zum nächsten. Dann ein Schrei, Antonin sprang aus einem entfernt liegenden Gebäude aus dem ersten Stock. Er knickte ein, kippte um und fiel auf die rechte Seite. Schnell rappelte er sich wieder hoch und hastete zum Auto.

Vroni setzte sich ans Lenkrad und startete.

»Und?«, fragte ich, als Antonin die Wagentür zuschlug.

Völlig außer Atem zog er aus seiner rechten Hosentasche das Bronchialmedikament. Doch die Hose war nass, der Inhalator beim Sprung aus dem ersten Stock zerquetscht, die Medizin ausgelaufen.

»Halleluja.«

#

Er bewegte Finger und Zehen, um sie zu durchbluten. Schon über eine Stunde lag er auf seinem Sofa. Es stand mitten im Raum, war ihm Schlafstätte, Nachdenkliege und Fernsehcouch. Krepper zappte von einem Sender zum nächsten und verfolgte schließlich die Börsennachrichten: Ein Journalist im hellblauen Hemd fragte, was die Regierung gegen Finanz- und Bankenkrise zu tun gedenke. Die Bundeskanzlerin trug ein giftgrünes Jackett und versprach: Die Notenbank werde neue, umfangreichere Tender zur Verfügung stellen. *Tender*, das klang zärtlich.

Zumindest im Englischen. Der Staat *streichelt* die Banken mit umfangreichen, günstigen Krediten.

Aus den vielen Überlegungen, die Krepper in den letzten Jahren angestellt hatte, resultierte: Die Welt braucht einen neuen Glauben! Das griechische Wort für »Glaube«, *pistis*, das im Neuen Testament verwendet wurde, bedeutete »Kredit«. Geld war Kredit für Gold. Mit dem *Gold Reserve Act* von 1934 wurde der Goldpreis bei 35 US-Dollar je Unze garantiert. US-Präsident Richard Nixon aber ließ 1971 die Welt wissen: Die USA würden den Dollar ab sofort nicht mehr gegen eine festgelegte Menge Gold tauschen. Seither hatte der Dollar gegenüber Gold an Wert eingebüßt.

Um über 95 Prozent!

Seither glauben wir an nichts.

Und vermehren es rasant.

Erstmals war Krepper die Idee für einen Anschlag bei einer Dienstreise gekommen. Zum Hauptsitz der UBS in Zürich. Bis vor Kurzem war die UBS noch der größte Vermögensverwalter der Welt. Die erste Bankenkrise hatte ihr erhebliche Verluste und Strafzahlungen beschert. Trotzdem managt die UBS immer noch über eineinhalb Billionen Euro. Vorwiegend für Superreiche.

Damals fielen Krepper vor dem Haupteingang in Zürich zwei Vignetten auf. Über den Pforten. Darauf je ein Caduceus, eine symbolische Darstellung zweier Schlangen, die an einem Stab hochklettern. Das Zeichen erinnerte Krepper an den Merkur- oder Äskulapstab, das Symbol der Ärzte und Apotheker – Heilung durch maßvolles Gift!

Später entdeckte er ähnliche Zeichen am Portal der *Bank of England*, der Französischen Nationalbank, ja sogar auf dem US-Dollar fand er eine abstrahierte Darstellung des Merkurstabs. Und Merkur, so wusste Krepper, leitet sich aus dem lateinischen *mercardi* ab. Also Markt.

Er recherchierte: Im alten Rom galt Merkur als Gott der Ärzte, des Handels und der Diebe. Warum das merkwürdige Dreigespann, weshalb wohnte der Gott der Heilung in den Kathedralen des Geldes?

Schließlich fand er es heraus: Merkur war ein Vermittler. Zwischen *Zuwenig* und *Zuviel.* Dies galt für die Medizin, den Handel und wohl auch für Diebe. Es ging also Merkur darum, das rechte Maß zu finden. Für die Gesundheit, das Leben, das Geld.

Für das Maß aller Dinge.

Das Maß aber war aus dem Gleichgewicht geraten. Das Vermögen der reichsten zehn Prozent des Landes war dreimal größer als die gesamte Staatsverschuldung. Das Zuviel der einen befeuerte das

Zuwenig der anderen. Warum aber lieh sich der Staat das Geld von Privatpersonen? Statt zu steuern. Statt umzuverteilen. Statt Vermögen, Erbe und Spitzenverdienste gerecht zu belasten. Viele meinten, *der Staat lebe über seine Verhältnisse.* Krepper entgegnete: *Der Staat besteuert unter seinen Verhältnissen!*

Seit eine Finanzkrise die nächste jagte, hatte Merkur das Maß verloren. Aus der Geschichte kannte Krepper die Folgen der Maßlosigkeit: Ägypten, Griechenland, Rom – oft war sie ein entscheidender Faktor, der zum Untergang, ja zur Apokalypse eines Imperiums beigetragen hatte.

Apokalypse bedeutete *Offenbarung.* Das Nichts wurde offenbar. Merkur musste wieder heilen. Durch einen chirurgischen Eingriff. Der Wildwucher musste ein Ende haben, der Krebs vernichtet und das fraktale Muster durchbrochen werden. Ohne Sturm auf die Bastille. Ohne Guillotine und Blutvergießen. Digital, sauber, effektiv.

Jemand musste (be)handeln.

Jemand, der über das nötige Fachwissen verfügte.

Jemand, der Zugang zu den Systemen hatte.

Jemand, der mutig war.

Jemand, der nichts zu verlieren hatte.

Er fühlte sich verantwortlich.

*

Es nieselte. Nasskalte Luft kroch durch meine Lederjacke, meine Haare waren nach wenigen Schritten feucht, in einer Pfütze spiegelten sich im Neonlicht die heruntergekommenen Wohnsilos. Vroni und Antonin hatten mich zwei Straßen entfernt von meiner Bleibe abgesetzt, sie hatten keine Lust auf Bullen.

Natürlich hatten sie recht: Zwar stand kein Bus des Verfassungsschutzes vor unserem Haus, doch neben dem Eingang parkte ein schwarzer BMW-Kombi. Tomek und sein Kollege saßen in dem Wagen, die beiden tranken aus einer Thermoskanne und lachten. Kaum, dass mich Tomek bemerkt hatte, sprang er aus dem Auto. Er trug eine dicke Daunenjacke und eine schwarze Wollmütze und rief: »Frau Rokovic, wir haben den Täter!«

»Wer ist´s?«

Er machte ein paar Schritte auf mich zu und lächelte entschuldigend: »Darf ich nicht sagen.« Dezent versuchte er mich aufzuhalten. »Dr. Marena wirft Ihnen allerdings immer noch Beihilfe vor. Wenn Sie mir wenigstens jetzt ein paar Fragen beantworten, setze ich mich gerne für Sie ein.«

Als ich mich zum Gehen wandte, meinte er: »Frau Rokovic, wir haben beide Kinder ... lassen Sie mich Ihnen helfen ... bitte!«

Auf eine seltsame Art beeindruckte mich sein Appell, der Mann versuchte mir eine Brücke zu bauen. Schon die letzten Tage hatte ich den Verdacht, Tomek sei trotz seiner Verpflichtung, als Kriminalist streng und konsequent vorzugehen, in seinem Herzen ein zutiefst harmoniesüchtiges, sensibles Wesen. Trotzdem war es für eine Brücke zu spät.

»Mach ich!«, antwortete ich, dachte an Emil und ließ ihn stehen. Ich betrat das Treppenhaus und pustete eine Kaugummiblase auf. Vorsichtig öffnete ich meine Wohnungstür. Endlich zu Hause. Doch es fühlte sich unheimlich an. Mit besorgtem Ausdruck nickte Bibiane mir zu, ich hörte Emil husten.

»Wo warst du so lange, Mama?«, fragte er mit dünner, heiserer Stimme. Der Junge lag im Bett und wirkte entkräftet: »Wo ist Papa?«

»Kommt bald.«

Hunger hatte er auch. Leerer Kühlschrank, leere Speisekammer, leere Brotbox. Ich ärgerte mich, wollte Emil helfen, aber wie? Während ich mir rasch das Gesicht wusch und mich umzog, hustete er immer heftiger: »Mama ... ein Kloß ... ich ersticke!«

Der Schleim verstopfte seine Atemwege, er konnte kaum ausatmen, hatte entzündete Augen, Tränen liefen über seine Wange. Schlagartig wurde mir klar, dass uns nur noch eine Option blieb: Die elendslange Schlange vor der Notfallklinik. Dort mussten sie Emil helfen, auch hatte die Klinik am ehesten noch Bronchialmedikamente.

Nervös packte ich Emil in seine warme Daunenjacke und wollte los – da zeigte mir Bibiane eine SMS. Erhalten von *Unbekannt*. Vor über 16 Stunden. Kurz nach Mitternacht:

Für S.
Das kleine Glück liegt im roten Haus.

Die SMS musste abgesandt worden sein, kurz nachdem ich mit Harry im Vierseithof via Videotelefonie gesprochen hatte.

Was meinte er mit im *roten Haus*? Da fiel mir ein: Auf einer Reise hatten wir rumgealbert, dass unser großer, roter Familienkoffer so schwer wie ein Haus sei. Ich hastete ins Schlafzimmer und holte vom Kleiderschrank den roten Koffer herunter. Darin fand ich eine Flasche mit Bronchialmedizin für Emil, zwei Großpackungen Beerenmüsli, fünf Kilo Spaghetti, sieben Liter H-Milch und eine Riesenpackung mit Emils Lieblings-Himbeerschokoladenriegel.

Sofort befüllte ich für Emil den Inhalator. Das Asthma-Medikament wirkte, Emil beruhigte sich, ich atmete auf – gleichzeitig bekam ich Gänsehaut: Hatte Harry doch den Anschlag mitgeplant und deshalb vorsorglich Lebensmittel und Medizin gebunkert?

Je länger ich darüber sinnierte, umso unwahrscheinlicher schien mir, dass Harry sich solch einen heftigen Anschlag ausgedacht und von langer Hand geplant hatte. Vor allem: Der Täter war skrupellos. Harry aber verabscheute Gewalt. Niemals war er brutal. Sogar wenn ihm aufgrund seines Autismus die Nerven durchgingen, wurde er nicht handgreiflich. Weder mir, noch Emil oder sonst jemandem gegenüber. Er konnte weder Fliegen töten, noch eine Spinne unter dem Bett entfernen, da hatte er jedes Mal mich darum gebeten.

Ich atmete durch: Wenn die Bullen tatsächlich wussten, wer der Täter war, warum verschwiegen sie es? Von Neugierde getrieben schaltete ich den Fernseher an. »Tausende Menschen marschieren auf das Kanzleramt zu«, berichtete der Nachrichten-Moderator, »Busse mit Demonstranten aus allen Bundesländern sind in Berlin eingetroffen. Trotz logistischer Engpässe, sporadischer Energieausfälle und anderer Probleme infolge des Finanzcrashs ist es vielen Demonstranten aus nahezu allen deutschen Großstädten gelungen anzureisen. Die Mehrzahl hat sich über Internetforen zu Fahrgemeinschaften zusammengetan. Die Polizei hat Probleme, ausreichend Personal zusammenzuziehen, weil viele Beamte ihr Geld am Ersten des Monats – also vor sechs Tagen – nicht erhalten hatten. Manche Polizisten ließen sich krankschreiben, andere verweigerten Überstunden. Es reisten nicht nur Kunden von *L&L* oder *Andromeda* an, sondern fast aller von Zahlungsausfällen betroffenen Banken. Unter den Aufgebrachten befinden sich wütende Arbeiter und Angestellte, viele haben kaum Reserven oder Sparbücher und können weder Miete noch Lebensmittel bezahlen. Die Wut richtet sich gegen die Kanzlerin und ihr Versprechen: *100.000 Euro pro Person und Konto seien sicher!*«

Eine Liveschaltung ins Kanzleramt zeigte eine eilig einberufene Pressekonferenz. Die Kanzlerin beteuerte: Das Virenproblem würde demnächst gelöst sein. Zusätzlich würde die Bundesbank innerhalb der nächsten Tage Ersatzkonten und Festgeldbeträge für Kontoinhaber von *L&L* und *Andromeda* zur Verfügung stellen.

Die Menschen vor dem Kanzleramt beruhigte das nicht.

Der Reporter filmte eine Gruppe junger Leute im Tiergarten nahe dem Kanzleramt. Die Männer trugen gepolsterte Football-Kleidung und schwarze Kunststoffhelme, einige hatten Brust-, Knie- und Genitalschützer, andere trugen Gesichtsmasken. Entschlossen schwangen sie ihre schweren Schläger, drei junge Männer hielten Akku-Schrauber hoch wie Maschinengewehre. Eine rothaarige Frau um die dreißig stand in der Mitte, offensichtlich eine Trainerin oder Betreuerin. Sie hob die Hand, als würde sie einen Chor dirigieren. Mit ihrem Zeichen brüllten die Männer los: »Nehmt sie, packt sie, zerreißt sie und zerhackt sie!«

Manche lachten.

Der Reporter fragte, wozu denn die Männer einen Akku-Schrauber dabeihätten.

»Um die Republik neu zusammenzuschrauben«, antwortete die rothaarige Frau.

Erneut lachten einige Männer.

Die Handkamera zoomte auf einen Akku-Trennschleifer, den ein muskelbepackter Mann verstohlen bei sich trug.

»Und die Trennscheibe?«, hakte der Reporter nach.

»Wir trennen, was nicht zusammengehört!«

Grinsen.

Ich konnte nicht erkennen, ob die Gruppe die Aktion als Happening sah oder ernst meinte. Nach einer kurzen Signation leitete der Moderator über zu einem anderen Beitrag: Die Kamera raste in einen Berliner Hinterhof, wo eine vermummte Person das quietschende Garagentor zu einer kleinen Schreinerei öffnete. Der Vermummte bohrte ein kleines Loch in den Schraubdeckel einer Aluminium-Kaffeedose. Eine weibliche, durch eine Camouflagemütze kaum erkennbare Person, steckte einen Docht in das Loch. Daneben standen Flaschen mit klarer Flüssigkeit, die der Vermummte mit einem Trichter in weitere Kaffeedosen abfüllte.

»Darf ich fragen, was Sie hier tun?«, fragte der Reporter.

Der Vermummte drehte sich zur Kamera: »Det woll´n se wissen, wa? ... Wat wohl? ... Wir mixen Cocktails ... Aufwachcocktails!«

Es läutete.

»Sicher die Bullen«, flüsterte ich zu Bibiane: »Bitte nicht zur Tür gehen!«

Neugierig tat sie es trotzdem.

»Pizzadienst«, meldete sich eine Fistelstimme, »dreimal Funghi, einmal Salat.«

»Sie liefern noch?«

»Zum dreifachen Preis, ja!«

Verblüfft sah Bibiane zu mir: »Niemand von uns hat was bestellt, oder?«

Ich schüttelte den Kopf.

»Ist schon bezahlt«, sagte der Pizza-Mann.

Bibiane wollte ihn schon wegschicken, da fragte ich: »Wer hat denn überhaupt bezahlt?«

»Ein Herr *Luzifer.*«

Geschwind drückte der Pizza-Mann mir die Schachteln in die Hand und verschwand. Funghi war meine Lieblingspizza. Als ich die Kartons öffnete, fand ich unter der dritten Funghi einen fettverschmierten Zettel.

Bring bitte den USB-Stick um 23 Uhr in die
Dachlounge des Hotel Napoleon!
Alles wird gut – Harry

Himmel noch mal, warum sollte plötzlich alles gut werden? Stammte diese Nachricht wirklich von Harry?

Als ich auf den fettverschmierten Zettel starrte, merkte ich, wie ich immer zappeliger wurde: Nur noch fünf Stunden bis 23 Uhr! Mein letzter Auftrag war die Deckenmalerei in der Dachlounge des *Hotel Napoleon* gewesen. Hatte Harry diesen Treffpunkt gewählt, weil er wollte, dass ich den Ort kannte und mich sicher fühlte?

Einiges sprach dafür.

#

In seiner Dreizimmerwohnung am Rande Frankfurts lief der Fernseher. Krepper blickte nicht hin, ihm reichte, was er hörte. Er schmierte eine Salbe auf seinen Ausschlag, der sich nicht gebessert hatte. Als die Bundeskanzlerin im Fernsehen von Ersatzkonten und Festgeldbeträgen gesprochen hatte, musste er grinsen. Lange hatte er es nicht glauben können und in den letzten Jahren mehrmals Vorgesetzte hartnäckig befragt, ob es in geheimen Bundesbank-Bunkern eine Ersatzwährung gäbe. Oder man notfalls die Deutsche Mark wieder einführen könnte.

Krepper hatte nur Kopfschütteln geerntet. Sogar nach mehreren Gläsern Whiskey. Oft hatte sich Krepper darüber lustig gemacht: In der EZB und der Bundesbank arbeiteten über 12.000 hochqualifizierte Leute: Mathematiker, Volkswirtschaftler, Informatiker, ein riesiger Thinktank. Eifrig dachten die klugen Menschen darüber nach, was im Falle eines gravierenden Ölpreisanstiegs zu tun sei, wie man die Inflationsrate um die zwei Prozent halten könnte und mit welchen Instrumentarien die Wirtschaft zu stimulieren sei. Doch niemand hatte einen Plan B für einen Anschlag, wie er ihn gerade durchführte. Schon bei der Griechenland-Krise hatte Krepper gestaunt, dass für ein EU-Land der Euro über Nacht verschwinden könnte. Und was dann?

Natürlich wusste Krepper: Die Bundesbank hatte lange über einen geheimen Bunker im rheinland-pfälzischen Cochem verfügt.

Fünfzehn Milliarden D-Mark wurden im beschaulichen Moseltal hinter dicken Stahltüren versteckt. 30 Meter unter der Erde. Fünfer, Zehner, Zwanziger. Gleiche Vorderseite wie die gängige D-Mark, andersfarbige Rückseite. Eine fälschungssichere Ersatzwährung. Im Falle einer Flut von Falschgeld aus dem Osten, eines Atomkrieges oder einer Hyperinflation sofort einsetzbar. Doch im Jahr 1988 wurde das geheime Lager aufgelöst, das Geld zerschreddert, der Bunker verkauft. Angeblich, weil die Bewachung zu teuer war. Krepper recherchierte den tatsächlichen Grund: Das Bundesbankpräsidium und auch Kreppers Chef Dorschberger waren überzeugt: »Der Euro ist die Währung für die Ewigkeit.«

»Hat man allerdings bei der Einführung der D-Mark auch geglaubt«, hatte Krepper damals entgegnet, »und wie lange hat sie gedauert, die Ewigkeit? Genau 54 Jahre!«

»Währung heißt, sich wehren«, hatte Dorschberger geantwortet.

Na, dann konnten die Herren jetzt mal ihre Wehrtauglichkeit beweisen.

*

Nervös sah ich auf die Uhr. 21:09. Noch knapp zwei Stunden bis zum Treffen mit Harry. Wenn er denn kommen würde! Aus dem Kinderzimmer hörte ich Emil fluchen, er hustete schon weniger und spielte auf seinem Smartphone: »Mein Schwert! ... Stein, Gold, Diamant, Magie ... Kraft, Kraft, Kraft ... ich hab zu wenig Kraft! ... Warum nur? ... Mistkacke ... hau ab, sonst mach ich dich zum Fischstäbchen und ess dich auf ... verficktes Monster!«

»Emil, geht´s bitte zivilisierter?«

»Ja, klar ... verdammter Scheißdreck.«

»Emil!«

»´Tschuldigung, das schwarze Monster schummelt und betrügt – das ist die Wahrheit!«

Sinnlos. Wenn Emil beim Spielen in Wut geriet, wurde er ein anderer. Verhielt es sich bei Harry ähnlich, hatte ihn etwas massiv in Rage versetzt und damit verändert?

Unruhig suchte ich nach einem Salbei-Kirsch. Ich konnte es nicht leiden, keinen Kaugummi in Griffweite zu haben. Noch immer waren von der Hausdurchsuchung Harrys Schreibtisch und der Boden mit Unterlagen übersät. Emil hockte in dem Chaos und tippte wild auf das Smartphone. Wenigstens vom Boden begann ich die Papiere aufzuräumen, da fand ich eine Bewerbung: Von Harry. Für eine Internet-Security-Firma. Ich schaute mir weitere Seiten an und stieß auf halblegale Internet-Rechercheaufträge, um betrügende Ehepartner zu überführen, und entdeckte Anweisungen, kritische Einträge in Foren zu löschen oder zu manipulieren. Hatte Harry die halbseidenen Arbeiten durchgeführt, weil er um jeden Preis Geld verdienen wollte?

Kein Kaugummi, nirgendwo.

Plötzlich jubelte Emil: »Geil, supergeil!«

»*Geil* ist doof! Sag doch *toll*, oder von mir aus *cool*!«

»Will ich nicht, weil geil ist am coolsten! ... Ich hab´s geschafft, yippie ...«

»Was geschafft?«

»Hab das schwarze Monster besiegt ... endlich!«

»Wie denn? ... Ich dachte, du hast zu wenig Kraft.«

Mit stolzgeschwellter Brust vermeldete er: »Wo Angriffskraft nicht hilft, braucht´s Raffinesse.«

»Aha ... und welche?«

»Zauberelixier!«

Geistesabwesend fragte ich: »Und wie wirkt das?«

»Emil hat einen Unsichtbarkeitstrank gebraut«, erklärte er kichernd. Er stellte mit beiden Händen eine Karatestellung nach und imitierte kämpferisch einen Schwertangriff: »Das schwarze Monster will den lieben Emil töten ... mit dem Diamantschwert ... trifft ihn aber nicht ... Warum? ... Weil der liebe Emil ist mal hier, mal da ... unsichtbar!« Er gluckste vor Lachen. »Und durch Täuschen, Tarnen und Verstecken hat der liebe Emil das böse Monster besiegt. Den Tipp hat mir Papa gegeben ... hab nur nicht mehr gewusst, wo ich den Unsichtbarkeitstrank finde.«

Umso mehr Emil sich freute, umso trauriger wurde ich.

»War Papa manchmal ... auf mich wütend?«, fragte ich vorsichtig, »hat er auf mich geschimpft?«

Einen Moment dachte Emil nach: »Nö, Papa findet dich megacool.«

»Wieso?«

»Was wieso?«

»Warum findet er mich cool?«

»Weil du mit Leuten so gut reden kannst ... und Geld ranschaffst.«

Die Antwort stimmte mich nachdenklich. Emil merkte, dass er etwas gesagt hatte, was seine Mutter irritierte, er wurde unsicher und setzte nach: »Aber Papa ist dafür der beste Monster-Bekämpfer der Welt, stimmt´s?«

Ich zwang mich zu einem Lächeln und nickte. Dann drehte ich mich weg, ich konnte nicht mehr: Lang unterdrückte Wut brach hervor. Wut auf Krepper, auf Harry und vor allem auf mich: Hatte Harry das alles nur getan, um sich als Mann, Ernährer und Familienerhalter zu fühlen? Hatte ich ihn unabsichtlich so sehr unter Druck gesetzt, weil ich einen normalen Mann haben wollte? Reflexhaft griff ich zu meinen Kopfhörern – und warf sie in eine Ecke, Tränen liefen über meine Wangen, ich fühlte mich schlecht.

Da fiel das Licht aus.

In allen Zimmern.

Auch auf der Straße.

@

Der BKA-Präsident hatte einen Bericht verlangt. Schriftlich. Damit versuchte er, Dr. Marena zu zwingen, ihr Versagen selbst einzugestehen. Gerade als sie den Bericht fertig verfasst hatte, geschmeidig formuliert, so dass vielerlei Gründe beleuchtet wurden, warum sie den Fall noch immer nicht positiv abschließen konnte, fiel der Strom aus. Programm-Absturz.

Sie war sauer.

Ihr blieb nichts anderes übrig, als zum Smartphone zu greifen und die Sekretärin des BKA-Präsidenten mündlich zu informieren.

Der Rückruf des BKA-Präsidenten erreichte Dr. Marena auf dem Weg zur Toilette. Sie atmete flach, ihr war übel, elendig übel. Es fühlte sich an, als hätte sie Messer im Bauch.

»Suboptimal«, sagte er, »völlig suboptimal.« Beamtendeutsch für *am liebsten würde ich Sie sofort feuern*. Dann machte der BKA-Chef sie zur Schnecke: Er und sein Vorgesetzter, der Minister für Inneres, mussten sich von der Bundeswehr vorführen lassen. Er sei zutiefst enttäuscht: Zum ersten Mal, seit Dr. Marena die Abteilung leite, gebe es einen systemrelevanten Zwischenfall. Und dann versage ihre Abteilung. Auf allen Linien! Offensichtlich seien ihre Führungsqualitäten mangelhaft, sie vermöge es kaum, die eigenen Leute zu motivieren, sondern stütze ihre Expertisen zumeist auf die Abteilung von Dipl. Ing. Vorovsky. Diese komplizierten Kooperationen seien völlig ineffizient.

Während sie die Toilettentür hinter sich zuschlug, faselte er etwas von Konsequenzen und neuen Strukturen. Sie konnte nicht mehr zuhören und krümmte sich, ihre Bauchkrämpfe wurden heftiger, sie riss den Klodeckel hoch, fiel auf die Knie und kotzte ihm ins Ohr.

Das Rauschen der Spülung brach den Kontakt endgültig ab.

Nachdem sie wieder normal atmen konnte, kämpfte sie gegen Tränen.

221 gelöste Fälle seit ihrer Übernahme der SO 43 – vergessen. Die dritthöchste Aufklärungsquote innerhalb der BKA-Abteilungen – unwichtig. Dass sie im Gegensatz zu vielen anderen Kollegen auf Wochenenden, Urlaube und unzählige Nächte verzichtet hatte – selbstverständlich.

Und nun, weil der BKA-Chef sie aufgrund des Beamtendienstrechts nicht so einfach rauswerfen konnte, würde er ihre Abteilung per Federstrich auflösen, ihr ein kleines, dunkles Büro ohne Mitarbeiter und ein Zertifikat geben: *Zur besonderen Verwendung*. Bedeutete: Aussortiert!

Auf dem Boden der Toilette kniend starrte sie auf ihre Finger. Nur noch wenige rote Lacksplitter klebten an ihren Nägeln. Schweiß rann über ihre Wangen, ihr Körper zitterte. Für diesen Saftladen hatte sie ihr Privatleben geopfert, sie hatte sich an unzähligen Wochenenden neben der Fallarbeit weitergebildet, die Abteilung aufgebaut und auf eine Familie verzichtet. Wozu?

*

Emil atmete regelmäßig, hin und wieder hüstelte er. Seinen kleinen Körper an mich gedrückt war er eingeschlafen. Als ich von seinem Bett aufstand, funktionierte das Licht noch immer nicht. Kurz vor 22 Uhr drehte ich das Radio an. Kein Strom.

Im Dunklen zog ich mein rotes Wollkleid aus dem Schrank, es würde für die noble Dachlounge des *Hotel Napoleon* passen. Ich wollte jetzt nichts dem Zufall überlassen und war dankbar, dass Bibiane und Boris zu mir hielten. Vorhin hatte ich den beiden noch das EZB-Regencape von Harry gegeben, das ich geschenkt bekommen hatte, als ich mit Bibiane bei der EZB-Eröffnung war. Boris hatte seines längst verloren.

Mein Blick glitt auf die Zufahrt vor dem Haus, es hatte aufgehört zu regnen, der schwarze BMW-Kombi parkte nicht mehr vor dem Eingang, sondern etwas entfernt in zweiter Reihe. Die Bullen hatten das Schiebedach geöffnet und rauchten. Tomek telefonierte und sein Kollege hatte ein Fernrohr auf mich gerichtet, offensichtlich ging es darum, mich unter Druck zu setzen.

Lag es an dem kalten Linoleumfußboden oder an der Observierung – ich fror, obwohl alle Heizungen aufgedreht waren. Da gingen die Straßenlaternen wieder an. Und das Radio. Ich schaltete das Licht ab, die halb geöffneten Vorhänge ließen einen schwachen Strahl des Straßenlichts auf die gegenüberliegende Wand fallen. Rasch zog ich die Vorhänge so zu, dass kein Licht mehr ins Zimmer fiel. Ich tastete mich in den Flur, nahm aus der Sohle von Emils

Turnschuh den kleinen USB-Stick und steckte ihn in die Kerbe des Absatzes meines rechten Schuhs. Noch immer wusste ich nicht, welchen Sinn das Programm auf dem Stick hatte. Und welche Rolle mir in diesem Wahnsinns-Räderwerk zugekommen war.

Als ich die Signation für die Nachrichten hörte, drehte ich lauter – mit der Hoffnung, etwas Wichtiges zu erfahren. Über Harry. Die Welt. Oder mich.

Nachdem viele Bürger panisch Treibstoff und Heizöl horten, mussten nahezu alle Tankstellen eine Kontingentierung einführen: Fünf Liter Benzin oder Heizöl pro Person und Tag! Zahlreiche Menschen sind auf Elektroheizung umgestiegen, was bereits zu Stromausfällen in den Ballungsräumen geführt hat +++ Die Handelskammer meldet: Aufgrund eskalierender Hamsterkäufe steht die Lebensmittelversorgung vor dem Kollaps. In vielen Großstädten wurden bereits Supermärkte geplündert +++ Über hunderttausend Demonstranten haben sich vor dem Kanzleramt eingefunden. Die Stimmung ist aufgeheizt, die Polizei nervös, die Rettungsdienste überlastet. Vereinzelt werden Straßenschlachten gemeldet, die Ordnungskräfte haben die Lage kaum noch unter Kontrolle +++

Normalerweise hatten schlechte Nachrichten auch immer etwas Tröstendes, denn im Lichte der Katastrophen erschienen die eigenen Probleme zumeist klein und lösbar, nun aber empfand ich jede Meldung wie einen Schlag in die Magengrube. Ich schaltete auf einen anderen Kanal, auch dort wurden Nachrichten gesendet.

Wie soeben gemeldet, hat die Regierung das Inkrafttreten der Notstandsgesetze beschlossen. Insbesondere das Wirtschaftssicherstellungsgesetz soll die Versorgung der Bevölkerung gewährleisten +++ Der Gesundheitsminister appelliert an alle Kliniken, weiter zu behandeln, auch wenn Patienten nicht bezahlen können +++ Wütende Kunden der L&L haben die Privatvillen der Bankvorstände gestürmt und deren Wertgegenstände sowie Lebensmittel- und Weinvorräte geplündert +++ Gerade erreicht uns die Nachricht: Der »Gemeinsame Ausschuss« von Bundestag und Bundesrat hat in einer geheimen Sitzung vor wenigen Stunden den Einsatz der Bundeswehr im Inneren genehmigt +++

Fahrig drückte ich den Ausschalter, doch in meinem Kopf rotierten die Nachrichten weiter – bis der fettverschmierte Zettel in mein Blickfeld geriet. Die Schrift sah nach Harrys Gekrakel aus. Oder es war eine brillante Fälschung. Oder jemand hatte Harry gezwungen, den Termin für die Verabredung auf das Blatt zu schreiben.

Wenn aber Harry tatsächlich diese Verabredung wollte, wenn er es selbst war, der den Zettel in den Pizzakarton geschmuggelt hatte, dann musste er maßgeblich an dem Anschlag beteiligt sein.

Ich merkte, wie es mir kalt über den Rücken lief. Und mir fiel ein, wie Harry von einem Gespräch mit einem Mönch bei seinem Besuch in einem buddhistischen Kloster in Indien erzählt hatte. Der Geistliche war überzeugt: Jeder Gläubige, der kurz vor der Erleuchtung stehe, müsse so lange anderen Menschen helfen, als besseres Lebewesen wiedergeboren zu werden, bis am Ende alle zum selben Zeitpunkt die Erleuchtung fänden. Keiner werde zurückgelassen. Auf diese Weise gäbe es kein Gut und Böse. Und keine Hölle. Faule, Betrüger, ja selbst der schlimmste Serienmörder kämen auf diese Weise irgendwann ebenso ins Paradies. Harry mochte diese großherzige Philosophie.

Ich auch!

Sie ließ jedoch einen großen Fehltritt zu. Nahm Harry diesen in Kauf?

#

Krepper hatte die Augen geschlossen, versuchte sich zu entspannen, die letzten Stunden hatten viel Kraft gekostet. Ihm fiel das blasse Gesicht von Dorschberger ein, nachdem ihn der Bundesbankpräsident in den dreizehnten Stock zitiert hatte. Kurz vor Arbeitsschluss. Als Dorschberger zurückgekommen war, hatte er Schweißperlen auf der Stirn, er war kein guter Schauspieler, konnte seine Niederlage nicht verstecken. Ein fragender Blick von Krepper hatte ausgereicht und es war aus Dorschberger herausgeplatzt: Der Bundesbankpräsident hatte ihn gerügt. Die Cyber-Unit des BKA hatte herausgefunden, dass der Anschlag möglicherweise über einen der Handelsräume der Bundesbank initiiert worden sei. Die Ermittler waren auf eine Sicherheitslücke gestoßen. Von einem Computer aus dem streng bewachten Handelsraum könnte das Virusprogramm zu den Geschäftsbanken gesendet worden sein. Die Fahnder wussten noch nicht, von welchem, denn die internen Kennungen der Geräte wurden manipuliert. Über 300 Mitarbeiter kamen infrage. Als Beauftragter für die Datensicherheit hatte Dorschberger ein neues, zeitraubendes Ausschreibungssystem für Sicherheitssoftware eingeführt. Zwar wurde nun erstmals tatsächlich der billigste Anbieter ausgewählt. Aber eben zu spät. Für diese kapitale Fehlentscheidung hatte der Präsident ein Abmahnverfahren gegen Dorschberger in Gang gesetzt.

Ein Kollateralschaden, Krepper hatte ein schlechtes Gewissen und er sah den Zorn in Dorschbergers Gesicht, doch er war sicher:

Spätestens durch die Griechenland-Krise hätte den meisten Kollegen klar werden müssen: Das war nur die Spitze des Eisbergs! Über kurz oder lang würde sich die Schuldenkrise den Weg von der Peripherie ins Zentrum suchen – welches europäische Land stand als nächstes vor dem Bankrott? Portugal? Italien? Frankreich?

Für Krepper lautete die entscheidende Frage: Kann unser Wirtschaftssystem ohne Nachfrage durch Staatsverschuldung überhaupt noch überleben? Es schien ihm manchmal, als würde Kapitalismus nur mehr auf »Pump« funktionieren. Eine Bankrott-Erklärung. Tief unter Kreppers Wut verbarg sich eine Erschöpfung wie ein schwerer Stein am Meeresgrund. Er gab sich einen Ruck, stand auf und schaltete das Licht an. Kein Strom.

*

22 Uhr 14. Ich sollte mich beeilen, hatte nur noch eine Dreiviertelstunde bis zum Treffen mit Harry, schließlich musste ich erst einmal meine Verfolger abschütteln.

Eilig verließ ich im blauen EZB-Regencape das Haus. Mit Harrys Mountainbike fuhr ich an Tomek und seinem Kollegen vorbei. Sofort sprang Tomek aus dem BMW und zog ein Klapprad aus dem Kombi-Kofferraum.

Ich radelte die lange Neusserstraße Richtung Dom. Nach über 20 Minuten im vollen Tempo war mir Tomek immer noch auf den Fersen. Normalerweise reihte sich hier Stoßstange an Stoßstange, jetzt fuhren kaum Autos. Bundeswehrsoldaten, Straßensperren, verängstigte Bürger, eingeschlagene Scheiben von Supermärkten, Ausnahmezustand.

Mit Karacho bog ich zum Rhein ab und radelte entlang der Uferpromenade. Ein Backstein-Lagerhaus reihte sich ans nächste, für mehrere davon hatte ich Gutachten erstellt und die Bauphase restauratorisch betreut. Im 19. Jahrhundert schleppten am Hafen schlecht bezahlte Arbeiter schwere Säcke mit Getreide, Kaffee und anderen Waren. In dunklen Fabrikhallen mussten Männer, Frauen und Jugendliche für wenig Geld vierzehn Stunden und mehr täglich schuften, Sommer und Winter. Wer erkrankte oder kräftemäßig nicht mithalten konnte, wurde erbarmungslos vor die Tür gesetzt. Nun aber reihte sich ein Café ans nächste. Die Besucher konnten auf den Terrassen in Liegestühlen Platz nehmen, ihre

Blicke über den Rhein schweifen lassen und dabei normalerweise Latte macchiato, Aperol oder Biosäfte schlürfen. Ein Ort der Kommunikation, des Innehaltens und Entspannens. Als ich entlang der Cafés strampelte, die nun fast alle geschlossen waren, wurde mir klar, was die ganze Zeit in meinem Hinterkopf brodelte: Diese Orte durften nicht zerstört werden. Nicht durch einen Anschlag, dessen Motiv nur Wut, Neid, ja vermutlich Hass sein dürfte. Denn trotz aller Verwerfungen, Ungerechtigkeiten und Schweinereien musste ich mir eingestehen: Für die meisten von uns hatte sich das Leben im letzten halben Jahrhundert stetig verbessert. Noch nie verfügte die breite Masse in diesem Land über solch einen materiellen Wohlstand. Noch nie war die medizinische Versorgung so gut, noch nie konnten wir ein so hohes Durchschnittsalter erreichen und noch nie waren die Bildungsmöglichkeiten so breit und umfassend wie heute. Sogar jeder Hartz-IV-Empfänger konnte sich ein kleines Gerät leisten, das ihn mit jedem anderen Menschen am Globus verband, das Tausende von Songs in bester Qualität abspielen und mit dem Fotos und Videos produziert werden konnten, ja das sogar sämtliche Informationen über alle öffentlichen Verkehrsmittel lieferte.

Als ich kurz darauf an einer bettelnden Roma-Familie mit mehreren Kindern in verlotterter Kleidung vorbeifuhr, zweifelte ich doch. Natürlich hatte Antonin recht, die Schere zwischen Arm und Reich wurde immer größer. Aber rechtfertigte das Gewalt, was war der richtige Weg: Nett reden, charmant überzeugen und Geduld haben und vielleicht ewig vertröstet werden? Oder auf den Tisch hauen, streiken und wenn es sein muss, mit Gewalt?

Ich wusste es nicht.

Eines jedoch war mir klar. Von meiner Arbeit. Und historisch betrachtet. Nichts tun bedeutete, ein bereits erkanntes Problem zu ignorieren, es dem Zufall überlassen. Der Zufall aber wirkte entropisch und führte zum Verfall.

Nicht nur bei Wand- und Deckenmalereien.

Auch bei Häusern, Ländern und Imperien.

Verfolgt von Tomek erreichte ich endlich den Kölner Dom, dahinter hatte ich mich mit Bibiane und Boris verabredet. Ich fuhr um die Platte, vorbei an der gotischen Generalagentur des Lieben Gottes, wo trotz der Krise einige japanische Touristen himmelwärts strebende Säulen, Kreuzrippen und Fensterrosen fotografierten. Hinter dem Sandsteinriesen traf ich die beiden am Heinzelmännchenbrunnen. Wartend saßen Bibiane und Boris auf ihren Mountainbikes, sie trugen die blauen EZB-Regencapes – wie auch ich. Wir setzten unsere Kapuzen auf und sahen uns nun zum Verwechseln ähnlich. Dicht hintereinander radelten wir durch die verwinkelte Sporergasse, wir wurden schneller, vergrößerten den Abstand zu Tomek – und nahmen auf Zuruf verschiedene Abzweigungen.

@

Das Ultimatum lief ab. Dr. Marena hatte weder den finalen Täter noch ein schlüssiges Motiv liefern können, nun würden das *Computer Emergency Response* Team der Bundeswehr, der Militärische Abschirmdienst und der Verfassungsschutz gänzlich übernehmen.

Ihrem Observierungsteam gab sie die Anweisung, sie nur noch zu informieren, falls Saskia Rokovic bis 24 Uhr doch noch ihren Ehemann treffe. Ansonsten wäre die Angelegenheit für sie ab null Uhr erledigt.

Sie hatte versagt.

Nein, sie durfte sich jetzt nicht selbst runtermachen, sie hatte alles gegeben, war jeder Spur nachgegangen, hatte die letzten Nächte durchgearbeitet.

Ihr Handy vibrierte, Vorovsky meldete sich. Videotelefonie. Er sah überarbeitet aus, hielt krampfhaft die Augen offen: »Ich hab´s!«

Ein Hauch von Hoffnung glimmte in ihr auf, noch könnte ein Anruf beim BKA-Präsidenten mit der Nennung des Täternamens und einem schlüssigen Beweis das Steuer herumreißen.

»Das Virus wurde eindeutig von der Bundesbank aus versendet, ich habe das Programm jetzt vollständig analysiert. Sein Code liest sich wie eine schwer zu entziffernde Geheimschrift ... ein Rätsel war mir, wie es dem Virus gelingen konnte, nicht nur *L&L* und *Andromeda* zu infizieren, sondern auch eine Vielzahl anderer Banken.«

Die Fragestellung fand Dr. Marena zwar interessant, aber angesichts ihrer brisanten Notlage zweitrangig.

»Hilft uns das?«, fragte sie.

»Über die Bande. Das Schadprogramm hat über ein Peer-to-Peer-Botnet die Computer anderer Banken bei jeder Interbankenanfrage infiziert ... das Grandiose daran: Das Virus ist bis tief ins Herz der Rechner vorgedrungen, es hinterlässt keine Spuren und besteht aus einer Vielzahl von Modulen. Mit unterschiedlichen Hacker-Handschriften. Nicht nur der von Harry Rokovic! Offensichtlich wurden auch Module zugekauft. Vermutlich aus dem Darknet. Einige sind russischen Ursprungs. Exzellent verschlüsselt. Vom selben Hacker, den wir bereits einmal haben hochgehen lassen.«

»Der sitzt doch im Gefängnis, oder?«

»Ja ... in Moskau!«

»Du meinst, wenn es mächtige Leute in Russland wollen, hätte er im Gefängnis weiter programmieren können ... das würde bedeuten: Dahinter steckt doch ein Geheimdienst!«

Er nickte: »Vielleicht hat der Täter aber auch nur die Programmierung von Modulen beauftragt oder fertige im Darknet zugekauft. Auffällig jedoch ist seine Signatur.«

»Die da wäre?«

»*Plutos.*«

»Was sagt uns das?«

»Ich habe nachgesehen: Plutos ist der Gott des Reichtums.«

»*Der Gott des Geldes!*«

Einen Moment verstummten beide.

Vorovsky kämpfte gegen eine Müdigkeitsattacke: »Sicher ist: Der Täter hat uns verarscht ... und einen Hinweis zu einem viel gesuchten russischen Hacker eingebaut. Um von sich abzulenken!«

»Vermutlich werden das die Leute vom *Emergency Computer Response Team* auch gerade rausfinden.«

»Tut mir leid«, er nickte erschöpft und gähnte, »ich kann nicht mehr ... geh jetzt schlafen.«

»Danke.« Sie legte auf.

Wenn es in der Firma schwierig wird, wird Frau am besten schwanger – ein Rat, den ihr eine Freundin einmal gegeben hatte. Damals hatte Dr. Marena darüber gelacht. Jetzt aber bot er vielleicht eine Lösung. Eine ambivalente. Schon so oft hatte sie die Realisierung ihres Kinderwunsches verschoben. Und sie musste sich eingestehen: Ihr dreiundvierzigster Geburtstag stand bevor, bald würde nur mehr eine künstliche Befruchtung inklusive Risikogeburt möglich sein, es war vielleicht ihre letzte Chance. Zum Glück hatte sie ein Viertel des fünfstöckigen Mietshauses in Frankfurt von ihren Eltern geerbt, Geld war also nicht das Problem.

Als bedeutender empfand sie, die Verbindung zu Vorovsky zu halten. Mit ihm wollte sie weiter durch Gedankenpaläste flanieren und über raffinierte Fälle diskutieren, mit keinem anderen Mann konnte sie auf solch einer intellektuellen Erregungswelle surfen.

Bis jetzt hatte sie kaum Kompromisse gemacht. Warum sollte sie das ändern? Wenn sich auch langsam die Erkenntnis einstellte, dass ihre Entscheidung paradox war. Denn das Leben als Alleinerziehende würde ihr deutlich mehr Kompromisse abverlangen.

Nun aber hatte sie zu Vorovsky eine Verbindung geknüpft, die nachhaltiger sein würde, als die Arbeit in einer gemeinsamen Abteilung, als eine noch so lange Affäre, als jeder Ehevertrag. Denn Dr. Marena war sicher: Vorovsky war der Vater ihres Kindes.

Wenigstens das beruhigte sie.

*

Bibiane, Boris und mir war es gelungen, Tomek zu verwirren und abzuhängen. Als ich allein weiterradelte, fielen erneut die Straßenlaternen aus, auch die Leuchtreklamen an den Geschäften erloschen. Kurz fuhr ich langsamer, bis sich meine Augen an die Dunkelheit gewöhnt hatten. Mein Rad holperte über das Kopfsteinpflaster einer schmalen Straße, da hörte ich einen Schuss. Direkt vor mir. Ein alter Mann hatte die Tür eines Kiosks aufgerissen, er schrie nach Hilfe und griff sich auf den blutenden Bauch. Zwei Männer raubten den Laden aus, einer wurde auf mich aufmerksam, stellte sich in den Weg. Er hatte mein Mountainbike im Visier, ich musste anhalten. Abrupt zeigte ich nach vorne und schrie: »Polizei – da drüben!«

Der etwa 40-Jährige mit Schnurrbart drehte sich um. Am Ende der Straße huschten tatsächlich zwei Schatten vorbei, er sah genauer hin – ich nutzte den Moment, manövrierte um ihn herum und trat in die Pedale.

Ein paar Straßen weiter kam ich an einem Bundeswehr-Laster vorbei, Soldaten gaben von der Ladefläche heiße Suppen aus, davor wartete eine Schlange von Hungrigen. Die Straßenbeleuchtung ging wieder an, die roten Neonröhren über einer Bar flackerten, ich kam in die Nähe des *Hotel Napoleon*, plötzlich hörte ich hinter mir eine Geländemaschine. Schwarzer Vollvisierhelm, blaue Daunenjacke, Lederhandschuhe. Der Russe raste auf mich zu, riss die

Maschine hoch, bretterte auf den Bürgersteig, fuhr neben mir her, kam mir nahe. Abrupt hielt ich an. Er bremste, kam mit dem Motorrad ins Schlingern, streifte die Häuserwand und stürzte. Dabei riss er sich den Ärmel von Daunenjacke und Hemd auf und schürfte sich die linke Hand blutig. Ich machte kehrt. Er rannte hinterher und richtete die Pistole auf mich: »USB her ... Sofort!«

Während ich panisch überlegte, hörte ich von hinten:

»Polizei ... Hände hoch!«

Tomek bremste quietschend, ließ sein Fahrrad fallen, zückte seine Waffe. Einen Moment verharrten die beiden Männer in einer seltsamen Starre, der Russe hatte seine Pistole auf mich gerichtet und kam näher. Mit der linken Hand griff er nach meiner rechten, offensichtlich hatte er Angst, dass ich abhaue.

Plötzlich ein Schuss.

Niemand schrie auf.

Es musste Tomek gewesen sein, vielleicht ein Warnschuss.

Der Russe schoss zurück, Tomek hechtete in Deckung, auch der Russe duckte sich, ich riss mich aus seiner Hand los, für einen Moment fiel mein Blick auf seinen linken, blutigen Unterarm – ich erschrak und rannte davon.

Weitere Schüsse fielen, ich hörte Tomek brüllen.

Als ich um die nächste Ecke bog, vernahm ich näher kommende Polizeisirenen. Ich lief, bis mir die Puste ausging. Schließlich drückte ich mich in einen dunklen Hauseingang. Hatte der Russe Tomek angeschossen oder gar erschossen? Konnte die Polizei den Russen verhaften? Oder war es ihm gelungen, zu flüchten? Außer Atem versuchte ich mich zu fassen.

Der Halbmond erhellte das Kopfsteinpflaster, eine Ratte huschte zu einem Müllberg neben einem überfüllten Abfalleimer. Da hörte ich ein schrilles Gekreische. Über mir. Schnell näher kommend. Mehrere Kraniche stürzten in die Tiefe, flogen zu dem Müllhaufen. Über fünfzehn Vögel. Die großen Tiere hackten wild auf den Müll ein. Die Stadt musste auf sie wirken wie ein Buffet.

Meine Swatch zeigte 22:56 Uhr, in vier Minuten würde Harry in der Lounge auf mich warten, hoffentlich! Ich gab mir einen Ruck und lief die Straße hinab.

*

Als ich den Personal-Zugang des *Hotel Napoleon* betrat, lächelte mich der Portier freundlich an. Wir kannten einander, hatte ich doch über fünf Monate an der Wandmalerei in der Dachlounge gearbeitet und dabei oft morgens mit ihm geplaudert.

Mit erhobenem Zeigefinger mahnte er: »Den Lastenaufzug nicht benutzen«, er grinste, »´s gab heute schon zwei Stromausfälle.«

Ich nickte und zeigte auf eine Zündholzschachtel, die neben einer Zigarettenpackung und einem Feuerzeug lag: »Darf ich?«

»Leer!«

»Macht nix.« Ich nahm die Zündholzschachtel und öffnete die Stahltür zum Personal-Aufgang.

Sieben Stockwerke.

Meine Schritte hallten auf den Steinstufen, ich war die Einzige in dem grauen, fensterlosen Treppenhaus, das von brummenden Neonröhren erleuchtet wurde. In der zweiten Etage zog ich die EZB-Jacke aus, deponierte sie in einer Ecke und schüttelte mein Haar auf. Tomeks Sätze flirrten durch meinen Kopf: *Frau Rokovic, der Täter ist gefunden … meine Kollegin wirft Ihnen Beihilfe vor!*

Warum hatte Tomek den Täter nicht genannt? Weil es doch Harry war? Dann aber hätte er mich als Komplizin sofort festnehmen müssen, oder war das eine Falle und ich diente bloß als Lockvogel? Und der Russe? In den Nachrichten hatten sie von einer russischen Spur berichtet. Vor allem: Warum hatte Tomek mit keinem Wort Ludgar von Feldmann erwähnt?

Mit jeder Etage stieg mein Unbehagen, in der sechsten bemerkte ich den Schweiß auf meiner Stirn, ich dachte an Emil, er brauchte seinen Vater so sehr. Ich wollte jetzt nur Harry sehen und hoffte, er würde bereits auf mich warten. In den letzten Tagen war mir deutlicher denn je bewusst geworden, wie wichtig er für Emil und mich war.

Als ich den siebten Stock erreichte, hörte ich leise Musik und Menschenstimmen. Plötzlich verspürte ich ungeheure Angst. In die Hocke gehend, holte ich aus der Kerbe meines Schuhs den kleinen USB-Stick und umschloss ihn in meiner rechten Hand. Wie eine Waffe.

*

Über cremefarbenen Carrara-Marmor führte ein schmaler, grüner Teppich zur Lounge. Der polierte Schellack an der Doppel-Schwingtür war nur mehr in Rudimenten erhalten.

Behutsam tastete ich mich in dem großen, durch Kerzen beleuchteten Raum vor und versuchte Harry zu finden.

Es überraschte mich, wie viele Gäste in der Dachlounge des *Hotel Napoleon* weilten. An der langen Theke aus dunkler Eiche hingen handgeschriebene, improvisierte Karten. Es gab kein Bier und keinen Champagner mehr, alle Cocktails mit frischen Früchten waren von der Karte gestrichen worden, die Gäste mussten sich mit dem Vorrat an harten Getränken begnügen. Zwar kostete jeder Drink das Doppelte, doch das Gelächter und die ausgelassene Stimmung an manchen Tischen bestätigten meinen Eindruck: Die Betuchten feierten, als wäre es der letzte Tag.

Ich glaubte Harry in einer dunklen Ecke zu sehen. Doch als ich näher kam, war er es nicht. So erging es mir einige Male.

Meine Swatch zeigte kurz nach 23 Uhr.

Auf der weitläufigen Terrasse hielt ich Ausschau nach ihm und bestellte Mineralwasser. Mein Blick fiel auf einen News-Screen: Zu sehen war der Sturm auf das Kanzleramt. Tausende Demonstranten überrannten die Polizisten und plünderten die Büro- und Empfangsräume. Die Kanzlerin und ihre engsten Vertrauten konnten in letzter Sekunde mit Helikoptern evakuiert werden. Beitragswechsel. Vor dem Gerichtsgebäude in Frankfurt am Main hielt mit Blaulicht ein grüner Bus der Bundeswehr. Darin Ludgar von Feldmann. In Handschellen. Wütende Bürger verstellten den Weg. Polizisten drängten die tobende Menge zurück, bis zwei Soldaten der Bundeswehr mit Feldmann endlich aus dem Bus stiegen. Sobald er auf die Straße trat, buhten die Menschen und warfen Steine. SEK-Beamte schirmten ihn mit Schutzschildern ab. Zwei Demonstranten durchbrachen den Polizei-Kordon. Ein Warnschuss. Mit knapper Not gelang es den Polizisten, die Menge zurückzuhalten, bis Feldmann im Gerichtsgebäude verschwunden war. Von einem zweiten Wagen der Bundeswehr aus überwachte der Oberstleutnant mit den weißen, buschigen Augenbrauen und den schwarz gefärbten Haaren den Vorgang. Ich glaubte, Stolz in seinem Ausdruck zu erkennen.

Eben wurde der frühere Vorstandsvorsitzende der größten deutschen Geschäftsbank dem Untersuchungsrichter vorgeführt. Ludgar von Feldmann bestreitet den Anschlag. Angeblich jedoch sind die Beweise erdrückend. Das Computer Emergency Response Team der Bundeswehr, das ebenso mit dem Fall betraut worden war, soll in Feldmanns Mail-Account sämtliche Virusprogramme entdeckt haben. Auf Grund seiner bisherigen Karriere ist davon auszugehen, dass Ludgar von Feldmann Zugang zur Europäischen Zentralbank und zur Bundesbank hatte.

Eine kleine Gewissheit gab mir Halt, eine Erkenntnis, die sich im Laufe der letzten Tage und durch diese Nachricht verdichtet hatte: Der Anschlag muss von langer Hand und detailliert geplant worden sein, über Monate, ja vielleicht sogar ein Jahr. Das passte nicht zu Harry! Er konnte Geheimnisse kaum für sich behalten, geschweige denn über solch einen langen Zeitraum. Außer er hatte einen besonders triftigen, logisch einleuchtenden Grund. Aber was sollte das sein?

Plötzlich stand Krepper neben mir. Obwohl er blass und erschöpft wirkte, rang er sich ein Lächeln ab: »Gratuliere, Sie haben die Behörden zu Feldmann geführt.« Sein Lächeln wurde zum Grinsen. »Mehr noch: Sie haben den Anschlag aufgeklärt!«

»Wovon reden Sie?«

Mir lief es kalt über den Rücken: Natürlich, auch die Bundeswehr-Ermittler hatten mich höchstwahrscheinlich rund um die Uhr observiert. Doch waren sie wirklich erst durch meine Recherche auf Feldmann gestoßen? In Wahrheit hatte Krepper mich ja auf Feldmann hingewiesen.

»Was sollte Feldmann denn für ein Motiv haben?«, entgegnete ich.

Unter meinem forschenden Blick wurde Kreppers Grinsen breiter: »Der Zorn! Auf die Leute vom Aufsichtsrat. Die ihn gefeuert haben. Mit Hilfe der FOO bastelt er an einem landesweiten, monetären Neustart – wodurch sein früherer Arbeitgeber sofort Insolvenz anmelden muss. So was nennt man *späte Rache*!«

Als er merkte, dass ich skeptisch blieb, setzte er schräg grinsend nach: »Sicher kein hehres Ziel ... aber warum sollte er nicht nach seiner Vorstandszeit mal was *Gutes* tun ... was auch immer er drunter versteht.«

»Es war ein Russe, der auf Harry geschossen und ihn entführt hat«, hielt ich dagegen, »vor meinen Augen!«

»Einen russischen Killer kann heutzutage jeder anheuern. 50.000 und Sie sind dabei. Für Feldmann bloß Peanuts«, antwortete Krepper leise und beobachtete am Bildschirm, wie Feldmann in Handschellen durch die Flure des Gerichts geführt wurde. Das Gesicht des ehemaligen Schweizer Star-Bankers wirkte bleich, seine faltige Haut angespannt, die sonst so zelebrierte Lockerheit war dahin.

Energisch schüttelte ich den Kopf: »Glaub ich nicht ... passt nicht ... der ist zu feige ... zu geschmeidig ... zu weich... er ist's nicht!«

Unruhig lächelte Krepper: »Doch! In Wahrheit ist Feldmann skrupellos. Er ist der Schlimmste. Hat sich jedes Jahr Millionen an Boni gegönnt. Nach ihm stand die *L&L* so schlecht da, wie in den letzten dreißig Jahren nicht. Er verantwortet tausende Gerichtsverfahren, Fehlspekulationen und Millionen-Strafzahlungen.«

Für einen Anschlag dieser Größenordnung hatte Feldmann tatsächlich die nötige Intelligenz. Seine kaum verhohlene, wenig ehrenhafte Entlassung aus dem *L&L*-Vorstand hatte bei ihm sicher beträchtlichen Zorn ausgelöst. In seinem Büro hatte ich den Eindruck, er habe keine Familie, die ihn emotional auffangen könnte. Sicher verfügte er über beste Kontakte zu EZB und Bundesbank. Einen russischen Killer zu besorgen, war für ihn wahrscheinlich ein Kinderspiel. Und mit seinen Abfindungsmillionen konnte er sich die besten Hacker der Welt kaufen. War er es, der Harry engagiert hatte?

»Wo ist der USB?«, unterbrach Krepper meine Gedanken.

»Wo ist Harry?«

Eine Frau näherte sich. Schwarze Jeans, blauer Blazer, ein kurzer Blick, ein verlegenes Lächeln, strahlend weiße Zähne, kaum 30 Jahre alt, die Dunkelhaarige wandte sich sofort von mir ab, ging auf einen Mann zu, doch ihr Verhalten machte mich misstrauisch: Eine Verfassungsschützerin? Jemand vom BKA? Oder vom Militärischen Abwehrdienst?

Erhobene Brauen, gesenkte Lider – auch Kreppers Miene verriet Sorge. Um meine Nervosität und meine unruhigen Hände zu verbergen, griff ich zum Wasserglas, das mir die Kellnerin hingestellt hatte. Ich gab vor zu nippen, hielt mich am Glas fest und bedeutete Krepper, mir ins Innere der Lounge zu folgen.

Im großen Saal suchte ich weiter nach Harry und zeigte beiläufig an die Decke: Die Wandmalereien waren mein letzter großer Auftrag gewesen. Mir entging nicht, wie Krepper die Bildnisse von Dantes Inferno imponierten. Wir schwangen uns auf die Barhocker im Wintergarten, mit Sicht auf die Straße.

Krepper versuchte mich zu überzeugen: »Jeder Bürger arbeitet durchschnittlich über einen Monat im Jahr nur für die Bedienung von Staatsschulden.« Er sprach leise und behutsam, wie ein Mediziner, der seinem Kollegen die Operationsabfolge erläutert, ohne dass der Patient es mitbekommen soll. »Die Welt braucht einen RESET, einen Neustart, alles auf null!« Er rang nach Luft und flüsterte: »Damit das passiert, brauche ich den USB. Jetzt!«

»Was ist überhaupt auf dem Stick?«, fragte ich in einem möglichst belanglosen Ton.

Angestrengt atmete er durch: »Harry hat das *Exit-Code-Programm* in der Cloud hinterlegt. Auf dem USB befindet sich der einzige und letzte Zugangsschlüssel zur Cloud. Und damit zum Exit-Programm.«

»Warum?«

»Den *Exit* hat Harry nicht mit mir abgesprochen«, sagte er verärgert und ich hatte das Gefühl, als sei ihm plötzlich alles egal. Grummelnd setzte er nach: »Auf jeden Fall darf der Code nicht der Polizei in die Hände fallen. Nur dann kann sich das Virus weiter ausbreiten. Und der RESET vollständig gelingen.«

Ich schüttelte verwundert den Kopf: »Aber warum gerade Harry?«

»Ohne Ihren klugen Mann hätte ich´s nicht geschafft.«

Natürlich konnte Harry komplizierte Programme fünf- bis zehnmal schneller erstellen als seine Kollegen, sofern man ihn allein ließ.

Oft hatte ich mich gefragt, ob er von Natur aus über diese mathematische Hochbegabung verfügte oder ob seine reduzierten emotionalen Fähigkeiten dazu geführt hatten, dass sich mathematische Talente von Kindheit an herausgebildet hatten. Auch Psychologen wussten darauf keine Antwort. Trotzdem konnte ich mir noch immer nicht vorstellen, dass er Krepper geholfen hatte, einen Anschlag dieser Größe durchzuführen.

»Harry lehnt kriminelle Ideen ab«, konterte ich, »kategorisch!«

Krepper bestellte Sambuca und flüsterte mit empathischer Vorsicht, als sei ich eine Bombe, die jeden Moment explodieren könnte: »Von Harry kam nur das Know-how ... von mir die Wut! Haben Sie keine?«

Ich biss mir auf die Lippen, natürlich empfand ich manchmal Wut. Trotzdem machte Harrys angebliche Beteiligung keinen Sinn. In Wahrheit hatte er seinen Defekt in eine Stärke verwandelt. Die meisten Menschen ließen sich oft von irrationalen Motiven leiten: Neid, Angst, Lust. Sigmund Freud hatte mit dem Eisberg-Modell dafür ein einleuchtendes Bild gefunden: Nur zwanzig Prozent eines Eisbergs ragen aus dem Wasser, dort finden Entscheidungen auf der Vernunft- und Sachebene statt – beeinflusst vom weitaus größeren Teil unter Wasser, wo sich Triebe, Prägungen, unverarbeitete Verletzungen und andere unbewusste Kräfte tummeln. Weil Harry aber emotional unterversorgt war, resultierten seine Entscheidungen immer aus logischen, rationalen Motiven. Warum sollte er zu einem Terrorakt beitragen, wenn ihm Wut, Neid und Gier völlig fremd waren?

Plötzlich bemerkte ich schräg gegenüber an der Theke einen Mann, der wie ein verdeckter Ermittler aussah: Allein, unauffällig gekleidet, sich dauernd umsehend.

Nervös verlangte ich einen Beweis, dass Harry frei sei. Krepper beugte sich zum Fenster und zeigte nach unten: Da stand er, an eine Laterne gelehnt, in einer Zeitung lesend. Ich drückte mein Gesicht ans Fenster, wollte ganz sicher sein: Seine Jacke, seine Hose, seine Himalaya-Mütze. Es war Harry!

Ein warmes Gefühl erfasste mich, er wirkte cool wie immer, ich wollte zu ihm. Gleichzeitig bemerkte ich, wie meine Hände zitterten.

»Den USB bitte!«

»Engel und Russe«, sagte ich und setzte alles auf eine Karte, »sind Sie!«

»Möglicherweise bin ich ein Engel«, Krepper lächelte verschmitzt.

Ich hielt das Theater nicht mehr aus, musste endlich meinen Verdacht verifizieren, der mir die ganze Zeit im Hinterkopf herumspukte. Abrupt machte ich eine schnelle Bewegung auf Krepper zu und schob seinen linken Hemdsärmel hoch, auf dem sich ein dunkler Fleck befand.

Es war eindeutig!

Auf seinem Unterarm sah ich das verkrustete Blut und die Abschürfung, die er sich kurz zuvor beim Sturz mit dem Motorrad zugezogen hatte.

»Als Sie Harry entführt haben«, stammelte ich und merkte, wie mein ganzer Körper vibrierte, »mit Helm ... am Güterbahnhof ... Sie haben Russisch gesprochen – der Russe ist Ihre dunkle Seite.«

Er schüttelte den Kopf: »Der Russe ist Ihre Projektion.«

»Sie lügen!«

»Nur weil man ein paar Sätze Russisch spricht, ist man noch kein Russe.« Seine Augen flirrten durch den Raum. »Ja, ich hatte während meines Studiums zwei Auslandssemester in Moskau. Lange her. Trotzdem: Sie haben einen Russen gesehen, weil Sie einen Russen sehen wollten.«

Verblüfft hielt ich inne: Hatte ich ihn tatsächlich für einen Russen gehalten, weil das Klischee des russischen Täters so naheliegt und ich zuvor von korrupten russischen Hedgefonds und russischen Hackern gehört hatte?

Es blieb mir jetzt keine Zeit darüber nachzudenken, in der Hauptsache war ich sicher: »Herr Doktor Krepper«, ich versuchte, seinen Tonfall zu imitieren, »in Wahrheit sind Sie allein der Geist, der stets verneint ... der Gutes will und Böses schafft!«

Er zog die Stirn in Falten. Aus Kreppers flachem Atmen schloss ich, dass sein Puls raste. Auf der Terrasse glaubte ich Dr. Marena zu erkennen und sagte schnell: »Nur eins versteh ich nicht ... wollten Sie nicht als Engel gewaltfrei vorgehen?«

Er wich meinem Blick aus, sein Ausdruck wurde bitter: »Alles war präzise geplant. Mit Harrys genialem Programm konnte ich Bad-Boni-Banken von innen heraus stilllegen.« Nun bemerkte auch er Dr. Marena. »Dann aber, am Tag des Anschlags, wollte Harry plötzlich aussteigen! Und mit seinem heimlich eingebauten Exit-Code das Virus stoppen. Harry hat von mir 100.000 US-Dollar verlangt. In bar. Wegen Ihnen!«

»Wegen mir?«

»Aus Liebe!«

Mir stockte der Atem. Hatte Harry wirklich bei dem Anschlag mitgemacht, weil er mir zeigen wollte, dass er Geld aufzustellen, unsere Existenz zu sichern und seinen Mann zu stehen vermochte? Die Idee schmeichelte, trotzdem zweifelte ich: Zu gefährlich war der Anschlag, zu lange der Vorlauf, Harry musste noch ein anderes Motiv haben, ein tieferes, eines, das besser zu ihm passte.

Ich beobachtete ihn auf der Straße, ungelenk lehnte er an der Laterne. Neuerlich jagte mir der Anblick einen Schauer über den Rücken – plötzlich kam er mir vor wie ein kleiner, dummer Junge, obwohl er doch so klug war.

Aus den Augenwinkeln registrierte ich eine Bewegung, ein Mann eilte auf die Theke zu, nahm auf einem Barhocker Platz, mit dem Rücken zu mir, er trug den rechten Arm in einem Verband: Tomek.

Überall vermutete ich jetzt Ermittler, ein Tanz auf dem Vulkan, eilig zog ich das Zündholzschächtelchen aus meiner Jacke, legte es auf den Tresen und flüsterte Krepper zu: »Verbrennen Sie sich nicht die Finger!«

Die Kellnerin servierte Sambuca, Krepper ließ ihn entflammen. Langsam stand ich auf und sagte so laut, dass es Tomek hören konnte: »Ich geh nur mal kurz auf die Toilette ... komm gleich wieder!«

Beim Rausgehen entging mir nicht, dass einige Augen auf Krepper gerichtet waren. An der Tür drehte ich mich kurz um: Kreppers Blick irrte umher, er wirkte verloren. Mit zittrigen Händen steckte er sich ein Zigarillo in den Mund, er zog das Zündholzschächtelchen zu sich und öffnete es: Darin der USB. Sofort hielt Krepper den kleinen Stick ins Feuer des brennenden Sambucas, Plastik schmolz, Rauch stieg auf.

»Zugriff«, hallte es durch den Saal.

Dr. Marena, Tomek und der ungelenke Bauernfeind stürmten auf Krepper zu und versuchten, den USB zu retten. Doch Krepper ließ den Stick, der durch die Flammen bereits angeschmort war, ins Getränk fallen – spätestens jetzt war der Chip zerstört.

Entsetzte, ohnmächtige und ratlose Gesichter.

Krepper fühlte Metall an seinen Armen, trotzdem formte sich auf seinen Lippen ein dünnes Lächeln. Die Zerstörung des USB-Sticks würde den letzten Zugang zum vorzeitigen Exit vernichten. Ein Großteil aller elektronischen Aufzeichnungen von Veranlagungen und Staatsschulden war nun zerstört.

Handschellen klappten zu, Dr. Marena und Tomek gaben zwei Kripo-Kollegen ein Zeichen, die Beamten führten Krepper ab.

Ein näher kommender Militärhubschrauber war zu hören.

Als Krepper aus dem Saal geführt wurde, betrachtete er wortlos Dantes Inferno und verlor sich für einen Moment in der Welt Luzifers. Eben war Kreppers Gesicht noch voller Falten, aus Angst und Beklemmung, jetzt aber schien es geglättet, auf gewisse Weise wirkte er entspannt und abgeklärt, während das Donnern der Rotorblätter lauter wurde und die neohistorische Pendeluhr in der Lounge drei Minuten nach Mitternacht zeigte.

Tag 7

»Ich habe noch nie jemanden gefunden, der mir logisch begründen konnte, warum die Bundesregierung, wenn sie Geld braucht, es bei jemandem ausleihen muss. Die Zeit wird kommen, wo man uns vorwerfen wird, dass wir zu lange solch einem idiotischen System zugesehen haben.«

Wright Patman, US-Kongressabgeordneter,
Vorsitzender der staatlichen Finanzaufsicht (1975)

*

Unbemerkt war es mir gelungen, die Tür zum Personal-Abgang zu öffnen; ich wusste den Code für die Metalltür noch von meiner Arbeit in der Lounge, wahrscheinlich hatte Harry deshalb das *Hotel Napoleon* als Treffpunkt gewählt, er hatte an alles gedacht.

Im Treppenhaus hörte ich von unten Stimmen. Männer mittleren Alters. Waren es Polizisten? Sollte ich mit dem Lastenaufzug fahren, trotz der Gefahr eines Stromausfalls? Beamte würden sich an das Benutzungsverbot halten, da war ich sicher.

Die behäbige, mit Metallplatten ausgekleidete Liftkabine setzte sich in Bewegung und ruckelte vom siebenten Stock in die Tiefe. Unruhig zählte ich die Etagen und flehte mein transzendentes, gottähnliches Wesen an, mir gnädig zu sein: Keinen Stromausfall, nicht jetzt, bitte!

Nun spürte ich die Müdigkeit, die sich wie ein Schleier auf mich herabsenkte. Plötzlich, nach zwei Stockwerken, gab es einen heftigen Ruck. Sofort war ich hellwach, der Aufzug blieb stehen, die Tür ging auf. Drittes Obergeschoss. Niemand stand im Flur.

Vermutlich hatte jemand den Halteknopf gedrückt und es sich anders überlegt. Der Lift fuhr weiter.

Durch den Hintereingang verließ ich das Hotel. Es regnete neuerlich, dunkle Wolken hingen über der Stadt, ein warmer Wind schlug mir Tropfen ins Gesicht. Obwohl der Winter gerade erst begonnen hatte, fühlte es sich wie Frühling an. Trotzdem fror ich. Von innen heraus. Die Ereignisse der letzten Tage hatten mir alle Kräfte geraubt. Ich suchte nach Harry, doch er stand nicht mehr an der Laterne vor dem Hotel. Stattdessen Polizeiwagen. Überall.

Hatte Krepper mich verarscht?

Erschöpft machte ich kehrt, suchte eine Straße ohne Einsatzfahrzeuge und schritt in eine dunkle Häuserschlucht. Das matte Licht der Straßenlaternen kämpfte gegen den Regen, auf beiden Seiten unbeleuchtete Wolkenkratzer, menschenleere Büropaläste, kein Passant weit und breit, *Gehen, nur weiter, einfach weg*!

Nach ein paar Minuten Fußmarsch blendeten mich zwei Scheinwerfer. Und gingen wieder aus. Das Licht kam von einem langsam auf mich zurollenden Wagen. Ein großer, schwarzer VW-Bus. Ich konnte nicht erkennen, wer darin saß. Mitten auf der Straße blieb ich stehen. Fünf Meter vor dem Bus. Auch der schwarze Koloss stoppte.

Der Motor wurde abgedreht, eine bizarre Stille erfasste die Straße, nur das Aufklatschen der Regentropfen und das Rattern des weit entfernten Militärhubschraubers waren noch zu hören.

Neuerlich blitzte die Lichthupe auf.

Jemand öffnete die Beifahrertür.

Vorsichtig näherte ich mich dem Bus – jetzt, von der Seite, erkannte ich: Mehrere verdunkelte Fenster, eine Schiebetür, Stromanschluss; bei dem Wagen handelte es sich um einen Caravan, etwas größer und komfortabler als unser alter VW-Bus. Eine Hand winkte mich zu sich, am Steuer saß Harry. Er trug einen Bart, mindestens acht Tage alt. Sein Haar war fettig, das Hemd schmutzig, er sah müde aus. Der Campingbus war vollbepackt mit Koffern und Kleidung.

»Hallo Mama, wo bleibst du?« Emil saß auf dem mittleren Sitz, mit Harrys Himalaya-Mütze auf dem Kopf. Während ich ihn drückte, deutete Harry zwei Häuser weiter zu einem Geldautomaten einer *Andromeda* und raunte: »0111.«

Verärgert fragte ich: »Ich weiß ... sieben ... was sieben?«

Harry zeigte auf seine Uhr.

Obwohl ich kaum glauben konnte, was er meinte, machte ich die paar Schritte auf den Geldautomaten zu, tippte meine Geheimzahl und den Betrag von 200 Euro ein. Ohne zu mucken spuckte die Maschine zwei Hunderter aus.

Mit dem Geld setzte ich mich in den Wagen: »Warum funktioniert´s wieder?«

Zum ersten Mal seit Langem entdeckte ich den Hauch eines diabolischen Lächelns in Harrys Gesicht, dann murrte er in seiner autistisch-trockenen Art: »Zeitlimit ... hab ich einprogrammiert ... *sieben* Tage Wut ... sind genug!«

Schmunzelnd steckte ich meine Geldbörse ein, der Regen hatte zugenommen, die dunkle Wolke hing genau über uns. Unter Emils Beinen bemerkte ich die Sporttasche voller Dollarbündel, die Krepper Harry am Kölner Güterbahnhof übergeben hatte. Ich schwang mich auf den grauen Kunstledersitz.

Harry steuerte den Caravan zum Autobahnzubringer und suchte Blickkontakt: »Mit neunundneunzigprozentiger Wahrscheinlichkeit«, stammelte er und sah sofort wieder auf die Straße, »tut´s mir ... irgendwie ... ich mein, nicht die Sache ... sondern ... dass ich ... dich da ... mit reingezo...« Bevor er ausreden konnte, drückte ich ihm einen Kuss auf die Wange. Und freute mich.

Wir erreichten die Autobahn, es goss in Strömen, Harry schaltete den Scheibenwischer auf die höchste Stufe. Er wirkte angespannt, ich hatte den Eindruck, seine beiden Stirnfalten waren größer geworden.

Er drehte das Autoradio an.

Nachrichten.

»Nö«, murrte Emil. Er zog seinen alten MP3-Player aus der Tasche und steckte ihn in den vorgesehenen Musikadapter am Armaturenbrett. Sein neuer Lieblingsinterpret erklang, während der Scheibenwischer im Takt gegen die Fluten ankämpfte. Emil konnte den Text auswendig und wir grölten mit Peter Fox *Der letzte Tag*. Während wir in bester Stimmung durch den Regen fuhren, musste ich plötzlich an Krepper denken. An seine Überlegungen in dem Restaurant in Frankfurt: Was ist es, was die Welt im Innersten zusammenhält? Digitaler Mammon, gezeugt in High-Tech-Kathedralen, motiviert durch Staatsreligionen, fußend auf verwegenen Behauptungen. Nichts als ein naiver Glaube, ohne jeden Beweis. Trotzdem fragte ich mich: Basieren nicht alle Religionen auf Behauptungen? Alle stellen Gesetze und Regeln auf, belohnen und bestrafen, arbeiten mit Schuld und Sühne, drohen mit dem Abgrund und machen Hoffnung auf das Paradies. Auf dem Weg dorthin spenden sie Zuversicht und manchmal Freude. Problematisch sind sie nur für Eiferer und Fundamentalisten, im Normalgebrauch entpuppen sie sich als eine oft tröstende Illusion. Erstunken und erlogen. Wie ein Märchen. Aber auch beflügelnd und motivierend.

Kaum hatte es zu regnen aufgehört, sagte Emil: »Ich muss mal ... dringend!«

Wir hielten an einem kleinen Rastplatz. Nur ein Sattelschlepper parkte vor dem Häuschen, der Fahrer verschwand gerade auf die Herrentoilette. Statt vor dem besetzten WC zu warten, rannte Emil hinter einen Baum.

Indes vertraten Harry und ich uns die Beine, wir spazierten entlang der Parkspur. Je weiter wir uns vom Wagen entfernten, umso mehr brach die Dunkelheit herein. Und mit ihr die Stille. Ich sah Harry in die Augen: »Wie bist du überhaupt auf Krepper gekommen? ... Wer hat den Anfang gemacht? ... Warum hast du ...?«

Statt die Fragen zu beantworten, legte er die Arme um mich. Drückte mich. Fest und lange. So wie ich es liebte. Und da war es wieder. Dieses angenehme Gefühl der Umarmung, von der alles Unangenehme abprallt.

»Je weniger du weißt, umso besser«, flüsterte er und küsste mich. Auch weiteres Nachfragen half nicht. Es fiel mir schwer, sein hartnäckiges Schweigen zu akzeptieren, aber ich ahnte, dass er vermutlich recht hatte.

Die Zeit danach

»Der zurechnungsfähige Mensch kann immer auch anders,
der unzurechnungsfähige nie.«
Aus »Der Mann ohne Eigenschaften« von Robert Musil

*

Wie es Harrys Art war, hatte er die Flucht penibel geplant. Jeden Tag um neun Uhr morgens konnten sich die Ermittler vom Militärischen Abschirmdienst und vom Verfassungsschutz über ein Zeichen von ihm freuen. Erst wurde Harrys Kreditkarte in Straßburg benutzt, dann seine EC-Karte in Marseille und Barcelona und schließlich seine Sparbuchkarte in Madrid und an einem Geldautomaten in der Nähe von Gibraltar – woraus die Fahnder schlossen, dass wir nach Marokko flüchten wollten.

In Wahrheit hatte Harry die elektronische Spur quer durch Europa mit einem aufwendigen, zeitversetzten Hack gelegt – während wir im schwarzen Caravan gemütlich über schlecht asphaltierte Landstraßen durch Polen und weiter zur russischen Grenze tuckelten. Harry hatte über den *Chaos Computer Club* russische Freaks aufgetan, die für uns gegen harte Dollar und beträchtliches Bakschisch Transitpapiere für Russland und drei Flugtickets von Taschkent nach Indien besorgt hatten.

Wie aber die Dollarbündel nach Indien bringen, ohne an der Grenze entdeckt zu werden oder eine Geschäftsbank in Anspruch nehmen zu müssen?

Auch dafür hatte Harry vorgesorgt: *Hawala.* Ein Überweisungssystem ohne schriftliche Aufzeichnungen, das seine Wurzeln im Vorderen und Mittleren Orient hatte. Der Begriff *Hawala* bedeutete in Hindi *Vertrauen.* In Łódź besuchten wir einen als Import-Export-Händler getarnten Hawala-Agenten. Harry übergab dem Kerl 90.000 US-Dollar und erhielt ein Codewort mit einer siebenstelligen Zahl. Der *Vertrauensmann* stand in Beziehung zu einem anderen Hawala-Agenten in Dehli. Offiziell ein Friseur.

Eine Woche später zahlte uns dann der indische Hairdresser prompt gegen Codewort und Zahl den Betrag in Rupien aus. Die Gebühren sind normalerweise sogar geringer als bei herkömmlichen Banken. Das System funktionierte seit über 1.000 Jahren, in Indien nützt es die halbe Wirtschaft, natürlich war es in Europa verboten – denn du darfst *an keinen Gott neben dem staatlichen Bankensystem glauben.*

Weil Ladakh gesperrt war, entschieden wir uns für die älteste indische Stadt am Ganges.

Die Ankunft in Varanasi fühlte sich an wie ein Sprung in ein neues Leben, den indischen Winter empfand ich wie einen milden europäischen Sommer. Die intimen Momente, die ich mit Harry in diesen Wochen erleben durfte, erinnerten mich an die Zeit, als wir uns unter dem Himalaya in Ladakh kennengelernt hatten.

In Varanasi eröffneten wir acht Wochen darauf zusammen mit einer indischen Kollegin, die wir schon früher über ein Unternehmerportal gefunden hatten, ein kleines Touristencafé. Von mir liebevoll im europäischen Stil eingerichtet, konnten wir endlich unseren Traum eines Joint-Ventures umsetzen. Harry kümmerte sich um alles Technische, ich versuchte, Kommunikation und Ausstattung zu stemmen, die Zusammenarbeit funktionierte. Natürlich ergaben sich aus unseren unterschiedlichen Bedürfnislagen nach wie vor Probleme, doch wir arbeiteten hart daran.

Oft saß Harry mit Emil am Notebook, die beiden spielten mit der indischen Kollegin Monsterspiele, kämpften gegen Ungetüme mit zwölf Beinen, fünfzehn Armen und sieben Köpfen. Rasch vergrößerte Emil in der Schule und über englischsprachige Spiele seinen Wortschatz, neuerdings fluchte er nahezu perfekt auf Englisch.

Einige Male fragte ich Harry noch, warum er sich am Cyber-Anschlag beteiligt hatte, was denn sein wahres Motiv gewesen war.

Doch er schwieg beharrlich.

Die Abrechnung

»Die Welt hat genug für jedermanns Bedürfnisse,
aber nicht für jedermanns Gier.«
Mahatma Gandhi

*

Eines Morgens, als Harry und Emil mit einem großen Korb Chapati auf das Café zumarschierten, sprang Emil aufgeregt hoch, weil mehrere Wagen mit Blaulicht vor unserem Laden standen. Zwei Polizisten verhafteten mich. Sofort zog Harry seinen Sohn zurück und tauchte mit ihm in der Menge unter.

Ich wurde von Zielfahndern nach Deutschland überstellt und von Generalbundesanwalt Jens Hübner einvernommen. Felsenfest davon überzeugt, dass ich in den Anschlag involviert gewesen war, drohte Hübner mir mit lebenslanger Haft.

Während des tagelangen Verhörs aber stellte sich Harry. Emil und mir zuliebe! Er gab an, ich wäre von Beginn an nicht eingeweiht gewesen, hätte mit dem Anschlag nichts zu tun und wüsste auch heute noch keine Details. Harry nahm alle Verantwortung auf sich.

Nach Harrys umfassender Aussage entließen mich die Bullen aus der Untersuchungshaft und ich konnte mich um Emil kümmern. Ein Gericht verurteilte Harry wegen Beihilfe zu einer terroristischen Straftat zu zwei Jahren Gefängnis. Die Milde kam zustande, weil Harry aktiv mithalf, sämtliche Schwachstellen im IT- Bereich der Banken aufzuklären.

Dr. Kurt Krepper hingegen wurde nach Paragraf 129a wegen eines *Anschlags mit vielfacher Todesfolge sowie der Absicht, Bevölkerung und Behörden auf erhebliche Weise einzuschüchtern und durch Gewaltandrohung politische und wirtschaftliche Grundstrukturen des Staates zu schädigen*, zu 20 Jahren verdonnert.

Nach seiner Inhaftierung nahmen bei Krepper die Entzündungsreaktionen infolge seiner schweren Autoimmunerkrankung zu, bis nach fünf quälenden Monaten seine Nieren versagten und er einer Lungenentzündung erlag.

Ludgar von Feldmann strahlte bei seiner Entlassung aus der Untersuchungshaft; stolz posierte er vor den TV-Kameras und zeigte das Victory-Zeichen. Vor dem Untersuchungsrichter konnte er überzeugend darlegen, dass Krepper ihm nicht nur die Virusprogramme untergeschoben hatte, sondern ihn mit allen Mitteln als Täter belasten wollte, weil er für Krepper der Inbegriff des verhassten Bankers gewesen sei. Über die FOO vergab Feldmann weiterhin Kleinkredite an Frauen und ließ sich dafür feiern.

Der Zusammenbruch von wichtigen Servern der EZB, der Bundesbank und einiger Geschäftsbanken hatte weltweit zu gewaltigen Datenverlusten geführt. Manche Informationen konnten wiederhergestellt werden, einige Gläubiger versuchten mühsam, über Papierdokumente und E-Mail-Archive Geschäfte zu rekonstruieren. Doch gelangten die Beteiligten oft zu unterschiedlichen Einschätzungen der Besitzverhältnisse, was zu einem Tsunami von Klagen und langwierigen Gerichtsstreitigkeiten führte. Die Finanzindustrie schlitterte in ein Chaos, ein Nachdenkprozess setzte ein. Führende Nationalökonomen, fortschrittliche Politiker und der EZB-Rat stellten die Säulen der bisherigen Geldpolitik infrage – und ich hatte die Hoffnung, Krepper könnte doch etwas bewirkt haben und die *Götter des Geldes* würden nach neuen Lösungen für die eskalierenden Schuldenberge suchen.

Als ich Harry im Gefängnis besuchte, hatte er mehrere Kilo abgenommen. Trotzdem strahlte er eine innere Ruhe aus. Lange saß ich ihm wortlos gegenüber und empfand eine tiefe Nähe, obwohl uns ein breiter Tisch und ein Aufseher trennten.

Plötzlich schämte ich mich. Für meine nebulose Eifersucht auf Vroni. Für meinen Verdacht, den Anschlag hätte Harry sich allein ausgedacht. Und für meine Befürchtung, er wollte ohne Emil und mich abhauen. Vielleicht hatte ich Harry als komplexe Persönlichkeit mit seinen speziellen Vorzügen und Makeln zu wenig wahrgenommen, hatte mich von meinen eigenen Bedürfnissen blenden lassen. Denn eines hatten die letzten achtzehn Monate bewiesen: Harry liebte mich beständiger als ich ihn. Nur eben auf seine verkorkste Weise. Ich war platt. Und zweifelte an meiner Haltung.

*

Nach einem weiteren Jahr, bei einem Besuch im Gefängnis, hielt ich es nicht mehr aus. Als wir unbeobachtet waren, wollte ich unbedingt wissen, was Harrys finales Motiv gewesen war, warum er seine Fähigkeiten Krepper zur Verfügung gestellt hatte – Politik hatte Harry nie interessiert, weder Wut noch Neid waren seine Sache: »Jetzt kannst du's doch endlich sagen!«

Wie aus der Pistole geschossen antwortete er: »Emil.«

»Wie? ... Emil?«

»Nach vielen Forum-Diskussionen hat mich Krepper alias *Luzifer* mit nur einem Argument überzeugt: Warum müssen unsere Kinder mit dem Damoklesschwert der Schuld aufwachsen, obwohl es uns materiell so gut geht wie nie zuvor? Was für eine sinnlose, psychologische Energiebremse!«

Harry erinnerte das System an die katholische Kirche: Kaum geboren, wirst du schon in Schuld gebadet und darfst ein Leben lang strampeln, um da rauszukommen.

Als ich nach Hause ging und durch einen Park spazierte, bemerkte ich eine Ansammlung von Farnen. Das Muster der Pflanzen war fraktal: Wiederkehrend. Gebrochen. Mutierend. Da fiel es mir wie Schuppen von den Augen. Harry hatte bloß logisch reagiert. Oder vielmehr fraktal! Wie immer. Aufgrund seines Aspergers war Harry ein Mann der Zahlen und Fakten, daraus entwickelte er sein Weltbild. Schon oft hatte er gemeint: Wenn der Mensch alles, was er zurzeit weiß, weiterdenkt, hochrechnet und in mathematischen Modellen simuliert, kommt jeder Vernünftige zu dem Ergebnis, dass Ressourcenverschwendung und das stetige Auseinanderdriften von Arm und Reich zum Systemzusammenbruch führen müssen.

Daher seine Schlussfolgerung: Die Welt muss gewarnt werden. Weil Zahlen und Fakten aber die Mehrheit der Menschen nicht beeindrucken, funktioniert nur eine emotionale Warnung, eine, die alle trifft, wo sie am sensibelsten sind – am Geldbeutel. Kurzum: Ein Schuss vor den Bug. Logisch, oder?

ENDE

Anmerkung und Dank

»Der Gott des Geldes« entstammt meiner Fantasie. Einige Details aus dem Sicherheitsbereich habe ich nicht exakt der Realität entsprechend dargestellt, denn dieser Roman soll natürlich keine Anleitung für einen Anschlag darstellen. Trotzdem waren laut Berichten des Deutschen Verfassungsschutzes in den letzten Jahren zunehmend hochrangige Entscheidungsträger aus dem Bankensektor von raffinierten, elektronischen Angriffen betroffen – insbesondere im Rahmen von Wirtschafts- und Finanztreffen wie z. B. des G20 Gipfels.

Für inspirierende Gespräche, fachliche Hinweise und dramaturgische Anregungen danke ich Dr. Christian Buckard, Heiner Emde, Wolfram Fleischauer, Helma Gauert, Bobby Henzler, Alexandra Herzog, Tely Kahlau, Stephanie Klee, Alexander Mahler, Max Thomas Mehr, Rita Preuß, Pim Richter, Franz L. Schmelzer, Ivo Schneider, Otana Thiede, Jochen Thum, Roland Wehap, Heiko Zupke und vielen anderen.

Für die Beantwortung vieler Detailfragen danke ich Herrn Prof. Dr. Olaf Sievert sowie Frau Anne Grüttner und Herrn Tobias Pohl von der Deutschen Bundesbank als auch einigen Mitarbeitern der EZB und der Bundesbank, die anonym bleiben möchten. Und ich entschuldige mich: Einige finanztechnische Vorgänge habe ich aus Verständnisgründen vereinfacht, manche möglicherweise selbst nicht ganz durchschaut. Für sämtliche Fehler in diesem Buch trage ich allein die Verantwortung.

Besonders danke ich dem 2013 verstorbenen französischen Résistance-Kämpfer, Autor, Diplomaten und Holocaust-Überlebenden Stéphane Hessel, dessen Werk »Empört Euch« einen entscheidenden Impuls für diesen Roman geliefert hat.

Mein größter Respekt gilt meiner engagierten Verlegerin Mag. Karoline Cvancara, der ich ebenso danke wie dem wunderbaren Lektor Johann Auer und der kreativen Malerin Alice Haring.

Herzlichen Dank an meine gesamte Familie, an meine Mutter und an alle, die auf Grund meiner Leidenschaft fürs Schreiben und Recherchieren meine Abwesenheit und meine Launen ertragen mussten. Ein Dankeschön an meine beiden Söhne Emil und Oscar, die großartige Erstlektoren waren und mich zu einigen Passagen inspirierten. Ganz besonders danke ich meiner Frau Claudia, sie hat mich in allen Phasen heldenhaft unterstützt!

Gerhard J. Rekel

geboren 1965 in Graz, absolvierte die Filmakademie Wien, danach Studienreisen durch China, Indien und Südamerika. Für seine Filmkomödie »Trauma« erhielt er eine British-Academy-Nomination sowie zahlreiche internationale Auszeichnungen. Er schrieb Drehbücher zu TV-Reihen wie »Tatort«, „Universum" und »Terra X«. Eine Jury des Thalia Theaters Hamburg kürte 2004 »Machiavellis Masseuse« zu einem der besten vier Nachwuchsstücke. Seit 25 Jahren lebt er vom Schreiben von Prosa, Theaterstücken und Drehbüchern für Film und Fernsehen.

Buch-Veröffentlichungen:

»Der Duft des Kaffees«, dtv premium und dtv Taschenbuch

»Die chinesische Dame«, styria premium

»Mona Lisa dunkles Lächeln«, (zusammen mit D. Kresse), styria premium

»Hahnenkampf«, Weltbild Verlag

»Revanche«, Neuer Berlin Verlag

Christian Mähr
Aber das Bild war noch da
Roman / Hardcover mit Schutzumschlag
ISBN 978-3-903091-26-9
312 Seiten

Der namhafte Politiker Oswald Obwalter hätte nie versuchen sollen, einen Roman zu schreiben. Das zeigt sich, als er den Krimiautor Martin Fries niederschlägt und damit Amt und Karriere verliert. Aber einfach aufgeben liegt nicht in Oswalds Natur, ebensowenig wie in der seiner Frau Lukrezia, die ihre eigenen Pläne spinnt, um den verlorenen Wohlstand wiederherzustellen. Als Bluttaten unausweichlich werden, wird aber klar, dass sie etwas Unkontrollierbares entfesselt haben. Das merkt auch Fries, der unversehens Teil der Intrigen wird. Alles scheint mit diesem seltsamen Bild des genialen Malers Cannizzaro zusammenzuhängen. Als dann auch noch ein zwielichtiger Kunsthändler auf den Plan tritt, spitzt die Situation sich weiter zu, der Blutzoll wächst. Wer mit dem Teufel aus einem Napf essen will, muss einen langen Löffel mitbringen…

Mähr erweist sich einmal mehr als großer Meister der Kunst, ebenso literarisch faszinierend wie subtil spannungstreibend zu schreiben.

Wolfgang A Niemann Wilhelmshavener Zeitung

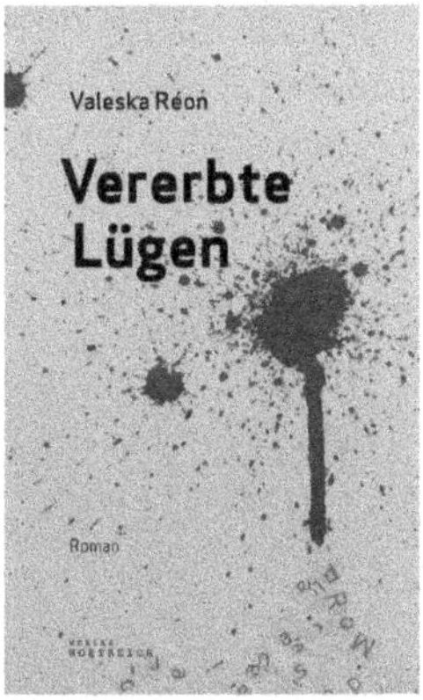

Valeska Réon
Vererbte Lügen
Roman / Klappbroschur
ISBN 978-3-903091-45-0
320 Seiten

Der Lektorin Manu kommt ihr neuer Kunde furchtbar bekannt vor. Als sie erkennt, dass es der Starautor Arno von Klanthen ist, der sie als 15-Jährige vergewaltigt hat, will sie sich rächen und mit einem fingierten Plagiats-Skandal seine Karriere zerstören. Aber hinter dem gefeierten Schriftsteller steckt mehr, als zuerst ersichtlich war. Könnte er der berüchtigte Serienmörder sein, der ›Reimekiller‹, der eine Spur grausam zugerichteter Frauenleichen hinterlassen hat? Als dann eine Todesliste auftaucht, auf der Manus Name steht, wird ihr klar, dass sie selbst das nächste Opfer sein soll. Auf der anderen Seite stehen die Bonner Kripo-Beamten Rita und Mats. Sie wissen, dass es weitere Morde geben wird, wenn sie den Killer nicht fassen. Aber ihre wichtigste Zeugin entpuppt sich als vielgesichtiges Phantom …

»Absolut fantastisch. ›Vererbte Lügen‹
ist ein ergreifender und spannungsgeladener Krimi.«
Marion Krafzik